De harten en

Vertaald door Inge Kok

FAY WELDON

De harten en levens van mannen

1996 Ooievaar Amsterdam

Eerste druk 1988
Zevende druk 1996

Oorspronkelijke titel *The Hearts and Lives of Men*
Omslagontwerp Erik Prinsen, Inízio
ISBN 90 5713 042 4

Het begin

Lezer, ik ga u het verhaal van Clifford, Helen en kleine Nell vertellen. Helen en Clifford wilden alles voor Nell en ze wilden het zo verschrikkelijk graag dat hun dochter het grote gevaar liep om met helemaal niets te eindigen, zelfs niet met het vege lijf. Als je voor jezelf hoge eisen stelt, is het niet meer dan natuurlijk dat je hetzelfde voor je kinderen doet. Helaas garandeert het een niet noodzakelijkerwijs het ander.

Liefde op het eerste gezicht – dat oude gegeven! Helen en Clifford keken elkaar aan op een party lang geleden in de jaren zestig, er trilde iets in de lucht die hen scheidde en, ten goede of ten kwade, Nell ontstond. Geest werd vlees, vlees van hun vlees, liefde van hun liefde; en gelukkigerwijs, en niet bepaald dankzij hen beiden, was het uiteindelijk ten goede. Zo! U weet alvast dat het verhaal een happy end zal krijgen. Maar het is rond de kerst. Waarom ook niet?

Lang geleden in de jaren zestig! Wat een tijd was dat! Toen iedereen alles wilde en dacht dat ze het konden krijgen en, wat meer is, zelfs dat ze er *recht* op hadden. Het huwelijk, en vrijheid daarbinnen. Seks, zonder baby's. Revolutie, zonder armoede. Carrières, zonder egoïsme. Kunst, zonder inspanning. Kennis, zonder iets uit je hoofd te hoeven leren. Met andere woorden, de lusten, maar niet de lasten. 'Why don't we do it in the road?' riepen ze. Waarom ook niet?

Ach, dat was een goede tijd! Toen de Beatles de ether vulden, en als je naar beneden keek, ontdekte je dat je een gebloemde plastic boodschappentas in je hand hield en geen saaie bruine en dat de schoenen aan je voeten plotseling groen of rose waren en niet bruin of zwart zoals je voorouders eeuwenlang hadden gedragen. Toen een meisje 's morgens een pil nam om veilig voorbereid te zijn op ieder seksueel avontuur dat de dag in petto zou kunnen hebben, en jonge jongens een sigaret opstaken zonder aan kanker te denken en een meisje mee naar bed namen zonder het ergste te vrezen. Toen er nog grote hoeveelheden room in de *boeuf en daube* gingen en niemand van een vet- en eiwitarm dieet had gehoord en niemand er ook maar over piekerde om baby's die de hongerdood nabij waren op de televisie te laten zien, en je nog van twee walletjes kon eten.

In die jaren, waarin de wereld vanuit de ernst het wufte leven binnenstrompelde, vermaakten Clifford en Helen zich prima, maar, toen puntje bij paaltje kwam, deed kleine Nell dat niet. De engelen van de ernst en de vastberadenheid moeten rond de wieg van een pasgeborene staan, zeker wanneer die bekleed is met glimmend psychedelisch satijn en niet met praktisch wit katoen dat gewassen en gestreken kan worden. Eigenlijk betwijfel ik of de engelen wel op afroep beschikbaar waren – ze waren ver weg in andere delen van de wereld: zweefden diep geschokt boven Vietnam en Biafra of de Golan Hoogte – zelfs als Clifford en Helen eraan gedacht zouden hebben om de uitnodigingen te versturen, wat ze niet hadden gedaan.

Mensen als Clifford en Helen beminnen en sturen alles in de war in ieder decennium, in iedere eeuw, in iedere uithoek van de wereldbol, en de kinderen van geliefden zouden, overal en altijd, voor wat betreft de aandacht die ze krijgen net zo goed wezen kunnen zijn.

De jaren zestig! In de eerste helft van het zesde decennium van de twintigste eeuw, toen werd Nell geboren. Op de party van Leonardo's waar Clifford Helen voor het eerst zag aan de andere kant van een volle zaal, en waar Nell ontstond, werd kaviaar en gerookte zalm rondgediend.

Leonardo's is, zoals u misschien wel weet, een soort bedrijf als Sotheby's en Christie's: het koopt en verkoopt de kunstschatten van de wereld, weet wat wat is en zeker, wanneer het om een Rembrandt of een Peter Blake gaat, hoeveel het kost. Bij Leonardo's kunnen ze een stoel van Chippendale en een stoel van een verontrustend vakkundige Florentijnse vakman die doet alsof hij Chippendale is van elkaar onderscheiden. Maar Leonardo's beschikt, in tegenstelling tot Sotheby's en Christie's, ook over een grote eigen tentoonstellingsruimte, waar, gedeeltelijk voor hun eigen plezier en uit een winstoogmerk en gedeeltelijk ten behoeve van het publiek, belangrijke kunsttentoonstellingen worden gehouden in ruil waarvoor ze, via de Raad voor de Kunst, een flinke portie van 's lands kunstsubsidies ontvangen (sommigen zeggen te veel, anderen weer niet genoeg, zo gaat dat met dit soort zaken). Als u Londen kent, zult u Leonardo's ook goed kennen; dat gebouw dat een soort mini Buckingham Palace is op de hoek van Grosvenor Square en Elliton Place. Tegenwoordig hebben ze vestigingen in alle grote steden van de wereld, maar in de jaren zestig kende Leonardo's Londen zijn weerga niet qua trots en betekenis. Deze speciale party werd gegeven ter ere van de opening van de eerste werkelijk belangrijke tentoonstelling, een expositie van het werk van Jeroen Bosch dat uit nationale en particuliere collecties uit alle delen van de wereld was bijeengebracht. Het project had een verschrikkelijke hoeveelheid geld gekost en sir Larry Patt – Clifford Wexford was zijn briljante jonge assistent – maakte zich zorgen of het wel een succes zou zijn.

Dat had hij niet hoeven te doen. Dit waren de jaren zestig. Probeer iets nieuws en het lukt.

Er werden champagnecocktails geschonken, het haar werd zeer wijd uitstaand gedragen (hoewel enkele hoog opgestoken kapsels de luchters nog deden slingeren), de rokken waren ongelooflijk kort en de blouses zaten vol kantjes en strookjes en het haar van de meer avantgardistische heren was lang. Op de muren kronkelden de gekwelde figuren in het visioen van de kunstenaar; in de hel, in seksuele vervoering, allemaal hetzelfde. Daaronder verkeerden de groten, de beroemden, de getalenteerden en de schonen in elkaars gezelschap; de schrijvers van roddelrubrieken maakten aantekeningen. Kunstklets! Ik verzeker u dat het een geweldige party was. De belastingbetaler betaalde en niemand stelde vragen over de rekening. Ik was er ook, met mijn eerste man.

Clifford was vijfendertig toen hij Helen leerde kennen en behoorde al tot de groten en de beroemden, om maar te zwijgen van de getalenteerden, de schonen en de roddelwaardigen. Voor zijn gevoel had hij het vrijgezellenleven wel zo'n beetje gehad. Hij zocht een vrouw. In ieder geval had hij het gevoel dat zijn carrière het punt had bereikt waarop hij dineetjes moest gaan geven en invloedrijke mensen moest gaan imponeren. Daarvoor heeft een man een vrouw nodig. Een butler mocht dan chic zijn, een vrouw straalde betrouwbaarheid uit. Ja, hij had een vrouw nodig. Hij dacht dat Angie, de Zuidafrikaanse erfgename, wel wat was. Hij maakte het arme kind op een zeer grillige manier het hof. Hij arriveerde op de party – zijn party, eigenlijk – met Angie aan zijn arm en vertrok met Helen. Geen stijl!

Helen was tweeëntwintig toen ze Clifford leerde kennen. Zelfs nu, achter in de veertig, is ze nog verbluffend mooi en nog zeer wel in staat om moeilijkheden te veroorzaken in de harten en levens van mannen. (Hoewel ik aanneem en hoop dat ze er het nut van heeft leren inzien om zich van zulke praktijken te onthouden.) Maar toen! U had haar toen moeten zien.

'Wie is dat?' vroeg Clifford aan Angie, terwijl hij dwars door de volle zaal heen naar Helen keek. Arme Angie!

Nu beantwoordde Helen bepaald niet aan het schoonheidsideaal van de jaren zestig – dat bestond, zoals u zich misschien herinnert, uit een popachtig type met een rond gezichtje dat geaccentueerd werd door gloeiende Carmen ogen – maar ze was desalniettemin een schoonheid van 1.70, maatje 36, met een bos dik krullend bruin haar, wat haar in haar eigen ogen tot een muisje maakte en wat ze als het grote kruis in haar leven beschouwde en in de komende jaren zou bleken, verven en kwellen in het algemeen, totdat henna op de markt kwam en haar problemen oploste. Ze had heldere, intelligente ogen. Ze had tegelijkertijd iets zachts, iets teders, iets uitdagends en iets van hoe-waag-je-het! Ze was haar eigen bazin en deed niet meer haar best om aardig gevonden te worden dan Clifford; ze was gewoon aardig. Ze kon er niets aan doen. Ze schreeuwde nooit tegen het personeel en snauwde niet tegen kappers – hoewel ze daar in de tijd waar ik het over heb natuurlijk nauwelijks de mogelijkheid toe had. Ze was arm, leefde eenvoudig en kon rondkomen.

'Dat?' zei Angie. 'Niemand van belang, zou ik denken. Wie ze ook is, ze weet zich niet te kleden.'

Helen droeg een vrij dunne, vrij alledaagse, vrij uitgewassen katoenen jurk, iets tussen rose en wit in, behorend tot een vage, soepele en fleurige stijl waarmee ze haar tijd vijf jaar vooruit was. Haar borsten wekten de indruk dat ze onder de soepele stof naakt, klein en weerloos waren. Ze had het lange, spits toelopende en getailleerde figuur van een zwaan.

Wat Angie (de miljonaire!) betreft, Angie droeg een stijve japon van goudlamé met een grote roodsatijnen strik op haar rug, die over vrijwel geen boezem idioot laag was uitgesneden. Ze zag eruit als een kerstknalbonbon waar geen cadeautje inzit. Drie naaisters hadden achtereenvolgens om de jurk gehuild en ze waren alle drie hun baan kwijtgeraakt, maar geen enkel offer kon de jurk tot een succes maken.

Arme Angie! Angie hield van Clifford. Angies vader bezat zes goudmijnen, dus dacht ze dat Clifford op zijn beurt ook van haar moest houden. Maar als het erop aankwam, wat had ze hem dan te bieden behalve een scherp verstand en vijf miljoen dollar en haar eigen persoon, tweeëntwintig jaar oud en nog steeds ongetrouwd? Ze had een klein dor lichaam en een fletse huid (een mooie huid kan zelfs het onooglijkste meisje aantrekkelijk maken, maar Angie moest het zonder doen, ik vrees dat er een zeker innerlijk licht aan ontbrak) en geen moeder, en een vader die haar alles gaf wat ze wilde, behalve genegenheid. Door dit alles was ze hebzuchtig, tactloos en humeurig. En Angie wist deze dingen van zichzelf en kon er niets tegen doen. Wat Clifford betreft, hij wist, net als een flink aantal mannen voor hem, dat het *verstandig* zou zijn om met Angie te trouwen en Clifford was een verstandige man, maar op de een of andere manier *wilde* hij niet met Angie trouwen, en de anderen hadden dat evenmin gewild. De weinigen die wel een aanzoek deden – want er is geen enkele rijke jonge vrouw die totaal geen aanbidders heeft – werden door Angie veracht en afgewezen. Iedereen die van me kan houden, beredeneerde Angies onderbewustzijn, is mijn liefde niet waard. Zoals u ziet, zat ze met een emotioneel probleem en zou ze zelf altijd het onderspit delven. Nu wilde ze Clifford en naarmate hij haar minder hoefde, wilde ze hem des te meer.

'Angie,' zei Clifford, 'ik moet *precies* weten wie ze is,' en weet u dat Angie dat inderdaad ging uitzoeken? Ze had Clifford in zijn gezicht moeten slaan, maar dan zou helemaal niets van dit verhaal gebeurd zijn. Angies toegeeflijkheid ten aanzien van Cliffords slechte gedrag is het eikeltje waaruit de hele avontuurlijke eikeboom is voortgekomen. Maar ja, de wereld zit toch zeker vol met had ik maar wel en had ik maar niet? Als alleen dit, als alleen dat! Waar gaat dat heen!

Misschien moet ik u Clifford beschrijven. Hij maakt nog steeds deel uit van de Londense wereld en u zult zijn foto van tijd tot tijd wel in *Art World* of *Connoisseur* zien, hoewel helaas niet meer zo vaak als vroeger, aangezien de ouderdom tenslotte een eind maakt aan drama's en schandalen. Maar, eerder doordat je het tientallen jaren zo gewend bent dan door iets anders, je blik valt meteen op zijn foto, en wat Clifford te zeggen heeft over 'hoe verder met de kunst?' of 'waar komt het post-surrealisme vandaan?' blijft interessant, hoewel het niet meer echt revolutionair is. Hij is een lange, stevige man met een stompe neus en een sterke kaak in een breed gezicht. Hij lacht vaak (maar ach, lacht hij met jou of om jou?) en dan worden zijn ogen net zo blauw als die van Harold Wilson (en die ogen zijn heel erg blauw, ik heb ze gezien, van aangezicht tot aangezicht, *ik* kan het weten). Hij heeft brede schouders en smalle heupen en dik glad haar, zo blond in die dagen, dat het bijna wit was. Hoewel hij inmiddels tegen de zestig moet lopen, heeft hij nog steeds een flinke bos haar. Zijn vijanden (en hij heeft er nog steeds heel wat) vertellen elkaar graag dat hij op zolder een zelfportret heeft dat dag aan dag kaler en dikker wordt. Clifford was, en is nog steeds, energiek, levendig, onderhoudend, charmant en meedogenloos. Natuurlijk wilde Angie met Clifford trouwen. Wie niet?

Nu liet de carrière van Clifford Wexford zich niet zozeer met bliksem vergelijken – want bliksem volgt toch zeker meer een neergaande dan een opgaande lijn? – als wel met een raket; hij bezat de kracht en de energie van een Polaris die uit zee opstijgt. Of laat ik het anders zeggen – Clifford Wexford zoemde om zijn baas, sir Larry Patt, heen als een bij die vastbesloten is om in de pot met honing te komen. De Bosch-tentoonstelling was aan Cliffords brein ontsproten. Als die een succes was, zou Clifford met de eer gaan strijken; als die een fiasco was, zouden Leonardo's en sir Larry Patt de schuld krijgen en het financiële verlies dragen. Zo werkte Clifford, zowel toen als nu. In tegenstelling tot de mannen uit de generatie van sir Larry Patt, begreep hij de macht van PR, dat de glamour en het gekrakeel even belangrijk, zo niet belangrijker waren dan de intrinsieke waarde, dat er geld moest worden uitgegeven als er geld moest worden verdiend – dat het er niet toe doet hoe goed een schilderij of een beeld is – als niemand *weet* dat het goed is, kan het net zo goed slecht zijn. Clifford bracht Leonardo's vanuit de eerste helft van de eeuw in de tweede en stootte het bedrijf genadeloos door naar de volgende – hij was de sleutel tot het succes dat Leonardo's de komende vijfentwintig jaar zou boeken en sir Larry realiseerde zich dat tijdens de opening van de Bosch-tentoonstelling, hoewel het hem niet erg aanstond.

Angie baande zich een weg terug naar Clifford door de fonkelende, roddelende menigte die de door de belastingbetaler verstrekte champagnecocktails achteroversloeg (suikerklontje, sinaasappelsap, champagne en cognac) onder de tot de hel verdoemde figuren uit het visioen van Bosch, en zei: 'Ze heet Helen. De dochter van een of andere lijstenmaker.'

Angie hoopte dat dat er een eind aan zou maken. Lijstenmakers waren ongetwijfeld de duvelstoejagers van de kunstwereld en nauwelijks waard om aan te denken. Angie veronderstelde dat als het op trouwen aankwam voor Clifford niet zozeer het uiterlijk van een meisje telde als wel haar afkomst en haar rijkdom. Op dit punt beoordeelde ze hem verkeerd. Clifford zocht, net als ieder ander, ware liefde. Hij deed zelfs enorm zijn best om van Angie te houden, maar slaagde er niet in. Hij kon haar geaffecteerdheid en haar snobisme niet amusant vinden. Hij dacht dat het in te veel opzichten onplezierig zou zijn om als haar man door het leven te gaan. Ze zou tegen het personeel schreeuwen en zou op een kinderachtige manier hatelijk doen over vrouwen die hij bewonderde en over van alles en nog wat ellenlange scènes maken.

'Met "een of andere lijstenmaker",' zei Clifford, 'bedoel je zeker John Lally? Die man is een genie. Ik heb hem de opdracht verstrekt om deze hele tentoonstelling op te hangen.' En de arme Angie begreep dat ze haar eigen onwetendheid weer eens had verraden en het verkeerde had gezegd. Lijstenmakers bleken tenslotte toch bewonderd en gerespecteerd te worden. Een van Angies problemen in haar omgang met Clifford was dat hij niet *consequent* was – tenminste niet volgens haar begrippen – in wat hij bewonderde en verafschuwde. Succes, dat Angie alleen toekende aan de rijken en/of schonen en/of beroemden, kende Clifford toe aan de gekste mensen: aan heel arme en zelfs invalide dichters, aan oudere schrijvers met harige kinnen en trillende handen en aan vrouwelijke kunstenaars in afschuwelijke kaftans, het soort mensen dat Angie zelfs in een wereld van louter zaterdagavonden niet te eten zou vragen.

'Maar wat is er zo *bijzonder* aan ze?' vroeg Angie dan.

'De toekomst zal ze kennen,' antwoordde hij eenvoudig, 'als het heden het al niet doet.' Hoe *wist* hij dat? Maar hij scheen het te weten.

Als Angie bij Clifford in de smaak wilde vallen, moest ze eerst denken en dan pas spreken. Hij doodde alle spontaniteit. Ze wist het en toch wilde ze hem hebben, voor eeuwig en altijd, voor het ontbijt en de lunch en de thee en het diner. Dat is pas liefde! Arme Angie! Ze was niet aardig, maar we kunnen wel medelijden met haar hebben, zoals we medelijden kunnen hebben met iedere vrouw die verliefd is op een man die niet van haar houdt, maar aan het besluiten is of hij haar wel of niet zal trouwen en daar alle tijd voor neemt en haar ondertussen het vuur na aan de schenen legt.

'Zo, zo,' zei Clifford. 'Dus ze is de dochter van John Lally!' en tot Angies ontsteltenis en stomme verbazing liep hij gewoon bij haar vandaan naar waar Helen stond.

John Lally zag het niet, wat maar goed was ook. Hij stond verderop bij de wijnbar te mokken, met wilde ogen en wilde haren; hij had diepliggende achterdochtige ogen en een mond die door woede en protest slap en al te beweeglijk was geworden, en hij was voorbestemd om de komende twintig jaar de beroemdste schilder van het land te zijn, hoewel niemand (behalve Clifford) dat op dit moment wist. Ik had er een vaag vermoeden van. Ik bezat een kleine pentekening van Lally, van een uil die een egel opeet. Ik had er 10 shilling en 6 pennies voor betaald – veel te veel. De waarde is nu 1100 pond en stijgt nog steeds.

Helen sloeg haar ogen op en merkte dat Clifford haar aanstaarde. De kleur van zijn ogen leek zich te verdiepen wanneer hij opgewekt was en hij was over het algemeen opgewekt als hij een of andere ongelooflijke transactie had rondgekregen – zeg maar een masker van Toetanchamon of een lang verloren gewaand paneel van de Elgin Marbles voor Leonardo's had weten te bemachtigen. Op dit moment waren zijn ogen werkelijk heel erg blauw.

'Wat heeft hij blauwe ogen,' dacht Helen. 'Alsof ze zijn geschilderd...' en dacht toen op de een of andere manier helemaal niet meer. Ze was bang. Ze stond weerloos (zo leek het tenminste) en alleen te midden van kletsende, chique mensen die allemaal aardig wat ouder waren dan zij en die, in tegenstelling tot haar, precies wisten wat ze moesten denken en menen en doen; en misschien zag ze haar toekomst voor zich toen ze opkeek in die blauwe, blauwe ogen en maakte dat haar bang.

Of misschien zag ze Nells toekomst. Liefde op het eerste gezicht is realistisch genoeg. Het komt voor en bij de vreemdste mensen. Ik ben zelf van mening dat Clifford en Helen slechts een bijrolletje vertolkten in het drama van Nells leven, helemaal geen hoofdrol, zoals ze zelf (en iedereen) geloofden. En zoals ik zeg, geloof ik werkelijk dat Nell ontstond op dat moment toen Clifford en Helen daar gewoon stonden en elkaar aankeken en Helen bang was en Clifford vastberaden en ze hun lot kenden. Dat was om tot het einde van hun dagen van elkaar te houden en elkaar te haten. De latere vereniging van het vlees was, hoe overweldigend de ervaring ook moge zijn geweest, feitelijk irrelevant. Nell ontstond uit liefde, maar de overgang van het onstoffelijke naar het stoffelijke moet terloops plaatsvinden via het donkere, half bewuste, half onbewuste kanaal dat wij als seks kennen, maar alles wat Helen en Clifford van dit op handen zijnde wonder wisten, toen ze elkaar aankeken, was dat hoe eerder ze in bed en in elkaars armen lagen hoe beter het was. Nou ja, zo gaat dat voor de gelukkigsten onder ons.

Maar zo eenvoudig gaat het natuurlijk niet in het leven, zelfs niet voor Clifford die het geluk had dat hij heel precies wist wat hij wilde en het meestal ook kreeg. Eerst moesten de goden van de *politesse* en de conventie gunstig gestemd worden.

'Ik hoor dat je de dochter van John Lally bent,' zei hij. 'Weet je wie ik ben?'

'Nee,' zei ze. Lezer, ze wist het wel. Natuurlijk wist ze het. Ze loog. Ze had vaak genoeg foto's van Clifford Wexford in de kranten gezien. Ze had hem op de televisie gezien – de hoop van de Britse kunstwereld, volgens sommigen, of een ellendig symptoom van het einde daarvan, zoals anderen beweerden. Ja, ze was zelfs opgegroeid terwijl het geluid van haar vaders scheldpartijen tegen Clifford Wexford, zijn werkgever en raadsman, door het huis galmden. (Sommigen meenden dat John Lally's haat tegen Clifford aan paranoia grensde, anderen zeiden van niet en dat de emoties, de omstandigheden in aanmerking genomen, volkomen logisch waren.) Helen zei 'nee', omdat ze zich ergerde aan Cliffords verwaandheid, ondanks haar verrukking over zijn uiterlijk. Ze zei 'nee', lezer, omdat ze helaas gemakkelijk loog als haar dat van pas kwam. Ze zei 'nee', omdat ze niet langer bang was en een soort emotionele huivering tussen hem en haar wilde veroorzaken – zijn irritatie, haar ergernis – en omdat ze in de wolken was over zijn belangstelling voor haar en dat maakt een mens vermetel. Ze zei geen 'nee' uit loyaliteit tegenover haar vader, beslist niet.

'Tijdens het eten zal ik je alles vertellen over wie ik ben,' zei hij. En Helen maakte zo'n grote indruk op hem dat dat ook precies was wat hij deed, ondanks het feit dat hij die avond in het Savoy Hotel had moeten dineren met sir Larry Patt en diens vrouw Rowena en andere belangrijke, invloedrijke en internationale gasten.

'Eten!' zei ze kennelijk verbaasd. 'Jij en ik?'

'Behalve als je het eten zou willen overslaan,' zei Clifford met zo'n charmante begrijpende glimlach dat de implicaties vrijwel volledig verloren gingen.

'Ik ga graag met je uit eten,' zei Helen die deed alsof ze inderdaad verloren waren gegaan. 'Ik zal het alleen even tegen mijn moeder zeggen.'

'Baby!' verweet Clifford haar.

'Ik probeer mijn moeder zo weinig mogelijk van streek te maken,' zei Helen. 'Haar leven is op zich al enerverend genoeg.'

En dus ging Helen, een en al onschuld – nou ja, praktisch een en al onschuld – naar haar moeder Evelyn en sprak haar, zoals ze gewend was, bij haar voornaam aan. De Lally's waren een artistiek en onconventioneel gezin.

'Evelyn,' zei ze. 'Je raadt het nooit. Clifford Wexford heeft me mee uit eten gevraagd.'

'Ga niet,' zei Evelyn paniekerig. 'Ga alsjeblieft niet! Stel dat je vader erachter komt.'

'Je zult gewoon moeten liegen,' zei Helen.

Er werd heel wat afgelogen bij de familie Lally in Applecore Cottage in Gloucestershire. Dat moest wel. John Lally kreeg vreselijke woedeuitbarstingen over onbenullige dingetjes en er bleven onbenullige dingetjes gebeuren. Zijn vrouw en dochter probeerden hem rustig en gelukkig te houden, zelfs als dat inhield dat ze de wereld en haar gebeurtenissen anders moesten afschilderen. Met andere woorden, zij logen.

Evelyn knipperde met haar ogen, wat ze veelvuldig deed, alsof de wereld over het geheel genomen te veel voor haar was. Ze was een knappe vrouw – hoe had ze anders Helen ter wereld kunnen brengen? – maar de jaren met John Lally hadden haar vermoeid en op de een of andere manier verward. Nu knipperde ze met haar ogen, omdat Clifford Wexford niet het lot was dat ze voor haar jonge dochter in gedachten had gehad, en bovendien wist ze dat Clifford geacht werd aanwezig te zijn bij een diner in het Savoy, dus waarom ging hij nu ineens met haar dochter uit? Ze was zich maar al te zeer bewust van het diner in het Savoy, aangezien John Lally drie keer achtereenvolgens geweigerd had om te komen als Clifford Wexford er ook zou zijn en gewacht had tot ze het voor de vierde keer vroegen voordat hij erin toestemde om te gaan, waardoor hij zijn vrouw absoluut geen tijd had gelaten om de nieuwe jurk te maken waar zo'n speciale gelegenheid naar haar idee om vroeg. Een diner in het Savoy! Nu moest ze wel de blauwe katoenen rib jurk dragen die ze de afgelopen twaalf jaar bij alle speciale gelegenheden had gedragen en moest ze zich ermee tevreden stellen dat ze er uitgewassen maar knap uitzag en absoluut niet chic. En wat verlangde ze ernaar om er, al was het maar één keertje, chic uit te zien.

Helen vatte haar moeders geknipper als toestemming op, zoals ze al vanaf haar prilste jeugd had gedaan. Dit betekende het geknipper natuurlijk helemaal niet. Het was hooguit een soort zelfmoordpoging, een verzoek om hulp, om geen besluit te hoeven nemen dat de toorn van haar echtgenoot over haar heen zou brengen.

'Clifford is mijn jas al aan het halen,' zei Helen. 'Ik moet gaan.'

'Clifford Wexford,' zei Evelyn zwakjes. 'Je jas aan het halen...'

En dat had Clifford, verbazingwekkend genoeg, gedaan. Helen ging hem achterna en liet haar moeder achter om de gevolgen van de toorn te aanvaarden.

Nu bezat Angie een witte nertsjas (wat anders?) – die Clifford eerder die avond naar tevredenheid had bewonderd – en in de vestiaire hing deze naast Helens bruine jas van gewone stof en er zelfs tegenaan. Clifford ging recht op de laatste af en pakte hem er bij zijn kraag uit.

'Deze is van jou,' zei hij tegen Helen.

'Hoe wist je dat?'

'Omdat jij Assepoester bent,' beredeneerde hij, 'en dit een vod is.'

'Ik wil niet dat er iets ten nadele van mijn jas wordt gezegd,' zei Helen vastberaden. 'Ik houd van de stof, ik houd van het weefsel, ik geef de voorkeur aan verschoten kleuren boven heldere. Ik was hem met de hand in heel heet water. Ik droog hem in direct zonlicht. Hij is precies zoals ik hem hebben wil.'

Het was een verhaal dat Helen regelmatig afstak. Minstens één keer per week tegen haar moeder, omdat haar moeder minstens één keer per week dreigde hem weg te gooien. Helens overtuiging imponeerde Clifford. Angies nertsjas, stijf op het hangertje, gemaakt van de huiden van beklagenswaardige dode dieren, vond hij nu zowel walgelijk als pretentieus. En, terwijl hij naar Helen keek, die eerder gehuld dan gekleed was en er betoverend uitzag – en vergeet niet dat dit gebeurde in de dagen voordat alles wat oud, verschoten, sjofel en slordig in het algemeen was in de mode kwam – stemde hij er gewoon mee *in* en heeft nooit meer een kritische opmerking gemaakt over de kleding die Helen verkoos te dragen, of niet te dragen.

Want Helen wist wat ze deed als het op kleding aankwam en Cliffords talent, zijn grote talent, en ik ben nu niet sarcastisch, bestond hieruit dat hij echt van vals kon onderscheiden, origineel van namaak, sterk van pretentieus, en de charme had om dat te erkennen. Daarom was hij, ondanks zijn jeugd, al de assistent van sir Larry Patt en zou hij weldra zijn ambitie verwezenlijken en directeur van Leonardo's worden. De hele kunstwereld (en bij gebrek aan beter moeten we deze term wel gebruiken) draait om het onderscheid tussen goed en slecht, en een flinke hap van de rijkdommen van de wereld wordt hieraan besteed. Landen die geen godsdienst hebben, behelpen zich met Kunst, dan wordt er niet alleen orde, maar ook schoonheid en symmetrie aangebracht in de chaos...

Kennismaking

Genoeg. Clifford nam Helen mee uit eten naar The Garden, een enigszins oosters restaurant dat in de jaren zestig populair was en net buiten het oude Covent Garden lag. Hier kon je lamsvlees met abrikozen eten, kalfsvlees met peren en rundvlees met gedroogde pruimen. Clifford, die veronderstelde dat Helens smaak nog onontwikkeld was en dat ze van zoet hield, dacht dat het haar wel zou smaken. Dat deed het, een klein beetje.

Ze at haar lamsvlees met abrikozen terwijl Cliffords ogen op haar gericht waren. Ze had kleine, gave en gelijkmatig gevormde tanden. Hij keek haar aandachtig aan.

'Wat vind je van het lamsvlees?' vroeg hij.

Zijn blik was zowel warm, omdat hij zo heel graag wilde dat ze een goed antwoord zou geven, als koel, omdat hij wist dat testen nu eenmaal moesten bestaan, aangezien liefde het gezonde verstand zo afschuwelijk kon vernietigen en slechts tijdelijk kon blijken te zijn.

'Ik denk,' zei Helen vriendelijk, 'dat het in Nepal, of waar het gerecht ook vandaan komt, echt lekker is.'

Hij vond het een antwoord dat niet verbeterd kon worden. Er sprak tegelijkertijd mildheid, onderscheidingsvermogen en kennis uit.

'Clifford,' merkte Helen op, en ze sprak zo zachtjes en vriendelijk dat hij zich naar haar toe moest buigen om haar te horen, en ze had een gouden kettinkje om haar nek waaraan een klein medaillonnetje hing dat op haar blauwachtig-witte huid rustte en waardoor hij geobsedeerd werd, 'dit is geen examen. Je neemt me gewoon mee uit eten en niemand hoeft op iemand indruk te maken.'

Hij was volkomen verbouwereerd, hij wist niet of hij het wel leuk vond.

'Ik had met alle hoge pieten in het Savoy moeten zitten,' zei hij, om haar te laten weten wat hij voor haar had opgegeven.

'Ik denk niet dat mijn vader me dit vergeeft,' zei ze, om hem hetzelfde van haar te laten weten. 'Hij is niet bepaald dol op je. Al kan hij mijn leven natuurlijk niet regelen,' voegde ze eraan toe. Als puntje bij paaltje kwam, was ze absoluut niet bang voor haar vader. Ze was hem altijd te vlug af, terwijl haar moeder het onderspit moest delven. Zijn tirades amuseerden haar de laatste tijd enorm. Haar moeder nam ze serieus en voelde zich zwak en bedreigd en wanneer haar man fulmineerde tegen leugenachtige beweringen als 'we hebben het nog nooit zo goed gehad' van de overheid en de dwaasheid van de misleide kiezers en de bekrompenheid van het kunstkopende publiek enzovoort, voelde zij zich vaag verantwoordelijk voor dat alles.

'Je loog toen je zei dat je me niet kende? Waarom?' vroeg Clifford, maar Helen lachte alleen maar. Haar roseachtig-witte jurk glansde in het kaarslicht, ze wist dat het zo was. Onder het harde licht van de galerie op zijn onvoordeligst, hier op zijn voordeligst. Daarom droeg ze hem. Haar tepels waren onopvallend zichtbaar in een tijd waarin tepels helemaal *nooit* zichtbaar waren. Ze schaamde zich niet voor haar lichaam. Waarom zou ze ook? Het was heel mooi.

'Lieg nooit tegen me,' zei hij.

'Nee,' zei ze, maar ze loog en wist het.

Ten slotte gingen ze naar zijn huis in Goodge Street: Coffee Place nummer 5. Het was een smal huis, dat tussen twee winkels in was geperst, maar het lag centraal, heel centraal. Hij kon naar zijn werk lopen. De kamers waren wit geschilderd; het meubilair was eenvoudig en functioneel. Overal aan de muren hingen schilderijen van haar vader.

'Over een paar jaar zullen ze een miljoen of meer waard zijn,' zei hij. 'Ben je niet trots?'

'Waarom? Omdat ze op een dag geld waard zullen zijn of omdat hij een goede schilder is?' vroeg ze. 'En "trots"? Dat is het verkeerde woord. Je kan net zo goed trots zijn op de zon of de maan.' Ze was de dochter van haar vader, concludeerde Clifford, en hij vond haar des te aardiger. Zij sprak alles tegen, maar kleineerde niets. Meisjes als Angie maakten zichzelf tot iets bijzonders door alles om hen heen belachelijk te maken en te minachten. Maar zij moesten natuurlijk wel.

Hij liet haar de slaapkamer zien, op zolder, onder de balken. Het bed vormde een groot vierkant op de grond: schuimrubber (nieuw in die tijd). Er lag een sprei van bont overheen. Ook hier hingen weer Lally's. Scènes met saters die nimfen omarmden, en van Medusa's met jonge Adonissen. 'Niet de gelukkigste periode van mijn vader.'

Lezer, het spijt me dat ik u moet vertellen dat Clifford en Helen die avond met elkaar naar bed gingen, wat halverwege de jaren zestig nog niet helemaal de normale gang van zaken was. De rituelen van de hofmakerij werden nog steeds in acht genomen en uitstel werd niet alleen passend maar ook verstandig gevonden. Als een meisje een man al te snel zijn zin gaf, zou hij haar dan niet verachten? In die dagen werd algemeen geloofd van wel. Nu is het waar dat het, als het ware, op het eerste gezicht met een man naar bed gaan, kan leiden en vaak ook leidt tot de afwijzing van de vrouw die alles wat ze had heeft gegeven en toch tekort blijkt te schieten. Het is pijnlijk en ontmoedigend. Maar ik geloof dat alles wat er eigenlijk is gebeurd, is dat de hele verhouding in slechts een paar uur van het begin naar het eind gejaagd is, en niet maanden- of jarenlang is blijven doorsloffen, en dat de man, en niet de vrouw, dit het eerste weet.

'Ik bel je morgen wel,' zegt hij. Maar dat doet hij niet. Nou ja, 't is voorbij, hè. Maar af en toe, heel af en toe staan de sterren goed: de relatie pakt, wordt bekrachtigd en houdt stand. En dat is wat er met Clifford en Helen is gebeurd. Het kwam eenvoudigweg niet in Helen op dat Clifford haar zou kunnen verachten als ze zo vlot ja zei; het kwam niet in Clifford op om haar dat te verwijten. De maan scheen door de zolderramen. De sprei van bont voelde tegelijkertijd ruw en zijig aan onder hun naakte lichamen. Lezer, die nacht is drieëntwintig jaar geleden, maar noch Clifford noch Helen zijn hem ooit vergeten.

Gevolgen

Goed. Het overhaaste vertrek van Clifford en Helen had op de party grote beroering teweeggebracht. Het was alsof de gasten de betekenis van het gebeurde aanvoelden, begrepen dat de loop van vele levens hierdoor verstoord zou worden. Zeker, er vonden die avond ook andere opmerkelijke ontmoetingen plaats, die deel gingen uitmaken van de persoonlijke geschiedenis van de gasten – schandalen ontstonden, partners werden geruild, liefdes verklaard, haatgevoelens geuit, vetes begonnen en beëindigd, klappen uitgewisseld, banen gevonden, carrières afgebroken en er werd zelfs een baby verwekt achter in de vestiaire onder Angies nertsjas, maar dat van Clifford en Helen was de allerbelangrijkste gebeurtenis van allemaal. Het was een geweldige party. Dat zijn ze maar zelden, meestal niet. Het is net alsof het Lot soms zelf te weten komt dat er een party wordt gegeven en er ook heen gaat. Maar die andere gebeurtenissen zijn nu niet van belang voor ons. Wat wel van belang is, is dat Angie aan het eind van de avond ontdekte dat ze geen metgezel had. Arme Angie!

'Waar is Clifford?' waagde de jonge Harry Blast, de kunstcommentator van de tv, haar te vragen. Ik wilde dat ik kon zeggen dat hij in de loop der jaren tactvoller was geworden, maar dat is niet zo.

'Hij is weggegaan,' zei Angie kort.

'Met wie?'

'Een meisje.'

'Welk meisje?'

'Dat kind dat een soort nachtjapon aanhad,' zei Angie. Ze dacht dat Harry Blast wel zou aanbieden om haar naar huis te brengen, maar dat deed hij niet.

'O, die,' was alles wat Harry zei. Hij had een onschuldig rond, rose gezicht, een vriendelijk grote neus en een kersverse graad van Oxford. 'Kan het hem niet kwalijk nemen.' (Waarop Angie bij zichzelf zwoer dat hij zijn carrière verder wel zou kunnen vergeten als zij er ook maar iets aan zou kunnen doen. In werkelijkheid bleek ze dat niet te kunnen. Sommige mensen zijn gewoon niet te stuiten; op grond van hun stompzinnigheid, neem ik aan. Nog maar kort geleden had Harry Blast – zijn neus had een esthetische operatie ondergaan – het hoogste woord in een belangrijk televisieprogramma dat 'Kunstzinnige capriolen' heette.)

Angie schreed weg, en bleef met haar rood satijnen strik aan een deurknop hangen, waardoor hij scheurde, wat bepaald afbreuk deed aan haar vertrek. Toen trok ze de hele strik er maar af, waarbij ze de stof scheurde en zo afrekende met stof ter waarde van 121 pond en arbeidsloon ter waarde van 33 pond (prijzen uit 1965), maar wat kon dat Angie schelen? Ze had een persoonlijke toelage van 25.000 pond per jaar en daarbij waren haar kapitaal, obligaties, effecten enzovoort nog niet meegerekend, om nog maar te zwijgen van haar aandelen in Leonardo's en haar vooruitzichten bij het overlijden van haar vader. Zes goudmijnen, inclusief arbeiders, gewoon om mee te spelen! Maar wat had Angie aan dit alles als Clifford alles was wat ze wilde? Ze vond haar leven een tragedie en vroeg zich af wie ze de schuld zou geven. Ze dwong een portier onder veel bedreigingen om de deur van het prestigieuze kantoor van sir Larry Patt open te maken, zodat ze haar vader in Zuid-Afrika kon bellen.

En zo kwam het dat zelfs Sam Wellbrook aan de andere kant van de wereld de gevolgen ondervond van Clifford en Helens gedrag. Het geluid van zijn huilende dochter trok onder zeeën door en over continenten heen. (Dit was voor het tijdperk van de satellietcommunicatie, maar een traan is een traan, zelfs als die vervormd wordt door klunzige en verouderde telecommunicatieapparatuur.)

'Je hebt mijn leven kapot gemaakt,' huilde Angie. 'Niemand wil me hebben. Niemand houdt van me. Pappa, wat is er toch met me aan de hand?'

Sam Wellbrook zat onder een felle zon in een weelderige subtropische tuin; hij was rijk, hij was machtig, hij kon zijn bed vullen met vrouwen van ieder ras en van iedere huidskleur; hij dacht dat hij gelukkig zou kunnen zijn als hij maar geen dochter had gehad. Het vaderschap kan iets afschuwelijks zijn, zelfs voor een miljonair.

'Money can't buy me love' zongen de Beatles in de tijd waar we het over hebben. Ze hadden slechts gedeeltelijk gelijk. Mannen schijnen het wel te kunnen kopen, vrouwen niet. Wat is het toch oneerlijk verdeeld in de wereld!

'Het is allemaal jouw schuld,' ging ze verder, zoals hij wist dat ze zou doen, voor hij haar kon vertellen wat er met haar aan de hand was. Dat niemand van haar hield, omdat ze onbeminnelijk was en dat hij haar niet onbeminnelijk had gemaakt, maar dat ze gewoon zo was geboren.

'Wat is er nieuw onder de zon,' klaagde hij en Toby, de zwarte butler, schonk een nieuwe gin-tonic voor hem in.

'Ik zal je zeggen wat er nieuw is,' snauwde Angie, die zich snel beheerste, wat ze altijd kon als er geld op het spel stond. 'Leonardo's gaat hardhollend achteruit en jij en ik moeten ons geld eruit halen nu het nog kan.'

'Wie heeft je van streek gemaakt?'

'Het is niets persoonlijks. Sir Larry Patt is gewoon een antieke oude idioot en Clifford Wexford is een patser die nog geen Boule kan onderscheiden van een Braque...'

'Een wat?'

'Houd nou even je mond, pap, en laat de kunstklets aan mij over. Je bent een cultuurbarbaar en een provinciaal. Het gaat erom dat we miljoenen verspild hebben aan deze tentoonstelling. Niemand zal naar een stel zielen komen kijken die in de hel liggen te braden. De oude meesters zijn uit, de modernen zijn in. Als Leonardo's verder wil, zullen ze zich op de moderne kunst moeten gaan toeleggen, maar wie is er hier die daar het lef en het inzicht voor heeft?'

'Clifford Wexford,' antwoordde Sam Wellbrook. Hij beschikte over een uitstekende inlichtingendienst. Hij investeerde zijn geld niet roekeloos.

'Je doet wat ik je zeg,' schreeuwde zijn dochter. 'Wil je jezelf ruïneren?'

Ze maakte zich niet druk over de telefoonkosten. Het was de telefoon van Leonardo's. Ze was niet van plan om te betalen. En daar zullen we Angie voorlopig achterlaten. Ik moet alleen nog even vermelden dat Angie weigerde om de garderobejuffrouw te betalen op grond van het feit dat haar nertsjas slecht was opgehangen en er moeten in de schouders zaten. Niemand behalve Angie kon de moeten zien. Ze was niet alleen rijk, ze was van plan om het te blijven ook.

Sir Larry Patt was bijzonder geïrriteerd door Cliffords gedrag, ontsteld door de ontdekking dat zijn assistent niet in het Savoy aanwezig was om hem te helpen bij het fêteren van de nationale en internationale VIPS.

'Arrogante jonge vlegel,' zei sir Larry Patt tegen Mark Chivers van de Raad voor de Kunst. Ze hadden bij elkaar op school gezeten.

'Het ziet ernaar uit dat de recensies goed zullen zijn,' zei Chivers, die slimme kleine grijze oogjes had die in een gezicht staken dat zo gerimpeld was als een gedroogde pruim, en een sikje dat getuigde van een verbazingwekkend sterke groei, 'dankzij zowel de champagnecocktails als Jeroen Bosch, dus ik denk dat we het hem maar moeten vergeven. Clifford Wexford weet hoe hij met de nieuwe wereld moet omgaan. Wij niet, Larry. Wij zijn heren. Hij niet. We hebben hem nodig.'

Larry Patt had het rose engelachtige gezicht van een man die zijn hele leven hard heeft gestreden voor het algemeen welzijn, dat gelukkigerwijs was samengevallen met dat van hemzelf.

'Je zal wel gelijk hebben,' zuchtte hij. 'Ik wou dat het niet zo was.'

Lady Rowena Patt was ook teleurgesteld. Ze had zich erop verheugd om van tijd tot tijd tijdens het diner met haar eigen ernstige bruine ogen in de blauwe van Clifford te kunnen kijken. Rowena was vijftien jaar jonger dan haar man en haar gezicht bezat een zelfde zoete uitdrukking, maar veel minder rimpels. Rowena was afgestudeerd in kunstgeschiedenis en schreef boeken over de veranderende structuur van de Byzantijnse koepel, en terwijl sir Larry Patt dacht dat ze veilig aan het werk was in de Bibliotheek van het British Museum, lag ze vaker wel dan niet met een van zijn collega's in bed. Sir Larry dacht, als zovelen van zijn generatie, dat seks alleen 's nachts plaatsvond en hij 's middags niets te duchten had. Het leven is zo kort, dacht lady Rowena, dat donkere, slimme kleine ding met de wespetaille, en sir

Larry wel lief, maar saai. Het stond haar even weinig aan als Angie toen ze Clifford met Helen zag vertrekken. Haar verhouding met Clifford was al vijf jaar voorbij, maar dat deed er niet toe; geen enkele vrouw van middelbare leeftijd vindt het leuk om te zien hoe een meisje van net twintig iemand zo gemakkelijk verovert. Het is beslist niet eerlijk dat jeugd en een knap uiterlijk belangrijker lijken te zijn dan gevatheid, stijl, intelligentie en ervaring. Clifford kon Angie begeleiden waarheen hij maar wilde. Daarbij kon geen ander motief meespelen dan geld, dacht Rowena – en wie zou het motief van het geld niet begrijpen? Maar Helen, de dochter van de lijstenmaker! Dat was al te erg. Rowena sloeg haar bruine ogen op naar de gezette Herr Bouser, die meer van Jeroen Bosch afwist dan wie ook ter wereld – behalve Clifford Wexford, die hem nu dicht op de hielen zat – en zei: 'Herr Bouser, ik hoop dat u bij het diner naast me zult zitten. Ik verheug me er zo op om meer over u te weten te komen!' en de vrouw van Herr Bouser, die het hoorde, was zeer ontsteld en het stond haar ook helemaal niet aan. Het was me een party, dat kan ik u verzekeren!

Maar John Lally, Helens vader, was het meeste uit zijn doen van allemaal.

'Idioot, waarom heb je haar niet tegengehouden?' vroeg hij op hoge toon aan zijn vrouw. John Lally had een wen bovenop zijn hoofd waar zijn haar dunner begon te worden, en hij vertrouwde niemand. Hij had korte stompe vingers en maakte delicate en verfijnde schilderijen van duidelijk impopulaire thema's – Petrus bij de hemelpoort (niemand koopt ooit Petrussen. Heeft iets te maken met de rammelende sleutels – het gevoel dat je onverwachts ergens tegengehouden wordt, bijvoorbeeld door een ober, omdat je in de verkeerde kleding bent verschenen. Te laat om nog terug te gaan en het goed te doen!), verleppende bloemen en vossen met bloedende ganzen in hun bek. Er was geen onderwerp dat niemand aan zijn muur wilde hebben, of John Lally schilderde het. Clifford Wexford wist dat hij een van de besten was, al was hij op het moment nog een van de onverkoopbaarste schilders van het land. Clifford kocht Lally's, heel goedkoop, voor zijn eigen verzameling en ondertussen nam hij de noodlijdende kunstenaar in dienst om lijsten te maken voor de schilderijen die zonder lijst bij Leonardo's terechtkwamen en maakte hij zich op slinkse wijze gratis meester van zijn ideeën over hoe je het beste een tentoonstelling kan inrichten. (Het laatste is een kunst op zich, wat niet vaak wordt ingezien.) Om deze en andere redenen, die te maken hebben met de aard en macht van kunstadministrateurs in het algemeen en kunsthandelaars in het bijzonder (en wie meer in het bijzonder dan Clifford Wexford), verfoeide en verafschuwde en diende John Lally, tegen zijn wil, de man die nu een dunne bruine jas om de blanke schouders van zijn jonge dochter had gewikkeld en haar had ontvoerd.

Evelyn ondervond er ook de gevolgen van. En, zoals altijd, was zij degene die er het meeste onder te lijden had. Ze antwoordde niet vinnig, zoals ze had moeten doen: 'Omdat onze dochter vrij, blank en meerderjarig is' of 'Omdat ze hem aardig vond' of zelfs 'Waarom zou ze het niet doen?' Nee. In de loop der jaren had ze John Lally's wereldbeeld en zijn opvattingen over wie goed en slecht was overgenomen. Ze was eigenlijk gewend geraakt – wat nooit goed is – om de wereld door de ogen van haar man te zien.

'Het spijt me,' zei ze slechts. Maar ze was dan ook gewend om voor alles de schuld op zich te nemen. Ze verontschuldigde zich zelfs voor het weer. 'Het spijt me dat het regent,' had iemand haar eens tegen gasten horen zeggen. Daar kan een leven met een genie toe leiden voor een vrouw. Evelyn is inmiddels dood. Ik geloof niet dat ze haar leven ten volle heeft geleefd. Ze had John Lally vaker moeten accepteren voor wat hij was. Hij zou het aanvaard hebben en er zelfs gelukkiger door zijn geweest. Als mannen, zoals sommige vrouwen zeggen, net kinderen zijn, is het in dit opzicht zeker meer waar dan in andere – ze zijn gelukkiger als ze worden gedwongen om zich te gedragen, net als de kleine gastjes op een verjaardagsfeestje dat streng geleid wordt. Evelyn had meer moed moeten hebben. Ze zou langer hebben geleefd.

'Het hoort je ook te spijten,' zei John Lally, waar hij aan toevoegde: 'Die rotmeid heeft het alleen gedaan om mij dwars te zitten,' en toen stampte hij ook weg de nacht in en liet zijn vrouw achter om een hele serie gênante excuses te maken en alleen naar het diner in het Savoy te gaan. Dat was volgens John Lally niet meer dan zijn vrouw verdiende nu ze hem zo vreselijk in de steek had gelaten. Hij dacht dat als hij maar een andere vrouw had getrouwd, hij nu veel gelukkiger zou zijn. Die avond begon John Lally aan een nieuw schilderij, over de roof niet van, maar door de Sabijnse maagden. Zij waren het die zich op de hulpeloze Romeinse soldaten stortten. John Lally was niet altijd zo dwaas en onaangenaam als nu, in tegendeel, hij had gewoon last van wat zijn vrouw 'buien' noemde en dit was er een van. Hij was van streek door wat hij als het verraad van zijn dochter zag. En hij had natuurlijk heel wat champagne op. Ach, alcohol wordt altijd als een excuus voor slecht gedrag gezien. Ik had graag willen vermelden dat Evelyn die avond succes had gehad bij, bijvoorbeeld, Adam Adam van de *Sunday Times*, maar dat is niet zo. Haar innerlijk oog was als het ware volledig gericht op haar man, haar emoties werden zo volkomen door hem in beslag genomen, dat de buitenwereld zich nauwelijks realiseerde dat ze een op zichzelf staande persoon was. Het is waar dat het enige geneesmiddel voor een man een andere man is, maar hoe is die man, onder bepaalde omstandigheden, als de eerste haar hart en ziel heeft opgeslokt, ooit te vinden? Evelyn ging alleen naar huis. Dat is het lot van de tamelijk slonzige, rustige vrouwen die merken dat ze alleen op een feestje zijn.

Morgens na de vorige nacht

Toen voor Helen de eerste morgen aanbrak en de zon in plaats van de maan aan de beurt was om op het verkreukelde bed neer te schijnen, en Clifford aan het werk moest, scheen er weinig reden te zijn om uit bed te komen, behalve om voor hen allebei een kop koffie te zetten, een bad te nemen en iemand op te bellen of zoiets, omdat ze zo overduidelijk was waar ze de volgende nacht ook zou zijn. In Cliffords bed.

Die eerste morgen deed het Clifford werkelijk pijn om Helen achter te laten. Hij snakte naar adem toen hij buiten in de koele zuivere morgenlucht kwam en niet zozeer door de plotselinge kou in zijn longen, als wel door het besef dat hij Helens lichaam niet langer kon aaraken, voelen en bezitten. Zijn hart deed werkelijk pijn, maar had daar zo'n goede reden voor dat hij er geen aandacht aan schonk en fluitend en lachend het kantoor binnenkwam. De secretaresses keken elkaar aan. Het leek niet aannemelijk dat Angie dit teweeg had gebracht. Clifford belde Helen zodra hij kon.

'Hoe gaat het met je?' vroeg hij. 'Wat ben je aan het doen? Precies.'

'Nou,' zei ze, 'ik ben op en heb mijn jurk gewassen en uit het raam gehangen om te drogen en ik heb de kat eten gegeven. Ik geloof dat ze vlooien heeft, de stakker zit zich steeds te krabben. Zal ik maar een vlooienband voor haar halen?'

'Doe maar wat je wilt,' zei hij, 'ik vind het prima,' en was stomverbaasd toen hij het zichzelf hoorde zeggen. Maar het was waar. Helen had, tenminste voorlopig, op de een of andere manier zijn kritisch vermogen weggestreken. Hij vertrouwde haar zijn lichaam, zijn leven en zijn kat toe, nadat hij haar veertien uur kende. Hij hoopte dat het zijn werk niet zou beïnvloeden. Hij richtte zijn aandacht op de kranten. De embryonale PR-afdeling van Leonardo's – dat wil zeggen, Clifford tijdens een paar bijeengeraapte uurtjes per week – had het duidelijk bijzonder goed gedaan. De party en de tentoonstelling namen grote stukken van de binnenpagina's in beslag.

Ieder moment kon nu het ongekende schouwspel (ongekend omdat dit de jaren zestig zijn, weet u wel) ontstaan van lange rijen die zich buiten Leonardo's vormden, tot aan Piccadilly toe. De speculanten (pardon, het publiek) zouden wachten tot ze bij Jeroen Bosch toegelaten zouden worden om te zien wat Clifford had omschreven als de visie van deze grote man op de toekomst. Het feit dat de fantasmagorische visie van Bosch op zijn eigen tijd betrekking had en niet op de toekomst van de wereld, en Clifford wist dit, had hem even een onbehaaglijk gevoel gegeven, maar niet lang. Liever dat het publiek schilderijen interessant vond, liever brede, heldere en aantrekkelijke lijnen op de grens van de fantasie, dan het saaie en nauwgezette pointillisme van de werkelijkheid. Het kan niet verkeerd zijn om de waarheid een heel klein beetje geweld aan te doen in het belang van de kunst.

Die eerste nacht, lezer, werd Nell verwekt. Dat zweert Helen tenminste. Ze zegt dat ze het voelde. Het was, zei ze, alsof de zon en de maan zich plotseling binnenin haar verenigden.

Die tweede nacht slaagden Clifford en Helen erin elkaar zo lang niet te omhelzen dat ze de ander hun levensverhaal konden vertellen. Clifford sprak, zoals hij nooit eerder tegen iemand anders gesproken had, over het trauma van zijn jeugd, toen hij de stad was uitgestuurd om buiten het bereik van Hitlers bommen te zijn en hij zich verloren, eenzaam en bang had gevoeld, terwijl zijn ouders zich meer bezighielden met de aangelegenheden van de wereld dan met die van hem. Helen gaf Clifford snel een niet helemaal juist – aangezien het verkort was – verslag van haar vorige liefdes. Hij maakte al tamelijk vlug met kussen een eind aan haar bekentenis.

'Je leven begint nu,' zei hij. 'Alles wat hiervoor gebeurd is, telt niet mee. Alleen dit.'

En zo, lezer, hebben Clifford en Helen elkaar leren kennen en werd Nell verwekt in een grote vlaag van wit hete en duurzame hartstocht. Ik deins er nu voor terug om liefde te zeggen – daar waren de emoties veel te wild voor, als van een veel te gevoelige barometer waarvan de naald van Storm doorsloeg naar Bestendig en bijna nooit mooi verticaal in het midden op Veranderlijk stond, zoals een barometer om de een of andere reden geacht wordt te staan, om beide mogelijkheden te bewaken. Maar aan de andere kant is liefde het enige woord dat we hebben. We zullen het ermee moeten doen.

De derde nacht werd er hard op de deur van de flat gebonsd en het hout werd door een trap verbrijzeld en het slot sprong open en daar was John Lally die hoopte dat hij zijn dochter Helen en zijn raadsman en vijand Clifford Wexford *en flagrant délit*, zoals dat heet, zou kunnen betrappen.

Familieverhoudingen

Gelukkig lagen Clifford en Helen onschuldig te slapen toen John Lally bij hen binnenstormde. Ze lagen uitgeput op een omgewoeld bed, hier een harig been, daar een glad, haar hoofd op zijn borst, niet erg gemakkelijk in de ogen van een buitenstaander, maar voor geliefden, echte geliefden dan, volmaakt gemakkelijk, alleen niet voor hen die weten dat ze zo meteen moeten opstaan en er stiekem vandoor moeten voordat het pijnlijke tijdstip van het ontbijt aanbreekt. Echte geliefden slapen diep, in de wetenschap dat er aan niets een eind gemaakt hoeft te worden als ze wakker worden, maar dat alles gewoon doorgaat. Deze overtuiging dringt door in hun slaap: ze glimlachen terwijl ze sluimeren. Het geluid van versplinterend hout drong door tot in hun dromen en werd erbij aangepast, in Helens geval tot het geluid van een donzig kuikentje dat uit een ei kroop dat ze in de palm van haar hand hield en in Cliffords geval tot het geluid van zijn ski's terwijl hij meesterlijk en feilloos besneeuwde berghellingen afstoof. De aanblik van zijn slapende glimlachende dochter en zijn glimlachende slapende vijand, die zijn laatste schat gestolen had, maakte John Lally helemaal razend. Hij brulde. Clifford fronste zijn voorhoofd in zijn slaap, afgronden gaapten onder hem. Helen bewoog zich en werd wakker. Het genoeglijke gepiep van het pasgeboren kuikentje was in gehuil veranderd. Ze ging rechtop zitten. Ze zag haar vader en trok het laken over haar borsten heen. De blauwe plekken waren nog niet opgekomen.

'Hoe wist je dat ik hier was?' vroeg ze. Het was de vraag van een geboren samenzweerder die zich niet schuldig voelt, maar wiens plannen zijn misgelopen. Hij verwaardigde zich niet haar te antwoorden, maar ik zal het u vertellen.

Door zo'n ongelukkige samenloop van omstandigheden die het lot van geliefden altijd op de hielen zit, was naar aanleiding van Cliffords vertrek met Helen van de Bosch party een stukje geschreven in een roddelrubriek en dit was weer opgepikt door ene Harry Stephens, een vaste klant van de Appletree Pub in Lower Appleby. Nu had Harry een neef bij Sotheby's, waar Helen part-time aardewerk restaureerde, en hij had meer inlichtingen ingewonnen, en zo was tot diep in Gloucestershire het nieuws doorgedrongen dat Helen Lally in het huis van Clifford Wexford was verdwenen en er sindsdien niet meer uit te voorschijn was gekomen.

'Dat is me er eentje, die dochter van jou!' zei Harry Stephens. John Lally was niet geliefd in de omgeving. Lower Appleby vergaf hem zijn zonderling gedrag, zijn schulden en zijn verwaarloosde boomgaard, maar niet de manier waarop hij, een buitenstaander, cider en geen sterke drank dronk in de pub, en de manier waarop hij zijn vrouw behandelde. Anders zou het onderwerp van zijn dochter niet ter sprake zijn gebracht, maar tactvol zijn genegeerd. Goed, John Lally dronk zijn cider op, stapte in zijn gedeukte Volkswagen – topsnelheid 40 km per uur – en ondernam door de nacht en door het ochtendgloren de reis naar Londen, niet zozeer om zijn dochter te redden als wel om Clifford Wexford voor eens en altijd te bestempelen tot de schurk die hij was.

'Hoer!' schreeuwde John Lally nu, terwijl hij Helen uit bed trok, omdat zij het dichtste bij lag.

'Nee zeg,' zei ze, terwijl ze uit zijn greep wegglipte, ging staan en haar slipje aantrok, en vervolgens tegen de net ontwakende en verschrikte Clifford: 'Het spijt me, het is mijn vader.' Ze had de gewoonte om zich te verontschuldigen van haar moeder overgenomen. Dat zou ze nooit meer kwijtraken. Met als verschil dat haar moeder de uitdrukking pathetisch gebruikte in de hoop er een stortvloed van beledigingen mee af te wenden, en Helen hem gebruikte als een soort verveeld verwijt ten aanzien van het lot en ondertussen laconiek een fraai gevormde wenkbrauw optrok. Clifford ging verschrikt rechtop zitten.

John Lally keek rond naar de muren van de slaapkamer, naar de schilderijen die zo'n vijf jaar van zijn leven en werken vertegenwoordigden: een rotte vijg op een tak, een regenboog vervormd door een pad, een lijn wasgoed in een grotopening – ik weet dat het afschuwelijk klinkt, maar, lezer, dat is niet zo. Ze hangen nu in de beroemdste musea en niemand deinst achteruit als hij er voorbijkomt: de kleuren zijn zo sterk, scherp en gelaagd dat het is alsof één bepaalde werkelijkheid bovenop een hele serie andere is gesmeerd – en vervolgens naar zijn dochter, die half lachte en half huilde en tegelijkertijd opgelaten, opgewonden en boos was, en naar Cliffords sterke naakte lichaam, met een dons van blonde, bijna witte haartjes op de gebronsde armen en benen (Clifford en Angie waren kort geleden op vakantie geweest naar Brazilië, waar ze in het paleis van een kunstverzamelaar hadden gelogeerd; een gebouw met marmeren vloeren en vergulde kranen en zo, en Tintoretto's aan de muren en een hete, hete alles verblekende zon) en weer naar het omwoelde, hitsige bed.

Het kwam ongetwijfeld door de zuiverheid van zijn hart en de pure overtuiging van zijn eigen gelijk dat John Lally kracht voor tien had. Hij pakte Clifford Wexford, de jonge vlegel dan wel de hoop van de kunstwereld, afhankelijk van hoe je het bekeek, op bij een naakte arm en een bloot been en tilde hem zonder enige moeite, alsof de jonge man een lappenpop was, hoog de lucht in. Helen gilde. De pop kwam net op tijd tot leven en gaf met zijn vrije been een harde trap in het kruis van John Lally, precies waar het het meeste pijn doet. John Lally schreeuwde op zijn beurt. De kat – die een warme maar rusteloze nacht had doorgebracht op het voeteneind van het schuimrubberbed – gaf het eindelijk op en schreed net op tijd weg, want Clifford Wexford viel met een plof naar beneden, precies op de plaats waar de kat zo net had gelegen, doordat John Lally hem gewoon liet vallen. Clifford lag nog niet, of hij stond alweer, haakte een jonge soepele voet achter John Lally's stijve enkel en trok, zodat de vader van zijn geliefde voorover op de grond viel. Zijn gezicht sloeg tegen de vloer en zijn neus begon te bloeden. Clifford, breedgeschouderd, pezig en jong, stond trots en naakt boven zijn verslagen vijand. (Hij schaamde zich evenmin voor zijn lichaam als Helen. Hoewel, net zoals Helen zich gekleed meer op haar gemak voelde in het bijzijn van haar vader, hij ongetwijfeld ook snel tenminste zijn onderbroek zou hebben aangeschoten als zijn moeder aanwezig zou zijn geweest.)

'Wat is je vader een ellendeling,' zei Clifford tegen Helen. John Lally lag voorover op de grond; zijn ogen waren open en boorden zich in het Kelim tapijt. Er zaten strepen in van matte oranje en gedempte rode tinten. Kleuren en patroon zouden later weer opduiken in een van zijn bekendste schilderijen – *De kastijding van Sint Ida*. (Schilders hebben, net als schrijvers, de hebbelijkheid om zelfs de pijnlijkste en extreemste gebeurtenissen voor hun artistieke karretje te spannen.) Tegenwoordig zijn tapijten van het type dat hier zo achteloos op Cliffords zoldervloer van gepolijst hout lag zeldzaam en kosten bij Liberty een paar duizend pond. Toen konden ze voor een pond of vijf in iedere rommelwinkel worden gekocht. Clifford had natuurlijk, met zijn kennersblik voor de toekomst, al een stuk of twaalf bijzonder fraaie exemplaren te pakken weten te krijgen.

John Lally wist niet wat het ergste was: de pijn of de vernedering. Naarmate de eerste verminderde, werd de tweede erger. Zijn ogen traanden, zijn neus bloedde en zijn lies deed pijn. Zijn vingers tintelden. Hij had achtentwintig jaar lang als een bezetene geschilderd en voor zover hij kon zien zonder enig commercieel of praktisch resultaat. Doeken lagen opgeslagen in zijn atelier, in zijn garage. De enige die hun waarde scheen te kennen was Clifford Wexford. Erger nog, en de kunstenaar moest het toegeven, deze blonde jonge vlegel met zijn valse wereldbeeld, met de gemakkelijke manier waarop hij met vrouwen, geld en de beau monde omging, wist precies hoe hij zijn talent moest cultiveren door een bemoedigend woordje hier, een morele tik daar: het optrekken van zijn wenkbrauw wanneer hij, tijdens een van zijn regelmatige bezoeken, de voorraad doeken doorkeek op de zolder, in de garage of in de schuur van de familie Lally. 'Ja, dat is interessant. Nee, nee, leuk geprobeerd maar het is niet helemaal uit de verf gekomen, hè? – Ach ja –' en de jonge Wexford pikte er precies die stukken uit waarvan de schilder wist dat ze tot zijn beste werk behoorden en waarvan hij vooral verwachtte dat de wereld ze zou afwijzen, en inmiddels hoopte dat zij ze zou afwijzen opdat hij de wereld met des te meer reden zou kunnen afwijzen en verachten – en nam ze mee. En een biljet van vijf pond ging van de ene in de andere hand – net genoeg om nieuwe verf en kwasten te kunnen kopen, hoewel nauwelijks genoeg om de keukenkast opnieuw te kunnen vullen, maar dat was Evelyns probleem – en ze werden snel afgevoerd, en een cheque van Leonardo's kwam af en toe door de brievenbus vallen, onverwacht en ongevraagd. John Lally werd innerlijk verscheurd, hij verkeerde in tweestrijd: hij raasde, hij brandde, hij bloedde. Zoveel hartstocht, dacht John Lally terwijl hij voorover lag te huilen en te bloeden in het Kelim tapijt, kan misschien wel een echte lichamelijke beschadiging veroorzaken – misschien wel mijn schilderhand verlammen. Hij kalmeerde zichzelf. Hij hield op met kronkelen en kreunen en lag stil.

'Nu je je niet meer zo aanstelt,' zei Clifford, 'kun je beter opstaan en vertrekken voor ik mijn geduld verlies en je doodtrap.'

John Lally bleef stil liggen. Clifford bewoog het uitgestrekte lichaam achteloos met zijn voet.

'Niet doen,' zei Helen.

'Ik doe wat ik wil,' zei Clifford. 'Moet je zien wat hij met mijn deur heeft gedaan!' En hij trok zijn voet terug alsof hij een flinke trap wilde geven. Hij was kwaad en niet alleen omdat zijn deur versplinterd was, of door de inbreuk op zijn privacy, of omdat Helen beledigd was, maar omdat hij zich er op dat moment van bewust werd dat hij John Lally gewoon benijdde en jaloers op hem was omdat hij kon schilderen als een engel, en dat kunnen schilderen als een engel het enige ter wereld was wat Clifford Wexford wilde. En omdat Clifford dat niet kon, leek al het andere – geld, ambitie, het streven naar status – onbelangrijk, slechts vervangingsmiddelen, een tweede keus. Hij wilde John Lally doodtrappen en dat was de volle waarheid.

'Alsjeblieft niet,' zei Helen. 'Hij is een beetje gek. Hij kan er niets aan doen.'

John Lally keek omhoog naar zijn dochter en kwam tot de slotsom dat hij haar absoluut niet mocht. Ze was een betuttelend kreng, verwend door Evelyn, verpest door de wereld. Ze was flut, ongetalenteerd en verwend. Hij krabbelde overeind.

'Misselijk kreng,' zei hij, 'alsof het me iets kan schelen in wiens bed jij ligt.' Hij stond precies op tijd. Clifford gaf de trap en miste.

'Doe maar wat je wilt,' zei John Lally tegen Helen. 'Waag het alleen niet ooit nog bij je moeder of mij in de buurt te komen.'

En zo, lezer, hebben Helen en Clifford elkaar ontmoet en heeft Helen haar familie voor Clifford opgegeven.

Helen twijfelde er niet aan dat Clifford en zij weldra zouden trouwen. Ze waren voor elkaar geschapen. Ze waren twee delen van één geheel. Dat wisten ze, al was het alleen maar door de manier waarop hun ledematen met elkaar versmolten, alsof ze eindelijk thuis kwamen. Dit is wat liefde op het eerste gezicht met mensen doet. Ten goede of ten kwade, dat is dat.

Terugblikken

Clifford was trots en voldaan dat hij Helen had ontdekt, net zoals zij blij en tevreden was dat ze hem had gevonden. Hij keek met verbazing terug op zijn voor-Helense leven: de vluchtige seksuele ontmoetingen, zijn algemene amoureuze gedrag van bel-mij-niet, ik-bel-jou-wel (en natuurlijk deed hij dat zelden, zich realiserend dat zijn aandacht en belangstelling toch niet volledig in beslag waren genomen), zijn correctere maar steeds vruchteloze echtelijke schermutselingen met een lange reeks min of meer geschikte meisjes, en de veelvuldige en doodsaaie uitjes met de verkeerde persoon naar de juiste bars en clubs. Hoe had hij het zo lang volgehouden? Waarom? Het spijt me dat ik moet zeggen dat Clifford, terwijl hij zo terugblikte, geen aandacht besteedde aan de hoeveelheid vrouwen die hij emotioneel of sociaal of op beide manieren had gekwetst; hij herinnerde zich alleen zijn eigen ellende en verveling.

En wat Helen betreft, het was alsof haar leven zich tot nu toe in de schaduw had afgespeeld. Maar nu! Een onvermoede zon verlichtte haar dagen en gloeide nog warm na in haar nachten. Haar ogen straalden. Ze verschoot gemakkelijk van kleur en als ze haar hoofd schudde, sprongen haar bruine krullen rond alsof ook bij hen nieuw leven was ingeblazen. Ze ging, slechts af en toe, naar haar piepkleine ateliertje bij Sotheby's en keerde steevast niet naar haar eigen flatje, maar naar Cliffords huis terug. Ze werd per uur betaald – en slecht, maar het was juist het ongeregelde dat haar aan de baan beviel. Ze zong tijdens haar werk. Ze was gespecialiseerd in het in elkaar zetten van vroeg aardewerk (de meeste restaurateurs geven de voorkeur aan de harde scherpe randen en kleuren van ceramiek. Helen hield van de uitdagende, lastige, smeltende, schilferige zachtheid van vroege kannen en bekers.) Ze vergat haar vrienden en aanbidders; ze liet haar kamergenootje de huur betalen en vragen beantwoorden. Ze kon niet langer geloven dat geld van enig belang was, of je reputatie, of het voortbestaan van vriendschap. Ze was verliefd. Ze waren verliefd. Clifford was rijk. Clifford zou haar beschermen. De details konden barsten. Haar vader met zijn woede kon barsten, haar moeder met haar zorgen, haar werkgevers met hun opgetrokken wenkbrauwen terwijl ze de uren optelden die ze per week werkte en die afzetten tegen de kosten van de ruimte die het atelier innam. Clifford was alle familie en vrienden die ze ooit nodig zou hebben, hij was het dak boven haar hoofd, de stof op haar rug, de zon aan haar hemel.

Ach, liefde kan natuurlijk niet alles genezen. Soms zie ik het gewoon als een soort zalf die mensen op hun verwonde ego's smeren. Echte genezing moet van binnenuit komen, bestaan uit een geduldige, langzame, zware gang naar zelfkennis, uit de tanden op elkaar klemmen, verveling en irritaties verdragen en lachen tegen de melkboer en de huur betalen en de gezichtjes van je kinderen schoonmaken en niet laten merken dat je pijn hebt, of uitgeput of ongeduldig bent – maar daar wilde Helen niets van horen, lezer. Ze was jong, ze was mooi en de wereld lag aan haar voeten. Ze wist het. Ze liet zich door de liefde meeslepen en opslokken – en ze hief slechts haar mooie witte handjes ten hemel en zei: 'Ik kan er niets aan doen! Dit is sterker dan ik ben!'

Een mes in de rug

De ochtend na zijn treffen met John Lally verscheen Clifford bij Leonardo's met een gekneusde vuist en een slecht humeur.

Zijn eerste afspraak van die dag was met Harry Blast, de onhoffelijke jonge televisie-interviewer die er de avond van de Bosch party in was geslaagd om Angie Wellbrook niet thuis te brengen. Dit was Harry's eerste interview. Het zou het slot vormen van een programma dat 'Monitor' heette. Harry was zenuwachtig en kwetsbaar. En Clifford wist het.

Het interview zou plaatsvinden in sir Larry Patts deftige betimmerde kantoor met uitzicht op de Thames. De BBC camera's waren groot en log. Op de vloer lag een netwerk van kabels. Sir Larry Patt was even nerveus als Harry Blast. Clifford was te opgewonden door de afgelopen nacht met Helen en zijn overwinning op het arme wrak van een kunstenaar om ook maar enigszins onzeker van zichzelf te zijn. Hij stond ook nog voor het eerst voor de camera's, maar dat zou je nooit zeggen. Het was feitelijk dit speciale interview dat Clifford op zijn eigen speciale, door schijnwerpers verlichte weg hielp om de ster van de kunstwereld te worden. Clifford Wexford zegt er dit van – Wex zegt dat – om de grote CW te citeren en je kon aan de slag. Als je tenminste de moed had om het hem te vragen en te riskeren dat je langzaam werd afgemaakt of vlug werd aanvaard, je wist nooit wat. Een snelle blik van de heldere blauwe ogen en je was okee en waard om naar geluisterd te worden, of je werd afgeschreven als een van de onbeduidende figuren van deze wereld. Hij had de regelmatige trekken waar televisiecamera's zo van houden – en was intelligent en ad rem, wat hem in staat stelde om door vaktaal en aanmatiging heen te prikken, terwijl hij er zelf toch niet helemaal vrij van was – integendeel.

'Goed,' zei interviewer Harry Blast onbehouwen, toen de camera's niet langer de vroeg zeventiende-eeuwse betimmering, het stadhuis aan de andere kant van de rivier en de Gainsborough aan de muur boven de brede achttiende-eeuwse schouw bewonderden, en kwam ter zake, want hij had zijn vragen duidelijk van tevoren opgesteld. 'Er wordt wel gesuggereerd dat de Raad voor de Kunst – waarmee we natuurlijk de arme belastingbetaler bedoelen – eigenlijk een te groot deel van de kosten van de Bosch-tentoonstelling betaalt en dat Leonardo's eigenlijk een te groot deel van de winst voor zichzelf opeist. Wat vindt u daarvan, meneer Wexford?'

'U bedoelt dat *u* dit nu suggereert,' zei Clifford. 'Waarom zegt u dat niet ronduit? Leonardo's gebruikt de belastingbetaler als melkkoe...'

'Nou ja,' zei Harry Blast blozend, terwijl zijn grote neus steeds roder werd, wat altijd gebeurde als hij onder druk stond. Het was maar goed dat de kleurentelevisie nog uitgevonden moest worden, anders had hij misschien nooit carrière gemaakt. Stress hoort nu eenmaal bij het werk voor de media!

'En hoe kunnen we zulke dingen beoordelen?' vroeg Clifford. 'Hoe kan je, als het kunstzaken betreft, de winst in cijfers uitdrukken? Als Leonardo's kunst brengt voor een publiek dat naar kunst hongert, iets wat openbare instanties hebben nagelaten te doen, dan hebben we toch zeker recht, misschien niet helemaal op een beloning, maar toch op enige aanmoediging? U hebt de rijen beneden op straat gezien. Ik hoop dat u de moeite hebt genomen om uw camera's erop te richten. Ik zeg u dat de bevolking van dit land het al veel te lang zonder schoonheid heeft moeten stellen.'

En natuurlijk had Harry Blast verzuimd om de rijen te filmen. Clifford wist het.

'En wat betreft de exacte verhouding tussen de subsidie van de raad voor de kunst en de fondsen van Leonardo's, ik geloof dat die ongeveer evenredig is. Is het niet, sir Larry? Hij is onze topman voor financiële aangelegenheden.'

En dus wendden de camera's zich op Cliffords aandringen naar sir Larry Patt, die het natuurlijk niet wist zonder het te hebben opgezocht en iets van die strekking mompelde in plaats van zijn onwetendheid luid en duidelijk tegenover de wereld te verkondigen, zoals hij beter had kunnen doen. Sir Larry was absoluut geen televisiepersoonlijkheid: zijn gezicht was te oud en zijn genotzucht had al te duidelijke sporen nagelaten in de vorm van weke onderkinnen en een zelfgenoegzame mond. Hij had ook een enerverende morgen achter de rug. Hij was vroeg in de ochtend wakker geworden door een telefoontje uit Amsterdam van mevrouw Bouser.

'Wat is Engeland eigenlijk voor een land?' vroeg ze op hoge toon. 'Hebben jullie de beschaving zo ver achter jullie gelaten dat een man verleid kan worden terwijl zijn eigen vrouw ernaast zit en dat de man van de vrouw die het doet er absoluut geen aandacht aan schenkt?'

'Mevrouw,' zei sir Larry Patt, 'ik heb geen idee waar u het over hebt.' En dat klopte. Omdat hij zijn vrouw zelf onaantrekkelijk vond, kwam het niet in zijn hoofd op dat andere mannen door haar zouden kunnen worden aangetrokken. Sir Larry behoorde tot een sociale klasse en een generatie die vrouwen schuins bezien. Hij had er eentje getrouwd die zoveel mogelijk op een jongen leek (Clifford had Rowena daar eens op gewezen, en haar zo aan het huilen gemaakt). Het was niet dat hij geen fantasie had – hij voelde zich gewoon slecht op zijn gemak bij emoties en bewaarde zijn extase liever voor de kunst dan voor de liefde, liever voor schilderijen dan voor seks. En dit was op zich toch zeker iets waar je jezelf mee kon gelukwensen als je, zoals hij, uit een familie stamde die zich erop liet voorstaan niets van kunst af te weten. Hij had toch zeker genoeg vastberadenheid aan de dag gelegd. Hij wist dat hij alle reden had om zich behaaglijk te voelen. Het gesprek werd gelukkig plotseling verbroken, alsof het toestel mevrouw Bouser uit de hand was gerukt. Hij was zelfs niet verbaasd. Ze was hysterisch. Dat waren vrouwen zo vaak. Hij ging Rowena's slaapkamer binnen en zag dat ze op haar eigen platborstige manier vredig lag te slapen en hij stoorde haar niet, voor het geval ze het ook zou worden. Hij voelde zich niet op zijn best. Het werd Harry Blast duidelijk dat sir Larry tot het verleden behoorde. Dat moest wel, want Clifford behoorde tot de toekomst en de televisie gelooft in tegenstellingen. Goed, slecht, oud, nieuw, links, rechts, de tragikomische Patt op het punt te verdwijnen, Wexford op het punt op te komen. En zo was het interview het begin van de val van sir Larry Patt, de top van een lange geleidelijk aflopende helling, en het was Clifford die hem die dag zachtjes en doelbewust die kant opduwde. Sir Larry merkte het niet eens. Clifford keek in de toekomst en zag dat die de mogelijkheid voor een dynastie in zich droeg. Om Helen tot zijn koningin te maken, zou hij zelf koning moeten zijn. Dat betekende dat hij over Leonardo's zou moeten heersen en Leonardo's zou zelf moeten groeien en veranderen, zou een van die gecompliceerde machtsblokken moeten worden waar de wereld in steeds sterkere mate uit opgebouwd begon te raken. Hij zou het heimelijk moeten doen, door te konkelen, door zich te gedragen zoals koningen en keizers altijd hadden gedaan: door trouw te eisen, en loyaliteit af te dwingen, niemand te dicht in zijn buurt te laten komen, door de ene gunsteling tegen de andere uit te spelen, door de macht over leven en dood in eigen hand te houden en er gebruik van te maken (ofte wel aannemen en ontslaan, de moderne equivalenten), door onverwachts gunsten te verlenen en onverwachts straffen uit te delen, door zijn glimlach gulheid en zijn frons ontbering te laten betekenen. Hij zou Wexford van Leonardo's worden. Hij die het nooit goed deed, de begerige, streberige, rusteloze zoon van een dominante vader, zou niet langer een buitenstaander zijn, zou niet langer de maan zijn die om de zon draaide, maar zelf de zon worden. Voor Helen zou hij de wereld binnenstebuiten keren.

Hij zuchtte en strekte zich. Wat voelde hij zich sterk! De camera's van Harry Blast registreerden het zuchten en het strekken en maakten de opname die het programma maakte en die verder favoriet was bij de montage van ieder programma over het reilen en zeilen van de kunstwereld. Het had gewoon iets, ik vermoed iets van een ambtsaanvaarding – van dat moment dat zo belangrijk schijnt te zijn, wanneer de aartsbisschop de kroon echt op het hoofd van de nieuwe vorst plaatst – en dat werd geregistreerd door de camera's van Harry Blast, onbewust.

Moeder en dochter

En terwijl Clifford over zijn toekomst nadacht en iets wat tot nu toe alleen maar een vage ambitie was geweest reguleerde, professionaliseerde en zelfs heiligde, zat het meisje van zijn dromen, Helen Lally, met haar moeder kruidenthee te drinken bij Cranks, het nieuwe restaurant voor gezonde voeding in Carnaby Street. Cranks was het prototype van een miljoen andere die de komende vijfentwintig jaar over de hele wereld uit de grond zouden oprijzen. Gezonde voeding en kruidenthee = geestelijke en lichamelijke gezondheid. Dat was toen een heel nieuwe opvatting en Evelyn dronk haar smeerwortelthee enigszins argwanend en met kleine teugjes. (Smeerwortel wordt nu niet meer inwendig gebruikt uit angst dat het kankerverwekkend zou kunnen zijn, maar alleen uitwendig toegepast, dus misschien had haar instinct gelijk.)

'Je zult er van opkikkeren, moeder,' zei Helen hoopvol. Evelyn moest duidelijk opgekikkerd worden. Ze had gezwollen en rood omrande ogen. Ze zag er gewoontjes wanhopig en oud uit; geen gelukkige combinatie. Toen John Lally van Coffee Place nummer 5 was teruggekeerd, had hij tegenover zijn vrouw opnieuw verklaard dat haar dochter Helen niet langer welkom was in Applecore Cottage en dat de enig mogelijke verklaring voor haar gedrag was dat ze niet zijn kind was, en had zichzelf opgesloten in de garage. Daarbinnen was hij nu waarschijnlijk als een razende aan het schilderen. Evelyn zette van tijd tot tijd eten en drinken op de vensterbank; het eten werd aanvaard – het raam werd snel omhoog geschoven en weer met een klap gesloten – maar het drinken bleef nogal nadrukkelijk staan. In de garage lag zelfgemaakte wijn opgeslagen en dat was waarschijnlijk alles wat hij nodig had. Zwarte woede scheen onder de garagedeur door te sijpelen. 'Het is niet eerlijk,' zei Evelyn tegen haar dochter, alsof zij het kind was en niet de moeder. 'Het is gewoon niet eerlijk!'

Nee natuurlijk niet. Dat zij die zoveel voor haar man had gedaan, haar hele leven aan hem had gewijd, zo werd behandeld!

'Ik probeer je niet te laten merken hoe erg ik van streek raak,' zei ze, 'maar je bent nu volwassen en zo is het leven nu eenmaal, denk ik.'

'Alleen als je het toelaat,' zei Helen, veilig in de wetenschap dat zij een nieuwe liefde had gevonden en tenminste van plan was nog lang en gelukkig te leven.

'Als je toch tenminste maar wat tactvoller was geweest,' zei Evelyn, waarmee ze dichter bij een verwijt kwam dan ooit tevoren. 'Je hebt er geen idee van hoe je je vader moet aanpakken.'

'O, het spijt me,' zei Helen. 'Het zal wel allemaal mijn schuld zijn. Maar hij blijft zichzelf toch opsluiten. Meestal op zolder, nu in de garage. Ik snap niet waarom je er zo door van streek raakt. Het is niets bijzonders. Als jij niet zo van streek raakte, zou hij het misschien niet doen.'

Ze probeerde serieus te zijn, maar klonk in de oren van haar moeder slechts lichtzinnig. Ze kon er niets aan doen. Ze hield van Clifford Wexford. Dus wat deed het er toe als haar vader kwaad was tot hij eraan bezweek, en haar moeder voortijdig stierf door haar verdriet? Zij, Helen, hield van Clifford Wexford, en ze had de jeugd, de energie, de toekomst, het gezonde verstand en de opgewektheid aan haar kant en dat was dat.

Evelyn beheerste zich al snel en bewonderde op gepaste wijze het ongebruikelijke ontschorste dennehout en de rustieke stijl van het restaurant en was het met haar dochter eens dat het nu al vijfentwintig jaar zo ging. Ze dacht dat het nog wel een hele tijd zo zou doorgaan. Helen had volkomen gelijk. Er was geen enkele reden om zich zorgen te maken en ze hoefde zichzelf alleen maar te vermannen. 'Nee maar,' zei Evelyn, terwijl ze zichzelf vermande, 'je haar ziet er werkelijk *prachtig* uit. Zo krullend!'

En Helen, die het zich kon veroorloven om aardig te zijn, was het ook en streek haar haar niet onmiddellijk glad achter haar oren, maar schudde haar hoofd zodat het er donzig omheen ging staan, zoals haar moeder graag zag. Helen wilde, lang voordat het mode werd, graag recht, plat, zijig en glad haar hebben. In dit opzicht scheen de liefde tenminste aan Evelyns kant te staan, want haar dochter had dik krullend haar.

'Ik ben verliefd,' zei Helen. 'Daar zal het wel van komen.'

Evelyn keek haar verbaasd aan. Hoe had het leven in Applecore Cottage zulke onschuld kunnen voortbrengen?

Even later zei ze: 'Stort je alleen niet ergens overhaast in omdat het leven thuis zo vreselijk was.'

'Och, mam, het was toch nooit echt vreselijk,' protesteerde Helen, hoewel het dat soms werkelijk was geweest. Applecore Cottage had iets aparts en bekoorlijks, maar de regelmatig terugkerende sombere buien van haar vader dreven inderdaad als een soort giftig gas onder deuren door en door kieren heen. Het deed er niets toe dat hij zich buitensloot, zowel voor zijn gezin (om hen tegen hem te beschermen) als voor zichzelf (om zich tegen hun vrouwelijke bekrompenheid en trouweloosheid in het algemeen te beschermen). En haar moeders ogen waren te vaak rood omrand geweest, waardoor op de een of andere manier de glans van de koperen pannen die zo mooi in de keuken hingen, werd gedoofd en het licht dat door de glas-in-lood ramen naar binnen kwam, werd teruggeketst. Op zulke momenten had Helen er hevig naar verlangd om weg te komen. Maar op andere momenten hadden ze een hecht gezin gevormd dat hun gedachten, gevoelens en verlangens had gedeeld. De twee vrouwen waren intens trouw aan het genie van John Lally en hadden er graag de ontberingen en geldzorgen voor over en begrepen dat het temperament van de schilder voor hem even moeilijk te verdragen was als voor hen. Maar toen was Helen vertrokken – weg naar de kunstacademie en een mysterieus leven in Londen, en Evelyn kreeg de volle lading, niet van John Lally's aandacht, want die schonk hij haar nauwelijks, maar van zijn rondtollende, boze energie over zich heen en ze begon te begrijpen dat hij het wel zou overleven, en zijn schilderijen ook, maar zij, Evelyn, misschien niet. Ze voelde zich veel ouder en vermoeider dan zou moeten. En wat erger was, ze begreep maar al te goed dat als John Lally zou moeten kiezen tussen zijn kunst en haar, hij ongetwijfeld voor zijn kunst zou kiezen. Als hij al van haar hield, zei ze eens tegen Helen in een onkarakteristieke woedeuitbarsting, dan was het zoals een man met een houten been van dat been hield. Hij kon niet zonder, maar wou dat hij het kon.

Nu lachte ze vriendelijk naar Helen en klopte met haar grote slappe hand op de kleine stevige blanke hand van haar dochter en zei: 'Het is lief dat je dat zegt.'

'Je hebt altijd je best gedaan,' zei Helen, en vervolgens, paniekerig, 'waarom praat je alsof we afscheid nemen?'

'Omdat het dat, als jij bij Clifford blijft,' zei Evelyn, 'ook min of meer is.'

'Hij had niet zo op die manier bij ons moeten binnenvallen. Het spijt me dat Clifford hem heeft geslagen, maar hij werd ertoe gedreven.'

'Het zit allemaal veel dieper,' zei Evelyn.

'Hij komt er wel overheen,' zei Helen.

'Nee,' zei haar moeder. 'Je zult moeten kiezen.' Helen vroeg zich plotseling af waar ze, nu ze Clifford als minnaar had, eigenlijk nog een vader voor nodig had.

'Waarom ga je niet gewoon weg, mam,' zei ze, 'en laat je pap zelf met zijn eigen genie klaarkomen? Zie je niet dat het belachelijk is? Leven met een man die zichzelf opsluit en zijn eten op een bordje op de vensterbank van de garage moet hebben.'

'Maar, schatje,' zei Evelyn, 'hij *schildert*!' en Helen wist dat het geen zin had en had dat eigenlijk ook niet echt gewild. Je kan je ouders wel suggereren om uit elkaar te gaan – en dat doen er veel – maar het is bepaald afschuwelijk als ze deze suggestie werkelijk ten uitvoer brengen.

'Het is waarschijnlijk het beste,' zei Evelyn tegen haar eigen dochter, 'als je voorlopig een tijdje uit de buurt blijft,' en Helen was blijer dan ooit dat ze Clifford had, want een gevoel van pijn en angst borrelde in haar op en moest gestild worden. Het had er even iets van dat haar eigen moeder haar in de steek liet. Maar dat was natuurlijk onzin. Ze deelden een heel nieuw biscuitje van volkorenmeel en honing, dat Evelyn erg lekker vond, deelden de rekening, en eenmaal buiten lachten ze tegen elkaar en gaven ze elkaar een zoen en gingen ieder hun weg; Evelyn had niet langer een kind, Helen niet langer een moeder.

Voorlopige hechtenis

'Mijn God,' zei Clifford toen Helen hem die avond verslag uitbracht van het gesprek, 'wat je ook doet, moedig het nooit aan dat je moeder wegloopt.'

Ze aten in bed en probeerden niet op de zwarte lakens te morsen met de vette taramasalata, die Clifford snel zelf had klaargemaakt van kabeljauwkuit, citroensap en room, omdat dat goedkoper was dan het kant en klaar te kopen. Zelfs de liefde kon Clifford er niet toe brengen van zijn normale zuinigheid af te stappen – sommigen noemden het gierigheid, maar waarom zouden we niet de vriendelijke term gebruiken? Clifford eiste een goed leven en had er ook plezier in om daarvoor nooit een cent meer uit te geven dan nodig was.

'Waarom niet, Clifford?'

Soms kon Helen, net als Angie, Clifford niet volgen, maar Helen had de levendigheid en het verstand om hem om uitleg te vragen. En aangezien zij, in tegenstelling tot Angie, niet koppig was, leerde ze snel. Wat zag ze er die avond lief uit, betoverend! Slanke zachte armen, naakte ronde schouders en een crèmekleurig zijden hemdje dat haar zwellende borst nauwelijks bedekte – ze knabbelde behoedzaam met haar kleine rechte tandjes aan een crackertje, voorzichtig, om niets te morsen van de taramasalata die Clifford misschien een fractie te vloeibaar had gemaakt.

'Omdat je vader door je moeder wordt geïnspireerd,' zei Clifford, 'en hoewel dat zielig is voor je moeder, moeten er ter wille van de kunst offers gebracht worden. Kunst is belangrijker dan het individu, zelfs dan de schilder die haar schept. Je vader zou de eerste zijn om dat toe te geven, wat voor onmens hij verder ook mag zijn. Bovendien heeft een schilder zijn Gestalt nodig – de speciale combinatie van omstandigheden waardoor hij in staat is zijn specifiek eigen visie op het universum uit te beelden. Tot jouw vaders Gestalt horen, jammer genoeg, Applecore Cottage, je moeder, ruzies met de buren en een paranoia tegenover de kunstwereld in het algemeen en mij in het bijzonder. Tot nu toe heb jij er ook deel van uitgemaakt. Jij bent weggerukt. Dat is een hele schok. Het heeft hem de garage ingedreven. Met een beetje geluk zullen we zien dat zijn stijl veranderd is als hij weer te voorschijn komt. Laten we maar hopen dat het hoe dan ook beter verkoopbaar is.'

Voorzichtig verwijderde hij Helens crackertje, legde het opzij en kuste haar pikante mond.

'Ik neem aan,' zei Helen, 'dat je me niet alleen hier binnen hebt gehaald om te zorgen dat mijn vaders schilderijen beter verkoopbaar worden?' en hij lachte, maar daarvoor was het even stil geweest, alsof hij het zichzelf ook bijna afvroeg. Echt succesvolle mensen volgen vaak hun instinct dat in hun voordeel werkt. Zij hoeven niet te intrigeren of plannen te smeden. Zij volgen hun neus en het leven zelf onderwerpt zich aan hen. Clifford hield van Helen. Natuurlijk hield hij van haar. Niettemin, de dochter van John Lally! Deel van een Gestalt die een schok moest ondergaan, een duw moest hebben, wakker geschud moest worden.

Maar ze vergaten deze dingen al snel en Clifford vergat ook te zeggen dat de vader van Angie Wellbrook hem de afgelopen week vanuit Johannesburg had gebeld.

'Ik vond dat ik je moest waarschuwen,' galmde de droevige, krachtige stem. 'Mijn dochter is op het oorlogspad.'

'Waarom?' Clifford was luchtig en koeltjes gebleven.

'God mag het weten. Ze houdt niet van de oude meesters. Ze zegt dat er alleen in de moderne kunst toekomst zit. Ze zegt dat Leonardo's zijn geld over de balk gooit. Wat heb je gedaan? Haar laten zitten? Nee, zeg het maar niet. Ik wil het niet weten. Onthoud alleen dat hoewel ik een van de grootste aandeelhouders ben, zij me vertegenwoordigt in het Verenigd Koninkrijk en niemand haar kan tegenhouden. Ze is een gehaaide tante, ook al is ze onuitstaanbaar.'

Clifford bedankte hem, beloofde hem de uitstekende kritieken van de Bosch-tentoonstelling te sturen en de kranteverslagen over de ongekende rijen voor de deur, verzekerde hem dat zijn investering veilig was en dat de bevordering en ondersteuning van de moderne kunst een steeds groter onderdeel van Leonardo's werkterrein aan het worden was – met andere woorden, dat Angie helemaal alleen stond in haar dubieuze strijd. Toen belde hij Angie en vroeg haar mee uit lunchen. Dat vergat hij Helen ook te vertellen. Maar hij liet haar loom in bed achter in zo'n behaaglijke bezwijming dat hij wist dat ze daar pas net van aan het bekomen zou zijn als hij die avond weer terug zou keren.

Angie en Clifford gingen naar het Claridges hotel. Minirokken kwamen net in de mode. Angie verscheen in een beige broekpak van fijn soepel suède en vroeg naar Cliffords tafeltje. Ze had de hele morgen in een schoonheidssalon gezeten, maar de hand van het meisje dat haar valse wimpers had aangebracht, was weggegleden en Angie had een rood oog en dus moest ze een zonnebril dragen, terwijl ze wist dat Clifford het dragen van een zonnebril ergens anders dan op een skipiste verfoeide. Hierdoor was ze boos.

'Het spijt me,' zei de ober onbezonnen, 'maar het is niet onze gewoonte om dames in pantalon toe te laten tot het restaurant.'

'Werkelijk?' vroeg Angie op gevaarlijke toon, terwijl ze nog bozer werd.

'Als u me toestaat u naar de lunchbar te begeleiden...'

'Nee,' zei Angie. 'Pak de pantalon maar aan.'

En ter plekke maakte ze hem los, stapte eruit, gaf hem aan de ober en liep in een minirokje het restaurant in naar Clifford. Wat jammer, dacht Clifford, dat Angies benen niet mooier waren. Ze deden bepaald afbreuk aan het gebaar. Desondanks was hij onder de indruk. Net als veel van de andere gasten. Angie werd van alle kanten met applaus ontvangen toen ze ging zitten.

'Ik weet dat ik een schoft ben,' zei Clifford onder de kwarteleitjes, 'ik weet dat ik je heb laten zitten, ik weet dat ik een schurk en een ploert ben, maar ik ben gewoon verliefd geworden.' En hij sloeg zijn helder blauwe ogen naar haar op, ontdekte dat de hare verborgen waren achter donkere glazen en zette die onmiddellijk af.

'Een van je ogen is rood,' merkte hij op. 'Afschuwelijk!' Op de een of andere manier lieten het gebaar, de aanraking en de opmerking haar geloven dat hij dan verliefd op een ander mocht zijn, maar dat het tussen hen niet was afgelopen. Dat klopte.

'Hoe moet het dan verder met ons?' vroeg ze. Met een hand bedekte ze het schuldige oog en met het mes in haar andere schraapte ze een beetje dikmakende mayonaise van haar ei af. Hij dacht dat als er al iets aan haar mankeerde ze te mager was. In zijn bed was ze steeds goed onder het zwarte laken gebleven en daar had ze alle reden toe. (Mager was in die dagen nog niet zo in de mode als nu. Als de ribben zich onder de huid aftekenden, werd dat lelijk gevonden.) Helen, volkomen op haar gemak in haar eigen lichaam, kon ieder deel in iedere willekeurige stand tonen. Toch had juist die terughoudendheid van Angie ook een eigen charme.

'Vrienden,' zei hij.

'Je bedoelt,' zei ze, 'dat je niet wilt dat mijn vader zijn miljoenen uit Leonardo's haalt.'

'Wat ken je me toch goed,' zei hij, en lachte terwijl hij haar recht aankeek met zijn heldere schrandere ogen en nu haalde hij haar hand weg en haar hart sprong op, maar wat had dat voor zin?

'Het zullen uiteindelijk mijn miljoenen zijn,' zei Angie. 'En helemaal los van jou en mij, heb ik ze niet graag in Leonardo's. Met kunst loop je grote risico's.'

'Niet meer,' zei Clifford Wexford, 'niet nu ik de baas ben.'

'Maar dat ben je niet, Clifford.'

'Ik word het wel.'

Ze geloofde hem. Een legertje fotografen en verslaggevers had zich inmiddels voor de deur van het Claridges verzameld. Het nieuws had zich verspreid. Ze wilden een glimp opvangen van Angies benen of, als dat niet zou lukken, van de ontgoochelde koning der kelners. Ze werden door het personeel tegengehouden. De algemene consternatie maakte indruk op Clifford. Dat deed publiciteit altijd.

Angie was ook niet ontevreden. Ach, dacht ze, Clifford zal wel snel genoeg van Helen krijgen. Helen heeft geen invloed op de pers, zoals ik. Helen, de dochter van de lijstenmaker. Gewoon weer een ander lief gezichtje. Zonder geld, zonder macht, zonder een eigen plaats in de wereld tenzij bij Cliffords gratie. Ze zou hem wel vlug gaan vervelen. Angie besloot Clifford te vergeven en genoegen te nemen met het haten van Helen. Zou ze een vernietigende onvergetelijke opmerking over haar rivale maken? Nee. Clifford was te intelligent. Hij zou erdoorheen zien. Ze zou het maar over de andere boeg gooien.

'Het is een lief en mooi meisje,' zei ze, 'en precies wat je nodig hebt. Al zal je haar moeten leren om zich wat beter te kleden. Ze zou er echt niet zo armoedig bij moeten lopen. Maar ik geef het op. Ik geef me gewonnen. Ik zal jullie vriendin zijn, van jou en Helen. En de kritieken van de Bosch-tentoonstelling waren werkelijk indrukwekkend, Clifford. Misschien had ik ongelijk. Ik zal pap opbellen en hem geruststellen.'

Clifford stond op, liep naar Angie toe, trok haar gezicht met de fletse huid en het arme oog naar zich toe en kuste haar stevig op haar mond. Dat was haar beloning. Het was niet genoeg, maar alvast iets. Als de tijd rijp was, zou ze opeisen waar ze recht op had, wat haar beloofd was. Maar ze nam aan dat er geen haast bij was. Ze zou wachten, zo nodig tientallen jaren.

Terwijl Angie met Clifford lunchte, had Helen Evelyn aan de lijn.

'O mam,' zei Helen dankbaar, 'ik dacht dat je me helemaal had opgegeven!'

'Ik vond dat je moest weten hoe erg je vader uit zijn doen is,' zei haar moeder. 'Hij is uit de garage gekomen en zit nu boven op zolder zijn oude doeken kapot te knippen met de heggeschaar. *Vos plus kipperesten* is in stukken. Hij heeft een deel van *Gestrande walvis met gieren* naar beneden gegooid. Hij zal zo van streek raken als hij weer rustig is geworden en ontdekt wat hij gedaan heeft. Hij heeft twee hele jaren aan die walvis gewerkt, Helen. Weet je nog wel. Je laatste twee jaar op de middelbare school?'

'Ik denk dat je maar naar de buren moet gaan, mamma, en daar moet wachten tot hij gekalmeerd is.'

'Ze worden me zo zat bij de buren.'

'Natuurlijk niet, mamma.'

'Het is voor je vader zo belangrijk, dat hij niet van streek is.'

'Zie je niet, mamma, dat ik een excuus ben en geen oorzaak?'

'Nee, Helen, zo kan ik het helaas niet zien.'

Om kwart over drie belde Helen huilend naar Leonardo's en liet een boodschap achter dat Clifford dringend naar huis moest bellen. Maar hij verscheen pas om vijf uur weer op kantoor. Hoe hij de tijd tussen twee en vijf had besteed, ga ik niet tot in details uit de doeken doen, lezer. Hij was niet van plan geweest zoiets te laten gebeuren. Laat ik alleen zeggen dat Angie het gerieflijk vond om een suite in het Claridges te hebben voor als ze winkelde in Bond Street – haar huis in Belgravia lag naar haar idee te ver uit het centrum en ze werd er te scherp in de gaten gehouden door de butler en het overige personeel – en dat een goede gelegenheid misschien niet voor alle, maar minstens voor viervijfde van alle clandestiene en onverwachte seksuele samenkomsten verantwoordelijk is. En Clifford vond dat hij iets had goed te maken en het strekt hem tot eer dat hij aangenamer onder de indruk was van de persmuskieten die haar op de hielen zaten dan hij ooit van haar vaders miljoenen was geweest. Bovendien was hij nog maar zo kort verliefd op Helen dat dit nog geen tijd had gehad om invloed te hebben op zijn diepgewortelde dagelijkse routine – dat wil zeggen om zijn pleziertjes te hebben waar en wanneer hij ze tegenkwam.

Het zij zo, maar rond half zes trad Clifford krachtig en ogenblikkelijk op, niet zo zeer door Helens tranen als wel door haar verslag van haar vaders gedrag. *Vos plus kipperesten* was een minder belangrijk en ontsierend stuk, maar *Gestrande walvis met gieren* mocht dan misschien afstotelijk zijn door het onderwerp – rottend vlees strekte zich in glinsterende flarden uit over een bijna etherisch doek – maar was een uitstekend en zeer belangrijk werk en Clifford kon niet toelaten dat het gehavend werd. Binnen een uur stonden zijn advokaten bij rechter Percibar op de stoep – de welbespraakte Percibar, een oude vriend van Otto Wexford, Cliffords vader – en werd er een gerechtelijk bevel uitgevaardigd waarin het John Lally verboden werd om verdere beschadigingen toe te brengen aan iets wat het eigendom van Leonardo's bleek te zijn, aangezien de kunstenaar, zoals zij stelden, van een voorschot van deze verheven instelling leefde. En de volgende morgen, nadat een politieauto en een bestelwagen van Leonardo's bij het huis voor waren komen rijden, werden zeven doeken van John Lally overgebracht naar de kluizen van Leonardo's, plus de snippers van de *Vos plus kipperesten* die in de tuin gevonden waren, en op de volgende manier gecatalogiseerd:

1. *Gestrande walvis met gieren* – beschadigd
2. *Het uitmoorden van de schildpadden* – in uitstekende staat
3. *Petrus en een kreupele bij de hemelpoort* – bekrast
4. *Het banket van ogen* – gevlekt (koffie?)
5. *Jong poesje met hand* – gevlekt (vogeluitwerpselen?)
6. *Dood bloemstuk* – in uitstekende staat
7. *Landschap van beenderen* – kapot gesneden
8. *Vos plus kipperesten* – overblijfselen

Alles was verwijderd terwijl John Lally de effecten van een shock, te hard werken, een slecht humeur en zelfgemaakte wijn van zich afsliep. Evelyn probeerde hem wakker te maken toen de mensen van Leonardo's de smalle zoldertrap op en af banjerden, waarbij ze enige moeite hadden met het manoeuvreren van de brede doeken, maar hij was niet wakker te krijgen. Ze liet een briefje achter en ging naar de buren.

Lezer, als u slechts een amateurschilder kent, of zelf wat aankloddert en aanrommelt, zult u begrijpen hoe verschrikkelijk iedere schilder die het zout in de pap waard is het vindt om van zijn schilderijen te worden gescheiden, net zoals een moeder het verschrikkelijk vindt om van haar kinderen te worden gescheiden. Daardoor zit de schilder met een afschuwelijk probleem. Als hij niet verkoopt, zal hij niet alleen niet eten, maar schildert hij zichzelf zijn huis uit. Je zit met het enorm eenvoudige en praktische probleem van de *ruimte*: waar laat je de schilderijen? Maar als hij verkoopt, en dus plaats maakt, is het alsof er een stuk levend vlees wordt weggerukt. En het is om gek van te worden. Naar wat voor soort huis gaat je werk? Zal het er veilig zijn. Werd het gekocht omdat het echt gewaardeerd werd, of alleen maar omdat het zo mooi bij het behang stond? Natuurlijk hoefde John Lally zich op dat laatste punt geen enkele zorgen te maken. Er was geen sprake van dat een doek van Lally ooit met iets anders een *geheel* zou vormen. Hij is wat ze een museumschilder noemen, geschikt om op grote lege muren te worden tentoongesteld en in openbare gebouwen respectvol bekeken te worden, waar kreetjes van schrik, verbazing en afschuw snel geabsorbeerd kunnen worden door de warme, rustig circulerende, muffe mausoleumlucht. (En wat is dat voor een lot voor een schilderij, raasde John Lally. *Jong poesje met hand* – de vingers met klauwen, het pootje met nagels – had daarom eens een tijdje hoog in de lucht tussen twee naaldbomen in in de tuin van Applecore Cottage gehangen, opdat de vogels in de lucht het beter zouden kunnen bewonderen, aangezien de op aarde rondkrioelende mensen zo tekort schoten in hun vermogen om iets werkelijk te waarderen.) En wat de kleine particuliere galeries betreft, die worden geleid door schurken zonder enig onderscheidingsvermogen die zo'n 50% commissie rekenen. Zij zijn het riool van de kunstwereld. Ga maar naar een willekeurige opening en kijk hoe de huichelaars en de aanstellers staan te gapen en te staren en hoe ze heel publiekelijk hun cheques uitschrijven. Over het algemeen gaf John Lally zijn schilderijen het liefste gewoon weg aan vrienden. Dan had hij tenminste zelf in de hand wie ze kreeg, en aan wiens muren ze kwamen te hangen. Vrienden? Welke vrienden? Even snel als ze door zijn sporadische charme werden aangetrokken, werden ze afgestoten door zijn paranoia en slechte humeur. Er waren er slechts heel weinig die geschikt werden bevonden om een Lally te ontvangen. Daarom had John Lally, tot wanhoop gedreven door de onoplosbaarheid van het probleem, zo zag hij het tenminste, erin toegestemd om een voorschot van Leonardo's te ontvangen. En Leonardo's (dat wil zeggen, Clifford Wexford) had hem nog andere diensten bewezen: hem van een paar doeken afgeholpen, de ingestorte garage weer herbouwd, vochtwerend en met airconditioning, zodat zijn andere schilderijen er veilig konden worden opgestapeld en opgeslagen. Ze hadden ramen in het zolderdak laten aanbrengen waardoor zijn werk beter verlicht werd door goed noordelijk licht. Als John Lally liever in de garage schilderde en zijn zolder als opbergruimte gebruikte, kon dat niet veel kwaad. Maar als John Lally zijn doeken met een heggeschaar te lijf ging, kwam Leonardo's tussenbeide om iets wat dankzij Wexfords kleine lettertjes bezit van Leonardo's bleek te zijn, op te eisen.

En John Lally had Clifford op een bepaalde manier vertrouwd, hoewel hij hem haatte en minachtte, omdat Clifford ondanks alles toch min of meer juist reageerde op zijn werk, en hij had geloofd dat wat er ook mocht gebeuren, hij tenminste nooit zou doen wat andere verzamelaars soms deden – de schilderijen ergens in een bankkluis opbergen om ze veilig te bewaren. Dat was voor de schilder alsof hij doof en blind werd gemaakt.

En nu was dat precies wat Clifford gedaan had. En John Lally was ervan overtuigd, toen hij zich had wakker geschud uit zijn verdoving en had ontdekt dat de schilderijen verdwenen waren, dat hij het niet gewoon gedaan had om de doeken te behouden – zij hadden al eerder heel wat zulke stormen doorstaan en zelfs terwijl hij op de *Vos plus kipperesten* inhakte, was hij in zijn hoofd alweer een nieuwe verbeterde versie aan het uitwerken – maar om zich te wreken. John Lally, de verpauperde kunstenaar die de slaapkamerdeur van Clifford Wexford kapot trapte en versplinterde en bij hem binnenstormde – nee, dat was niet vergeten, laat staan vergeven! Nee. Daarom lagen nu acht uitstekende schilderijen achter slot en grendel in de kluis van Leonardo's, terwijl Clifford lachte en luchtigjes zei: 'Het is voor John Lally's eigen bestwil' en zijn blanke dochter opnieuw op de zwarte satanische lakens neervlijde. Het was de straf voor de kunstenaar.

Het duurde twee weken voor Evelyn het waagde Applecore Cottage weer binnen te sluipen en te gaan afwassen en vegen, en drie maanden voor het leven weer enigszins normaal werd. Toen ging John Lally verder met *De roof door de Sabijnse maagden* en hij schilderde de laatsten als onverzadigbare harpijen. Een dwaas idee, maar goed uitgevoerd. Hij schilderde het op de muur van het kippenhok op hun erf omdat het dan niet erg waarschijnlijk was dat het in de kluizen van Leonardo's terecht zou komen. Dan was het nog beter dat het door wind en regen weldra helemaal zou vervagen.

De erfenis van kleine Nell

Kleine Nell zat nu al zes weken lang teder en veilig in Helens buik genesteld. Ze had tenminste iets van het artistieke talent van haar grootvader van moeders zijde geërfd, maar niet, en dat zal u opluchten, zijn humeur of neuroses; ze was even lief en zelfs nog liever dan haar grootmoeder van moeders zijde, maar bezat niet haar neiging tot hevig masochisme die er zo vaak mee gepaard gaat. Ze bezat haar vaders energie en gevatheid, maar niet zijn, nou ja, zijn streken. Ze was helemaal voorbestemd om zo knap te worden als haar moeder, maar om, in tegenstelling tot haar moeder, liegen beneden haar waardigheid te achten. Dit was natuurlijk allemaal puur geluk en niet alleen Nells geluk, maar dat van ons allemaal – van iedereen die haar later in haar leven zou ontmoeten. Maar onze Nell had nog een andere eigenschap ook – haar vermogen om de ongelukkigste en zelfs gevaarlijkste gebeurtenissen aan te trekken en de onaangenaamste mensen. Misschien stond het in haar sterren: een vatbaarheid voor gebeurtenissen die ze van Otto, Cliffords vader, had geërfd – hij leefde in zijn jonge jaren ook te midden van gevaar – of misschien, zoals mijn eigen moeder zou zeggen, kwam het doordat waar engelen zijn ook demonen voorkomen. Het kwaad draait om het goede heen, als in een poging om het in te dammen: het goede is de sterke, bewegende, actieve kracht en het kwaad de zeurende en beperkende. Terwijl u Nells verhaal leest, moet u het zelf maar uitzoeken. Het is een kerstverhaal en kerst is een tijd om eerder in het goede dan in het kwade te geloven, om het eerste en niet het laatste aan de winnende hand te zien.

Wat Helen betreft, ze vermoedde dat misschien Nell, of iemand anders, was ontstaan, doordat ze zich een beetje duizelig voelde als ze te snel ging staan en omdat haar borsten zo gezwollen en pijnlijk waren dat ze hun bestaan bijna niet kon vergeten – wat de meeste vrouwen meestal doen, tenzij en totdat ze in verwachting raken. Maar ze hield zichzelf voor dat deze symptomen best gewoon het gevolg van de liefde en niets anders konden zijn. Helen wilde namelijk niet zwanger zijn. Nog niet. Er was nog veel te veel te doen, te zien, te ontdekken en te denken in deze wereld waar Clifford zo onverwachts en pas sinds kort deel van was gaan uitmaken.

En hoe zou zij, Helen, die zelf nog maar net kwam kijken, al iemand anders op de wereld kunnen zetten? En hoe zou Clifford van haar kunnen houden als ze zwanger zou zijn, dat wil zeggen misselijk, dik en huilerig – zoals haar moeder pas vijf jaar geleden tijdens haar laatste rampzalige zwangerschap was geweest. De baby werd te vroeg geboren, maar afschuwelijk en onbarmhartig laat tijdens de zwangerschap en Helen had het afschuwelijk gevonden en was onbarmhartig opgelucht geweest toen het gebeurde, en verward door haar tegenstrijdige gevoelens. En John Lally had bij haar moeder gezeten en haar hand vastgehouden met een tederheid die ze nooit eerder gezien had en ze was jaloers geweest – en had toen op dat moment het plan opgevat om uit huis te gaan als ze haar diploma zou hebben behaald, naar de kunstacademie, om weg te komen, weg te komen.

Waar het allemaal op neer kwam, was dat Helen het verleden nu gewoon wilde vergeten en van Clifford wilde houden en zich wilde voorbereiden op een stralende toekomst en *niet* zwanger wilde zijn. Omdat Clifford haar gevraagd had met hem te trouwen. Of had hij haar wel gevraagd? Of had hij gewoon halverwege een van hun levendige en verrukkelijke nachten, deels zwoel, deels zoet, deels duister als zwart fluweel, deels beschenen door warm lamplicht, gezegd: ‘Ik moet het allemaal aan mijn ouders vertellen. Ze zullen een of andere huwelijksceremonie willen, zo zijn ze’ en was de zaak zo achteloos geregeld. Aangezien de ouders van de bruid zo duidelijk niet in staat waren om iets te regelen, zou dit aan de ouders van de bruidegom worden overgelaten. Bovendien was het inkomen van de laatsten zo’n honderd keer groter dan dat van de eersten.

‘Misschien zouden we gewoon in stilte moeten trouwen,’ zei Helen tegen Cynthia, Cliffords moeder, toen het hoe en wanneer van de bruiloft werd besproken. Clifford had haar meegenomen naar het huis van zijn ouders in Sussex om haar voor te stellen en te zeggen dat ze een trouwerij wilden met alles wat daar zo bij hoort. Onbezonnen knaap! Het huis stamde uit de achttiende eeuw en het park besloeg ruim 48 hectare. Dannemore Court, lezer. De tuinen worden eens per jaar opengesteld voor het publiek. Misschien kent u ze. Ze zijn beroemd om hun azalea’s.

‘Waarom in stilte?’ vroeg Cynthia. ‘Je hoeft je toch nergens voor te schamen? Of wel soms?’ Cynthia was zestig, zag eruit als veertig en deed of ze dertig was. Ze was klein, donker, elegant, levendig en onengels, ondanks haar tweed.

’O nee,’ zei Helen, hoewel ze er die nacht twee keer uit was geweest om naar de badkamer te gaan, en in de dagen voordat de pil algemeen gebruikt werd, wist iedere jonge vrouw maar al te goed wat de kenmerken van een zwangerschap waren. En in de meeste kringen was zwangerschap in combinatie met de ongehuwde staat nog iets waar je je voor moest schamen.

‘Laten we van zo’n belangrijke gebeurtenis dan zoveel drukte maken als we kunnen,’ zei Cynthia, ‘en wat betreft wie het gaat betalen – ach. Dat gedoe met de etiquette is allemaal zo bekrompen en vervelend, vind je niet?’

Dat was na de lunch in de grote salon. Cynthia was bezig om voorjaarsbloemen in een kom te schikken. Ze waren net geplukt in de tuin en er was een ongelooflijke verscheidenheid. Helen dacht dat ze zich drukker over hun welzijn maakte dan over dat van haar zoon.

Maar later zei Cynthia toch tegen Clifford: ‘Weet je wel wat je doet, liefje? Je trouwt voor het eerst en ze is zo jong en het is allemaal zo plotseling.’

‘Ik weet wat ik doe,’ zei Clifford, voldaan over haar bezorgdheid. Die werd slechts zelden getoond. Zijn moeder had het altijd druk, bekommerde zich om wat zijn vader nodig had, of bloemen in vazen, of pleegde mysterieuze telefoontjes, kleedde zich en ging ervandoor. Zijn vader glimlachte dan toegeeflijk; wat zijn vrouw leuk vond, vond hij ook leuk. Voor Clifford scheen er tussen hen geen ruimte te zijn, noch als kind, noch nu als volwassene. Ze maakten geen plaats voor hem. Ze drukten hem weg.

‘Mijn ervaring met mannen is,’ zei Cynthia (en Clifford dacht droevig, ja, die is enorm), ‘dat als een man zegt dat hij weet wat hij doet, het betekent dat hij het niet weet. ’

‘Ze is de dochter van John Lally,’ zei Clifford. ‘Hij is een van de grootste schilders van ons land. Zo niet de grootste.’

‘O, ik heb nog nooit van hem gehoord,’ zei Cynthia die aan haar muren een minder belangrijke Monet en een mooie verzameling schetsen van Constable had hangen. Otto Wexford was directeur van The Distillers’ Company. De Wexfords hadden de dagen van armoede ver achter zich gelaten.

‘Dat komt nog wel,’ zei Clifford. ‘Als ik er iets aan kan doen.’

‘Maar liefje,’ zei Cynthia, ‘schilders zijn beroemd omdat ze een groot talent hebben, niet omdat jij of Leonardo’s ze dat maken. Je bent God niet.’

Clifford trok slechts zijn wenkbrauwen op en zei: ‘O nee? Ik ben van plan Leonardo’s te gaan leiden en in de kunstwereld maakt dat me tot God.’

‘Ach,’ zei Cynthia, ‘het is gewoon dat iemand als Angie Wellbrook, met een paar goudmijnen achter zich…’

‘Zes.’ zei Clifford.

‘Niet zo’n, laten we zeggen, verrassende keus zou zijn geweest. Al is je Helen natuurlijk heel lief.‘

Er werd afgesproken dat ze op de langste dag zouden trouwen, in de dorpskerk (Normandisch, met overdekt kerkhofportaal), en dat de receptie in een grote tent op het gazon zou worden gehouden, waardoor het voor iedereen zou zijn alsof de Wexfords tot de landadel behoorden.

Daar hoorden ze natuurlijk niet toe. In 1941 was aannemer Otto Wexford met zijn joodse vrouw Cynthia en hun jonge zoontje vanuit Denemarken naar Londen gevlucht. Na afloop van de oorlog – die Cynthia, met een hoofddoek op, in een munitiefabriek en Clifford als een verwilderende evacué in Sommerset hadden doorgebracht – was Otto majoor in de inlichtingendienst en een man met invloedrijke vrienden. Of hij de geheime dienst al dan niet had verlaten was zijn familie nooit duidelijk gemaakt, maar hoe het ook zij, hij had snel carrière gemaakt in de naoorlogse wereld van financiën en projectontwikkeling, en was nu een welgesteld man met macht en inzicht, die zowel een Rolls Royce als paarden in de stallen van zijn achttiende-eeuwse landhuis had staan, en wiens vrouw deel nam aan jachtpartijen en verhoudingen had met de adel uit de omgeving. Desalniettemin hoorden ze er toch nooit echt helemaal bij. Misschien waren hun ogen gewoon te helder, waren ze te levendig, lazen ze boeken en deden ze verbazingwekkende uitspraken. Als je op de thee ging, kon je de stalknecht al kletsend in de salon aantreffen, zo brutaal als de beul. Desalniettemin weigerde niemand de uitnodiging. Men mocht de Wexfords wel, al bleef men op zijn hoede. De jonge Clifford Wexford was al een begrip; te opvallend voor zijn eigen bestwil, maar onderhoudend. En er zou volop champagne zijn en uitstekend, zij het onengels, eten.

'Moeder,' zei Clifford zondagmorgen tegen Cynthia, 'wat zegt vader van mijn huwelijk met Helen?' Want Otto had heel weinig gezegd. Clifford wachtte op goedkeuring of afkeuring, maar er kwam niets. Otto was vriendelijk, hoffelijk en meelevend, maar meer alsof Clifford de zoon van een goede vriend was dan zijn eigen enige zoon.

'Waarom zou hij iets moeten zeggen? Je bent oud genoeg om zelf te weten wat je wilt.'

'Vindt hij haar aantrekkelijk?' Het was de verkeerde vraag. Hij wist niet precies waarom hij het vroeg. Hij was alleen met betrekking tot zijn vader zo onzeker.

'Dat moet je mij niet vragen, liefje,' antwoordde ze alleen maar en hij wist dat hij haar ook had gekwetst. Al was ze de hele dag verder opgewekt, dartel en charmant genoeg. Otto ging jagen en Cynthia bleef speciaal thuis om aardig te zijn tegen Helen.

'Dit huis is net een decor,' klaagde Clifford die zondagavond tegen Helen. Ze gingen pas maandagmorgen weg. Ze hadden gescheiden slaapkamers, maar op dezelfde gang en dus was Clifford uiteraard, en zoals verwacht werd, naar Helens kamer gegaan.

'Het is niet echt. Het is geen thuis. Het is een dekmantel. Je weet dat mijn vader een spion is?'

'Dat heb je verteld,' maar Helen vond het moeilijk te geloven.

'Nou, wat vind je van hem? Vind je hem aantrekkelijk?'

'Hij is je vader. Zo denk ik niet aan hem. Hij is oud.'

'Goed dan. Vindt hij jou aantrekkelijk?'

'Hoe zou ik dat moeten weten?'

'Vrouwen weten zulke dingen altijd.'

'Helemaal niet.'

Ze maakten er ruzie over en Clifford ging naar zijn eigen kamer terug zonder met haar naar bed te zijn geweest. Het feit dat zijn moeder dat wel verwacht had, door hun aparte maar vlak bij elkaar gelegen slaapkamers te geven, stond hem toch al niet aan. Hij voelde zich door haar beledigd en was geïrriteerd door Helen.

Maar vroeg in de morgen sloop Helen zijn kamer binnen. Ze was aan het lachen en het plagen, niet onder de indruk van zijn slechte humeur, dat was ze zelden in de eerste roes van hun verhouding – en hij vergat dat hij boos was. Hij dacht dat Helen veel zou goedmaken van wat zijn ouders hem nooit hadden gegeven – een gevoel van ongedwongenheid en saamhorigheid, dat er niet achter zijn rug werd gepraat en tegen hem werd samengezworen. Als hij en Helen kinderen zouden hebben, zou hij ervoor zorgen dat er tussen hen tweeën genoeg ruimte voor hen zou zijn. Ondertussen lagen Cynthia en Otto te praten, dicht tegen elkaar aan tussen de witte lakens van het bed in de ouderlijke slaapkamer.

'Je moet je wat meer voor hem interesseren,' zei Cynthia. 'Hij voelt je gebrek aan belangstelling.'

'Ik wou dat hij niet zo onrustig was, hij is altijd zo onrustig,' zei Otto die langzaam, sereen en vol kracht door het leven heengleed. 'Zo is hij nu eenmaal geboren,' zei Cynthia. En dat was zo, op de kop af negen maanden nadat zijn ouders elkaar hadden ontmoet, alsof hij protesteerde tegen het onverwachte en vreemde van dat alles. Zijn moeder, nauwelijks zeventien, de wilde verstoten dochter van een rijke bankiersfamilie; zijn vader op zijn twintigste al baas van een eigen aannemersbedrijfje. Otto had op een ladder gestaan om een ruit te vernieuwen van een serre en had neergekeken op Cynthia die naar boven keek, en dat was dat. Geen van beiden hadden ze de baby verwacht, noch de hun achtervolgende wraak van Cynthia's familie die contracten vlak voor Otto's neus wegpikte, waardoor ze tot armoede veroordeeld werden en steeds moesten verhuizen. Niet dat ze zich anders gedragen zouden hebben als ze het wel hadden geweten. En niemand had de overweldigende wraak van de Duitse bezetting verwacht en de deportatie en het vermoorden van de joden. Cynthia's familie vluchtte naar Amerika. Cynthia en Otto doken onder en sloten zich aan bij het verzet. Clifford ging ondertussen van het ene gezin naar het andere, totdat ze alle drie naar Engeland werden verscheept waar Otto zijn werk beter zou kunnen doen. Ze waren geen van beiden ooit de gewoonte om geheimzinnig te doen kwijtgeraakt. Cynthia's amourettes hadden er alles mee te maken. Otto wist het en aanvaardde het. Het was geen belediging, slechts een passie voor intriges van een verslaafde. Hij kreeg zijn dosis in de Britse geheime dienst, maar waar moest zij heen?

'Ik wou dat hij degelijker werk vond,' zei Otto. 'Handelaar in schilderijen! Kunst is er niet voor winstbejag.'

'Hij heeft een moeilijke jeugd gehad,' zei Cynthia. 'Hij voelt de drang om te overleven en om te overleven moet hij intrigeren. Het is ons voorbeeld, het is wat wij deden, jij en ik, en hij keek naar ons.'

'Maar hij is een kind van de vrede,' zei Otto. 'En wij zijn oorlogskinderen. Hoe komt het toch dat de produkten van de vrede altijd zo verachtelijk zijn?'

'Verachtelijk!'

'Hij heeft geen enkel moreel gevoel of politieke overtuiging. Hij wordt verteerd door eigenbelang.'

'Hemeltje,' zei Cynthia, maar ze ging er niet tegen in. 'Nou,' zei ze, 'ik hoop dat deze hem gelukkig maakt. Vind je haar aantrekkelijk?'

'Ik begrijp wat hij in haar ziet,' zei Otto voorzichtig. 'Maar ze zal het hem nog lastig maken.'

'Ze is zacht en natuurlijk, niet zoals ik ben. Ze zal een goede moeder zijn. Ik verheug me op kleinkinderen. Misschien doen we het beter met de volgende generatie.'

'We hebben lang genoeg gewacht,' zei Otto.

'Ik hoop dat hij tot rust zal komen.'

'Hij is te onrustig om tot rust te komen,' zei Otto sereen en ze gingen allebei slapen.

Helen moest een beetje huilen toen ze naar Cliffords huis en Cliffords bed was teruggekeerd.

'Wat is er aan de hand?' vroeg hij.

'Ik wou gewoon dat mijn ouders ook op mijn bruiloft kwamen,' zei ze, 'dat is alles.' Maar in haar hart was ze blij. Haar vader zou alleen maar een of andere scène maken en haar moeder zou in de oude blauwe rib jurk komen, met rood omrande ogen door de ruzie van de afgelopen nacht. Nee. Vergeet ze maar liever. Als ze zich nu alleen maar 's morgens niet misselijk was gaan voelen. Er konden nog steeds best oorzaken voor bestaan – het veranderde dagelijkse leven, de wilde vrijpartijen 's nachts, de vele etentjes buitenshuis – en dat terwijl zij zo gewend was aan de sobere studentenkost of aan de varkensvlees, bonen en cider-als-je-geluk-hebt gewoonten van de familie Lally – maar dat leek niet langer aannemelijk. Geen snelle zwangerschapstesten in die dagen; geen stiekeme vacuum abortus. Voor het eerste bestond er slechts een kikker die jouw urine ingespoten kreeg en eitjes legde en na achtenveertig uur stierf als je *wel* zwanger was, en eitjes legde en het overleefde als je het niet was, en voor het laatste een illegale operatie die je, net als de kikker, slechts met veel geluk, of met veel geld kon overleven.

Maar natuurlijk konden alleen de zorgen je cyclus al zo in de war sturen dat je nooit wist waar je aan toe was. Och lezer, wat een tijd! Maar toen bestond de straf die op onbetamelijke seks stond tenminste uit nieuw leven en niet zoals tegenwoordig uit een onaangename en eerloze dood.

Weer een maand later kon Helen het feit niet langer voor zichzelf verbergen dat ze werkelijk en waarlijk in verwachting was en dat ze dat niet wilde en dat ze niet wilde dat Clifford het wist, laat staan zijn ouders, en dat als ze naar de artsen (er moesten er twee zijn) zou gaan voor een legale abortus er nog meer leugens nodig zouden zijn, zoals dat een zwangerschap schadelijker voor haar lichamelijke en geestelijke gezondheid zou zijn dan zij – lichamelijk en geestelijk zo gezond – zou kunnen doorstaan, en dat ze het haar vrienden niet kon vertellen omdat ze er niet op kon vertrouwen dat ze niet zouden gaan roddelen, en haar vader zou haar vermoorden als hij het wist en haar moeder zou gewoon zelfmoord plegen – de gedachten draaiden maar in een kringetje rond in Helens hoofd en er was niemand naar wie ze toe kon voor hulp en raad, totdat ze aan Angie dacht.

Nu denkt u misschien, lezer, dat het Helens verdiende loon was dat ze hulp vroeg aan de vrouw die haar slechts kwaad toe wenste, hoe goed – en ze deed het *heel* goed – Angie dat tot nu toe dan ook mocht hebben verborgen, door dineetjes te geven voor het knappe jonge stel, met Helen over de telefoon te kletsen en kappers aan te raden en zo – maar ik vraag u om zo vergevensgezind als maar mogelijk is tegenover Helen te staan en haar eerste afwijzing van haar pas verwekte kind, onze geliefde Nell.

Helen was jong en dit was haar eerste kind. Ze had er geen idee van, zoals gevestigde moeders wel hebben, wat ze zou kwijtraken, wat ze met het badwater zou weggooien. Het is voor een vrouw zonder kinderen gemakkelijker om de beëindiging van een zwangerschap te overwegen dan voor hen die al kinderen hebben. Dus hebt u alstublieft nog even geduld met Helen. Vergeef haar. In de loop der jaren leert ze wel beter, dat beloof ik u.

Hulp zoeken bij Angie

Op een morgen stapte Helen haar sneeuwwitte bed uit, terwijl ze haar witte gladde buik vasthield, waarin het hevig rommelde, en belde ze Angie.

'Angie,' zei ze, 'kom alsjeblieft langs. Ik moet met iemand praten.'

Angie kwam langs. Angie klom de trap op naar de slaapkamer waar ze vier gedenkwaardige zij het nogal onbevredigende nachten met Clifford had doorgebracht in hun elf maanden samen, nou ja, niet helemaal samen, maar in de verwachting van een – uiteindelijk – samenzijn, dat had ze tenminste aangenomen.

'Nou, wat is er aan de hand?' vroeg Angie en zag, want Helen voelde zich zelfs te ziek om haar bruine zijden nachthemdje goed dicht te doen, dat Helens grote blanke borsten nog groter waren dan anders, bijna te groot, en was eindelijk eens tamelijk trots op de chique discretie van die van haar en ervan overtuigd dat als ze dit goed aan zou pakken, Clifford uiteindelijk de hare zou worden.

Helen gaf geen antwoord. Helen viel terug op de beddesprei van bont en lag daar verfomfaaid en onverzorgd maar nog steeds mooi, en sprak niet maar huilde.

'Dit kan maar één ding betekenen,' zei Angie. 'Je bent in verwachting. Je wil het niet zijn. En je durft het Clifford niet te vertellen.'

Helen probeerde het niet te ontkennen. Angie droeg rode hotpants, en Helen had zelfs niet genoeg fut om zich te verbazen over Angies lef om ze, ondanks haar benen, te dragen. Al snel vormden zich woorden uit haar tranen.

'Ik kan geen baby hebben,' huilde Helen. 'Niet nu. Ik ben te jong, zou niet weten wat ik er met een moest doen.'

'Wat ieder verstandig mens met baby's doet,' zei Angie, 'is ze aan een kindermeisje overdragen.'

En in de wereld waarin Angie zich bewoog, was dit natuurlijk precies wat moeders deden. Maar Helen mocht dan pas tweeëntwintig zijn en (zoals we gezien hebben) net zo egoïstisch en onverantwoordelijk zijn als ieder mooi eigengereid meisje van die leeftijd, op dit punt wist ze het tenminste beter dan Angie. Ze wist dat het niet gemakkelijk zou zijn om een baby over te dragen. Een baby trekt liefde uit zijn moeder zoals hij een kerstslinger uit een doos trekt, en de noodzakelijkheden die door die liefde worden veroorzaakt, kunnen het leven van de moeder totaal veranderen en haar even wanhopig, fel en impulsief maken als een wild dier.

'Help me alsjeblieft, Angie,' zei Helen. 'Ik kan de baby niet krijgen. Alleen weet ik niet waar ik naar toe moet en bovendien kost een abortus geld en ik heb helemaal niets.'

Dat was zo, het arme kind. Clifford was niet het type man om geld over te maken naar de bankrekening van een vrouw en niet een verantwoording te vragen van waar iedere cent was gebleven, zelfs niet als die vrouw zijn officiële verloofde was. Clifford kon dan in de beste restaurants eten, waar het nuttig was om gezien te worden, en tussen de fijnste en duurste katoenen lakens slapen, omdat hij op comfort gesteld was, maar hij hield zijn uitgaven nauwgezet bij. En dit moest gebeuren zonder dat Clifford het wist. Wat een dilemma voor Helen! Denkt u zich die tijd nog eens in. Nog maar twintig jaar geleden en een zwanger en ongetrouwd meisje stond helemaal alleen: geen consultatiebureaus voor geboortenregeling, geen uitkeringen van de overheid, gewoon moeilijkheden, waar je ook naar toe ging. Helens beste vriendin, Lily, had toen ze zeventien was een kennelijk geslaagde abortus ondergaan, maar twee dagen later was ze in aller ijl naar het ziekenhuis gebracht met bloedvergiftiging. Ze had zes uur lang tussen leven en dood gezweefd en Helen had aan de ene kant van haar bed gezeten en een agent aan de andere kant, en hij zat te wachten om Lily te beschuldigen van het opwekken van een illegale abortus. Lily stierf en zo werd haar de straf bespaard.

Waarschijnlijk twee jaar gevangenisstraf, had de agent gezegd, en niet meer dan ze verdiende. 'Denk eens aan die arme baby!' had hij gezegd. Arme kleine Lily, had Helen alleen maar kunnen denken. En wat was ze nu bang, bang om de baby te krijgen, bang om hem niet te krijgen.

Angie dacht snel na. Ze droeg modieuze hot pants, maar had (zoals we weten) niet de mooiste benen van de wereld. Ze had dikke knieën en knokige enkels, en wat haar gezicht betreft, de dikke make-up laag die toen vereist was, flatteerde niet en door de hete Zuidafrikaanse zon had ze een gelooide en op de een of andere manier grijzige huid gekregen, en ze had een dikke vlezige neus. Alleen haar ogen waren groot, groen en mooi. De aanblik van Helen, die opgekruld op het bed lag, in tranen en ongelukkig, zacht, bleek en vrouwelijk en aan haar bruine zijden nachthemdje trok (plotseling te klein geworden) in een poging om zichzelf fatsoenlijk te bedekken en die in alle opzichten te mooi was, deed in Angie een golf van wraakzucht opwellen. Het is toch ook werkelijk niet eerlijk dat sommige vrouwen boffen met hun uiterlijk en andere niet. Dat moet u toegeven.

'Lieve Helen,' zei Angie. 'Natuurlijk help ik je! Ik ken een adres. Een uitstekende kliniek. Daar gaat werkelijk iedereen naar toe. Heel veilig, heel rustig, heel discreet. De De Waldo Kliniek. Ik zal je het geld lenen. Het moet gewoon gebeuren. Clifford zou niet willen dat je zwanger was op zijn bruiloft. Iedereen zou denken dat hij je getrouwd had omdat hij wel moest. En je trouwt nog in het wit ook, hè, en werkelijk iedereen kijkt nu eenmaal naar de taille.'

Werkelijk iedereen, werkelijk iedereen! Genoeg om iemand bang te maken.

Angie maakte voor diezelfde middag een afspraak voor Helen in de De Waldo Kliniek. Helen had het ongeluk – zoals Angie wel verwacht had – dat ze onder de hoede van een zekere dokter Runcorn kwam, een kleine, dikke dokter van ergens in de vijftig met een bril met jampotbodems waardoor hij naar Helens meest intieme delen keek terwijl zijn stompe vingers langzaam (zo leek het Helen tenminste) over haar weerloze borsten en lichaam gleden. Wat kon het arme kind ertegen doen? Niets. Want het leek dat Helen, door zich uit te leveren aan de De Waldo Kliniek, ook haar waardigheid, privacy en eer had afgestaan; ze vond dat ze geen recht had om de hand van dokter Runcorn weg te duwen. Ze verdiende niet beter dan zijn ordinaire handtastelijkheden. Probeerde ze zich niet van Cliffords baby te ontdoen zonder dat hij ervan afwist? Stond ze niet buiten de wet? Waar ze ook keek, zag ze schuld, en Runcorns waterige oogjes.

'We willen de kleine indringer daar niet langer laten zitten dan noodzakelijk is,' zei dokter Runcorn amechtig en door zijn neus. 'Morgenochtend om tien uur zullen we zorgen dat alles weer normaal wordt! Het is zonde als zo'n mooi meisje als jij ook maar een dag van haar jeugd verspilt.'

De kleine indringer! Toch zat hij er niet zo ver naast. Zo dacht Helen over Nell. Maar bij de uitdrukking kromp ze toch in elkaar. Ze zei niets. Ze wist heel goed dat ze zowel van de welwillendheid als van de hebzucht van dokter Runcorn afhankelijk was. Hoeveel hij ook vroeg, zijn kliniek zat altijd vol. Als hij je morgen 'hielp' en niet pas over vier weken, bofte je gewoon. Voor het eerst in haar leven begreep Helen werkelijk wat noodzaak was, leed ze werkelijk, en hield ze haar mond.

'Als je weer eens naar een party gaat,' zei dokter Runcorn, 'denk dan aan mij en haal geen kattekwaad uit. Je bent een heel ondeugend meisje geweest. Vannacht blijf je in de kliniek zodat we je in de gaten kunnen houden.'

En het was een afschuwelijke nacht die Helen nooit zou vergeten. Het dikke gelige tapijt, de zachtgroene wastafel en de koptelefoons van de tv en de radio slaagden er absoluut niet in om de ware aard van de plaats waar ze was te verhullen. Je kon net zo goed klimrozen tegen de muren van het abattoir laten groeien! En ze moest Clifford bellen, en weer tegen hem liegen.

Het was zes uur. Clifford was bij Leonardo's aan het onderhandelen met een delegatie van het Uffizi over de aankoop van een anoniem schilderij van de Florentijnse school. Clifford had het scherpzinnige idee dat het schilderij een Botticelli was. Hij vertrouwde erop, betaalde te veel om het te bemachtigen, maar niet te veel, voor het geval ze te goed zouden gaan kijken naar wat ze probeerden te verkopen. Heel af en toe misten de Italianen, die zo gewend waren aan de pure overvloed van hun culturele rijkdommen, wel eens iets prachtigs en buitengewoons dat vlak voor hun neus lag. Cliffords blauwe ogen waren blauwer dan ooit, hij schudde een lok van zijn dikke blonde haar naar achteren zodat het glansde – hij had zijn haar lang laten groeien, wat toen de mode was onder de ontwikkelde jongeren, en vijfendertig was toch nog steeds jong? Hij had een spijkerbroek en een informeel overhemd aan. De Italianen, gezet en in de vijftig, toonden hun culturele en wereldse succes met officiële pakken, gouden ringen en robijnen manchetknopen. Maar ze waren in het nadeel. Ze waren verward. Clifford wilde ze in verwarring brengen. Wat had deze jonge man, die zo duidelijk in het heden thuishoorde, in deze degelijke oude marmeren zalen te zoeken? De Italianen werden erdoor in hun oordeel gestoord. Waarom was notabene Clifford Wexford het verleden aan het afzoeken? Welke bedoeling zat erachter? Wist hij meer dan zij, of minder? Bood hij te veel, of vroegen zij te weinig? Waar stonden zij? Misschien was het leven uiteindelijk toch niet zo ernstig en zwaar. Misschien plukten zij die het ervan namen de vruchten. De telefoon ging. Clifford nam op. De mannen van Uffizi gingen bij elkaar staan voor overleg, ze herkenden uitstel zodra het zich voordeed.

'Liefje,' zei Helen opgewekt, 'ik weet dat je niet graag op kantoor wordt gestoord, maar als je vanavond uit je werk komt, ben ik er niet. Mamma heeft net gebeld dat ik weer thuis mag komen. Daarom ga ik een paar nachtjes naar Applecore Cottage. Ze zegt dat ze misschien zelfs op de bruiloft komt!'

'Neem knoflook en een crucifix mee,' zei Clifford, 'en weer je vader af.'

Helen lachte luchtigjes en zei: 'Doe niet zo idioot!' en hing op. De mannen van Uffizi verhoogden hun prijs met een volle duizend pond. Clifford zuchtte.

De telefoon ging weer. Nu was het Angie. Aangezien haar vader zulke aanzienlijke miljoenen in Leonardo's had geïnvesteerd, werd ze meteen doorverbonden. Dit voorrecht genoten alleen Helen, Angie en Cliffords effectenmakelaar. De laatste speelde een riskant spel van onmiddellijke beslissingen en speelde het goed, maar had soms een snel ja of nee nodig.

'Clifford,' zei Angie, 'ik ben het en ik wil morgen met je ontbijten.'

'Ontbijten, Angie! Tegenwoordig,' zei hij, terwijl hij het Uffizi met zijn glimlach probeerde te hypnotiseren en hoopte dat Angie snel zou ophangen, 'ontbijt ik met Helen. Dat weet je.'

'Morgenochtend niet,' zei Angie, 'want dan is ze er niet.'

'Hoe weet jij dat?' Hij rook gevaar. 'Ze is naar haar moeder toe. Of niet soms?'

'Nee,' zei Angie botweg en weigerde om er verder op door te gaan en Clifford stemde erin toe dat zij de volgende morgen om acht uur in Coffee Place bij hem zou komen ontbijten. In tegenstelling tot wat hij gehoopt had, weerhield het vroege tijdstip haar er niet van om te komen. Hij had het Claridges voorgesteld, maar zij zei dat hij misschien wat zou willen schreeuwen en razen en dat hij dat beter thuis kon doen. Toen hing ze op. De mensen van het Uffizi schroefden de prijs nog eens vijfhonderd pond op en waren er niet van af te brengen en inmiddels was Clifford zijn zelfverzekerdheid kwijt. Hij berekende dat de twee telefoontjes hem vijftienhonderd pond hadden gekost. Toen de Italianen waren vertrokken, lachend, belde Clifford, niet lachend, snel naar Johnnie de stalknecht en chauffeur van zijn vader – een man die met Otto in de oorlog was geweest en nog steeds de classificatie van de geheime dienst had – en vroeg hem om op onderzoek naar de familie Lally te gaan. Om middernacht bracht Johnnie verslag uit. Helen was niet thuis. Er was alleen een vrouw van middelbare leeftijd die haar tranen in de afwas stortte en een man die in de garage iets schilderde wat op een enorme wesp leek die een naakt meisje stak.

Redding!

Clifford had net zo'n slechte nacht als Helen, eentje die hij nooit meer zou vergeten. In de grote borrelende heksenketel van de pijn die we jaloezie noemen verdwijnt de ene vernedering na de andere die we ooit hebben ondergaan, iedere onzekerheid waaronder we geleden hebben, ieder verlies dat we hebben ondergaan en gevreesd. Onze twijfel en gevoel van zinloosheid gaan erin, onze voorkennis van rotting, dood en het einde gaan erin. En bovenop drijft, als schuim op de jam, de wetenschap dat alles verloren is, in het bijzonder de hoop dat we ooit op de een of andere manier werkelijk zullen kunnen beminnen en vertrouwen en dat we op onze beurt ook zullen worden bemind en vertrouwd. Plop! daar verdween in Cliffords heksenketel de angst dat hij altijd alleen maar bewonderd en benijd en nooit echt aardig gevonden was, zelfs niet door zijn ouders. Plop! de wetenschap dat hij nooit een man als zijn vader zou worden en dat zijn moeder hem als een soort curiositeit zag. Plop! de herinnering aan een call-girl die hem uitgelachen had, die hem nog meer veracht had dan hij haar, en plop! en nogmaals plop! andere keren dat hij impotent was geweest en zich opgelaten had gevoeld, om nog maar te zwijgen van zijn schooltijd toen hij onrustig, spichtig, mager en klein was geweest terwijl de anderen groot waren – hij ging pas groeien toen hij zestien was – en de honderd dagelijkse vernederingen van zijn jeugd. Arme Clifford, zowel stoerder als gevoeliger dan goed voor hem was! Deze ingrediënten werden vermengd en gekookt en gevormd tot een grote stevige teerachtige wig van pijn, versterkt door de huiveringwekkende overtuiging dat Helen in de armen van een ander vertoefde terwijl hij wakker lag in hun bed, dat de zoekende mond van iemand die jonger, vuriger, attenter en mannelijker was dan hij op Helens lippen drukte – nee, Clifford zou die nacht nooit vergeten. Maar ik ben bang dat hij Helen evenmin ooit weer werkelijk zou vertrouwen, zo sterk was de uitwerking van de moeilijkheden die Angie had veroorzaakt.

Om acht uur ging de bel. Ongeschoren, verward, verdoofd door zijn eigen hersenspinsels en meer aangegrepen door een vrouw dan hij ooit voor mogelijk had gehouden, deed Clifford de deur voor Angie open. 'Wat weet je ervan?' vroeg hij. 'Waar is ze? Waar is Helen?'

Angie wilde het hem nog steeds niet zeggen. Ze liep de trap op en trok haar kleren uit en ging op bed liggen, waar ze zichzelf nogal snel met een laken bedekte, en wachtte.

'Om de goeie ouwe tijd,' zei ze. 'En om mijn vaders miljoenen. Hij zal wel een beetje getroost moeten worden over de Botticelli. Ik zeg toch steeds tegen je dat de winst in de moderne kunst zit en niet in de oude meesters.'

'Het zit in allebei,' zei hij.

Nu klonk wat Angie zei overtuigend. En ze was voor Clifford bekend terrein, en hij was ongelooflijk uit zijn doen en bovendien *was* Angie er tenminste. (Ik denk dat we hem nogmaals zullen moeten vergeven.) Clifford ging bij haar op bed liggen en probeerde te doen alsof Helen onder hem lag, en slaagde er bijna in, en toen bovenop hem lag, en dat lukte hem absoluut niet. Zo gauw het voorbij was, wist hij dat hij er spijt van had. Mannen schijnen van deze dingen nog gemakkelijker spijt te hebben dan vrouwen.

'Waar is Helen?' vroeg hij zodra hij kon.

'Ze is in de De Waldo Kliniek,' zei Angie, 'voor een abortus. Ze wordt vanmorgen om tien uur geopereerd.'

Het was inmiddels kwart voor negen. Clifford kleedde zich haastig aan.

'Maar waarom heeft ze het me niet gezegd?' vroeg hij. 'Die kleine dwaas!'

'Ik kan slechts veronderstellen,' zei Angie loom vanuit bed, 'dat het jouw kind niet is, Clifford.'

Dit vertraagde hem wat. Angie wist heel goed dat als je net je enige ware liefde hebt bedrogen, zoals Clifford had gedaan, je des te eerder bereid bent om te geloven dat je zelf ook wordt bedrogen.

'Je vertrouwt haar zo, Clifford,' voegde Angie eraan toe tegen Cliffords rug, en dat was jammer voor haar, want Clifford ving een glimp van Angie op in de grote wandspiegel, met goud beslagen en met Mercurius als voet, driehonderd jaar oud, waarin wel duizend vrouwen moeten hebben gekeken, en op de een of andere manier kaatste er een vreemd spiegelbeeld van Angie terug. Alsof ze werkelijk de slechtste vrouw was die er ooit in had gekeken. Clifford zag plotseling dat er kwaadaardigheid in Angies ogen fonkelde en besefte, te laat om zijn eer te redden, maar tenminste op tijd om Nell te redden, wat Angie in haar schild voerde. Hij legde de laatste hand aan zijn das.

Clifford zei geen woord meer tegen Angie. Hij liet haar achter op het dierevel op het bed, waar ze geen recht had om te zijn – het was tenslotte Helens plaats – en was om kwart over negen bij de De Waldo Kliniek en het was gunstig dat hij tenminste nog wat tijd over had, want het personeel bij de receptie probeerde hem tegen te houden en de operatie was een half uur vervroegd. Ik heb het afschuwelijke idee dat dokter Runcorn stond te springen om Helens baby te pakken te krijgen en van binnenuit te vernietigen. Abortus is soms noodzakelijk, soms niet en altijd een droevige aangelegenheid. Het is voor de vrouw wat oorlog voor de man is – een levend offer voor een al dan niet gerechtvaardigde zaak, zoals de toeschouwer mag uitmaken. Er moeten moeilijke beslissingen genomen worden – dat deze moet sterven, dat die in eer en fatsoen en comfort kan leven. Vrouwen hebben natuurlijk geen leiders: het geweten van een vrouw moet haar generaal zijn. Er zijn geen stimulerende liederen die de taak om te doden gemakkelijker maken, geen overwinningsparades en medailles die na afloop worden uitgereikt, slechts een gevoel van verlies. En net zoals er in de oorlog zowel monsters, vampiers, profiteurs en grafschenners zijn als dappere en nobele mannen, zo zijn er ook zowel goede als slechte mannen in een abortuskliniek en dokter Runcorn was een slechte man.

Clifford duwde een zuster uit Jamaica en twee broeders uit Schotland opzij, ze hadden alle drie genoeg gehad van de salarissen in de openbare sector en dus waren ze overgestapt naar de particuliere gezondheidszorg, dat vertelden ze hun vrienden tenminste, en aangezien niemand hem wilde vertellen waar Helen was, deed hij het zonder hulp en liep hij de blinkende kleurloze gangen van de kliniek door terwijl hij de deuren die hij passeerde, opengooide. Verschrikte ongelukkige vrouwen, die keurig rechtop in bed zaten in wulpse of warme pyjamajasjes, keken hem aan met plotselinge hoop, of hier misschien eindelijk hun redder zou komen, hun ridder in een blinkende wapenrusting, hij die moest komen als alles moest worden uitgelegd en weer gelukkig en goed moest worden gemaakt. Maar dat was natuurlijk niet zo, hij was van Helen, niet van hen.

Clifford vond Helen op een brancard in een zaaltje naast de operatiekamer, in een wit gewaad, met een tulband op. Een zuster stond over haar heen gebogen. Helen was bewusteloos en klaar om de operatiekamer binnen te gaan. Clifford vocht met de zuster om de brancard.

'Deze vrouw moet ogenblikkelijk terug naar de afdeling,' zei hij, 'of ik roep de politie!' En hij knelde haar vingers gemeen tussen het besturingsmechanisme van de brancard. De zuster schreeuwde. Helen verroerde zich niet. Dokter Runcorn verscheen om te zien wat er aan de hand was.

'Op heterdaad betrapt!' zei Clifford bitter en dat was zo. Dokter Runcorn had net een tweeling verwijderd, vrij laat tijdens de zwangerschap en het was een erg smerige aangelegenheid geweest, zoals nog te zien was. Maar dokter Runcorn ging prat op zijn reputatie met betrekking tot tweelingen – de regelmatig voorkomende gevallen waarin één kind geaborteerd werd en de ander, door niemand behalve de verbijsterde moeder opgemerkt, rustig zijn tijd volmaakte, kwamen niet uit zijn kliniek. Nee, als er een tweeling was, zou dokter Runcorn ze eruit peuren.

'Deze jongedame staat op het punt om uit eigen vrije wil een onderzoek van haar onderbuik te ondergaan,' zei hij. 'En aangezien u niet met haar getrouwd bent, hebt u geen officiële rechten in deze zaak.'

Hierop sloeg Clifford hem gewoon neer en gelijk had hij. Heel af en toe kan geweld gerechtvaardigd zijn. In zijn leven zou Clifford drie mannen neerslaan. De eerste was Helens vader, die hem van Helen probeerde te scheiden, de tweede was dokter Runcorn, die hem van Helens baby probeerde te beroven en aan de derde zijn we nog niet toe, maar dat had ook met Helen te maken. Dat is het effect dat sommige vrouwen op sommige mannen hebben.

Dokter Runcorn viel op de grond en stond met een bebloede neus op. Het spijt me dat ik moet zeggen dat niemand van zijn personeel hem hielp. Ze waren niet op hem gesteld.

'Goed dan,' zei hij vermoeid, 'ik zal een particuliere ziekenwagen laten komen. Het is voor uw verantwoording.'

En toen de deuren van de ambulance dichtgingen, zei hij tegen Clifford: 'U verspilt uw tijd aan dit kind. Deze meisjes zijn gewoon sletjes. Wat ik doe, doe ik niet om het geld. Ik doe het om de baby's een helse toekomst te besparen en om het menselijk geslacht van genetische vervuiling te redden.'

Het opgeblazen gezicht van dokter Runcorn was door Cliffords klap nog opgeblazener en zijn vingers waren net naakte rode tuinslakken. Hij scheen plotseling Cliffords goedkeuring te willen hebben, zoals de verslagene zo vaak van de overwinnaar wil, maar die kreeg hij natuurlijk niet. Clifford verachtte dokter Runcorn slechts des te meer om zijn hypocrisie, en een beetje van die verachting sloeg helaas ook over op Helen, alsof – het doel van haar bezoek aan de De Waldo Kliniek daargelaten – alleen al het betreden van zo'n afschuwelijke en ordinaire plaats genoeg was om haar te bezoedelen, voor altijd.

De broeders van de ambulance droegen de nog steeds bewusteloze Helen de trap van het huis in Goodge Street op, legden haar op het bed, raadden Clifford aan een dokter te bellen en vertrokken. (De De Waldo Kliniek zou later een rekening sturen, die Clifford weigerde te betalen.) Clifford zat naast Helen en keek en wachtte en dacht na. Hij belde geen dokter. Hij dacht dat alles wel in orde zou komen. Ze haalde gemakkelijk adem. De narcose ging over in slaap. Haar voorhoofd was klam en haar mooie haar plakte aan elkaar en lag in donkere lokken en krullen om haar gezicht heen. Op haar witte slapen waren kleine blauwe adertjes te zien, volle wimpers lagen op doorzichtig bleke wangen, haar wenkbrauwen vormden een fijne maar zelfverzekerde boog. De meeste gezichten hebben levendigheid nodig om mooi te zijn. Dat van Helen was zelfs in rust volmaakt en kwam dichter bij de perfectie van een schilderij dan Clifford verder waarschijnlijk ooit zou vinden. Zijn woede en zijn verontwaardiging schoten te kort. Dit buitengewone wezen was de moeder van zijn kind. Clifford wist dat Angies insinuaties belachelijk waren, zuiver en alleen door de hevigheid van de gevoelens die in hem opwelden als hij eraan dacht hoe weinig het had gescheeld of de baby was er niet meer geweest. Dit was de eerste reddingsdaad geweest. Hij twijfelde er niet aan dat er andere zouden volgen. Hij zag maar al te goed dat Helen tot leugens en dwaasheid in staat was, en gebrek aan inzicht en, het ergste van allemaal, gebrek aan smaak aan de dag zou kunnen leggen. Dat zijn kind al zo vroeg zo nauw in aanraking kwam met die afschuwelijke dokter Runcorn! En naarmate Helen ouder werd, zouden deze eigenschappen duidelijker naar voren komen. De baby moest beschermd worden. 'Ik zal voor je zorgen,' zei hij hardop. 'Wees maar niet bang.' Belachelijk sentimenteel! Maar ik denk dat hij het tegen Nell had, niet tegen Helen.

Clifford had die middag bij Leonardo's moeten zijn. De Jeroen Bosch tentoonstelling werd nog drie maanden verlengd. Er moest nog heel wat gedaan worden om er de maximale publiciteit voor de galerie en het maximale voordeel voor hemzelf uit te halen. Maar Clifford liet Helen nog steeds niet alleen. Hij liet zijn vingers over haar voorhoofd dwalen. Hij had haar willen hebben vanaf het moment dat hij haar zag, zodat niemand anders haar zou kunnen hebben en omdat ze de dochter van John Lally was, en omdat daardoor uiteindelijk meer deuren voor hem zouden opengaan dan ooit door Angies miljoenen – maar tot de kwellingen van de afgelopen nacht had hij niet geweten hoeveel hij werkelijk van haar hield, en dat die liefde hem aan gevaar blootstelde. Want welke vrouw was ooit trouw? Zijn moeder Cynthia bedroog zijn vader Otto zo'n zes keer per jaar en had dat altijd gedaan. Waarom zou Helen, waarom zou welke andere vrouw dan ook, anders zijn? Maar nu was er een kind – en op dat kind richtte Clifford al zijn emotionele aspiraties, al zijn vertrouwen in de menselijke goedheid en hij schoof Helen helemaal terzijde, terwijl zij toch zowel Clifford als zichzelf had proberen te redden.

Helen bewoog zich en werd wakker en toen ze Clifford zag, lachte ze. Hij lachte terug.

'Alles is goed,' zei hij. 'Je hebt de baby nog. Maar waarom heb je het me niet verteld?'

'Ik was bang,' zei ze eenvoudig. En toen voegde ze eraan toe, waarbij ze zichzelf aan zijn zorg toevertrouwde: 'Jij zult alles moeten regelen. Ik denk niet dat ik het kan.'

Clifford, zich bewust van werkelijk iedereen en uitdijende tailles, belde zijn ouders en zei dat ze toch maar niet in de kerk trouwden. Hij wilde liever dat het in Caxton Hall gebeurde.

'Maar dat is gewoon een geïmproviseerd bureau van de burgerlijke stand,' klaagde Cynthia.

'Iedereen die iemand is trouwt daar,' zei hij. 'En dit is een modern huwelijk. God hoeft niet aanwezig te zijn.'

'En zijn plaatsvervanger hier op aarde evenmin,' zei Cynthia.

Clifford lachte en ontkende het niet. Maar hij had tenminste 'iedereen' gezegd en niet 'werkelijk iedereen'.

De sprong in de toekomst

Op 21 juni 1965 vond het huwelijk tussen Clifford Wexford en Helen Lally plaats. Helen droeg een crème satijnen jurk die afgezet was met Belgische kant en iedereen zei dat ze mannequin had moeten worden, zo beeldig was ze. (In werkelijkheid was Helen daar, toen ze begin twintig was, te stevig voor. Pas later, toen moeilijkheden, liefde en ellende in het algemeen haar verfijnd hadden, kon ze zo de kost verdienen.) Clifford en Helen vormden een opzienbarend paar: zijn leeuwemanen glansden en haar bruine haar krulde en iedereen die iemand was, was op de bruiloft aanwezig. Dat wil zeggen, iedereen behalve John Lally, de vader van de bruid. Evelyn, de moeder van de bruid, zat achterin en droeg dezelfde oude blauwe rib jurk die ze had gedragen op de party waar Clifford en Helen elkaar hadden ontmoet en verliefd waren geworden. Om naar de bruiloft te gaan had ze haar man getrotseerd. Het betekende dat hij een week niet tegen haar zou praten, misschien zelfs langer. Het kon haar niets schelen.

Simon Harvey, de Newyorkse schrijver, was Cliffords getuige. Clifford kende hem al heel lang, had hem in een pub ontmoet en hem zijn eerste schrijfmachine geleend. Nu moest hij hem zijn reisgeld lenen, maar een vriend is een vriend en hoewel Clifford veel kennissen had, had hij weinig vrienden. Simon schreef humoristische boeken over homoseksuele thema's, wat hun populariteit toen nog in de weg stond. (De term 'flikker' begon nog maar net in zwang te komen en als je homoseksueel was, sprak je daar bloedserieus en fluisterend over.) Hij zou natuurlijk weldra miljonair zijn.

'Wat vind je van haar?' vroeg Clifford.

'Als je toch een vrouw moet trouwen,' zei Simon, 'is zij de beste die je kan treffen.' Hij verloor de ring evenmin en hield een hartelijk toespraakje. Het was het reisgeld wel waard, want Clifford wist dat hij dat nooit terug zou krijgen.

Helens oom Phil, een broer van Evelyn, gaf haar ten huwelijk. Hij was een luidruchtige autoverkoper van middelbare leeftijd met een rood gezicht, maar alle jongere mannen die ze kende, waren ooit haar minnaar geweest, of bijna, en dat leek haar nog minder passend – hoewel ze niets zouden hebben gezegd en Clifford het niet zou hebben geweten. Ze wilde dat haar huwelijk zonder leugens zou beginnen. Vreemd genoeg scheen Clifford geen bezwaar te hebben tegen oom Phillip, zei alleen dat het handig was om iemand in de familie te hebben die in de autobranche zat en sloot gelijk een transactie af – een Mercedes voor zijn MG, nu hij bijna een getrouwd man was. En toen puntje bij paaltje kwam, was Helen blij dat haar oom Phillip er was – de familie en vrienden van de Wexfords waren zo duidelijk in de meerderheid, die van de Lally's in de minderheid. Helen had vrienden genoeg, maar als zoveel heel knappe meisjes, kon ze beter met mannen dan met vrouwen opschieten en leed er een beetje onder, had het idee dat vrouwen haar niet mochten.

Niemand (die iemand was) behalve Clifford wist dat Helen op haar trouwdag al meer dan drie maanden zwanger was – o, en Angie natuurlijk, maar die had geen uitnodiging gekregen en was teruggegaan naar Johannesburg om haar wonden te likken. (Hoewel Angie vast besloten was om Clifford uiteindelijk te krijgen en geen enkele hoeveelheid 'ja ik wil's en 'ja dat beloof ik's tegen een ander konden haar blijvend afschrikken.) Het was een prachtige dag om een aantal redenen. Sir Larry Patt kwam tijdens de receptie naar Clifford toe en zei: 'Clifford, ik geef het op. Jij bent de nieuwe wereld. Ik ben de oude. Ik trek me terug. Jij zult directeur van Leonardo's zijn. De Raad van Bestuur heeft het gisteren besloten. Je bent veel te jong, en dat heb ik ze gezegd, maar ze waren het er niet mee eens. Dus nu is het jouw beurt, jongen.'

Clifford was volkomen gelukkig. Er zou nooit meer een dag als deze komen! Helens kleine blanke handje gleed in zijn hand en kneep erin, en hij kneep niet terug, maar zei: 'Hoe gaat het met de baby?' en zij zei: 'St!' en had er geen idee van dat hij haar niet langer volledig accepteerde, maar haar beoordeelde en het kneepje kinderachtig en ordinair vond.

Lady Rowena zag er jongensachtig uit in haar grijze tuniekjurk, haar witte blouse met kantjes en haar stropdas, en knipperde met haar valse wimpers (iedereen had ze) naar een van Cynthia Wexfords neven uit Minneapolis, en maakte een snel afspraakje met hem terwijl zijn vrouw erbij stond. Cynthia zag het en zuchtte. Ze had haar neven en nichten nooit moeten uitnodigen. Ze had bij haar principe moeten blijven om geen contacten te onderhouden met de familie die haar in haar jeugd zo had beledigd en misbruikt. Al erg genoeg dat het in je bloed zat. Haar vader had het ene moment veel van haar gehouden en haar het volgende moment volkomen afgewezen. Dankzij haar had de familie Denemarken kunnen verlaten, ze had er martelingen voor geriskeerd, zelfs haar leven. Hij had haar koeltjes bedankt, maar niet tegen haar gelachen. Hij wilde haar niet vergeven. Ze probeerde niet aan hem te denken. Clifford leek op haar vader, had haar aangekeken met kinderlijke oogjes die even blauw waren als die van zijn opa. Dat was de ellende. Ze hoopte dat hij gelukkig zou zijn, dat Helen hem zou kunnen geven wat zij niet had kunnen geven: liefde. Maar misschien had hij het nooit gemerkt. Ze had altijd gedaan alsof ze van hem hield, dat dacht ze tenminste.

Otto en Cynthia gingen in hun Rolls Royce naar huis. Johnnie reed. Er lag een geladen revolver in het handschoenenkastje, een overblijfsel van vroeger. Cynthia vond Otto een beetje stil.

'Wat is er?' vroeg ze. 'Ik weet zeker dat als iemand Clifford gelukkig kan maken, het Helen is. Hoewel hij als baby al niet bepaald tevreden was. Ze zal er haar handen vol aan hebben.'

'Het enige wat me dwars zit,' zei Otto somber, 'is wat hij nu verder nog kan bereiken. De leiding over Leonardo's op zijn leeftijd! Het zal hem naar zijn hoofd stijgen.'

'Te laat,' zei Cynthia. 'Hij denkt al dat hij God is.'

Clifford en Helen brachten de nacht in het Ritz hotel door, waar ze de beste, de zachtste, en de mooiste tweepersoonsbedden van heel Londen hebben.

'Wat hebben je ouders ons als huwelijkscadeau gegeven?' vroeg Clifford, en Helen wou dat hij het niet had gevraagd. Hij was in een vreemde stemming, opgetogen en toch ook rusteloos.

'Een broodrooster,' zei ze.

'Je zou denken dat je vader ons een van zijn schilderijen zou geven,' zei Clifford. Aangezien Clifford al een twaalftal kleinere Lally's aan zijn muren had hangen, die hij voor een appel en een ei had gekocht, en acht van de beste schilderijen in de kluizen van Leonardo's had, waar niemand ze kon zien, dacht Helen dat helemaal niet. Maar ze was tweeëntwintig en een onbeduidend persoontje en Clifford was vijfendertig en al een heel belangrijk persoon en dus zei ze het niet. Na de episode in de De Waldo Kliniek kon ze niet meer zo goed om hem lachen, al plagend zijn slechte buien verdrijven en hem behagen. Ze nam hem eigenlijk serieuzer dan goed voor hem was, laat staan goed voor haar was. Ze had het bij het verkeerde eind gehad, ze was zowel de dochter van haar moeder als van haar vader, en dat kon je merken.

Bovendien waren er nog andere dingen waar ze zich zorgen om maakte. Ze lag in bed en maakte zich zorgen. Clifford had een huis in Primrose Hill gekocht, in het toen nog niet zo chique noordwesten van Londen, bij de Zoo, waar ze zouden gaan wonen. Hij had Coffee Place verkocht voor 2500 pond en het huis op Chalcot Square gekocht voor 6000 pond, in de overtuiging dat het weldra veel meer waard zou zijn. (Hij kreeg volkomen gelijk. Datzelfde huis is kort geleden voor een half miljoen pond naar een nieuwe eigenaar overgegaan.) Clifford had zijn bezit niet op naam van hen allebei gezet. Hij zag niet in waarom hij dat zou doen. Dit waren tenslotte nog de jaren zestig toen het bezit van een man nog werkelijk zijn bezit was en zijn vrouw het onderhield en geacht werd dankbaar te zijn voor dat voorrecht. Zou ze het huishouden wel aankunnen? Ze was zo jong. Ze wist dat ze slordig was. Ze had haar baantje bij Sotheby's opgezegd en was de Cordon Bleu kooklessen gaan volgen, maar desondanks had Clifford gezegd, en ze zag in dat hij gelijk had, dat ze al haar tijd en energie nodig zou hebben voor het huishouden en om zijn vrienden en collega's te ontvangen, die, zoals hij zelf benadrukte, steeds deftiger en beroemder werden. Zou ze er genoeg tijd en energie voor hebben, nu de baby op komst was? Het was lastig. Toch was ze vol hoop, zoals een meisje in haar huwelijksnacht hoort te zijn. Ze hoopte bijvoorbeeld dat Cliffords vrienden, collega's en cliënten haar geen onhandig dom kind zouden vinden. En Clifford evenmin. Ze hoopte dat ze het zou redden met de baby. Ze hoopte dat ze niet naar haar vrijheid en haar vrienden zou verlangen, of haar moeder en vader te veel zou missen. Ze hoopte eigenlijk dat ze het juiste had gedaan. Maar had ze wel ooit kunnen kiezen? Je ontmoette iemand en daar hield het mee op.

Clifford kuste haar en zijn mond was warm en zwaar, en hij nam haar in zijn armen en zijn armen waren mager en sterk. Het was een lange dag geweest, een trouwdag: ze hadden honderden handen geschud, honderden gelukwensen in ontvangst genomen. Als ze ongerust was, kwam dat doordat ze moe was. Maar wat was het vreemd dat de lichamelijke geruststelling van de liefde op de voet gevolgd werd, stap voor stap, als een klein broertje dat vastbesloten was om serieus genomen te worden, door ongerustheid en angst voor de toekomst en het gevoel dat het leven voorbijging als golven die op de kust afgingen, voorgoed uiteengeslagen nog voor ze er helemaal zijn; en nog erger, dat naarmate de kam hoger is, het golfdal dieper moet zijn, zodat zelfs het geluk iets is dat gevreesd moet worden.

Midden in de nacht rinkelde de mooie vergulde telefoon op het nachtkastje. Helen nam op. Clifford sliep altijd vast, niet lang, maar diep. Zijn blonde hoofd rustte zwaar in het kussen en zijn hand lag onder zijn wang, als een kind. Op het moment dat Helen de telefoon snel opnam, zodat hij er niet door gestoord zou worden, bedacht ze hoe heerlijk het was om zoiets intiems te weten van zo'n opmerkelijke man. Het was Angie in Johannesburg. Ze vroeg hoe de bruiloft was geweest en bood haar excuses aan voor haar afwezigheid.

'Maar je was niet eens *uitgenodigd*,' wilde Helen graag zeggen, maar ze zei het niet. Of Angie Clifford even kon spreken, vroeg Angie, om hem te feliciteren met zijn benoeming tot directeur van Leonardo's. Haar vader had er tenslotte voor gezorgd.

'Het is twee uur 's morgens, Angie,' zei Helen, zo verwijtend als ze durfde. 'Clifford slaapt.'

'En hij slaapt zo vast!' zei Angie. 'Dat weet ik maar al te goed. Probeer eens in zijn achterwerk te knijpen. Dat werkt meestal. Heeft hij zijn hand onder zijn wang, net als een kind? O het idee alleen al. Bofferd!'

'Hoe weet je dat?' vroeg Helen.

'Zoals zo velen van ons dat weten, liefje.'

'Wanneer?' vroeg Helen kil. 'Waar?'

'Wie, ik? Voor Clifford lang, heel lang geleden, liefje. Minstens een paar maanden. Niet sinds je abortieve nacht in de kliniek. Het gebeurde toen in Coffee Place. Maar daarvoor natuurlijk heel vaak en op allerlei plaatsen. Maar dat weet je allemaal. Maak hem nou even wakker. Wees geen jaloers gansje. Als ik niet jaloers ben, en dat ben ik niet, waarom zou jij het dan zijn?'

Helen hing op en huilde, maar stilletjes en geluidloos, zodat Clifford het niet zou horen en wakker zou worden. Toen, met een praktisch gebaar, legde ze de hoorn naast de haak, zodat Angie niet zou kunnen terugbellen. Met woede en wanhoop zou ze niets bereiken, dat wist ze. Ze moest zichzelf zo snel mogelijk kalmeren en op de een of andere manier een nieuw beeld gaan vormen van zichzelf en Clifford en haar huwelijk.

De eerste dagen

Het was opmerkelijk hoe snel Helens taille dikker werd, toen de bruiloft eenmaal voorbij was. Twee dagen later kon de trouwjurk niet meer dicht en een week later kon ze de jurk niet over haar boezem trekken zonder dat de naden dreigden te barsten.

'Buitengewoon merkwaardig,' zei Clifford, die bleef vragen of ze de jurk wilde passen, alsof hij haar zwangerschap met zijn ogen wilde meten. 'Het zal wel komen doordat je nu het idee hebt dat je je kan ontspannen. Maar dat is niet zo. Er moet van alles gebeuren.'

En hij had gelijk. Het huis in Primrose Hill moest van een pension veranderen in een woning die geschikt was voor een Wexford en zijn jonge uitspruitende vrouw, en om de vrienden te ontvangen die hij van plan was te krijgen, en aangezien Clifford het altijd druk had, zou Helen het moeten doen. En dat deed ze. Hij was bezorgd, omdat ze in verwachting was, maar stond haar niet toe ziek te zijn. Als ze zich 's morgens kokhalzend over de wasbak boog, klapte hij bruusk in zijn handen en zei: 'Genoeg!' en op de een of andere magische manier was dat ook zo. Ze hoefde niet met hem te overleggen over behang, verf of meubelen. Hij wilde alleen dat er schilderijen aan de muren konden worden gehangen en dat de meubelen antiek en niet modern zouden zijn, aangezien de laatste later geen verkoopwaarde zouden hebben. Hij scheen alles wat ze deed goed te keuren, althans, hij zei niet dat hij het niet goed vond. In het weekend speelde hij tennis en zij keek toe en bewonderde hem en klapte. Hij hield van haar applaus. Maar hij hield natuurlijk van ieders applaus. Dat begreep ze wel.

'Je bent niet erg sportief,' klaagde hij. Ze nam aan dat Angie dat misschien wel was geweest, en anderen.

Oppervlakkig gezien ging alles goed. De dagen waren zonnig en druk, de baby schopte; de nachten vreemd en minder wild, maar geruststellend. Cliffords kennissen kwamen al snel eens voorzichtig bij hen thuis kijken en toen ze ontdekten dat zijn nieuwe jonge vrouw niet zo dwaas was als ze hadden gevreesd, bleven ze en werden vrienden. Haar vrienden kwamen, keken en verdwenen weer, omdat ze merkten dat ze haar op een bepaalde manier kwijt waren. Hoe zouden zij, jong, arm, enigszins artistiek en zonder ambities, zich ook op hun gemak hebben kunnen voelen bij Clifford Wexford die meer dan alleen menselijkheid als aanbeveling vereiste? Hoe zou zij het kunnen, als het erop aan zou komen? Ze zag in dat ze meer de echtgenote van Wexford moest zijn, minder de dochter van Applecore Cottage. Ze leerde om het zonder het geklets en de intimiteit van haar vrienden te stellen, en zonder de aangename warmte van hun meeleven. Als ze verdwenen, probeerde ze hen niet tegen te houden. Het waren aardige mensen, ze zouden zijn blijven komen, Clifford of geen Clifford. Lezer, de waarheid was dat ze zwaar en dik was en begon te sjokken – u weet hoe vrouwen dat doen aan het eind van hun zwangerschap – en de baby drukte tegen de grote beenzenuw, maar ze klemde haar tanden op elkaar en voor Clifford lachte ze en liet ze zo haar vermoeidheid en klachten verdwijnen. Ze zou alles voor Clifford zijn. Hij zou nooit meer naar een andere vrouw kijken. En tegelijkertijd wist ze dat het geen zin had. Ze was hem kwijt, al wist ze niet precies hoe of waarom.

Een gelukkige tijd

Baby Nell werd op eerste kerstdag 1965 in het Londense Middlesex Hospitaal geboren. Nu is kerst geen goede tijd om een kind te krijgen. Het verplegend personeel drinkt te veel sherry en ze brengen hun tijd door met het zingen van kerstliedjes, de jonge artsen kussen de zusters onder de mistletoe en oudere chirurgen vermommen zich als kerstman. Helen beviel van Nell zonder dat er iemand bij was, op de eerste klas, waar ze alleen lag. Als ze op de derde klas had gelegen, had tenminste één van de andere patiënten haar kunnen helpen, maar nu brandde haar rode lampje uur in uur uit zonder dat iemand het zag. Het was nog niet in de mode dat vaders bij de geboorte van hun baby aanwezig waren en Clifford zou in ieder geval toch bij het idee alleen al gerild hebben. Goed, hij en Helen waren voor kerstavond te dineren gevraagd bij de beroemde schilder David Firkin, die erover dacht om van de Beaux Arts Gallery over te stappen naar Leonardo's, en Clifford wilde de uitnodiging niet afslaan. Het leek belangrijk. Helen kreeg haar eerste vage wee in de taxi op weg naar het atelier van Firkin. Ze wilde natuurlijk niet lastig zijn.

'Het zal wel niets zijn,' zei ze. 'Waarschijnlijk alleen wat last van mijn spijsvertering. Weet je wat, zet me bij het ziekenhuis af, dan kunnen ze even naar me kijken en me naar huis sturen en dan kom ik in een taxi naar David.'

Clifford geloofde Helen op haar woord, zette haar af bij het ziekenhuis en ging alleen naar het dineetje. Helen volgde niet.

'Zelfs als de bevalling zou zijn begonnen,' zei David Firkin, 'wat ik betwijfel, dan duurt het nog eindeloos bij een eerste baby. Je hoeft je geen zorgen te maken. Het is een volkomen natuurlijk proces. Doe nou niet zo vervelend en blijf niet steeds het ziekenhuis bellen.' David Firkin haatte kinderen en was er trots op. Helen was een sterk, gezond meisje, zeiden alle gasten, geen enkele reden om je zorgen te maken. En niemand begon op zijn vingers terug te rekenen hoeveel maanden geleden ze waren getrouwd – tenminste niet dat Clifford het zag.

Nu was Helen inderdaad een sterk, gezond meisje, al was ze bang, en Nell was een sterke, gezonde baby, en kwam goed ter wereld, al was het zonder hulp, om tien over drie in de morgen. Nells Zon had de Boogschutter verlaten en stond net in de Steenbok, waardoor ze levendig en aanhankelijk was. Haar Maan was rijzende in de Waterman, waardoor ze vriendelijk, charmant, gul en goed was. Venus stond sterk op de Midhemel in haar eigen huis, de Weegschaal, en daardoor wilde ze veel en was ze in staat liefde te geven en te ontvangen. Maar Mercurius stond te dicht bij Mars, en Neptunus vormde een oppositie met allebei, en haar Zon vormde een oppositie met haar Maan en daarom zouden zich in Nells leven vreemde gebeurtenissen voordoen en zou ze beurtelings met grote tegenspoed en grote voorspoed te maken krijgen. De conjunctie van de sterke Saturnus met de Zon en de oppositie met het twaalfde huis wezen erop dat gevangenissen en instellingen een grote rol zouden spelen in haar leven. Er zouden tijden komen dat ze vanachter tralies de wereld in zou kijken. Dit is één manier om alles te zien. Dit volstaat. Hoe zouden we anders de gebeurtenissen moeten verklaren die door het lot en niet door onze eigen aard worden veroorzaakt?

Een zuster draafde beschaamd naar binnen bij het horen van Nells eerste gehuil en toen de baby was gewassen en iets omgeslagen had gekregen en eindelijk in Helens armen was gelegd, werd Helen verliefd, maar niet zoals ze op Clifford verliefd was geworden, een mengeling van erotische opwinding en vrees, nu was het een sterk, standvastig en bestendig gevoel. Toen Clifford losgerukt was van de cognac en Harrods beste kerstcrackers en om vier uur 's morgens aan haar bed verscheen, liet ze hem, haast angstig, de baby zien. Leunend over de wieg trok ze het dekentje van het kleine gezichtje weg. Ze wist nog steeds niet precies wat Clifford leuk of niet leuk zou vinden, wat hij zou waarderen of veroordelen. Ze was verlegen geworden, bijna bang van hem. Ze wist niet wat er aan de hand was. Ze hoopte dat de situatie met de komst van Nell zou verbeteren. Zoals u ziet, dacht ze niet aan haar eigen pijn, of verweet ze Clifford dat hij haar op zo'n moment alleen had gelaten; ze wilde het hem alleen zo goed mogelijk naar zijn zin maken. Tijdens die eerste zwangere maanden van haar huwelijk leek ze, zoals ik al zei, meer op haar moeder dan in de rest van haar leven.

'Een meisje!' zei hij en Helen dacht een ogenblik dat hij het afkeurend bedoelde, maar hij keek naar zijn dochter en lachte en zei: 'Kijk niet zo boos, schatje, alles komt prima in orde,' en Helen kon er een eed op doen dat de baby meteen niet langer boos keek en teruglachte, hoewel de zusters zeiden dat dat onmogelijk was: baby's lachen pas als ze zes weken zijn. (Dit zeggen alle zusters altijd en alle moeders weten wel beter.)

Hij pakte de baby op.

'Voorzichtig,' zei Helen, maar dat was niet nodig. Clifford was gewend om kostbare voorwerpen in zijn handen te hebben. En toen, op dat moment, voelde hij tot zijn verbazing heel scherp zowel de pijn als de vreugde van het vaderschap – de scherpe angstige steek in het hart veroorzaakt door het instinct om te beschermen en de warme geruststellende gloed veroorzaakt door de overtuiging van je onsterfelijkheid, het besef van het voorrecht, de wetenschap dat je niet alleen een kind in je armen houdt, maar de hele toekomst van de wereld zoals die door jou werkt. Ja, hij was Helen zelfs belachelijk dankbaar dat ze de baby had gekregen, waardoor dit gevoel mogelijk was geworden. Voor het eerst sinds hij haar uit de De Waldo Kliniek had gered, kuste hij haar vol liefde. Hij had haar vergeven en Helen straalde in zijn vergeving.

'Alles is goed,' ze sloot haar ogen en zei, terwijl ze iets citeerde wat ze had gelezen, maar ze wist niet precies meer wat: 'en alles zal goed zijn en allerlei dingen zullen goed zijn,' en Clifford zette haar zelfs niet op haar nummer door te vragen waar het citaat vandaan kwam. En zo was alles inderdaad goed, een tijdje.

Totdat ze bijna een jaar oud was, leefde Nell dus in de cocon van geluk die haar ouders hadden gesponnen. Leonardo's floreerde onder de leiding van Clifford Wexford – er was een interessante Rembrandt aangekocht, een paar saaie Hollandse meesters verkocht, de vermeende Botticelli als zodanig opgehangen, tot de verbazing van de Uffizi's, en in de nieuwe moderne afdeling was de prijs van een David Firkin, die nu verzocht was niet meer dan twee schilderijen per jaar te produceren teneinde zijn eigen markt niet te bederven, omhooggeschoten tot bedragen die in de vijf cijfers liepen. Helen viel ruim zes kilo af en aanbad beurtelings Clifford en baby Nell. Het is zelfs nog leuker, al is het moeilijker, om te beminnen dan om bemind te worden. Als dat allebei tegelijkertijd gebeurt, wat kan er dan nog heerlijker zijn?

Een vloedgolf van ellende

Lezer, als een huwelijk snel wordt gesloten, kan het ook snel uiteen vallen, als een zelfgebreide trui, waar, wanneer je gewoon één draad doorknipt en trekt en blijft trekken, niets van overblijft. Alleen maar een hoopje opgekrulde rommel. Of, om het anders te zeggen, je denkt dat je in een paleis woont, maar het is eigenlijk gewoon een kaartenhuis. Bots tegen één kaart en de hele boel valt plat op de grond en blijkt uit niets te bestaan. Toen Nell tien maanden was, zakte het huwelijk van de Wexfords boven haar arme hoofdje in elkaar: flop, flop, flop – de ene akelige gebeurtenis viel bovenop de andere, sneller dan u zich kunt voorstellen.

Zo gebeurde het.

De Conrans gaven op 5 november een vuurwerkfeest. Kent u ze nog? Terence, die Habitat begon? En Shirley, later van *Superwoman* en *Lace*? Iedereen die iemand was, was er, de Wexfords inbegrepen.

Helen had Nell bij de kinderjuffrouw achtergelaten. Ze wilde niet dat het kind bang zou worden door het geknal en het kabaal. Ze ging alleen vooruit, want Clifford zou rechtstreeks van Leonardo's komen. Ze droeg een geborduurde leren jas en laarzen met veel franje en zag er slank, kwetsbaar, heel knap en teer en op de een of andere manier verbaasd en enigszins overrompeld uit, zoals jonge vrouwen die nog maar kort met een actieve man getrouwd zijn er wel vaker uitzien; dat wil zeggen, erg aantrekkelijk voor andere mannen, die zich daardoor gaan gedragen als hertebokken in de bronsttijd, allemaal grote geweien in elkaar en 'Ik zal hebben wat van jou is, o mijn God dat zal ik!' Als ze haar oude blauwe duffel had gedragen, was het misschien niet gebeurd.

Clifford kwam later dan Helen had verwacht. Ze voelde zich chagrijnig. Leonardo's nam te veel van zijn tijd en aandacht in beslag. Worstjes lagen te sputteren en hete aardappels barsten open in de as, vuurpijlen sisten en fonteinen van licht spoten hemelwaarts en kreten van verbazing en vreugde dreven samen met de rook van het vreugdevuur op een zacht briesje over de tuinen van Camden Town heen. Er zat veel rum in de hete grog. Als er minder in had gezeten, zou dit alles misschien niet zijn gebeurd.

Helen keek door een waas van rook en zag Clifford aankomen. Ze vergaf hem; ze begon te lachen. Maar wie liep daar naast hem? Angie. Helens glimlach bevroor. Dat kon niet. De laatste keer dat ze van Angie hoorde, zat ze in Zuid-Afrika. Maar ja hoor, die was het. Bontjas, bontmuts, hoge leren laarzen, minirok en een modieus stuk in kousen gehulde dij. Angie grijnsde naar Helen en kneep ondertussen hartelijk in Cliffords hand. Helen knipperde met haar ogen en Angie was weg. Nog erger. Wat verborg ze? Wat was dit voor een komplot? Helen had Angies telefoontje tijdens hun huwelijksnacht voor zichzelf gehouden; ze had de pijn en de belediging weggeslikt, vergeten, van haar af gezet. Dat had ze tenminste gedacht. Als ze dat werkelijk had gedaan, en het niet alleen had gedacht, was dit alles misschien niet gebeurd.

Clifford nam Helens arm met een geruststellend echtelijk gebaar. Helen stootte hem kregelig weg – wat een vrouw nooit moet doen bij een man met veel zelfrespect. Maar al wachtend op Clifford had ze vier hete grogs gedronken en ze was minder nuchter dan ze dacht. Als ze hem alleen maar haar arm had laten vasthouden. Maar nee!

'Dat was Angie, je kwam met Angie, je bent bij Angie geweest.'

'Dat klopt allemaal,' zei Clifford koeltjes.

'Ik dacht dat ze in Zuid-Afrika zat.'

'Ze is overgekomen om me te helpen bij het opzetten van de afdeling voor moderne kunst. Als je enige belangstelling voor Leonardo's had, zou je dat weten.'

Niet eerlijk! Volgde Helen niet dagelijks colleges kunstgeschiedenis om het vak op te halen? Stond ze op haar drieëntwintigste niet aan het hoofd van een huishouding met personeel, ontving ze geen gasten en zorgde ze niet ook nog voor een klein kind? Werd ze niet omwille van Leonardo's door haar man verwaarloosd? Helen sloeg Clifford in zijn gezicht (als ze dat nu maar niet had gedaan) en Angie stapte door de rook van het vuur naar voren en lachte weer tegen Helen, een triomfantelijk lachje dat Clifford niet zag. (Er wordt niet gesuggereerd dat Angie zich anders had kunnen gedragen. Geen sprake van!)

'Je bent volslagen gek,' zei Clifford tegen Helen, 'waanzinnig jaloers,' en verliet de party meteen weer met Angie. (O, o, o!) Goed, hij was kwaad. Geen enkele man wordt graag in het openbaar geslagen of beschuldigd van ontrouw, zonder reden. En er was beslist geen recente reden. Angie wachtte haar tijd af en haar verhouding met Clifford was de laatste tijd inderdaad beperkt gebleven tot de nieuwe afdeling voor moderne kunst van Leonardo's. Clifford was al bijna vergeten dat het ooit anders was geweest, want zou hij Angie anders naar de party hebben meegenomen? (Als hij dat maar niet had gedaan! Het strekt Clifford tot eer dat hij, net als Helen en in tegenstelling tot Angie, in staat was een morele keuze te maken.)

Clifford bracht Angie terug naar haar woning in Belgravia en ging meteen door naar zijn eigen huis in Primrose Hill en luisterde naar muziek en wachtte tot Helen thuis zou komen. Hij besloot haar te vergeven.

Hij wachtte tot het morgen was en nog kwam ze niet. Toen belde ze om te zeggen dat ze in Applecore Cottage was: haar moeder was ziek. Ze hing snel op. Dat had Clifford eerder gehoord – hij stuurde Johnnie om het na te trekken. Natuurlijk was Helen niet in Applecore Cottage. Hoe had ze daar kunnen zijn? Haar vaders deur was nog altijd voor haar gesloten. De dwaasheid van de leugen maakte haar overtreding nog erger.

En waar had Helen de afgelopen nacht gezeten? Ik zal het u vertellen. Nadat Clifford de party had verlaten met Angie aan zijn arm, was Helen, veel hete grogs later, vertrokken aan de arm van een zekere Laurence Durrance, een scenario-schrijver en getrouwd met de kleine Anne-Marie Durrance, buurvrouw en goede vriendin. (Toen ze eenmaal voor deze speciale handelwijze had gekozen, kon ze niet meer terug. Geen als maar meer. Flop, flop, flop, flop – daar ging het kaartenhuis.)

Anne-Marie, een fascinerend lelijke hoeveelheid energie met een lengte van 1.47 meter en een gewicht van 38 kilo, bleef achter om te huilen en te jammeren en *iedereen* heel opgewonden te vertellen dat Helen Wexford en haar man de party samen hadden verlaten. Dat was nog niet genoeg, want de volgende morgen dwong ze Laurence meteen tot een bekentenis. (Ik nam haar mee naar mijn kantoor. Op de bank. Erg ongemakkelijk. Met al die boeken en papieren, hè. Ik was vreselijk dronken. Iemand had extra alcohol in de hete grog gegooid. Ze leek zo van streek. *Zij* leek zo van streek! *Anne-Marie*. Gewoon één van die dingen. Het spijt me, het spijt me.) En toen ze dat allemaal had gehoord en voordat Helen waar dan ook vandaan (ze was in werkelijkheid bij een vriendin, probeerde te kalmeren, zo schuldig voelde ze zich) kon terugkeren, ging Anne-Marie bij Clifford langs en vertelde hem met veel onnodige en onjuiste verfraaiingen waar Helen de vorige nacht had gezeten.

Dus toen Helen eindelijk thuiskwam, toonde Clifford zich op een uiterst definitieve manier onvergevingsgezind. Johnnie was net bijna klaar met het veranderen van de sloten. Helen stond op de stoep in een gure novemberwind en haar man en kind zaten aan de andere kant van een gesloten deur in de warmte.

'Laat me erin, laat me erin,' jammerde Helen, maar hij deed het niet. Ondanks het meelevende gehuil dat Nell aanhief, bleef zijn hart verhard. Een ontrouwe vrouw was geen vrouw van hem. Ze was nog erger dan een vreemdeling, ze was zijn vijand.

Dus Helen moest naar een advocaat, hè, en Clifford was al bij de zijne – hij liet er geen gras over groeien. Anne-Marie had haar verhaal nauwelijks verteld of hij hing al aan de telefoon – en het was een heel goede en dure advocaat, en dat was nog niet alles, want toen had Anne-Marie besloten om van de gelegenheid gebruik te maken om van Laurence te scheiden en Helen daarbij te noemen en met kerst was er dus niet één, maar waren er twee huwelijken kapot. En de cocon van warmte en liefde waarin Nell leefde, was afgewonden, sneller dan het oog kon volgen, laat staan het verstand kon begrijpen, leek het Helen, en woorden van haat, wanhoop en wrok vulden de lucht rond Nells babyhoofdje en als ze lachte, lachte niemand terug en Clifford scheidde van Helen, waarbij hij Laurence noemde, en eiste de voogdij over hun dochtertje.

Misschien kent u de gewoonte van het 'noemen' niet. Vroeger, toen het huwelijk een sterker en permanenter instituut was dan nu, werd inmenging van buitenaf noodzakelijk geacht voor het uit elkaar drijven van een echtpaar. Een huwelijk kon niet gewoon door interne krachten onherstelbaar kapot gemaakt worden. Er kwam iemand bij die iets *deed*, meestal iets seksueels. Zo iemand stond bekend als 'de derde'. Lakens werden onderzocht op bewijsmateriaal, privé-detectives namen foto's door sleutelgaten en de derde werd door de gekwetste echtgenoot (echtgenote) genoemd en kwam met naam en toenaam in de kranten. Het was allemaal werkelijk afschuwelijk. En zelfs als geen van beide echtelieden ernstig gekwetst was, maar ze gewoon uit elkaar wilden, moest de hele toestand met lakens en sleutelgaten afgewerkt worden. Maar er is altijd wel een lichtpuntje. Er ontstond een hele groep meisjes die strandhotels bevolkten en het gevraagde bewijs leverden, en die een vaak gemakkelijk en goed bestaan hadden door de hele nacht wakker te blijven en koffie te drinken en slechts te omhelzen wanneer er plotseling geen licht meer door het sleutelgat viel.

Het enige andere vrij zwakke lichtpuntje in deze zaak was dat Helen een soort vrede met haar vader sloot – iedere vijand van Clifford was een vriend van hem, al was het zijn eigen dochter (zijn *vermeende* dochter; hij wilde Evelyn niet de voldoening geven dat hij Helen niet langer als zijn eigen vlees en bloed verwierp) – en weer terug mocht komen in het kleine slaapkamertje aan de achterkant van Applecore Cottage om haar schaamte en angst weg te huilen, daar waar het vertrouwde roodborstje op de tak van de appelboom vlak voor haar slaapkamerraam zat, met zijn kopje scheef, en klokkende en tjilpende geluidjes maakte over haar verdriet en beloofde dat er betere tijden zouden komen.

Leugens, allemaal leugens!

Om sommige baby's vecht geen mens. Als ze lelijk of dom of ziekelijk of drenzerig zijn, mogen gescheiden en foute moeders ze houden en jarenlang voor ze zwoegen. Maar wat was Nell een schatje! Iedereen wilde haar hebben: beide ouders en beide paren grootouders. Nell had een stralende heldere huid en een stralende heldere lach en huilde bijna nooit en als ze huilde, werd ze snel gekalmeerd. Ze werkte hard en vol toewijding – en niemand moet harder werken dan een baby – aan de ontwikkeling van haar vaardigheden: het leren aanraken, pakken, zitten, kruipen, staan en zeggen van de eerste paar woordjes. Ze was dapper, briljant en levendig – een prijs die iedereen in de wacht wilde slepen in plaats van een last die het dragen ternauwernood waard was. En wat vochten ze om haar.

'Ze is helemaal niet geschikt om moeder te zijn,' zei Clifford tegen Van Erson, zijn sproetige meedogenloze advocaat. 'Ze heeft geprobeerd zich te laten aborteren. Ze heeft het kind nooit willen hebben.'

'Hij wil haar alleen om het mij betaald te zetten,' huilde Helen tegen Edwin Druse, haar vriendelijke hippy raadsman. 'Laat hem alsjeblieft ophouden. Ik houd zoveel van hem. Net die ene keer, die stomme party, ik had te veel op, ik wilde het hem alleen betaald zetten voor Angie. Ik kan niet Nell ook nog verliezen. Help me alsjeblieft!'

Edwin Druse stak een vriendelijke hand uit om zijn radeloze cliënte te troosten. Hij dacht dat ze te jong was om zich te kunnen redden. Hij vond Clifford een werkelijk heel negatieve figuur. Iemand moest voor haar zorgen. Hij dacht dat hij, Edwin Druse, misschien de juiste figuur zou zijn om voor haar te zorgen. Hij zou een vegetariër van haar maken en ze zou dan niet langer aan zulke wanhoop ten prooi vallen. Eigenlijk dacht hij dat hij en zij heel goed met elkaar zouden kunnen opschieten als Clifford en kleine Nell er tenminste niet zouden zijn. Edwin Druse was in deze omstandigheden misschien niet de beste advocaat die Helen had kunnen uitkiezen. Maar zo zat het nu eenmaal.

Tel hierbij nog eens het feit dat Clifford Nell wilde hebben, en gewoonlijk kreeg wat hij wilde, en u zult zien dat hij in de strijd om het voogdijschap alles mee had. Geld, macht, slimme pleiters en verbolgen deugdzaamheid – en zijn ouders Otto en Cynthia om hem met hetzelfde in het kwadraat te steunen.

'Beminnelijkheid alleen is niet genoeg,' zei Cynthia over Helen. 'Wat verstand en discretie zijn ook noodzakelijk.'

'Een man kan veel van zijn vrouw verdragen,' zei Otto, 'maar niet dat ze hem in het openbaar voor gek zet.'

En Helen kon hier niets anders tegenover stellen dan haar lieftalligheid en hulpeloosheid en moederliefde en het geweten van Edwin Druse. En dat was niet genoeg.

Clifford liet zich van Helen scheiden wegens overspel en ze kon het feit op geen enkele manier ontkennen. Ja, Anne-Marie legde zelfs een officiële getuigenverklaring af, net zoals ze bij haar eigen scheiding had gedaan: 'en ik kwam onverwachts thuis en vond mijn man Laurence in bed met Helen. Ja, het was ons echtelijke bed. Ja, ze waren allebei naakt.' Leugens, allemaal leugens! Helen probeerde hier zelfs niet als tegeneis in te brengen dat Clifford overspel had gepleegd met Angie Wellbrook – ze wilde hem niet in het openbaar zwartmaken en Edwin Druse probeerde haar niet over te halen dat wel te doen. Helen was maar al te zeer bereid te geloven dat ze Clifford door haar eigen schuld was kwijtgeraakt. Zelfs terwijl ze hem haatte, hield ze nog van hem; en hetzelfde kon van hem over haar worden gezegd. Maar zijn trots was gekwetst: hij wilde niet vergeven en zij wilde hem niet nog meer kwetsen. En daardoor kwam hij als de onschuldige uit de scheiding te voorschijn en zij als de schuldige en het stond een hele week lang in alle kranten. Het spijt me dat ik moet zeggen dat Clifford Wexford nooit afkerig was van publiciteit. Hij dacht dat het goed voor de zaken zou zijn en dat was ook zo.

Angies vader belde op vanuit Johannesburg en galmde over de

lijn: 'Blij dat je van die nietsnut van een vrouw af bent. Het zal Angie geweldig opmonteren!' En dat deed het natuurlijk. Dat en het ongelooflijke succes van de schilderijen van David Firkin die nu bij de grootste trendsetters van het land aan de muren hingen.

'Zie je wel,' zei Angie. 'Al die rommel van de oude meesters is uit, uit, uit.'

Bij de voogdijzaak, een maand later, zou Helen wensen dat ze harder had gevochten. Clifford voerde van alles aan om te bewijzen dat ze niet deugde als moeder. Niet gewoon haar aanvankelijke poging tot abortus, maar ook haar vaders waanzin – een man die zijn eigen schilderijen met een heggeschaar kapotknipt, is toch niet echt bij zijn verstand – die ze zou kunnen erven en Helens eigen neiging tot grove seksuele verdorvenheid. Bovendien was Helen praktisch een alcoholiste – had ze niet zelf haar overspel met Durrance proberen te rechtvaardigen door te zeggen dat ze te veel op had? Nee, Nells moeder was ijdel, onhandig, hopeloos en misdadig. Bovendien had Helen geen geld. Clifford wel. Hoe had ze gedacht het kind te onderhouden? Had ze niet zelfs haar karige part-time baantje bij de minste aanleiding opgegeven? Werken? Helen? Laat me niet lachen!

Waar het arme kind zich ook naar toe wendde, ze vond altijd een beschuldigende Clifford tegenover zich en hij was zo overtuigend dat ze hem zelf bijna geloofde. En wat kon ze ertegen inbrengen? Dat hij Nell wilde om haar te straffen? Dat hij de kleine Nell alleen maar aan de zorg van een kinderjuffrouw zou overdragen; dat hij het te druk had om een goede vader voor het kind te zijn; dat haar, Helens, hart zou breken als haar kind van haar zou worden afgenomen? Edwin Druse was niet overtuigend. En dus werd Helen in de ogen van de wereld voor een tweede keer gebrandmerkt als een dronken del en dat was dat. Clifford won de voogdijzaak.

'Voogdij, zorg en controle voor de vader,' zei de rechter. Clifford keek door de rechtszaal heen naar Helen en voor het eerst sinds het proces was begonnen keken ze elkaar werkelijk in de ogen.

'Clifford!' fluisterde ze, zoals een vrouw de naam van haar man op zijn sterfbed kan fluisteren, en hij hoorde het, ondanks het rumoer om hen heen, en reageerde in zijn hart. Woede en wrok gleden van hem af en hij wilde dat hij op de een of andere manier de klok kon terugdraaien en hij, zij en Nell weer samen konden zijn. Buiten de rechtszaal wachtte hij op Helen. Hij wilde gewoon met haar praten, haar aanraken. Ze was genoeg gestraft. Maar Angie kwam voor Helen naar buiten, gekleed in het miniemste leren minirokje en niemand keek naar haar benen, alleen naar de gouden en diamanten broche die ze op had en die minstens een kwart miljoen pond waard was, en stak haar arm door de zijne en zei: 'Nou, dat is schitterend afgelopen! Je hebt het kind en bent van Helen af. Laurence was niet de enige, weet je,' en Cliffords moment van zwakte was voorbij.

Wat er met Laurence gebeurd is, vraagt u? Anne-Marie, zijn vrouw, heeft hem vergeven – hoewel ze Helen nooit heeft vergeven – en ze zijn een paar jaar later weer hertrouwd. Sommige mensen zijn gewoon onuitstaanbaar lichtzinnig. Maar door haar eigen indiscretie was Helen zowel man, huis als minnaar kwijtgeraakt – wat meer voorkomt dan ik me wil realiseren – om nog maar te zwijgen van een kind en een vriendin en ook nog een reputatie. En toen baby Nell haar eerste stapjes zette, was haar moeder er niet bij om het te zien.

Na de scheiding

Arme Clifford! Nu zult u wel verbaasd zijn, lezer, dat u me zo meelevend hoort praten over Clifford, die zich zo wreed en onaangenaam tegenover Helen heeft gedragen. Ze was weliswaar dom geweest, maar ze was pas drieëntwintig en Clifford had, al ongeveer een maand na hun huwelijk, meer aandacht aan Leonardo's besteed dan aan haar, en ze was jaloers gemaakt op Angie, zoals we weten, en Laurence was even donker en vrolijk als Clifford blond en serieus was, en Laurence had haar in verleiding gebracht, en ze had de verleiding, één keertje, niet kunnen weerstaan, al moeten we onder ogen zien dat de episode op de kantoorbank zonder Anne-Maries mokerslagen en aan zichzelf overgelaten zeer wel zou hebben kunnen uitgroeien tot iets mooiers en minder smerigs. Menige echtgenoot zou zijn vrouw zo'n misstap hebben vergeven, een maand of wat hebben gemokt en getreurd en alles vervolgens zijn vergeten en het leven zou gewoon verder gegaan zijn. Clifford niet. Ik zeg arme Clifford, gewoon omdat hij *niet* kon vergeven, laat staan vergeten.

Arme Clifford, omdat hij, hoewel hij Helen haatte, ernaar hunkerde haar stralende aanwezigheid om zich heen te hebben en het met Angie moest doen, die minirokjes droeg hoewel ze lelijke benen had en weinig modieuze broches op had alleen omdat ze miljoenen waard waren en wier witte nertsjas eerder opzichtig dan warm en elegant was. En die, als Clifford van de vrij redelijke rechten van een pas gescheiden man gebruik probeerde te maken en een beetje van de een naar de ander zwalkte – en er was geen gebrek aan mooie, intelligente en charmante vrouwen die erop wachtten om Clifford in te pikken – haar vader in Johannesburg opbelde (waarbij ze nooit haar eigen telefoon gebruikte) en hem begon over te halen om zijn investeringen uit de onzekere kunstwereld te halen en over te brengen naar de zekere wereld van The Distillers' Company en Armalite Inc. Dus, arme Clifford! Hij was niet gelukkig.

En arme Nell, die aan nieuwe gezichten en nieuwe gewoonten moest wennen, want nu leefde ze in een grote glimmende kinderkamer met een kinderjuffrouw die aardig genoeg was en een opa en oma die dol op haar waren en haar kwamen opzoeken – maar waar was haar moeder? Haar onderlipje trilde heel wat die eerste paar dagen, maar zelfs een baby kan dapper en trots zijn en ze probeerde te lachen en haar best te doen, en wie uit haar omgeving begreep werkelijk wat ze had verloren? Toen werden alle facetten van de kinderziel nog niet zo besproken als tegenwoordig en er werd ook nog niet zoveel rekening mee gehouden.

'Haal haar niet uit bed,' zei Cynthia altijd tegen de kinderjuffrouw als Nell 's nachts eens een keertje huilde: 'Laat haar maar uithuilen. Dan leert ze het vlug af.' Zo had ze Clifford tenslotte opgevoed, naar de gewoonte van die tijd. En Clifford had inderdaad geleerd om niet toe te geven aan verdriet of angst, maar of het hem enig goed had gedaan is een andere zaak. Gelukkig was de kinderjuffrouw opgeleid met Dr Spock en schonk ze er geen aandacht aan.

'Zodra ik het voor elkaar kan krijgen,' zei Clifford tegen zijn moeder, 'komt ze bij mij wonen.' Maar hij had het natuurlijk druk. Weken werden maanden.

En de nog armere Helen! De maanden na de scheiding woonde ze bij haar ouders en dat was niet gemakkelijk. John Lally was grimmiger dan ooit met zijn alles doordringende woede en zijn veelvuldige ik-heb-het-je-toch-gezegd, en was meer dan ooit geneigd om Helens moeder de schuld te geven van alles wat fout was gegaan, fout ging en fout dreigde te gaan. Iedere morgen waren Evelyns ogen rood en gezwollen en Helen wist dat dat ook haar schuld was. Ze kon hem door de muur heen horen.

'Waarom heb je haar niet belet hem te trouwen, idioot? Mijn kleindochter in de handen van die schurk, die ploert, en jij hebt haar praktisch aan hem uitgeleverd. Had je zo'n hekel aan je eigen dochter? Of aan mij? Of was je jaloers, omdat zij jong was en haar leven begon en jij oud bent en het met je is afgelopen?'

Merkwaardig genoeg maakte hij volledig aanspraak op Nell als zijn kleindochter, hoewel hij bleef ontkennen dat Helen zijn dochter was. En weet u, terwijl zijn vrouw en dochter onder zijn dak treurden, schilderde John Lally toch, geïnspireerd door louter gal, drie prachtige schilderijen in evenveel maanden – één van een overstromende regenton waarin een dode kat dreef, één van een vlieger die in een dode boomvast zat en één van een verstopte goot met gemengd afval. Ze hangen nu allemaal in het Metropolitan Museum of Modern Art. Volgens het contract waren ze van Leonardo's, maar John Lally ging ze beslist niet afleveren. Nee. Nooit. Hij verstopte ze in de kelder van Applecore Cottage en het was een geluk dat ze niet door vocht aangetast of door ratten opgevreten werden. Liever in zijn eigen kelder, tierde John Lally, dan in Leonardo's kluizen, waar Clifford Wexford, die de ene belediging op de andere stapelde, al acht van zijn beste doeken had opgeborgen.

Helen huilde iedere dag een beetje minder en was na drie maanden gereed om de wereld weer tegemoet te treden. Volgens de termen van de bezoekregeling mocht ze haar kind één middag per maand zien in aanwezigheid van een derde. Clifford had Angie aangewezen als die derde, en Helen kon geen echte reden vinden om daar bezwaar tegen te maken en Edwin Druse vond er ook geen een voor haar. (Als u ooit betrokken zou raken in een scheiding, lezer, zorg dan dat uw advocaat niet verliefd op u is.)

Bezoek!

De bezoekmiddag zou als volgt verlopen. Nells oma, Cynthia, zou het kind per trein naar Waterloo Station in Londen brengen, waar Angie, een kinderjuffrouw naar haar keuze voor die dag (de gezichten veranderden regelmatig) en een door een chauffeur bestuurde Rolls Royce stonden te wachten. De kinderjuffrouw hield Nell vast, aangezien Angie bang was om zo'n levendig en actief kindje te dragen. Bovendien zou ze kunnen gaan plassen. Het gezelschap begaf zich naar een kamer in het Claridges waar Helen zat te wachten, enigszins onrustig, omdat ze zich er niet meer op haar gemak voelde. Als Cliffords vrouw kon ze overal, hoe deftig ook, gewoon naar toe gaan. Als Cliffords ex-vrouw had ze de indruk dat kelners en portiers gniffelden en naar haar keken. Angie begreep deze gevoelens van Helen maar al te goed en koos juist daarom voor het Claridges. Bovendien had ze er goede herinneringen aan.

De kinderjuffrouw gaf Nell aan Helen en Nell lachte en kirde en brabbelde en liet haar paar woordjes horen, zoals ze voor ieder vriendelijk gezicht deed. Ze herkende haar moeder niet meer te midden van anderen, ze greep nu bij angst en pijn naar haar oma. Helen moest het aanvaarden.

'Je bent *mager* geworden, Helen,' zei Angie tijdens de vierde bezoekmiddag. (Cynthia had er mysterieus en betoverend uitgezien en was gaan winkelen, dat zei ze tenminste.) Angie zag maar al te graag dat Helens borsten, eens zo mollig en geprononceerd, kleiner waren geworden. Ze dacht dat Clifford toch nauwelijks meer geïnteresseerd kon zijn in het zielige timide vrouwtje waarin Helen was veranderd.

'Clifford zei altijd dat ik te mollig was,' zei Helen. 'Hoe gaat het met hem?'

'Heel goed,' zei Angie. 'We eten vanavond bij Mirabelle met de Durrances.' Ach, de Durrances! Anne-Marie en Laurence, ooit Clifford en Helens beste vrienden, maakten elkaar alweer het hof. Laurence, met wie Helen haar misstap had begaan, was alles vergeven, omdat, als puntje bij paaltje kwam, Helen nauwelijks telde. Angie gaf graag nog een trap na. Maar nu was ze te ver gegaan. Helen staarde Angie aan en haar ogen fonkelden van een woede die ze nooit eerder in haar leven had gevoeld.

'Mijn arme kleine Nell,' zei ze tegen haar kind. 'Wat ben ik zwak en stom geweest. Ik heb je verraden!'

Ze gaf de baby aan de kinderjuffrouw en liep naar Angie toe en sloeg haar één, twee, drie keer op dezelfde wang. Angie gilde. De kinderjuffrouw rende de kamer uit met Nell, die alleen maar lachte om het gestuiter dat ze onderging.

'Je bent geen vriendin van mij en dat ben je ook nooit geweest!' zei Helen tegen Angie. 'De duivel zal je halen voor wat je Clifford en mij hebt aangedaan.'

'Jij bent gewoon een stuk onbenul,' zei Angie hatelijk. 'De dochter van een lijstenmaker. En Clifford weet het. Hij gaat met mij trouwen.'

Angie ging gelijk naar Clifford en vertelde hem dat Helen agressief was geworden en haalde hem over om een nieuw proces aan te spannen over de bezoekregeling en de ontmoetingen tussen moeder en kind nog verder te beperken. Angie had een ontzettende hekel aan de manier waarop Clifford, nadat zij Helen had gezien, schijnbaar achteloos vroeg hoe Helen eruit had gezien.

'Heel gewoontjes,' antwoordde Angie dan. 'Ze wordt verteerd door zelfmedelijden. Zo somber!' of zoiets dergelijks, en dan keek Clifford haar aan en zei niets, maar glimlachte flauwtjes en niet erg vriendelijk. Angie voelde zich dan slecht op haar gemak. Deze keer ondervond Angie aanzienlijke tegenstand van Clifford.

'O, wees toch stil, Angie, en houd erover op,' zei hij eerst.

Ze werd zelfs gedwongen om te melden (en het kon gevaarlijk zijn – Clifford zou op een onvoorziene manier kunnen reageren) dat Helen een verhouding had met haar advocaat Edwin Druse. Dat werkte. (Het was natuurlijk niet zo, maar dat beweerde Edwin Druse. Zo zijn sommige mannen – pure fantasie krijgt de overhand.) Angies beweringen waren een schok voor Clifford, die had opgemerkt hoe merkwaardig ondoelmatig Edwin Druse Helens zaak had behandeld, maar ze leken maar al te aannemelijk. Er zou veel door verklaard worden. Hij spande een nieuw proces aan.

De dagvaarding viel door de brievenbus van Applecore Cottage.

'Ik heb het je gezegd,' zei John Lally. 'Ik zat erop te wachten.'

'En doordat jij erop zit te wachten,' zei Helen, die eindelijk haar moed terugvond, 'blijven deze dingen gebeuren!' En ze nam eindelijk de 200 pond aan die haar moeder haar had aangeboden (Evelyns potje om ervandoor te kunnen gaan, met moeite in de loop der jaren bijeengespaard) en gebruikte het als aanbetaling voor de eerste maand voor een flat op de vijfde verdieping in Earl's Court. Geen lift. Wat zou dat? Ze zou werk vinden. Ze zou haar kind terugkrijgen.

Helen verscheen boos, niet huilerig, op het kantoor van Edwin Druse. Hij had het idee dat hij haar aan het kwijtraken was. Hij nam haar in zijn armen. Ze maakte zich los. Hij hield vol. Hij probeerde haar niet echt te verkrachten, maar het zou zo kunnen worden uitgelegd. Misschien was hij wel vegetarisch in de hoop zo een verontrustend agressieve aard te onderdrukken, die schuilging achter een baard en flower-power maniertjes. Helaas moet ik zeggen dat het niet werkte. Je kan rood vlees niet van alles de schuld geven. Helen ontsnapte en vond een andere advocaat.

Ze marcheerde het kantoor van een confrère van Van Erson binnen, Cuthbert Way, die Clifford en zij eens te eten hadden gehad (eierslaatje, kalfsvlees met citroen, *tarte aux pommes*) en eiste zijn medewerking. Hij zou haar in naam van de natuurlijke gerechtigheid gratis moeten vertegenwoordigen, zei ze. Ze imponeerde hem; hij lachte geamuseerd om haar opgewondenheid. In juridische kringen was heel wat commentaar geleverd op de abominabele manier waarop Druse de zaak-Wexford had behartigd. Way was net zo onder de indruk van haar fonkelende ogen en van verontwaardiging gloeiende wangen als Druse van haar rood omrande masochisme. Hij zei dat hij haar graag op afbetaling wilde verdedigen.

En dus merkte Clifford toen hij een nieuw proces aanspande dat hij niet Edwin Druse tegenover zich had, maar een boze en onvermurwbare Cuthbert Way, die de rechter vertelde dat Helen nu een eigen huis had waar ze de baby mee naar toe kon nemen en stelde dat Clifford niet geïnteresseerd was in het welzijn van Nell, maar alleen wraak wilde, en beweerde dat Angie een zedeloze aard had, net als Clifford trouwens – was hij niet op die trendy party geweest waar LSD was gebruikt? – en in het algemeen net zo onredelijk en onaardig over Clifford was als Clifford over Helen was geweest, en het werkte, en toen ze de rechtszaal verlieten had Helen Nell in haar armen. (De rechter had gevraagd om het kind binnenskamers te zien in aanwezigheid van beide ouders. Nell kraaide van plezier en sprong in haar moeders armen. Nou ja, ze kende Clifford nauwelijks. Als haar kinderjuffrouw er was geweest, zou ze waarschijnlijk naar haar zijn gegaan, maar die was er niet hè, en rechters denken niet aan zulke dingen.)

'Moeder voogd,' zei de rechter, 'vader toeziend voogd.'

'Je hebt nu zeker een verhouding met Cuthbert Way,' siste Clifford. 'Je schopt het nog ver in de juridische wereld. Ik val liever dood dan dat ik dit over mijn kant laat gaan.'

'Val dan maar dood,' zei ze.

Touwtrekkerij

Er werd om kleine Nell touwgetrokken! Dat was wat er uiteindelijk met Nell gebeurde, drie hele jaren lang. Eerst dit, dan dat. Eerst de prachtige hygiënische kinderkamer in het huis van haar opa en oma van vaders kant in Sussex; dan het minder prachtige, ronduit onhygiënische artistieke huis van haar opa en oma van moeders kant voor de weekends en doordeweeks de vijfde verdieping van een flat in Earl's Court; dan weer het nu naargeestige maar smaakvolle stadshuis van haar vader in Primrose Hill en ten slotte het huis in Muswell Hill dat haar moeder al snel deelde met haar nieuwe echtgenoot, Simon Cornbrook.

Laat ik u even in het kort vertellen hoe Helen Simon Cornbrook ontmoette en trouwde. Hij was door en door fatsoenlijk, al was hij een beetje saai, zoals door en door fatsoenlijke mannen vaak zijn. Hij was enorm intelligent en was summa cum laude afgestudeerd aan Oxford in filosofie, politicologie en economie en schreef belangrijke artikelen over verre streken voor de nieuwe kleurenbijlage van de *Sunday Times*. Soms schreef hij, met instemming van hogerhand, hoofdcommentaren voor *The Times*. (In die dagen zaten de twee kranten op dezelfde verdieping in Printing House Square.) Hij was 1.70 meter en had heldere prettige ogen die in een rond uilig gezicht staken en zelfs toen hij nog maar eind dertig was, had hij al niet veel haar meer, alsof het louter door de opwellende gedachten in zijn schedel moeite had om stand te houden. Hij was werkelijk totaal anders dan Clifford, en dat was voor Helen misschien zijn charme. Dat en zijn vriendelijkheid, zijn openheid, zijn voorkomendheid, zijn inkomen en zijn toewijding aan haar lichamelijke en emotionele welzijn. Ze hield niet van hem. Ze probeerde het, was er zelf bijna van overtuigd dat ze het wel deed, maar het was niet zo, lezer. Ze had een man nodig die voor haarzelf en Nell zorgde en haar beschermde tegen Clifford en zijn nieuwe legertje advocaten (hij had Van Erson ontslagen, omdat die zich had laten overrompelen). Wat Simon betreft, hij hield gewoon van Helen, maar ik denk dat hij er ook ergens diep in zijn hart van uitging dat ze hem dankbaar zou zijn en dat het hen wel zou lukken. Trouwde hij geen vrouw met een shockerend verleden en een kant en klare baby? Al zou hij dat nooit van zijn leven hebben gezegd! En natuurlijk was Helen dankbaar. Wat zou ze anders moeten zijn? Ze voelde een werkelijke en oprechte waardering voor haar nieuwe vriendelijke intelligente man, die, hoewel hij journalist was en dus een opwindend leven had, nooit lang bleef doordrinken in El Vino, haar nooit de geringste aanleiding tot jaloezie gaf, een attente minnaar was en op party's met haar naar huis ging zodra ze zei dat ze wilde gaan. (Op een party met Clifford liet ze, ook al stierf ze bijna van moeheid of verveling, zelfs nooit doorschemeren dat ze naar huis wilde, totdat Clifford aanstalte maakte.) En in ieder geval trof ze op de party's waar ze met Simon naar toe ging een verzameling mensen aan die meer met beide benen op de grond stonden, aardiger en minder zenuwachtig waren, en minder snel hun oordeel klaar hadden. Ze hoorden niet tot de beau-monde, maar waren wel zo leuk.

Lezer, laat ik het huwelijk van de Cornbrooks niet afkammen. In zijn soort was het helemaal nog niet zo slecht. En Helen had geboft dat ze hem had gevonden – dat ze niet langer in Earl's Court vijf trappen hoefde te klimmen met peutertje Nell, nadat ze een hele dag meubels had geschilderd bij Brush Antiques in Bond Street, vervolgens Londen had doorkruist om Nell uit de crèche te halen en dan, uitgeput, terug moest naar Earl's Court – o, de prijs van moederliefde kan soms erg hoog zijn en het huwelijk kan erg gunstig lijken, erg verleidelijk.

Vrijgezel Simon Cornbrook had een nieuw huis in Muswell Hill gekocht. Hij had grote meubelen nodig. Hij was naar Bond Street gegaan op zoek naar praktisch antiek. (Dat had je daar toen nog.) Bill Brush nam hem mee naar de werkruimte achter om hem een grote donkergroene kast met rode bloemen te laten zien waaraan Helen toevallig net zat te werken. Ze keek vanuit haar gehurkte positie omhoog naar Simon en er zat een veeg witte verf op haar wang en dat was dat, voor hem, niet helemaal voor haar. Zo was Helen. Ze had zo'n macht over de harten en levens van mannen en zo weinig over haar eigen hart, haar eigen leven!

Binnen een maand waren ze getrouwd en het huis in Muswell Hill kwam gelijk ook op haar naam te staan en Evelyn kreeg haar 200 pond terug. Zoals ik al zei, was Simon een vrijgevige, attente en zorgzame man.

'Muswell Hill!' kon je Clifford horen zeggen. 'Helen in Muswell Hill! Ze moet wel heel erg om een man verlegen zijn geweest. Die arme stakker van een Cornbrook! Maar ach, een man die een huis in Muswell Hill koopt, verdient niet beter.'

Nu is Muswell Hill, als u het niet kent, lezer, een heel leuke plek, groen en welvarend, gelegen in het heuvelachtige noorden van Londen, met een schitterend uitzicht over de stad. Maar het is nogal een familieplaats, een oudercommissieplaats, en erg uit de buurt voor iemand die volledig op de hoogte wil blijven. Wat noch Helen noch Simon natuurlijk wilden. En het feit dat ze dat niet wilden gaf Clifford een onbehaaglijk gevoel.

Dus spande Clifford een nieuw proces aan en stelde dat Simon een liederlijke alcoholist was, maar zijn eis werd afgewezen. (Het hof was van mening dat hij gewoon een journalist als alle anderen was.) En Nell bleef bij haar moeder en lachte tegen iedereen en allemaal en het meest tegen haar moeder en zeer zelden tegen Angie, die 's zondags heel regelmatig bij Clifford kwam lunchen, maar slechts zeer zelden werd gevraagd ook de nacht te blijven en als het gebeurde, was het naar haar idee slechts om haar zoet te houden. En dat klopte. De arme Angie – ja, lezer, zelfs Angie heeft recht op medelijden: het is afschuwelijk om te beminnen en niet op jouw beurt bemind te worden – was gekwetst, maar wachtte haar tijd af. Op een dag zou Clifford beseffen wat wat was en zou hij haar trouwen.

De bezoekregeling van dat moment hield in dat Nell ieder derde weekend bij Clifford was. Het kind werd zaterdagsmiddags op de stoep van zijn huis in Primrose Hill afgezet en daar zondagsavonds weer opgehaald.

'Vreemd,' zei Clifford tegen Angie, tijdens een van die keren dat zowel Angie als Nell bij hem bleven slapen, 'Nell huilt alleen als jij hier bent.' Dat was niet waar. Het kwam gewoon doordat hij, wanneer Angie er was, minder tijd slapend doorbracht en het arme kind dus eerder hoorde huilen. Dat zei ze hem, maar hij geloofde het niet.

Die nacht droeg Angie als nachtjapon een beige baljurk van Zandra Rhodes die versierd was met heel lichtgekleurde gazen vlinders, maar die er in bed nogal dwaas uitzag en haar teint absoluut niet ten goede kwam. Helen zou zoiets hebben kunnen dragen en iets van een droom hebben gekregen, moest Clifford wel denken. Hij probeerde in die dagen helemaal niet aan Helen te denken, aangezien alle plezierige herinneringen aan haar ogenblikkelijk werden verdrongen door een beeld van haar terwijl ze in de armen van Laurence Durrance, Edwin Druse of Cuthbert Way lag of, wat het ergste was, terwijl ze in beige satijn (of zoiets, om de een of andere reden zag hij haar zo) met Simon Cornbrook aan het dartelen was. (In werkelijkheid droeg Helen, als ze in bed al iets droeg, een van zijn overhemden. Maar dat kwam Clifford niet te weten.)

'Je moet een kinderjuffrouw in dienst nemen,' zei Angie, 'die de taak heeft 's nachts voor een kind wakker te worden. Het is belachelijk om aan te nemen dat zo'n druk bezette en belangrijke figuur als jij het met Nell zou redden zonder zo iemand.'

'Dat lijkt me nauwelijks lonen voor één weekend in de drie weken,' zei Clifford.

Hij vond een tussenoplossing en via een bureau werd een au pair meisje aangetrokken en het toeval stond weer eens aan Cliffords kant, want het bleek de dochter van een Italiaanse graaf te zijn met een graad in kunstgeschiedenis, lang golvend donker haar en een vriendelijke manier van doen. Angie had er geen idee van wat ze in hun schild voerden, maar vreesde het ergste en regelde dat het meisje het land zou worden uitgezet. (Dat was gemakkelijk genoeg in de jaren zestig – als gedacht werd dat een buitenlands meisje een Brits gezin ontwrichtte, werd het visum abrupt ingetrokken. En Angie had dankzij haar geld en talent altijd wel een invloedrijk oor in de buurt waar ze wat in kon fluisteren.) Maar dat is een ander verhaal lezer en we hoeven ons werkelijk niet al te zeer met alle aspecten van Cliffords liefdeleven bezig te houden. Laten we gewoon zeggen dat hij hoe dan ook regelmatig aan Angies oplettende aandacht wist te ontsnappen.

En Simon Cornbrook is voor ons ook alleen van belang als de man die het rechterhandje van kleine Nell vasthield wanneer ze met elkaar gingen wandelen op Hampstead Heath en Helen haar linker vasthield.

'Eén-twee-drie-huplakee!' riepen ze, terwijl ze Nell, buiten adem en opgewonden, door de lucht zwaaiden. Het was Simon die Nell ieder derde weekend afzette en ophaalde bij Cliffords voordeur. En onder zijn vriendelijke, stiefvaderlijke bescherming leerde Nell niet alleen lopen en praten, maar rennen, springen, huppelen en zelfs, op driejarige leeftijd, een paar woordjes lezen en schrijven. Ze had een fijn dun lichaampje, grote stralende blauwe ogen en haar vaders dikke blonde haar – hoewel het zijne steil was en het hare golfde en krulde als dat van haar moeder. (Wat is het moeilijk dat er twee voor nodig zijn om er één te maken. Geen wonder dat er ruzies ontstaan!) Maar Nell was gelukkig en tevreden en het leven in het huis in Muswell Hill met zijn weidse rust en degelijke huiselijkheid was hoogstens een beetje te saai. (Of dacht Helen dat en niet Nell? Ik ben bang van wel.) Helen hoefde niet langer op de Wexford manier 'te ontvangen', maar er kwamen nog steeds interessante mensen op het eten en aangezien de keuken ook als eetkamer fungeerde, zat iedereen wijn te drinken en naar haar te kijken terwijl ze aan het koken was en ze merkte dat ze er helemaal niet nerveus van werd. Simon moest van tijd tot tijd naar het buitenland en dan miste ze hem – nou ja, een beetje – en dat was geruststellend. Zo leefde ze een tijdje in alle rust en hield zichzelf voor dat deze huisvrouw uit Muswell Hill was wie ze werkelijk was. Ach, ze was zich aan het herstellen. Ze was erg bang gemaakt door de wereld en haar bewoners. En Nell wende er vlug aan dat ze ieder derde weekend bij Clifford doorbracht. Ze leerde al snel dat ze net zo uitgelaten kon zijn als ze wilde in het huis van haar moeder, maar dat ze zich bij haar vader rustiger moest bewegen, want anders kon er iets kostbaars breken. Als ze in Primrose Hill melk morste, kwam die op een antiek geborduurd tafelkleed terecht en hoewel niemand echt boos werd, ontstond er toch een hele drukte als het kleed werd verwijderd en vervangen door een ander. In Muswell Hill kwam er gewoon een spons te voorschijn – of ze haalde er zelf een – en werd de geboende houten tafel afgeveegd.

En zo verliep het leven heel gelukkig en Simon vond dat Helen maar eens een baby moest krijgen, maar Helen bleef het op de een of andere manier uitstellen. De pil – die in die begintijd nog uit een werkelijk grote dagelijkse dosis oestrogeen bestond – had het aanzicht van het seksuele beleid vrijwel van de ene op de andere dag veranderd. Vrouwen regelden nu hun eigen vruchtbaarheid. Ooit was dat de taak van de man geweest, nu was het zowel de verantwoordelijkheid als het recht van de vrouw. En iedere morgen staarde de teerhartige en zachtaardige Helen naar haar pil, zich bewust van wat Simon graag wilde, en dacht dat ze hem misschien toch maar niet zou nemen, maar iedere morgen nam ze hem wel. Totdat ze op een morgen wakker werd na een bijzonder levendige droom over Clifford – lezer, ze droomde nog steeds over hem: dat ze met hem in bed lag en hij haar zijn liefde verklaarde en ze verbazingwekkend gelukkig was – en zich er zo schuldig over voelde dat ze de pil terugdeed in het doosje en vervolgens het hele doosje in de prullenbak gooide. Als ze een kind van Simon had, zouden de dromen misschien ophouden. Ze zou tot rust komen. Ze zou Clifford vergeten. Binnen een maand was ze in verwachting.

Op een zondagmorgen bracht Angie Clifford het nieuws van Helens zwangerschap. De zon stroomde naar binnen door openslaande deuren. De rij huizen, die in een smalle halvemaanvorm waren gebouwd en kort geleden nog op instorten stonden maar nu opnieuw waren geschilderd en bewoners van standing hadden gekregen, weerkaatste het licht alleraardigst in de kamer. Het viel op een van de schilderijen van John Lally, van een kennelijk stervende uil die op een nogal levendige muis zat te kauwen, en zelfs dat kreeg er iets vrolijks door. Clifford droeg een kamerjas van witte badstof en dronk de zwartste en beste koffie uit een van de smaakvolste aardewerk kopjes. Zijn blonde haar was dik en ruig en Angie dacht dat hij er nog nooit zo knap uit had gezien.

'Hallo,' zei ze, terwijl ze heel achteloos met armen vol rode rozen kwam binnenwippen, 'deze gaf iemand aan mij, maar ik kan hem, of hen, niet uitstaan, dus dacht ik dat jij ze misschien wel mooi zou vinden. Waar is Anita?' (Anita was de Italiaanse au pair).

'Weg,' zei hij kort. 'Een of andere idioot op Binnenlandse Zaken heeft haar visum ingetrokken.'

'Weet je dat Helen in verwachting is,' zei ze achteloos, terwijl ze de rozen in een hele batterij Liberty vazen zette. (Ze had de rozen de vorige middag opgehaald bij de bloemenafdeling van Harrods, zes dozijn, speciaal besteld.) Ach, Angie zat er op de belangrijke punten altijd naast. Ze dacht dat Clifford zou beseffen dat hij Helen voorgoed kwijt was en dan naar haar, Angie, zou toekomen. Maar hij zei alleen maar: 'Verdomme. Nu zal ze Nell verwaarlozen. Angie, zou je alsjeblieft willen vertrekken? Waar heb je die rozen vandaan? Harrods?'

Angie vertrok huilend, maar dat kon Clifford deze keer niets schelen. Voor zijn part belde ze haar vader en haalde hij net zoveel miljoenen uit Leonardo's als hij wilde en sloot hij de hele afdeling oude meesters als hij dat in zijn hoofd kreeg; hij had andere dingen om over na te denken.

Voor de maand om was, had Clifford geregeld dat Leonardo's een nieuwe vestiging in Zwitserland zou openen. Er zit veel geld in Zwitserland en de smaak van hen die het bezitten moet geleid worden, wat ze, tot geluk van Leonardo's en consorten, ook weten. Hij kocht zelf een huis aan een meer, aan de voet van een berg. Hij verhuurde zijn huis in Primrose Hill voor een absurd hoog bedrag – dat kon doordat de buurt plotseling en zonder enige reden zeer in trek was. Maar dat spreekt natuurlijk vanzelf! Dat kon niet anders.

Vervolgens huurde hij via Johnnie een zekere Erich Blotton, die gespecialiseerd was in het ontvoeren van kinderen.

'Ik hoop dat je weet wat je doet,' zei Johnnie, wat niet zijn gewoonte was.

'Ik weet wat ik doe,' zei Clifford en Johnnie Hamilton geloofde hem, helaas, en hield zijn mond. Maar hij had dan natuurlijk ook 'zijn onderscheidingsvermogen verloren', zoals het hoofd van zijn afdeling het in 1944 geformuleerd had tijdens een verhoor ter afronding van een voltooide opdracht. De inlichtingendienst had het heel slim van zichzelf gevonden om lyserginezuur te gebruiken, teneinde het geheugen van hun employé op te frissen betreffende een ondervraging die hij in Turkse handen had ondergaan. Maar hij was alleen maar blijvend een nog groter deel van zijn geheugen kwijtgeraakt en, wat erger was, er scheen spijtig genoeg zelfs iets in zijn geest te zijn 'geknapt'. Maar hij hield van dieren en bezat nog veel van zijn vroegere vaardigheden, dus was hij nu heel gelukkig met zijn werk in de stallen van de familie Wexford, waar hij voor Cynthia's paarden en Otto's honden zorgde. Een grote schuifelende grijsblonde man, die eens de trots van de geallieerde inlichtingendiensten was geweest, maar aan wie nu verteld moest worden wat hij moest doen voor hij het kon doen, zo verbijsterend kwam de wereld op hem over. Alleen Clifford wist precies hoeveel er nog van Johnnies opmerkelijke vaardigheden over was en hij maakte er zo nu en dan gebruik van. Ik zeg niet 'goed' gebruik – hoewel het waarschijnlijk beter is als welke professionele vaardigheid dan ook benut wordt, zelfs het spioneren voor je vaderland, of het onderhouden van vuige misdadige contacten. Zo nu en dan brak het gezonde verstand even door en als Hamilton nu alleen maar niet zo afhankelijk van Clifford was geweest voor de opwinding in zijn leven, had hij misschien meer bezwaar gemaakt en voet bij stuk gehouden. Nu regelde hij gewoon een ontmoeting tussen Erich Blotton en Clifford en keerde terug naar zijn paarden.

De aanloop tot de ramp

Lezer, aan een huwelijk komt nooit een eind, echtscheiding of niet, als er ooit liefde in het spel is geweest en als uit die liefde een kind is ontstaan. Helen bleef dromen over Clifford. En Clifford werd, in de taal van minder discrete en gezonde wijken dan Muswell of Primrose Hill, als u het mij vraagt, krankjorum. Het was alsof hij, hoewel hij zijn rechten op Helens hart, ziel en erotische wezen had afgestaan, een grote interesse bleef houden in de baarmoeder waaruit Nell was voortgekomen. Iemand anders was dit gebied binnengedrongen en daardoor was zijn, Cliffords, eer aangevochten. Ik kan geen andere reden voor zijn gedrag bedenken. Er is geen excuus voor.

'Ik wil dat Nell gekidnapt wordt,' zei Clifford tegen Erich Blotton, advocaat-kinderrover. Blottons naam verscheen van tijd tot tijd in de kranten wanneer hij werd gelaakt door zijn vakbroeders of, zo nu en dan, veroordeeld door rechters. Hij had in Argentinië voor advocaat gestudeerd. Hij was meestal te vinden in een bar, want hij had geen officieel kantoor en trof zijn cliënten graag buiten de openingsuren om in clubs, bars en pubs. Maar Clifford had hem door Johnnie naar zijn kantoor bij Leonardo's laten halen. Wat was dat toch een mooi kantoor, met het hoge achttiende-eeuwse plafond, de wanden van eikehout en het enorme bureau. En de schilderijen aan die muren – nou ja, laat maar! Maar er hing minstens ter waarde van een miljoen – zelfs gerekend tegen de prijzen uit de jaren zestig. Clifford zat lui achter zijn bureau, benen omhoog. Hij droeg een spijkerbroek, een wit overhemd en gymschoenen, tien jaar voordat dat in de mode kwam. Hij zag er informeel uit, maar was dat ooit anders?

'Gekidnapt? Zo zou ik het toch niet willen noemen,' protesteerde meneer Blotton, een klein, dun, kennelijk teruggetrokken mannetje in een keurig pak en met moordenaarsogen. Dat wil zeggen dat ze tegelijkertijd vriendelijk, ijzig en geïnteresseerd waren. 'Nooit gekidnapt. Teruggevorderd is een betere term.' Hij rookte negentig sigaretten per dag. Zijn vingers waren geel, net als zijn tanden. Zijn kleding zat onder de roos en stonk naar tabak.

Clifford zat te trommelen met zijn lange vingers – waar Angie zo van hield en die Helen zich zo goed herinnerde – en sprak over geld en beloofde Blotton de helft van wat hij gehoopt had. Clifford was niet royaal, zelfs niet in zulke zaken.

'Ik vertrek vrijdag naar Zwitserland,' zei Clifford. 'Ik wil het kind binnen een week in mijn huis hebben. Voordat de moeder door krijgt wat ik in mijn hoofd zou kunnen hebben.'

De moeder! Niet Helen, niet Nells moeder, zelfs niet mijn ex-vrouw, maar *de moeder*. O ja, krankjorum!

En inderdaad, als Helen de roddelrubrieken goed had gelezen en had begrepen dat Clifford anderhalf jaar lang in Zwitserland ging wonen, dan zou ze kleine Nell de volgende dinsdag niet met zo'n gerust hart op de peuterklas hebben achtergelaten. Maar ze las de roddelrubrieken niet langer. Dat wilde ze niet meer. Ze raakte van streek als Clifford genoemd werd. En hij stond er altijd in, was altijd hier of daar gezien, zo lang het maar trendy was.

'Zeker een nalatige moeder?' vroeg Blotton aan Clifford. Hij drukte de ene sigaret uit en stak de volgende aan. Het was toen nog niet bekend dat tabak een dodelijk gewas was. Tabak werd nog steeds door artsen aanbevolen als een licht stimulerend middel en ongevaarlijk antisepticum. Onderzoek begon de gevaren net aan te tonen, maar de statistische gegevens werden gladjes en energiek ontkend door rokers zowel als sigarettenfabrikanten. Niemand wilde het geloven en dus geloofde niemand het. Nou ja, een enkeling dan.

Blotton wilde graag een slechte indruk van Helen hebben. Hij hield ervan om kinderen te ontvoeren met een zo zuiver mogelijk geweten. We hebben allemaal de behoefte om onze illegale pleziertjes te rechtvaardigen: plegen winkeldiefstal, omdat de winkels te veel winst maken; lichten onze werkgevers op, omdat ze ons onderbetalen en bedriegen onze partners, omdat ze niet genoeg van ons houden. Smoesjes, smoesjes! Blotton vormde geen uitzondering, behalve dan dat in een wereld waar voor de meeste dingen een excuus bestaat dit gewoon, zonder meer, niet opging voor de manier waarop Blotton zijn brood verdiende.

Desondanks probeerde hij het. Het strekt Clifford tot eer dat hij Blottons spelletje niet meespeelde. Hij verwaardigde zich niet om te antwoorden, bood Blotton slechts tien procent minder aan dan hij oorspronkelijk had berekend. Hij had een ontzettende hekel aan de man.

'Twintig procent meer,' bracht hij nog uit, 'als ze lacht, wanneer ze aankomt.' Zo dacht Clifford, heel verstandig, ervoor te zorgen dat Nell een gemakkelijke luchtreis zou hebben van haar moeders huis in Muswell Hill naar het zijne in Genève en dat Blotton het kind te eten zou geven, zou amuseren en zou geruststellen en geen onbetamelijke vinger naar haar zou uitsteken.

Clifford hield van Nell, lezer, op zijn eigen manier. Hij verdiende haar alleen niet. Helen, ondanks al haar tekortkomingen en vroegere onverantwoordelijkheid, hield van Nell *en* verdiende haar. Uw schrijfster wil niet suggereren dat vrouwen altijd betere ouders zijn dan mannen. In sommige gevallen is het tegendeel waar. En soms, lezer, zie ik zelfs in dat het kidnappen van een kind uit de handen van een niet-liefhebbende ouder het enige is wat een liefhebbende ouder kan doen – bij zaken die zo'n verdriet veroorzaken, is het alleen zo moeilijk om te beoordelen wanneer er woede, angst, wrok en getarte instincten bij komen kijken, wat precies onze motieven zijn. Handelen we uit liefde, zoals we denken, of uit haat? We kunnen er alleen zeker van zijn dat mensen als Blotton kwallen zijn. En zelfs dat is beledigend voor kwallen, van wie sommigen beweren te houden.

Een luchtreis! zei ik. Een luchtreis! Lezer, ging er toen niet een soort rilling door u heen? Dat zou wel moeten, dat gebeurde bij mij. Je bent bang dat de ramp al in de lucht zit. De meesten van ons kunnen er nooit echt aan wennen om door de lucht te razen in plaats van veel verstandiger over de grond te kruipen, en naarmate we meer fantasie hebben, stippelen we ook des te meer al van tevoren de scenario's uit van mogelijke rampen. En hoewel onze angst ons er niet van weerhoudt te vliegen en we over statistieken praten en onszelf voorhouden dat het veiliger is om te vliegen dan om een straat over te steken, slaken zelfs ervaren luchtreizigers een zucht van verlichting als het toestel weer veilig aan de grond staat. En wat voor beelden staan er niet in de hersenen van ieder van ons gegrift! Dat ellendige, verwoeste stuk bos van de grote vliegramp bij Parijs in '74 – daar was een goede vriendin van mij bij betrokken, lezer – bezaaid met afschuwelijke resten: kleding, stukjes lichaam – een schoen die daar gewoon op de voorgrond lag. Ik weet zeker dat het de schoen van mijn vriendin was – lang, smal, met een gesp, hij stond nooit erg flatterend aan haar voet, maar ze vond hem mooi en nu was dat alles wat er van haar over was. Of de vuurbal van de space-shuttle die we altijd in gedachten zullen blijven zien, ontstellend mooi maar toch zonder symmetrie, alsof in een fractie van een seconde een nieuwe kunstvorm tot ontwikkeling was gekomen.

Goed! Wat moest gebeuren, moest gebeuren. Op dinsdagmorgen haalde Johnnie Nell om 11.55 op van de peuterklas. Hij reed in de Rolls, een type auto dat vertrouwen inboezemt.

'Ik wist niet dat ze vandaag bij haar vader was,' zei juffrouw Pickford, die echtscheiding niet goedkeurde. Nou ja, wie wel? Maar het verschijnsel was toen zeldzamer dan tegenwoordig, nu een op de drie huwelijken zo eindigt. Maar juffrouw Pickford liet Nell de Rolls instappen, hoewel ze Helen had verwacht. Waarom zou ze het ook niet hebben gedaan? Ze kende Johnnie; hij haalde Nell van tijd tot tijd op. Wat ging het allemaal gemakkelijk! Snel verdiend voor meneer Blotton.

Kleine Nell ging achterin zitten – ze hield van de zachte ruime auto van haar vader. De Volvo van haar stiefvader was kleiner en vrolijker en die vond ze ook leuk, maar haar vaders auto was opwindender. Nell hield van vrijwel alles. Het lag meer in haar aard om zich over iets te verheugen dan om iets te bekritiseren. Hoewel ze meneer Blotton, die in elkaar gedoken in de andere hoek zat, meteen al niet mocht.

'Wie ben jij?' vroeg ze. Ze hield niet van zijn ogen die tegelijkertijd vriendelijk, ijzig en geïnteresseerd waren.

'Een vriend van je vader.'

Vol ongeloof schudde ze haar hoofd en toen mocht hij haar ook niet. Hij hield niet van haar heldere, vlugge ogen en van het oordeel dat eruit sprak.

'Waar gaan we naar toe?' vroeg ze toen de Rolls de weg naar Heathrow insloeg.

'Je gaat bij je pappa wonen. Hij heeft een mooi nieuw huis met een zwembad en een pony.'

Ze wist dat het niet goed was. 'Maar mamma zal me missen en wie geeft Tuffin dan eten?' Tuffin was haar poes.

'Mamma went er wel aan,' zei Erich Blotton.

Ik denk dat het beeld van huilende vrouwen en van kinderen die stilletjes wakker lagen in vreemde bedden hem wel aanstond.

Nell wist dat ze in gevaar was, maar niet precies wat het was. Ze voelde in haar zak naar haar hanger van smaragd. Nou ja, haar moeders hanger van smaragd. Maar een klein smaragdje, hartvormig, gevat in goud en aan een gouden kettinkje. Hierdoor voelde ze zich veilig, hoewel schuldig. Het was heel slecht van haar dat ze hem bij zich had en dat wist ze.

'Morgen is het schattendag,' had juffrouw Pickford tegen de kinderen gezegd. 'Neem jullie schatten maar mee, dan kunnen we ze allemaal zien en erover praten.'

Nell had Helen gevraagd wat een schat was en Helen had de hanger van smaragd te voorschijn gehaald. Clifford had hem haar de week na hun huwelijk gegeven. Hij was oorspronkelijk van Cynthia's moeder Sonia geweest, Nells overgrootmoeder. Clifford had hem onlangs, via zijn advocaten, teruggevraagd. Hij had erop gewezen dat de hanger een familiestuk was en aangezien Helen niet langer tot de familie behoorde, had ze er ook geen recht meer op. Maar Helen had geweigerd om hem terug te geven, en Clifford had deze keer eens niet verder aangedrongen. Misschien herinnerde hij zich ook de sfeer waarin hij hem had gegeven en waarin hij was ontvangen, die uitstekende liefdevolle sfeer waaruit ook Nell zelf was voortgekomen. In ieder geval had Nell het ding nu in haar zak. Ze had het uit het sieradendoosje van haar moeder gepakt om het op school te laten zien in de overtuiging dat ze er goed op zou passen en dat ze het 's avonds weer zou terugleggen en dat niemand het ooit zou weten. De beste, de grootste schat die Helen en zij bezaten: een geschenk van Clifford. Toen het zover was, had ze de hanger niet laten zien, ze wist niet precies waarom.

'En waar is *jouw* schat?' had juffrouw Pickford gevraagd en Nell had alleen maar haar hoofdje geschud en gezwegen. 'De volgende keer beter,' zei juffrouw Pickford. 'Het geeft niets, hoor.'

Tot nu toe was het kennelijk in Nells hele leven nog nooit voorgekomen dat iemand een wrede of onvriendelijk opmerking tegen haar had gemaakt. Haar ouders hadden onderling gevochten en gekibbeld, maar nooit, de hemel zij dank, in haar aanwezigheid. Dit vertrouwen in een goede wereld zou Nell helpen de komende jaren door te komen.

Terwijl Nell en meneer Blotton Heathrow naderden en Helen huilde en om hulp smeekte, nadat ze bij school was aangekomen om haar dochter op te halen en ontdekt had dat die was verdwenen, liet een onderhoudscontroleur die achter liep op zijn schema na om de staart van ZOE 05 goed te controleren op metaalmoeheid. Hij hield zichzelf voor dat zo'n controle toch zinloos was, omdat het toestel nog maar pas in dienst was genomen. En dus rapporteerde hij niet dat er een scheur onder een van de stabilisatoren van de staart zat, die met het blote oog duidelijk te zien was en niet alleen met behulp van zijn apparatuur ontdekt kon worden. Hij tekende ervoor dat het vliegtuig okee was en ZOE 05, met bestemming Genève, taxiede de hangar uit naar Gate nr. 43. En Nell, die nog geen vier was, volgde Erich Blotton naar de vertrekhal.

'Kunnen we voorin zitten,' vroeg Nell, toen ze aan boord van het vliegtuig gingen. 'Pappa zit altijd voorin.'

'Nee, dat kan niet,' zei meneer Blotton boos, terwijl hij haar steeds verder meesleepte naar achteren. Nu had Erich Blotton erop gestaan dat Nell en hij eerste klas zouden vliegen van Heathrow naar Genève en hij had het geld contant willen hebben. Clifford had het benodigde bedrag schoorvoetend voor hem uitgeteld. Toen vloog Erich Blotton natuurlijk, zoals Clifford had geweten, economy en stak het verschil in eigen zak. En omdat hij rookte – wat duidelijk bleek uit zijn gele vingertoppen en droge hoest – en omdat het meisje aan de balie hem absoluut niet mocht en hem bewust in de niet-roken afdeling had gezet, verlieten Nell en hij de hun toegewezen plaatsen en zaten ze helemaal achterin het toestel waar de lucht bedompt en muf is en de passagiers iedere trilling en schok kunnen voelen en moeten verduren die de tegennatuurlijke vliegmachine maakt. Aangezien Erich Blotton een man met weinig verbeeldingskracht was, kon hij het beter verdragen dan menig ander en bovendien zou hij, als alle zware rokers, toch liever sterven (letterlijk) dan niet roken.

Nell was erg bang, maar wilde het niet laten merken. Tegenwoordig zou een klein meisje in gezelschap van slechts één man, en dan nog zo'n vuig type als deze, natuurlijk niet alleen aandacht trekken, maar ook argwaan wekken. Een telefoontje naar de ouders of de politie zou beslist oponthoud veroorzaken bij de paspoortcontrole of bij de boarding gate. Maar dit was nog een onschuldige tijd. Er werden geen vragen gesteld. Nell had haar eigen paspoort – daarvoor was in die dagen slechts één handtekening nodig: die van de vader, niet van de moeder. (U vraagt misschien waarom Clifford Nell niet gewoon zelf uit school haalde in plaats van alles aan Blotton over te laten? Het antwoord is helaas dat Clifford nogal genoot van het drama van de ontvoering en bovendien had hij het te druk en was hij gewend om te delegeren.) En Nell lachte, zoals altijd. Als Nell dat niet had gedaan, maar had gedreind en gehuild en voor hem was teruggedeinsd, was misschien een of andere autoriteit tussenbeide gekomen. Maar Nell had gewoon zo'n afkeer van meneer Blotton met zijn pak dat wel doordrenkt leek met tabak, dat ze vastbesloten was om lief te zijn en het niet te laten merken.

'Zelfs als je mensen niet aardig vindt,' had Helen tegen haar gezegd, 'moet je lief zijn en proberen om het niet te laten merken.'

Helens enige angst was dat Nell zou opgroeien tot iemand als haar vader en haar aversies maar al te duidelijk zou laten blijken. Arrogant gedrag, dat nog net door de beugel kan voor mannen, is niet passend voor vrouwen – dat veronderstelde Helen tenminste. U moet niet vergeten dat dit allemaal aan het eind van de jaren zestig gebeurde, toen de nieuwe feministische doctrine, dat wat voor mannen gold, ook voor vrouwen gold en vice versa, nog maar net begon door te dringen in Muswell Hill, waar Simon en Helen en kleine Nell woonden. Of waar, vanaf deze dag, alleen Simon en Helen nog maar zouden wonen.

Er was die dag veel turbulentie. Zoals we weten, was de staart van het vliegtuig verzwakt door metaalmoeheid. Daar kwam nog bij dat hij ooit een zware klap had gekregen, die niet gerapporteerd was, toen het toestel op zijn eerste vlucht de hangar uit was getaxied. Tijdens de take off vertakte zich een heel netwerk van kleine barstjes vanuit de ene ernstige scheur die de onderhoudscontroleur over het hoofd had gezien, en daardoor werd de constructie nog meer verzwakt. Als de vlucht over het Kanaal kalm en rustig was geweest, zou het toestel misschien veilig in Genève zijn aangekomen, waar naar alle waarschijnlijkheid deze fouten – die inmiddels opvallend duidelijk waren – ontdekt zouden zijn, en zou het buiten dienst gesteld zijn. Zo niet, dan zou natuurlijk de volgende vlucht van ZOE 05 of de daaropvolgende op een ramp zijn uitgelopen. Terwijl het vliegtuig de Franse kust naderde, werd door een extra onverwachte schok en een opwaartse ruk aan de staart, gevolgd door een onverwachte val van slechts zes meter die weer gepaard ging met een compenserende opwaartse trilling, keurig het dak van het staartgedeelte afgerukt. Het bleef een tijdje hangen, totdat de vloerconstructie ook afgerukt werd. Toen scheidde het staartgedeelte zich van de rest van het toestel. Zulke domweg dwaze dingen gebeuren; God zij dank niet vaak. Ondertussen dook het vliegtuig op de kust beneden af. Door de onverwachte decompressie bezweek de vloer in het vliegtuig en werd het controlesysteem verbroken. (Vliegtuigen worden natuurlijk niet langer op deze manier gebouwd. De ontwerpers van ZOE 05 hadden gewoon niet genoeg fantasie gehad. Waar zou de mensheid anders van moeten leren, vooral als het nieuwe technologie betreft, dan van haar fouten?) Tijdens de duik brak het toestel in stukken. Stoelen, compleet met ingesnoerde inzittenden, suisden door de lucht en werden door de kracht van de desintegratie alle kanten op geslingerd. Ik hoop dat niemand erg geleden heeft. Ik denk van niet. Wanneer de menselijke geest met zo'n plotselinge verandering van omstandigheden geconfronteerd wordt, schakelt hij onmiddellijk over op let-op-gevaar: een fase waarin geen pijn geleden, of angst gevoeld kan worden. Bij deze gelegenheid was er geen tijd om over te schakelen naar de volgende meer angstaanjagende fase van pijn en paniek, voordat de dood tussenbeide kwam. Dat zeggen ze tenminste. Ik hoop dat ze gelijk hebben, echt waar.

Maar wat er met de staart gebeurde, was het volgende. Gedragen door een of ander aërodynamisch verschijnsel, zweefde hij heel gracieus naar beneden, terwijl de wind er doorheen waaide. Eerst helde hij een beetje naar rechts, toen een beetje naar links, alsof hij een parachute was. In de staart waren twee stoelen en daarin zaten naast elkaar Nell en meneer Blotton en de zeelucht verdreef de sigaretterook en de zon scheen en niet ver onder hen rolden witte golven op een zacht strand af. Het was erg mooi, het was het bijzonderste tochtje dat Nell ooit zou maken – hoe zou het ook anders kunnen? – en ze heeft het nooit vergeten. Ze was bang, natuurlijk was ze dat, maar ze hield de hanger van smaragd, die nog steeds in haar zak zat, goed vast en wist dat het goed zou aflopen. Nou ja, ze was nog geen vier.

De staart nam er alle tijd voor om in het ondiepe water beneden af te dalen. Er was niemand in de buurt. De verspreide overblijfselen van de rest van ZOE 05 zakten een kleine vijfhonderd meter verderop langzaam weg in de modder en het zand. Meneer Blotton en Nell zaten daar, geschrokken, maar tenminste gered van een onverwachte dood in een vliegramp. Meneer Blotton maakte weldra zijn veiligheidsgordel los en keek hoe diep het water was en ontdekte dat het maar tot zijn knieën kwam. Hij droeg Nell naar het strand. Daar zette hij haar neer. Ze ging meteen weer zitten.

'Vooruit,' zei hij, 'doe niet zo lui!' en zette haar weer overeind en droeg en duwde haar naar de kustweg en toen begonnen ze naar het dichtstbijzijnde dorp te lopen.

Erich Blotton was een opportunist, daar bestaat geen twijfel over. ZOE 05 was nog niet langer dan vijftien minuten van de radarschermen verdwenen en er werd nog niet langer dan acht minuten naar haar wrakstukken gezocht, toen hij al in de bank van het kleine kustplaatsje Lauzerk-sur-Manche Zwitserse franken aan het wisselen was voor Franse franken, terwijl kleine Nell naast hem stond. Nell was meer verdoofd dan overstuur, aangezien ze nog nooit zo snel zo ver op haar kleine beentjes had gelopen. Afgezien van een enigszins manke gang (ten gevolge van een paar akelige blaren, veroorzaakt door de wandeling op natte schoenen) en zijn nog steeds vochtige broek, zag meneer Blotton er niet anders uit dan de doorsnee handelsreiziger en zeker niet als de overlevende van een vliegtuigongeluk waarbij 173 mensen waren omgekomen. En Nell zag er net uit als ieder klein meisje dat was gaan pootjebaden terwijl ze dat niet mocht en in het water was gaan zitten en daarvoor op haar kop had gekregen.

Een paar minuten later zouden de sirenes weerklinken en zouden alle reddingsvoertuigen die langs dat gedeelte van de kust bijeengebracht konden worden op weg zijn naar de plaats van het ongeluk en journalisten, filmploegen en verslaggevers van radio en tv zouden er ook naar op weg zijn vanuit Parijs en de hele wereld – en wie zou zich dan nog een enigszins hinkende, slecht gehumeurde man met een heel klein meisje kunnen herinneren die die middag geld hadden gewisseld bij de bank?

'Schiet op,' siste meneer Blotton tegen het kleine meisje terwijl hij haar nu meesleepte naar de bus naar Parijs die op het plein stond en ieder moment kon vertrekken. Hij was zijn sigaretten kwijt.

'Dat probeer ik,' zei ze met haar kleine stemmetje, waardoor het hart van iedereen behalve meneer Blotton zou zijn gesmolten.

Het zat namelijk zo, lezer. Voordat Erich Blotton aan boord was gestapt van ZOE 05, was hij even langs zo'n balie gegaan – die toen overal waren, maar sindsdien schijnen te zijn verdwenen van de vliegvelden, of in ieder geval een wat minder in het oog springende plaats hebben gekregen – waar je vliegverzekeringen kon afsluiten. Voor vijf pond kon je je leven verzekeren ter waarde van twee miljoen pond, onafhankelijk van de schadevergoeding die je (dat wil zeggen je verwanten) van de luchtvaartmaatschappij kon eisen. Twee miljoen pond! Meneer Blotton had nu net zo'n verzekering afgesloten en bepaald dat die uitbetaald zou worden aan zijn vrouw Ellen en had vlak voordat hij aan boord van het vliegtuig ging het reçu in de daartoe verstrekte envelop naar haar toegestuurd. Hij was een zenuwachtige reiziger en, zoals we gezien hebben, niet zonder reden. In dit leven kan je niet rekenen op die kans van één op een miljoen dat je altijd geluk zult hebben, dat je naar de aarde toe zult zweven en er niet met je hoofd vooruit op af zult razen.

Meneer Blotton dacht snel na. Zelfs terwijl hij nog met zijn ogen zat te knipperen in het staartgedeelte van het vliegtuigwrak dat geleidelijk dieper en dieper wegzonk in de modder, wist hij al wat hij zou doen. Ze zouden denken dat hij dood was. Uitstekend! Dan zou hij zich schuilhouden – en dat kwam hem prima uit, want een tweetal processen dreigden verkeerd uit te pakken – totdat Ellen het verzekeringsgeld zou hebben opgeëist. Dan zou hij haar laten komen. Ze zou hem vergeven en ook werkelijk komen. Hij zou haar meenemen naar Zuid-Amerika, waar ze het niet zo nauw nemen met de wet, en nog lang en gelukkig leven en de bloemetjes buiten zetten. Niet dat het in de aard van mevrouw

Blotton lag om de bloemetjes buiten te zetten – ze was hevig gekant tegen roken, drinken en buitenlanders. Maar misschien zou ze door het hete klimaat en zoveel geld wat milder worden? Erich Blotton hield van zijn vrouw en wilde dat ze zijn beroep goedkeurde, maar dat deed ze slechts met tegenzin. De Blottons hadden geen kinderen, dus de vrouw zou tenminste het motief van haar man moeten begrijpen: 'als ik zelf geen kinderen kan hebben, steel ik de jouwe!' Het is de taak van een liefhebbende en loyale vrouw om het beroep van haar man altijd zo positief mogelijk te bekijken en ze deed haar best.

'Wat moet ik nu met jou?' vroeg meneer Blotton aan Nell, terwijl ze met hun tweeën per bus naar Parijs snelden. Hier, in het bestaan van het kind, lag het enige probleem, het enige obstakel voor zijn plannen. Bijna vier is oud genoeg om er van alles uit te flappen, maar helaas nog te jong om door middel van intimidaties of omkoperij tot zwijgen te brengen. Een moeilijke leeftijd, vanuit een bepaald standpunt bekeken.

'Ik moet naar de wc,' zei ze alleen maar en toen pas, na een dag waarop ze ontvoerd was en een vliegramp had overleefd, begon ze te huilen. Erich Blotton wilde haar mond niet alleen met zijn hand bedekken, maar die daar ook laten en haar helemaal smoren. Maar dat kon hij toch moeilijk in het openbaar in een bus doen. Maar hij zag wel wat in het idee – met zijn valse paspoort – meneer Blotton had er drie – zou hij het kind gemakkelijk mee kunnen nemen naar een klein Frans hotelletje, haar in haar slaap kunnen laten stikken en vervolgens het paspoort vernietigen en in de Parijse menigte kunnen verdwijnen. Het kind zou niet lijden. Ze zou er niets van merken. Wat voor toekomst had ze eigenlijk als ze bleef leven? Meneer Blotton was min of meer dezelfde mening toegedaan over levende kinderen als dokter Runcorn over ongeboren kinderen – dat het soms gewoon beter voor hen zou zijn als ze helemaal niet meer bestonden. Nou ja, zo denken dierenartsen ook over dieren en niemand verwijt hun dat. Als hij lijdt – maak er dan een eind aan! Laten we allemaal wat rust hebben; laat ons de ellende van andere schepselen bespaard blijven.

'La pauvre petite!' zei een modieuze Franse dame die achter hen zat en naar voren leunde. Ze zag er zo modieus uit alsof ze aan het hoofd van een multinational stond en niet gewoon een huis-

vrouw van het platteland was die naar Parijs ging. Zo zijn de Fransen nu eenmaal! *'Tu veux faire pipi?'*

Nell hield op met huilen, lachte en knikte. Ze begreep niet zozeer de woorden als wel de toon waarop het gezegd werd en nam de Franse dame zo voor zich in met haar glimlach dat deze de chauffeur liet stoppen bij een parkeerplaats *aux toilettes* en met haar meeging terwijl meneer Blotton ziedend en mokkend in zijn stoel zat. Maar wat kon hij eraan doen?

'Mijn mamma zal me missen,' zei Nell tegen de dame. 'Ik wil naar huis. We gingen een tochtje maken in een vliegtuig, maar het viel uit de lucht.'

Maar ondanks al haar glamour sprak de Franse dame geen Engels en ze bracht haar gewoon terug naar haar plaats naast meneer Blotton en de bus ging weer verder, terwijl de chauffeur zachtjes foeterde, en was twee minuten en vijf seconden te laat, wat in Frankrijk heel erg is. Maar wie kon zeggen wie er verder nog had meegeluisterd?

'Waar gaan we naar toe?' Nell trok aan meneer Blottons mouw. 'Gaan we alsjeblieft naar huis?'

'Donder op!' zei meneer Blotton.

'Te gevaarlijk om haar nu nog te doden,' dacht meneer Blotton, 'we zijn opgemerkt.' En bovendien, wat zou zoiets voor winst opleveren? Een dood lichaam, zelfs een kleintje, zelfs dat van een kind, brengt alleen maar ongemak en kosten met zich mee. Je moet je ervan ontdoen, hoe dan ook, en dat kost geld. (Tegenwoordig kan je natuurlijk gedeelten voor illegale transplantatiechirurgie verkopen, maar vergeet niet dat we het over twintig jaar geleden hebben, voordat transplantatiechirurgie een rage was, en maar goed ook, gezien meneer Blottons aard.)

Het was gelukkig voor Nell dat meneer Blotton een andere oplossing vond. Hij zou zich op de beste en voordeligste manier die hij kende van haar ontdoen.

Weg!

Nell sliep die nacht in het somberste kamertje dat ze ooit gezien had. Het was in de Algerijnse wijk van Parijs, waar meneer Blotton vrienden had. Het behang hing los en uit alle kiertjes zwermden kleine blinde insekten. Er lag alleen maar een deken en geen lakens op het bed. Desondanks sliep ze prima, nadat ze haar honger gestild had met hete gepeperde soep. Meneer Blotton bracht haar naar bed, maar was verdwenen toen ze wakker werd. Aan de ene kant was ze blij, aan de andere kant voelde ze zich eenzaam. Ze werd slechts één keertje wakker en huilde een beetje om haar moeder, maar er kwam al snel een jonge donkere vrouw binnen die haar suste en een taal sprak die Nell niet begreep. Maar ze leek vriendelijk en Nell was niet bang.

Maria – want zo heette ze – keek de zakken van Nells kleren na en kwam een briefje tegen van de peuterklas over een uitstapje naar het theater en verfrommelde het.

'Dat moet je niet doen,' zei Nell. 'Dan wordt juffrouw Pickford boos.' Maar de vrouw bleef gewoon doorgaan.

Toen vond de donkere vrouw de hanger van smaragd. Nell was hem helemaal vergeten.

'Die moet je niet weggooien,' zei Nell. 'Hij is van mijn mamma.'

De donkere vrouw ging zitten en staarde naar de hanger en vervolgens naar Nell en tranen kwamen in haar ogen en rolden over haar gladde wangen. Ze ging weg, maar kwam snel terug met een kinderbroche: een soort dikke tinnen teddybeer op een grote speld. Nell keek hoe Maria de kop van de teddybeer afschroefde, het hangertje aan zijn dunne gouden kettinkje erin liet zakken, de kop er weer opzette en hem op de revers van Nells jas spelde.

'Ça va,' zei ze. *'Ça va bien.'*

Met precies zo'n teddybeer had menig argeloos kind drugs door de douane heen gesmokkeld! De nekverbinding was moeilijk te vinden, behalve als je wist waar je moest zoeken.

'Pauvre,' zei Maria. *'Pauvre petite,'* en er viel nog een traan. Menige misdadiger en menige hoer worden sentimenteel bij het zien van kinderleed. Misschien zien ze zichzelf in de ogen van het kind? Toch moet gezegd worden dat als Maria de hanger had ingepikt en verkocht, ze zichzelf had kunnen vrijkopen uit het bordeel – want in zo'n plaats bevond Nell zich nu – en een fatsoenlijk leven had kunnen gaan leiden. Maar aan de andere kant, misschien wilde Maria dat wel helemaal niet diep in haar hart, en was ze tevreden met de manier waarop ze leefde. In ieder geval was ze lief voor Nell, daar kunnen we zeker van zijn. Nell viel weer in een diepe slaap – en dat was meer dan haar moeder die nacht deed, of een van de andere familieleden van hen die aan boord van ZOE 05 waren omgekomen. Maria sliep ook niet, zij werkte tenslotte 's nachts. Ze had een goede nacht en dacht dat het misschien Gods beloning was voor de goede daad die ze het kind had bewezen.

Meneer Blotton sliep heel vast, zoals iedereen doet wiens gestel een ernstige schok te verwerken heeft gehad – een zwarte diepe droomloze slaap. We moeten niet denken dat hij immuun was voor de gevolgen van ingrijpende gebeurtenissen, alleen omdat hij een misdadiger was. Hij was zelfs zo verdoofd dat het werkelijk verbazingwekkende karakter van zijn zwalkende tocht van de hemel naar de hel pas de volgende morgen echt tot hem doordrong. Toen, terwijl hij uit het groezelige bed opstond, zijn vieze overhemd van de vorige dag aantrok en voor een gebarsten spiegel zijn gezicht afschraapte met het scheermesje dat Maria voor haar benen gebruikte, vroeg hij haar:

'Waarom ben ik gespaard en de anderen niet?' maar Maria wist niet waar hij het over had. Hoe had ze dat moeten weten? Maar meneer Blotton zag hierin Gods hand en misschien had hij gelijk, behalve dan dat God (naar mijn mening) Nell spaarde en niet Erich Blotton, die gewoon toevallig naast het kind zat. Maar van meneer Blotton kon natuurlijk niet verwacht worden dat hij het zo zag. Hij dankte God die dag op twee manieren. Als eerste nam hij zich voor om te stoppen met roken en als tweede zag hij ervan af om Nell te verkopen aan een vriend (wat een vrienden!) die aan het hoofd van een Europees netwerk voor kinderporno stond, maar besloot hij haar voor een lagere prijs over te doen aan een kennis die in de illegale adoptie zat. Hij liet Nell onder Maria's hoede achter en zocht hem op. 'Vrouwelijk geslacht, blank, gezond en knap,' hoefde meneer Blotton alleen maar te zeggen en Nell werd onmiddellijk, ongezien, ingepikt voor een kinderloos echtpaar dat in een kasteel buiten Cherbourg woonde en niet in staat was om legaal te adopteren. De kennis rekende tien procent commissie en Erich Blotton ontving honderdduizend frank – genoeg om goed van te kunnen leven zolang hij zich schuilhield en wachtte totdat ZARA Airlines het verzekeringsgeld had uitbetaald.

'Je zou kunnen zeggen,' zei Erich Blotton tegen Maria, 'dat ik in alle opzichten op mijn pootjes terecht ben gekomen,' en hij lachte bulderend en ik moet zeggen dat dit niet zijn gewoonte was.

En dus was Nell bij het vallen van de avond weg uit het bordeel en had ze een nieuw thuis gevonden en werd ze naar bed gebracht in haar eigen torenkamer en wat deed het ertoe dat de takken van grote bomen tegen de glas-in-loodramen tikten en dat de muren uit zeer oude ongepleisterde steen bestonden en dat overal spinnetjes aan zijden draadjes sprongen en dansten, ze werd tenminste ingestopt door de liefdevolle handen van een man en een vrouw, nieuwe vader, nieuwe moeder, die niet met elkaar op voet van oorlog stonden.

Verlaat!

Clifford was ondertussen naar het vliegveld van Genève gegaan om Erich Blotton en zijn dochter op te halen. Hij was een beetje te laat en schrok toen hij op de aankomstborden achter de vlucht van ZOE 05 uit Londen de dreigende mededeling‘ VERLAAT’ zag staan. Clifford was van plan geweest om Nell door Fanny, zijn secretaresse, te laten ophalen – Fanny met de blanke zwanehals en het hemelse gezicht, afgestudeerd in kunstgeschiedenis en altijd even behulpzaam! Clifford had er een enorme hekel aan om ergens, laat staan op vliegvelden, rond te hangen en niets bijzonder nuttigs of aangenaams te doen in gezelschap van doodgewone mensen. Maar Fanny had Clifford vriendelijk en vastbesloten gezegd dat hij zelf moest gaan, hoe eerder Nell een bekend gezicht zou zien, hoe beter het was.

‘Kleine meisjes worden niet zo vaak door een volkomen vreemde uit hun peuterklas gestolen,’ zei Fanny netjes. ‘Ze kan er wel een trauma van overhouden.’

Het zal u niet verbazen om te horen dat Fanny Cliffords huidige maîtresse was. Hij had tenslotte iemand nodig om bij hem te wonen en op Nell te letten, als ze eenmaal zou zijn gestolen. Hij zou het drukker dan ooit hebben met het opzetten van Leonardo Genève en met alle ontvangsten en sociale verplichtingen die dat met zich meebracht. Hij zag in dat hij niet veel tijd voor een kind zou hebben. Het was voor Fanny ook geen verrassing. Ze was geen dwaas, hoe zacht en lief ze er ook uit mocht zien.

‘Maar je houdt niet van me, Clifford,’ zei Fanny toen hij zijn hoofd oprichtte uit het ganzeveren kussen, ongeveer een week voordat Nell per vliegtuig zou aankomen, en haar vroeg om bij hem te komen wonen. Hij deed het aanzoek – als we het zo al kunnen noemen – toen Fanny niet een nacht, maar een gedeelte van een nacht bij hem doorbracht – het was Cliffords gewoonte om haar om twee uur 's morgens per taxi naar huis te sturen. Ze bevonden zich in de slaapkamer van Cliffords pas gebouwde huis net buiten Genève. De architect was wereldberoemd en het huis bestond uit allemaal bogen, hoeken, staal en glas. (Leonardo's betaalde.) Het huis lag hoog op een berg met uitzicht over het meer en was net een versterkt fort. Te midden van alle knopjes waarmee je op afstand de mixers, airconditioning, baden, stofafzuiginrichting, lichten, schuiframen, glazen daken enzovoort kon bedienen, zaten de knopjes voor een batterij automatische veiligheidsvoorzieningen. Clifford moest ze hebben. Zijn verzekering stond erop. Het pleit voor Clifford dat hij liever eenvoudig zou hebben willen leven, maar als je in het land van de rijken bent, is het niet meer dan beleefd om je aan hun gewoonten te houden. Bovendien had hij nu ten slotte de schilderijen van zijn ex-schoonvader te voorschijn gehaald en kon hij eindelijk de beste doeken van John Lally goed ophangen, samen met een Peter Blake, een Tilson, een Auerbach en een paar mooie etsen van Rembrandt. Dat moest allemaal beveiligd worden. In dit gezelschap konden de Lally's alleen maar in waarde stijgen. Zijn vrouw was puur verlies gebleken, maar zijn schoonvader zou hem op zijn oude dag nog onderhouden.

Clifford had boven zijn bed een Lally van een dode eend en een jager met waanzin in zijn ogen. Aan mensen die ernaar vroegen, vertelde hij dat het hem deed denken aan die keer dat zijn exschoonvader bij Helen en hem was binnengestormd en hen samen in bed had aangetroffen. Ach, heel wat traumatische gebeurtenissen worden later natafelverhalen. Het is een vorm van therapie waaraan de spraakzamen zich graag overgeven, en ik sluit mijzelf niet uit. Clifford sprak nog steeds bitter over de scheiding, hoewel iedereen (die iemand was) wist dat hij de procedure was begonnen en dat Helens tranen en haar onmiskenbare berouw hem er absoluut niet van af hadden kunnen brengen. Niemand is zo irrationeel als een bedrogen man, vooral als hij zelf gewend is te bedriegen! Nu zei Clifford, onder de dode eend, tegen Fanny: 'Ik houd net zoveel van jou als van ieder ander en dat is niet veel. Als ik zou moeten kiezen tussen een Francis Bacon en jou, denk ik dat ik de Bacon zou kiezen! Maar ik heb iemand in huis nodig voor Nell, dus vraag ik jou. We zullen het vast goed kunnen vinden.'

'Nell moet blijven waar ze is,' zei Fanny kortaf, 'thuis bij haar moeder.' Ze was niet bang voor Clifford en schonk nooit te veel aandacht aan de onaardige dingen die hij zei, maar dat kon ook niet en dan toch blijven.

'Een kind van drie heeft een moeder en geen vader nodig.'

'Haar moeder is onhandig en lui, een alcoholica en een slet,' zei Clifford. Je merkte gelijk dat hij haar niet mocht, maar ook dat hij nog steeds van haar hield. Fanny zuchtte. Ze raakte altijd van streek door wat Cliffords woorden impliceerden, niet door de woorden zelf.

'Een moeder is een moeder,' zei ze, terwijl ze uit bed stapte en zich aankleedde. Ze had prachtige lange slanke benen. Langer en slanker dan die van Helen. Als er iets aan Helen mankeerde, waren het haar benen, die, nu ze eind twintig was, ronduit stevig waren. Ze droeg vaak broeken. Fanny kon, in die geëmancipeerde dagen toen een vrouw aantrok waar ze zin in had, maar hoe dwazer, satijniger en franjeachtiger hoe mooier, minirokjes en hot-pants dragen die haar nog goed stonden ook. Hun verhouding was begonnen doordat ze eens in deze laatste op haar werk was verschenen en Clifford bezwaar had gemaakt door te zeggen dat de brave burgers van het kanton het niet zouden goedkeuren. Clifford was niet gewend om met zijn secretaresses naar bed te gaan. Integendeel. Ze was er gewoon en hij zat in het buitenland en zij was gespecialiseerd in de schone kunsten en kon schilderijen goed beoordelen en hij kon met haar tenminste een fatsoenlijk gesprek voeren, wat hij niet kon zeggen van de erfgenamen van de Geneefse jet-set. Ze had natuurlijk niet Cliffords flair om gevoel voor kunst met een zakelijk talent te combineren, maar wie wel?

'Je bent krankjorum, Clifford,' zei Fanny. 'Het is heel slecht om een kind te stelen.'

'Hoe kan je iets stelen dat toch al van jou is?' vroeg hij. 'Zoals ik een rottende Leonardo uit een vochtige kerk zou redden zonder toestemming af te wachten, zo red ik dit kind van haar moeder. Je bedoelt alleen maar dat je jaloers en bezitterig bent, Fanny, en mij niet met Nell wil delen.'

Clifford geloofde, als zoveel mannen, dat hij een centrale plaats innam in de levens van alle vrouwen om hem heen en dat die vrouwen dan misschien in staat waren een emotioneel oordeel te vellen, maar geen moreel oordeel. En het spijt me dat Fanny, alsof ze zijn opvatting nog eens bevestigde, toegaf, luchtig lachte en zei: 'Je zult wel gelijk hebben, Clifford.' Want Fanny was zich ervan bewust dat haar samenwonen met Clifford afhankelijk was van Nells aanwezigheid in het huis. En wat was het veel beter om op Numéro Douze Avenue des Pins te wonen met personeel, het spectaculaire uitzicht, de enorme parketvloeren en het verwarmde zwembad waarin de ijzige Alpen weerspiegeld werden, dan in een klein appartementje boven een delicatessenzaak in het centrum van Genève, wat alles was wat ze zich met haar salaris van Leonardo's kon veroorloven. Want hoewel Leonardo's zijn voorzitter van de Raad van Bestuur en zijn directeuren en zijn investeerders uitstekend betaalde, scheen er gedacht te worden dat voor de gewone werknemers – dat wil zeggen de vrouwen – het voorrecht om voor Leonardo's te mogen werken moest opwegen tegen lage salarissen en dat ze dankbaar moesten zijn. (Maar zo is dat daar buiten in de boze wereld nu eenmaal voor vrouwen, vooral als ze werken in de uitgevers- of kunstwereld, of voor het algemeen welzijn, als ze lesgeven of verplegen – ik weet zeker dat velen van u dat al tot hun eigen schade hebben ondervonden.) En Fanny wist heel goed dat er genoeg net zulke knappe, net zulke getalenteerde meisjes waren als zij die maar al te graag haar baan als de persoonlijke assistente van de grote, de beroemde, de charmante, de briljante Clifford Wexford wilden overnemen, en voor nog minder geld. En dat als je eenmaal emotionele banden met je baas onderhoudt, je maar beter kan doen wat hij vraagt, omdat hij zich niet langer rationeel zal gedragen over je typewerk en je registratie enzovoort en je werk met *jouzelf* kan verwarren en dan vlieg je eruit.

Fanny heeft het helaas niet gehaald. Ruim voldoende voor Eigenbelang, onvoldoende voor Betrouwbaarheid. Niet genoeg om te slagen. Nee. Fanny stemde erin toe om bij Clifford in te trekken en staakte meteen haar pogingen om hem ervan te weerhouden Nell door de afschuwelijke Erich Blotton te laten ontvoeren. Ik kan alleen tot haar verdediging aanvoeren dat ze Cliffords persoonlijkheid niet bewonderde en zijn sociale en financiële transacties met de wereld evenmin respecteerde, maar naar bewondering en respect wordt niet gevraagd als het om liefde gaat. Fanny hield van Clifford, zo zat dat. Clifford was trouwens een geweldige minnaar. Teder, sterk, geen twijfelaar. Had ik u dat al verteld? En zo knap, natuurlijk. Door zijn woede op Helen had zijn blonde ernstige gezicht sinds kort iets hols en hongerigs gekregen. Ik kan u zeggen dat hij fantastisch was in die dagen, om niet te zeggen, fotogeniek. Natuurlijk waren de schrijvers van roddelrubrieken dol op hem.

Maar Fanny stond er tenminste op dat Clifford Nell zelf ging afhalen op het vliegveld. En nadat Clifford het afschuwelijke woord 'Verlaat' tot zich had laten doordringen, ging hij een glas wijn drinken (hij dronk zelden sterke drank) in de VIP-room; hij had nuttige vrienden op vliegvelden, zo goed als hij ze overal had. Dus keek hij vanuit een comfortabele leunstoel naar het aankomstenbord, maar hij voelde zich daardoor niet geruster. In werkelijkheid kon hij nauwelijks ademhalen van angst, maar dat toonde hij niet. 'Verlaat' veranderde al snel in 'svp melden bij ZARA'. De woorden namen drie regels in beslag op het bord, waardoor alle andere vluchtmededelingen in de war kwamen. De afkorting 'svp' was natuurlijk overbodig en daarom des te onheilspellender.

Clifford keek naar de menigte die rondkrioelde voor de desk van ZARA Airlines en wist dat het ergste gebeurd was. Hij voegde zich niet bij de menigte. Hij ging terug naar de VIP-room en belde Fanny. Fanny kwam ogenblikkelijk.

Het werd later aan Fanny overgelaten om Helen te bellen en haar te vertellen wat er was gebeurd.

Ontvoerd!

Nu was Helen, zoals u zich kunt indenken, al behoorlijk overstuur. Ze was om 3.15 uur bij de peuterklas van juffrouw Pickford aangekomen en had ontdekt dat Nell al weg was.

'Haar vaders chauffeur is haar komen ophalen,' zei juffrouw Pickford, 'in een Rolls Royce,' alsof dit laatste feit alles vergoelijkte en verklaarde.

In die meer onschuldige dagen – we hebben het over het eind van de jaren zestig – werden kinderen minder vaak het slachtoffer van mishandeling of een zedenmisdrijf dan tegenwoordig, ons hart werd toen althans nog niet verscheurd door het ene afschuwelijke voorbeeld na het andere op onze tv's en in onze kranten, en het kwam niet bij Helen op dat een zogenaamde 'vreemde' Nell had meegenomen. Ze wist meteen dat Clifford verantwoordelijk was voor deze vreselijke daad en dat Nell tenminste lichamelijk veilig was. Ze belde Simon bij de *Sunday Times* en haar advocaat en las juffrouw Pickford grondig de les en zette zich toen pas neer om te huilen.

'Hoe kan hij zoiets doen?' vroeg ze aan vrienden, aan haar moeder, aan kennissen, aan iedereen die ze die namiddag aan de telefoon had. 'Hoe kan hij zo gemeen zijn? Arme kleine Nell! Maar ze zal hem tenminste haten, dat is mijn enige troost in deze hele vreselijke aangelegenheid. Ik wil Nell onmiddellijk terug en ik wil dat Clifford achter de tralies gaat!'

Simon, die meteen thuis was gekomen om zijn wanhopige vrouw bij te staan, zei rustig dat ze er niets mee zouden opschieten als ze Nells vader achter de tralies zouden zetten. Dat zou Nell beslist niet willen. En Cuthbert Way, de advocaat, die alles in de steek had gelaten om meteen langs te komen – Helen zag er in deze vierde maand van haar zwangerschap ongelooflijk mooi uit – zei dat het, aangezien hij vermoedde dat Clifford Nell naar Zwitserland had gehaald, moeilijk zou worden om Nell überhaupt terug te krijgen, laat staan Clifford in de gevangenis. Dat was de knuppel in het hoenderhok.

Zwitserland! Helen hoorde voor het eerst van Clifford en Zwitserland. Ze las geen roddelrubrieken; ze had het te druk gehad met het inrichten van hun mooie gerieflijke huis in Muswell Hill en met ervoor te zorgen dat Nell zich thuis zou voelen in de peuterklas en met ruziën over de bezoekregeling met Cliffords advocaten en met zich afvragen of ze in verwachting was of niet en met het kopen van wat toen 'troep' heette en tegenwoordig Victoriaans of zelfs 'laat antiek' heet. En alles bij elkaar, vertelde ze zichzelf en iedereen die avond, had ze geen tijd gehad om de roddelrubrieken te lezen en te ontdekken wat iedereen kennelijk al wist – dat Clifford Wexford de leiding over Leonardo Genève had gekregen en een nieuw en modern en zeer duur huis had laten bouwen bij het meer, ongetwijfeld inclusief kinderkamer.

De reden waarom Helen de roddelrubrieken niet las kwam niet overeen met wat ze zei. Het kwam, zoals we weten, omdat het haar nog steeds pijn deed om over Cliffords laatste *inammorata* te lezen. Ze was niet echt jaloers – ze was tenslotte gelukkig getrouwd met Simon – ze kon het gewoon niet verdragen. Het deed pijn. Simon wist natuurlijk dat Helen nog steeds van Clifford hield, net zoals Fanny wist dat Clifford nog steeds van Helen hield, maar het ligt voor de hand dat geen van beiden hier de nadruk op legde. Het zou alleen maar kwaad doen. Cuthbert Way, de advocaat, zei dat hij natuurlijk zou procederen via alle internationale gerechtshoven, maar het zou tijd kosten. Helen hield op met huilen en haar verontwaardiging te uiten, ze werd doodsbleek, ze kon nauwelijks spreken. Shock en verontwaardiging maakten nu plaats voor een scherpe moederlijke angst. Ze wist dat er iets vreselijks, vreselijks gebeurde. (En precies op dit moment raakte ZOE 05, merkwaardig genoeg, in die turbulentie en de barstjes werden groter en dieper en veranderden in de dodelijke scheuren.) Maar dit andere, meer instinctieve, moederlijke besef ging natuurlijk schuil achter de ellende en angst die logischerwijs al veroorzaakt was door Nells ontvoering.

Toen kwam Fanny's telefoontje. Hier scheen Helen meer van op te leven dan van wat ook.

'Wie? Fanny wie?' (Hand op de hoorn) 'Hallo allemaal, Cliffords nieuwste verovering! Hij moet zich nu met zijn secretaresses behelpen. Hoe waagt ze het te bellen! Wat een kreng!'

En toen het nieuws. Ik zal daar niet bij stil blijven staan. Het is te vreselijk. Wij weten dat Nell nog in leven is. Helen niet. Ik kan het niet verdragen om op dit moment bij haar te zijn. Maar ik geloof dat Helen hierna kalmer en vriendelijker door het leven gleed en minder snel overging tot verwensingen. Behalve natuurlijk met betrekking tot Clifford zelf, de oorzaak van haar smart.

Een goed en fatsoenlijk leven

De dood van een kind is niet iets waar je grapjes over kan maken, of om kan lachen. Het is een gebeurtenis waarvan de ouder zich niet herstelt: het leven wordt nooit meer hetzelfde en dat zou ook niet mogen, want een tegennatuurlijke gebeurtenis maakt er nu deel van uit. We verwachten niet dat we onze kinderen zullen overleven en willen dat ook niet. Aan de andere kant moet het leven doorgaan, al is het slechts ter wille van hen die zijn overgebleven en het is ook onze taak om er weer van te leren genieten. Want wat betreuren we anders voor hen die te vroeg zijn gestorven dan dat ze de gelegenheid om van het leven te genieten moeten ontberen? Als we de juiste betekenis aan hun dood en onze smart willen geven, dan moeten we genieten van het leven dat wij nog bezitten en zij niet en moeten we verder een goed en fatsoenlijk leven leiden zonder ruzies en rancunes.

Helaas was het van alle mensen ter wereld van Clifford en Helen misschien het minst waarschijnlijk dat ze een goed en fatsoenlijk leven zouden leiden. En hoewel Nell in werkelijkheid, zoals we weten, niet dood was, maar op het moment dat Clifford en Helen allebei op de plaats van het vliegtuigongeluk arriveerden zo'n honderdvijftig kilometer verderop vast lag te slapen in een zacht en veilig zij het bobbelig bed, zouden we toch hebben gewild dat deze kennelijke tragedie hen in hun gemeenschappelijke verdriet tot elkaar zou hebben gebracht en niet nog verder uit elkaar zou hebben gedreven in bitterheid en haat.

'Het spijt me,' had Clifford kunnen zeggen. 'Als ik me niet op deze manier had gedragen, zou het nooit zijn gebeurd. Zou Nell nog leven.'

'Als ik je maar niet ontrouw was geweest,' had Helen kunnen zeggen, 'zouden we nu nog steeds bij elkaar zijn, en zou Nell ook bij ons zijn.' Maar nee. Ze zagen elkaar op dat droevige strand, zij was met een reddingsvlucht vanuit Londen gekomen, hij in een wagen met chauffeur vanuit Parijs, en begonnen te bekvechten. Het verdriet was van allebei te groot voor tranen, maar niet, naar het scheen, voor ruzie. Op de achtergrond waren reddingsploegen aan het werk met kranen, duikboten en tractors en zinloze ambulances stonden klaar. En toen het tij zich centimeter voor centimeter terugtrok, legde het centimeter voor centimeter de gruwelijke overblijfselen van het ongeluk bloot.

'Geen enkele overlevende,' zei Clifford tegen Helen. 'Als jij redelijk was geweest, had ze per boot en trein kunnen komen, had ze nooit in dat vliegtuig hoeven te zitten. Ik hoop dat je naar de hel gaat. Ik hoop dat je leven door deze wetenschap van nu af aan een hel zal zijn.'

'Jij stal haar,' zei Helen heel kalm. 'Daarom is Nell dood. En wat de hel betreft, jij kwam vanuit de hel naar me toe en sleurde me met je mee erin terug en nu heb je Nell vernietigd.'

Ze schreeuwde of sloeg niet. Misschien werden haar gevoelens een klein beetje afgezwakt doordat ze zwanger was. Ik hoop het. Later zou Helen zeggen dat de korte periode waarin ze geloofde dat Nell dood was de afschuwelijkste en wanhopigste tijd van haar leven was geweest, maar desondanks wist ze dat ze ter wille van de ongeboren baby de ramp niet in alle hevigheid mocht ervaren. Ze zag niet in hoe ze het anders had kunnen overleven. Ze zou eenvoudigweg van verdriet zijn gestorven.

'Ga maar terug naar je vriendinnetjes en je geld,' zei ze. 'Het doet je helemaal niets dat Nell dood is. Krokodilletranen!' 'Ga maar terug naar je hoererij en je journalistieke dwerg,' zei hij. 'Ik heb medelijden met de baby! Je zult deze ook wel vermoorden.' Met 'journalistieke dwerg' bedoelde hij natuurlijk Simon, die, hoewel hij tot de meest geziene politieke commentatoren van die dagen behoorde, beslist niet lang was. Helen was met haar 1.70 meter even lang als haar nieuwe man.

En zo gingen ze uit elkaar: Clifford terug naar zijn Rolls Royce met chauffeur, Helen alleen naar het uitgestorven strand om te rouwen. Clifford had geweigerd om naar de identificatiehut te gaan.

'Ik ben niet geïnteresseerd in haar stukjes,' zei hij. 'Nell is dood, punt uit.'

Hij wist niet waarom hij was gekomen, behalve dat activiteit beter was dan inactiviteit tijdens die eerste dagen van dof verdriet.

Simon had tegen Helen gezegd: 'Daar moet je niet naar binnen gaan. Laat mij maar,' en terwijl zij buiten zat, zocht hij tussen de rommel naar sporen van het vermiste kind. De autoriteiten zien graag dat de lichamen met ware scrupuleuze formaliteit weer worden samengevoegd, van een naam voorzien, verantwoord en opgeruimd. We moeten allemaal met heden en verleden te boek staan, geregistreerd en genummerd worden en ons verhaal moet worden verteld opdat de wilde voortwoekering van de mensheid ons niet tot wanhoop brengt. En bovendien is er nog de kwestie van de verzekering.

Raadsels

Arthur Hockney kwam uit Nigeria, via Harvard en New York. Hij was erg lang, erg breed en elegant zwart. Hij reisde de wereld over als verzekeringsdetective voor Trans-Continental Brokers. Als er een schip zonk in de Chinese Zee, verscheen hij om uit te vinden waarom. Als in Centraal-Afrika een presidentieel paleis werd vernietigd, was Arthur Hockney er om vast te stellen of het een schurkenstreek of een werkelijk verlies was. Waar hij ging, weken de menigten uiteen en onthulden ze hun geheimen. Hij was zo groot, sterk en intelligent, zo bedreven in het opsporen en overtroeven van de parasieten en slangen van deze wereld, dat alleen de goeden en onschuldigen bereid leken om hem überhaupt tegen te spreken. Trans-Continental Brokers betaalden hem goed, zeer goed.

Hij had een aantal gesprekken met Clifford, Helen en Simon gehad. Hij had gezien hoe het staartgedeelte een stukje verderop door een kraan uit het ondiepe water was gehaald, had het voor metaalmoeheid typerende netwerk van scheurtjes opgemerkt in plaats van de grove door een botsing veroorzaakte breuken en had de twee onbeschadigde stoelen met losse veiligheidsgordels bekeken. Misschien had er gewoon niemand gezeten. Maar waarom zat de ene asbak dan propvol en lag op de grond onder de andere de afgescheurde bovenkant van een doosje kindersnoepjes? Had ZARA Airlines onzorgvuldig schoongemaakt of had er tijdens de vlucht toch iemand gezeten? Hij zou graag zien dat het lichaam van de heer E. Blotton – naar wie zijn belangstelling uitging, aangezien hij de enige passagier was geweest die een extra vliegverzekering had afgesloten, en van wiens reputatie en beroep hij afwist – geïdentificeerd was. Maar dat was nog niet gebeurd. Hij moest echter de aankomst van de arme mevrouw Blotton afwachten om zeker te zijn. En waar was het lichaampje van de kleine Nell Wexford? Naar zee gedreven? Mogelijk. Aan de andere kant hadden de man en het kind officieel in de niet-rookafdeling moeten zitten; alle andere lichamen uit dat gedeelte waren gevonden, min of meer intact. Hij zou opnieuw moeten afwachten. De vader van het kind had geweigerd de identificatiehut in te gaan. Ach, dat kon hij begrijpen, gezien de omstandigheden waaronder het kind zich in het vliegtuig bevond. En hoe discreet alles ook was geregeld en hoeveel er ook mocht verdwijnen onder plastic lakens, het identificeren moest toch altijd een traumatisch proces zijn. Toch gaven de meeste ouders de voorkeur aan zien en weten dan aan het ongelooflijke geloven van horen zeggen. De stiefvader van het kind was er nu – hij had zijn vrouw er vandaan gehouden, misschien had hij gelijk, misschien niet. Als je te midden van de bewijzen van de sterfelijkheid staat, verliezen de stukken en brokken menselijk vlees, de fragmenten van bezittingen en de rommel die overblijft als de ziel is vertrokken al snel hun gruwelijkheid en vormen ze eerder een bewijs van het wonder en de waarde van het leven. (Zo was Arthur Hockney het tenminste gaan zien. Nou ja, hij moest ook wel, hè? Dat, of een baan opgeven waardoor hij evenveel met doden als met levenden te maken had.) Kijk, er gebeurden vreemde dingen. Lichamen verdwenen gewoon. Voor zover Arthur Hockney wist, kon het kind wel opgepikt zijn door een ontsnapte goudarend en meegevoerd zijn naar een Zwitserse bergtop en Blottons lichaam naar zee gesleurd zijn door een reuzeninktvis. Als iets onwaarschijnlijk was, betekende dat nog niet dat het niet gebeurde. Arthur Hockney ging er niet van uit dat de eenvoudigste en meest logische verklaring ook de juiste was en dat maakte hem tot de best betaalde en succesvolste detective van Trans-Continental. Dat en iets wat hij soms afwijzend zijn zesde zintuig noemde. Soms *wist* hij gewoon iets wat hij logischerwijs niet kon weten. Het stond hem niet aan, maar het was er nu eenmaal. De menselijke aangelegenheden verliepen volgens een bepaald patroon dat hij kon zien en verder kennelijk niemand.

Arthur liep naar Helen die daar zo rustig en droevig zat op die grijze plaats, op die grijze dag. Ze hief haar gezicht naar hem op. Hij dacht dat ze zowel de lieflijkste als de droevigste vrouw was die hij ooit had gezien. Hij liet zijn gedachten niet verder gaan. Ze was overstuur, zwanger en getrouwd: verboden terrein. Desondanks wist hij dat hij haar zou terugzien, meerdere keren: dat ze een deel van zijn leven zou worden. Daar probeerde hij ook niet aan te denken.

'Ze hebben haar nog niet gevonden, hè?' zei ze en de luchtige klank van haar stem verbaasde hem.

'Nee.'

'En ze zullen haar ook niet vinden, meneer Hockney. Nell is niet dood.' De grauwe ellende scheen weg te vloeien terwijl hij toekeek. Misschien putte ze wat kracht uit hem, maakte ze tijdelijk van zijn heldere ogen gebruik om tot de waarheid van de feiten door te dringen en deelde ze zijn gave om de dingen van tevoren te weten net lang genoeg om het door te laten dringen. Ze lachte zelfs. Er was een koude avondwind opgestoken die kleine wervelingen van droog zand over het vochtige strand liet dwarrelen en zo de allermooiste tijdloze patronen maakte. 'U zult wel denken dat ik gek ben,' zei ze. 'Want hoe kan iemand nou zoiets overleven?' En ze wees naar de gemangelde wrakstukken van ZOE 05 die nog steeds op een afgrijslijke manier overal verspreid lagen.

Moeilijk om te geloven dat het strand ooit weer een speelplaats voor kinderen met schepjes en emmertjes zou zijn – maar dat werd het natuurlijk uiteindelijk weer. Op diezelfde plek is tegenwoordig een groot tentenkamp gevestigd: 'Canvas Beach Safari'. Ik vind het zelf een troosteloze plaats, op de een of andere manier sijpelt de tragedie door het grondzeil heen naar boven, waardoor zelfs de zonnigste dag iets melancholieks krijgt en het lijkt of de zee zucht en fluistert en als de wind opsteekt huilt hij – maar ach! Noord Frankrijk moet gewoon niet doen of het aan de Middellandse Zee ligt; het klimaat is gewoon niet geschikt voor een kampeervakantie. Misschien is dat alles!

'Mensen kunnen verbazingwekkende dingen overleven,' zei hij voorzichtig. Een stewardess was eens op zesduizend meter hoogte uit een vliegtuig gevallen, in een hoop sneeuw terechtgekomen en had het verhaal kunnen navertellen.

'Haar vader denkt dat ze dood is,' zei Helen. 'Maar zo is hij nu eenmaal. En Simon denkt het ook. En iedereen. Dus ik zal wel gek zijn.'

Hij vroeg of haar dochtertje van snoepjes met de naam Dolly Mixtures had gehouden.

'Niet had gehouden,' zei Helen woedend. 'Houdt. Nee. Zo verstandig is ze wel,' en toen begon ze te huilen en hij bood zijn excuses aan. Hij wist dat zulke details de nabestaanden altijd het hart brak – die kleine dagelijkse, schijnbaar onbelangrijke dingetjes, waar de dode al dan niet van had gehouden, gingen achteraf deel uitmaken van de hele persoonlijkheid, terwijl ze tijdens het leven niet werden opgemerkt. Maar hij had het moeten vragen, hoewel het door het antwoord nog onwaarschijnlijker werd dat Nell de ramp had overleefd.

Meneer Blottons instinct had er natuurlijk voor gezorgd dat hij, om Nell tijdens de vlucht zoet te houden, en passant precies die snoepjes had uitgezocht waar ze de meeste hekel aan had ('*Dolly* Mixtures? Ik heet geen Dolly!'). Alsof ze, als een of ander recalcitrant dier, überhaupt zoet gehouden moest worden! En omdat ze een raar gezicht had getrokken, had meneer Blotton ze vervolgens, om het haar betaald te zetten, stuk voor stuk zelf opgegeten. Wat was hij toch een akelige man. Hoe meer ik aan hem denk, hoe akeliger hij wordt.

'Ik weet niet wat ik denk,' zei ze, toen ze niet langer huilde. Haar geloof dreigde haar te ontglippen. Hij vond dat hij geen recht had om het haar terug te geven. Wat was overtuiging voor een bewijs? Ze rilde en hij hing haar jas beter om haar schouders en nam haar mee naar zijn gehuurde auto, waar ze uit de wind kon zitten, en keerde terug om te midden van de verbijsterende maar niet verbijsterde doden te zijn. Er werd hem gezegd dat mevrouw Blotton was aangekomen. Ze was een alledaagse degelijke vrouw van begin veertig. Ze had rossige wimpers en uitpuilende blauwe ogen. Hij wist dat ze niet van zwarte mannen hield, zelfs niet van een zwarte man als hij, die zo op Sidney Poitiers leek in *Guess Who's Coming to Dinner*. Louter een knap uiterlijk, een mooi pak en een overredende beschaafde stem konden meestal een eind maken aan de hardnekkigste raciale vooroordelen. Maar hij wist dat er altijd een paar vrouwen waren, vooral van het type van mevrouw Blotton, bleke, geremde, noordelijke vrouwen, die hun vooroordeel nooit konden loslaten. Ach, ze probeerden het niet eens; zwart hield voor hen een afgrijslijke teugelloze seksualiteit in. Als ze eens wisten hoe discreet, hoe kwetsbaar, hoe gereserveerd, hoe afhankelijk van ware liefde zijn seksualiteit was en hoe hij naar die zeldzame bevrijdende emotie verlangde – maar dit was een huis van de dood, niet van het leven, en hun ellendige racisme hun probleem, nauwelijks dat van hem.

De aanblik in de hut scheen mevrouw Blotton eerder boos dan overstuur te maken. Ze hinkte wat. Ze droeg nieuwe schoenen. Harde goedkope schoenen uit de Hoofdstraat – niet het type dat een vrouw haastig koopt als ze net op illegale wijze twee miljoen pond heeft weten te bemachtigen. Dan zou ze het ofwel kwistig uitgeven, niet in staat zichzelf in bedwang te houden, of lange tijd helemaal niets besteden, zowel uit schuld als uit voorzichtigheid. Nee. Ze had er geen idee van, zei ze, en hij geloofde haar, waarom haar man in een vliegtuig naar Genève zat. Ze had er niets van af geweten totdat deze merkwaardige voorlopige polis de dag na het ongeluk in de brievenbus had gelegen met Erichs handschrift op de envelop. Nee, ze had er niet goed naar gekeken, was niet verder gekomen dan het vluchtnummer. Ze had het ongeluk op het nieuws gezien, had gedacht dat iedereen die met ZARA Airlines vloog zijn verdiende loon had gekregen. Het vluchtnummer was haar bijgebleven. En Erich was niet op het verwachte tijdstip thuisgekomen. Dus had ze Heathrow gebeld. En de ergste conclusie was juist geweest. Haar man was aan boord van ZOE 05 geweest. Hij was dood. Natuurlijk was hij dood. Waarom moest ze deze gruwelijke formaliteiten afwerken? En wie bent u eigenlijk, met al uw vragen? Niet helemaal 'ga jij terug naar je oerwoud', maar bijna.

'Mensen overleven vliegrampen soms,' zei hij.

'Wat weet u daarvan?' vroeg ze fel. Ze wees op een mannelijke hand die uit een plastic omhulsel stak, waardoor het afgescheurde vlees discreet werd verborgen. De Fransen pakten deze dingen goed aan.

'Die is van hem,' zei ze. 'Die is van Erich.'

Arthur keek naar de code op het identificatielabel. Iemand had de hand al opgeëist, zij het aarzelend. De hand was echter afkomstig uit het voorste gedeelte, waarschijnlijk rij 5, waar Blotton en het kind hadden moeten zitten.

'Weet u het zeker?' vroeg hij.

'Zou ik het anders zeggen?' Ja, dacht hij, als er twee miljoen pond op het spel stond – hoewel hij niet dacht dat ze het bedrag waar het om ging, zou waarderen – of alleen om hier weg te komen, of om naar huis te gaan en te huilen. Zelfs de Ellen Blottons van deze wereld hadden er recht op om te huilen.

'Kunt u me zeggen of uw man een zware roker is?' vroeg hij.

'Hij? Geen sprake van. Ik wil in huis geen sigaret zien.'

Aan haar eigen handen zat geen nicotine. Ze had verrassend blanke, kleine en fijne handen voor iemand die zo praktisch, rossig en alledaags was. Ook zij werd door het detail aangegrepen. Ze stortte in en huilde en werd de hut uitgebracht. Volgens een nieuw labeltje was de hand van Erich Blotton. Leeftijd, geslacht en ras klopte, zonder nicotinevlekken. Waarom twijfelde hij dan nog steeds?

Hij liep naar Simon Cornbrook die nu verslagen tegen de deur leunde.

'U hebt genoeg gedaan,' zei Arthur. 'Als u nu nog niets hebt gevonden, zult u ook niets vinden. Kom mee naar buiten.'

'Het lichaampje zal wel meegevoerd zijn naar zee,' zei Simon. 'Het lichaamsgewicht is natuurlijk – het is alleen omdat de anderen…'

'Precies,' zei Arthur. 'Ach, ik denk dat het wel zal worden gevonden.'

'Ik wou dat er iets was geweest,' zei Simon. 'Al was het maar een schoen of een lint. Mijn vrouw zal eenvoudigweg niet geloven dat Nell dood is, ik weet het zeker.'

Hij reed de Cornbrooks terug naar Parijs, naar het vliegveld. In zijn rapport schreef hij dat er geen verdachte factoren waren met betrekking tot de ramp. Een strookje karton met 'Dolly Mixtures', een volle asbak en twee vermiste lichamen was toch nauwelijks genoeg om iets anders te suggereren. Hij had alleen maar een overtuiging die hij niet helemaal kon kwijtraken en die Helen op de een of andere manier uit zijn gedachten had opgepikt. Toen hij hen in de vertrekhal achterliet, hoorde hij Helen zeggen: 'Ze is niet dood. Als ze dood was, zou ik het voelen,' en Simon antwoorden: 'Zie de feiten nou toch onder ogen, schatje, ter wille van ons allemaal,' en had hij zich verantwoordelijk gevoeld.

Toen Arthur Hockney een week later een boodschap van Helen in zijn hotel vond – hij woonde een door *Fortune* georganiseerde conferentie over belastingontduiking bij – waarin ze hem vroeg haar te ontmoeten, was hij niet verbaasd. Hij had geweten dat het zou gebeuren. Hij liet een briefje achter in een postbus, zoals ze had voorgesteld, en maakte een lunchafspraak. Hij dacht dat ze hun ontmoeting geheim zou willen houden voor haar man. Verdere speculaties stond hij zichzelf niet toe.

Arthur was al in het restaurant toen Helen arriveerde. Hij stond op toen ze naar hem toe kwam. Mensen draaiden zich om om te kijken. Naast hem zagen de tafeltjes en stoeltjes er klein en onmogelijk verfijnd uit en de mandflessen Chianti, die als een soort versiering in groepjes bij elkaar hingen, kregen iets belachelijks. Helen was gekleed in het donkerblauw en probeerde er onopvallend uit te zien, maar dat was ze natuurlijk niet.

'Arthur,' zei ze luchtig en snel. Ze was zenuwachtig. 'Ik mag toch wel Arthur tegen je zeggen en jij moet me Helen noemen. Vreemde mannen opbellen voor afspraakjes, het moet een rare indruk maken! Het komt alleen doordat ik Simon niet ongerust wil maken, hij zou razend zijn – nou ja, niet razend, uit zijn doen – het komt gewoon doordat ik *weet* dat Nell leeft, ik *weet* dat alles goed met haar is, behalve dat ze mij mist, en ik wil dat jij haar vindt. Ik neem je in dienst. Je werkt toch free-lance? Ik betaal je wat je maar wilt. Alleen mag mijn man het niet te weten komen.' Ach, de gewoontes van Applecore Cottage, nog steeds zo hardnekkig!

'Helen,' zei hij, en hij vond het een nieuw en vreemd en heerlijk woord, 'dat kan ik niet doen. Het zou niet verantwoord zijn.'

'Maar waarom niet? Ik begrijp het niet.' Ze had een flensje met champignons besteld, maar raakte het niet aan. Hij verorberde een steak met patat. Toen de koningin-moeder eens gevraagd werd om hen die op het punt stonden het openbare leven binnen te gaan een advies te geven, zei ze: 'Als je een toilet ziet, maak er dan gebruik van.' Arthur Hockney, wiens werk hem naar jungles, bergen en de meer troosteloze en hongerige streken van de wereld voerde, was dezelfde mening toegedaan wat betreft een bord eten. Je wist nooit wanneer je er weer een zag. Hij nam er alle tijd voor om haar te antwoorden.

'Omdat ik, als ik je hoop gaf, erger zou zijn dan een charlatan die voor geld een geneesmiddel tegen kanker aanbiedt, of een helderziende die tegen vergoeding vanuit het graf tegen een weduwe spreekt.'

'Dat is helemaal niet waar.' Ze was zelf nog maar een kind. 'Alsjeblieft!'

'Hoe kan ik dat doen, ten aanzien van mijn gezonde verstand, ten aanzien van mijn rapport voor ZARA Airlines?'

'Als je terugkomt en zegt dat ze dood is, zal ik je geloven, zal ik het aanvaarden.'

'Maar misschien doe je dat niet,' zei hij. Hij had haar nooit hoop moeten geven, nooit moeten praten over stewardessen die een val van zesduizend meter overleefden. Hij voelde zich schuldig.

'Het komt gewoon doordat het woord dood en het woord Nell op de een of andere manier niet bij elkaar passen,' zei ze en er stonden nu tranen in haar ogen. Hij was opgelucht toen hij ze zag. 'Misschien heeft Simon gelijk, ben ik een beetje gek. Ik heb een psychiater nodig. Maar ik moet het *weten*. Ik moet ervan overtuigd worden. Zie je dat niet in? Het is erger om met hoop te leven dan zonder. Om Simon te zien rouwen en het zelf niet te kunnen – daardoor voel ik me slecht! Misschien komt het gewoon door de nieuwe baby, doordat ik in verwachting ben? Dat ik, doordat ik zo vol leven ben, de dood niet kan aanvaarden? Misschien is dat alles.'

'Ik zal teruggaan om alles nog eens te bekijken,' zei hij. 'Ik zal het onderzoek heropenen,' en wist nauwelijks waarom hij zich had laten overhalen om het te zeggen, behalve dan dat Helen het hem gevraagd had en dat haar verwarring zo groot was: ze was niet in staat om ongelukkig te zijn, en dat was een zeldzame aandoening.

Geen nieuws is goed nieuws

Wat Nell betreft, zij was zo veilig, gezond en gelukkig als een kind maar kan zijn dat goed behandeld en verzorgd wordt en van wie wordt gehouden, al is het in een vreemd land, al zijn het mensen die een andere taal spreken. Ze miste haar moeder, haar juffrouw, haar stiefvader en haar vader, in die volgorde, maar scheen hen al snel te vergeten, zoals dat gaat met kinderen. Anderen namen hun plaats in. En als Nell soms een beetje treurig werd wanneer ze in het park van het kasteel speelde of in de patio haar eten opat in de avondzon, dan keken haar nieuwe ouders, de markies en markiezin de Troite, elkaar aan en hoopten dat ze alles snel helemaal zou vergeten en volkomen gelukkig zou zijn. Nell was hun kleinood, hun *petite ange*. Ze hielden van haar.

Ze betreurden geen enkele frank die ze aan haar besteed hadden. De De Troites verkeerden, om verschillende redenen die later duidelijk zullen worden, niet in een positie om een kind officieel en legaal te kunnen adopteren. En bovendien bestond er in deze tijd van toenemende onvruchtbaarheid (in de westerse wereld tenminste) toch al een tekort aan de juiste kinderen. Bepaalde kinderen werden meer gewaardeerd dan andere, net als bij honden, als ze het juiste ras en temperament bezaten. Maar op de zwarte markt is alles te koop, alles. En Nell – nou ja, wat was ze een schatje met haar blauwe ogen, haar brede lach, haar kleine volmaakte gelaatstrekken, haar dikke blonde haar en haar vermogen om lief te hebben en te vergeven en van alles het beste te maken! Ze was gewoon een koopje.

Binnen een maand had Nell Frans geleerd en aangezien ze niemand had tegen wie ze Engels kon spreken, vergat ze het al snel. Bepaalde dingen kon ze zich nog herinneren, alsof ze het gedroomd had – dat ze ooit, in dat gedroomde leven, een andere moeder had gehad en dat haar eigen naam Nell was geweest en niet Brigitte, maar de droom vervaagde. Slechts af en toe kwam in een flits een verontrustende herinnering boven: waar was haar poes Tuffin? Was er niet ooit een Tuffin geweest, klein en grijs? Waar was Clifford, haar pappa, met zijn dikke blonde haar? Papa monsieur had vrijwel helemaal geen haar! (Wat ik u over de De Troites moet vertellen, lezer, is dat papa monsieur tweeentachtig was en mama madame vierenzeventig. *Daarom* hadden ze problemen met adopteren!) Maar de herinneringen flikkerden slechts even en waren verdwenen.

'Tu vas bien, ma petite?' vroeg madame. Haar nek zat vol rimpels en een heldere, heel heldere kleur lippenstift was dik aangebracht op haar lippen, maar ze lachte en beminde.

'Très bien, maman!' Nell huppelde en sprong rond zoals het een oogappeltje betaamde. Ze aten in de keuken, aangezien de wind zo door het plafond van de eetkamer floot, en leefden van brood dat Marthe had gebakken en groentesoepjes en tomatensla met verse basilicum en *boeuf en daube* in overvloed – de tanden van de De Troites waren niet langer bestand tegen harde en stevige kost – wat allemaal uitstekend was voor Nells kleine lichaampje. De behoeften van de allerjongsten en de ouden overlappen elkaar vaak. Ze huilde niet en maakte geen ruzie: er was zo weinig waar ze om kon huilen en niemand om ruzie mee te maken. Er was niemand in huis wiens belangen boven de hare werden gesteld. Een buitenstaander die om de hoek had gekeken, had misschien een klein meisje gezien dat al te rustig en gedwee was, maar er waren geen buitenstaanders die om de hoek keken – zij waren niet welkom, ongetwijfeld voor het geval hun oordeel zo zou luiden en ze de overheid zouden vragen om eens te gaan zien wat zij gezien hadden. Een kind, hoe gelukkig en gezond ze dan ook overduidelijk was, in een volkomen ongeschikt gezin.

Op de plank in het torenkamertje waar Nell sliep en waarvan ze hield – met de zes ramen in de muren rondom en de bomen die buiten zwiepten in de wind en de mooie, slecht in de verf zittende meubeltjes die van madame waren geweest toen ze een kind was – lag een goedkope tinnen teddybeer op een speld. Hij was haar schat. Hij bezat toverkracht. Nell wist dat je hem op de een of andere manier moest openmaken, maar ze probeerde er nooit achter te komen hoe. Tijdens die zeldzame ogenblikken dat ze treurig of van streek was, ging ze naar boven en hield ze de tinnen teddybeer in haar kleine handje en schudde hem en luisterde naar het gerammel en dan voelde ze zich beter. Toen madame zag hoeveel ze ervan hield, gaf ze Nell al vlug een zilveren kettinkje zodat ze hem om haar nek kon hangen.

Bepaalde voorwerpen nemen in deze wereld een centrale plaats in, lezer, gewoon *dingen*, die een rol spelen in mensenlevens en dit kleine sieraadje was er één van. Zoals we weten was het aan Cliffords moeder gegeven door zijn grootmoeder. Generaties van Nells familie hadden ernaar gekeken en ervan gehouden. Het had wel honderd keer verloren kunnen gaan of verkocht kunnen worden, maar op de een of andere manier was dat niet gebeurd. Nu putte Nell er instinctief troost uit en wachtte op wat verder zou gebeuren.

Thuis

Nell had een klein halfbroertje: Edward. Bij zijn geboorte woog hij zeven Britse ponden en vijf ounces (het was nog te vroeg in de Engelse geschiedenis om het metrieke stelsel te gebruiken voor het gewicht van baby's: zes en een half pond!) en Simon was bij de geboorte aanwezig. Hij was een plichtsgetrouwe en moderne vader. Tijdens de weeën hield hij Helens hand vast en, in tegenstelling tot Nells geboorte, was het een gemakkelijke bevalling. De pasgeboren baby huilde en schreeuwde vol overgave en trappelde opvallend en naar hartelust en had de opmerkelijke gewoonte om in een grote kletsnatte boog te plassen als hij werd verschoond en zo zijn schone kleren te doorweken. Helen moest erom lachen en dat zag Simon graag, hoewel hij dacht dat Edwards gedrag eerder aanleiding tot foeteren dan tot lachen bood. Ze had de laatste tijd niet veel gelachen. Zonder Nell had het huis zo stil en triest geleken. En toch, dacht Simon, was zijn eigen verdriet groter geweest dan dat van Helen, had hij intenser gerouwd om haar verlies – en Nell was niet eens zijn eigen kind. Hij maakte zich er zorgen om, er klopte iets niet. Hij was bang dat zijn vrouw zich nog steeds aan het idee vastklampte dat het kind het ongeluk op de een of andere manier had overleefd. Jammer dat hij niet gedaan had of hij iets had herkend in de identificatiehut – dat zou gemakkelijk genoeg zijn geweest.

Het grote voordeel van een begrafenis, compleet met een lichaam (hoe incompleet dat ook mag zijn) is dat de rouwenden de dood als feit aanvaarden. Een herdenkingsdienst – zoals die op een zondagmiddag in de plaatselijke kerk voor Nell was gehouden – was nauwelijks hetzelfde. En nu Simon erover nadacht, was Helen niet eens bij die dienst geweest. Op weg naar de kerk had ze zich duizelig gevoeld, dat had ze tenminste gezegd, en was teruggegaan. Hij had niet geprobeerd haar tegen te houden – het was aan het eind van haar zwangerschap, de dienst zou alleen maar weer opnieuw een emotionele ervaring voor haar zijn. Nu wilde hij dat hij had aangedrongen. Hij had gedacht dat ze Clifford wilde ontlopen, maar die was uiteindelijk niet eens gekomen. Hij was in het buitenland, zeiden opa en oma Wexford met een zweem van een verontschuldiging. Maar zij waren tenminste gekomen, net als John Lally en Evelyn, Helens moeder. Wat een gezelschap had hij zich samen met Helen op zijn nek gehaald dacht Simon wel eens! Hij kwam zelf uit een degelijk kleinburgerlijk nest; zijn ouders waren vriendelijk en evenwichtig, al waren ze (helaas) niet al te slim. Zijn eigen strijd om zich vanuit deze achtergrond op te werken had niet zozeer een gladde diplomatie vereist als wel eeuwige verklaringen. Als Helen niet eerlijk tegen hem was, als ze ontwijkend was, als ze op de een of andere manier leek te doen *alsof*, dan hoefde hij alleen maar naar haar achtergrond te kijken om te begrijpen waarom.

Hij mocht het dan begrijpen, het deed hem nog steeds pijn. Hij wilde Helen nu, in tegenstelling tot toen hij haar trouwde, helemaal. Hij wilde haar hele hart, haar volledige aandacht. Hij wilde niet dat ze zich vastklampte aan het geloof dat Nell leefde. Nell hoorde bij het verleden, bij een dood huwelijk. Soms, als ze met de baby speelde, fluisterde ze hem iets in zijn oor en lachte. En dan lachte de baby terug en Simon verbeeldde zich dat ze fluisterde: 'Je hebt een zusje, kleine Edward, en op een dag komt ze weer bij ons thuis.' Dit was natuurlijk zuiver een waanidee, dat moest wel. Maar waarom lachte ze niet zo tegen hem? Het was gewoon dat Helen door Nell levend te houden ook Clifford levend hield. Ze wilde Clifford evenmin als Nell loslaten.

Zo zijn sommige eerste huwelijken, lezer. Hoe pijnlijk ze ook waren, hoe onaangenaam de scheiding ook mag zijn geweest die er een vroegtijdig einde aan heeft gemaakt, dat was het enige echte ware huwelijk en alles wat erna komt, al wordt het ook bekrachtigd door een huwelijksceremonie en de attenties van familie en vrienden, blijft nep, een tweede keus en niet alleen een tweede keus, maar tweederangs. Dit was het geval met het huwelijk van Helen en Clifford en daarom zuchtte en glimlachte Helen zo vaak in haar slaap en hield Simon haar zo scherp in de gaten en daarom hertrouwde Clifford ook niet, hoewel hij Helen in zijn hart nog steeds de schuld gaf van alles wat misging, van Nells dood tot zijn eigen onvermogen om lief te hebben toe.

Kleine Edward wist natuurlijk niets van dit alles. Iedere morgen deed hij zijn ogen open en wist dat de wereld goed was, en brulde en straalde en liet er op de enige manier die hij kende zijn sporen in na – hij doorweekte alles wat in de buurt was. Hij vond dat er aan het huwelijk van zijn ouders niets mankeerde.

Gedachten uit het buitenland

Voor het geval u het zich afvraagt, lezer, op de dag van Nells herdenkingsdienst maakte de kleine Brigitte iedereen ongerust door te klagen over buikpijn, en omdat ze zo wit zag, stopten ze haar in bed en hielden ze haar daar. Madame verbrandde veren boven haar en hield bezweringen waarvoor lamsbloed – waarvan ze liters in haar nieuwe diepvries had liggen – nodig was en daarvan leek ze op te knappen. En op de dag dat Edward werd geboren huppelde Nell door haar grote stoffige excentrieke huis en gaf haar verzorgster (van eenentachtig) een extra stevige pakkerd en wist op de een of andere manier dat het een bijzondere dag was.

'Qu'as-tu? Qu'as-tu?' vroeg Marthe verbijsterd.

'Sais pas, sais pas,' zong Brigitte, maar ze wist het wel. De wereld was goed.

Als u dit Arthur Hockney zou hebben verteld, zou hij toegeeflijk hebben gelachen en gezegd hebben dat het onmogelijk was, want hoe zou Nell het hebben kunnen *weten*. Maar hij zou met twee monden spreken – hij wist maar al te goed dat zulke dingen gebeurden, dat gevoelens, net als golven, afstand overbruggen. Dat mensen aura's hebben – dat je een schurk herkent op het moment dat hij de kamer binnenkomt; dat een enkele andere binnenkomt als een zuchtje van de meest frisse en opwekkende lucht, en hoe blij je altijd bent om hen te zien en dat je soms, als je een pak kaarten schudt, weet welke kaarten je zult krijgen, haast nog voor ze zijn gedeeld. Dat verwachtingen op de een of andere manier hoe dan ook uitkomen. Dat er iets goeds gebeurt, als je dat verwacht. Maar als je denkt dat je huis zal instorten, dat ook beslist zal gebeuren. En hierdoor – door dit extra bewustzijn, zeg maar – werd hij in zijn beroep zo gewaardeerd en daarom bleef Trans-Continental Brokers hem betalen en zeurden ze niet als hij af en toe even vrij nam, zoals hij nu voor Helen had gedaan. Maar natuurlijk werd hij liever gewaardeerd om wat hij deed dan om wat hij *was*. Wie niet?

Stel dat...

Arthur Hockney stond tot aan zijn enkels in het water op het strand waar het staartgedeelte van ZOE 05 was neergekomen. Hij hield een getijtafel in zijn hand. Hij liep naar de kustweg en naar Lauzerk-sur-Manche, terwijl hij deed alsof hij een kind van drie bij zich had. Hij kwam in het dorp en won inlichtingen in bij de bank. Men kon zich vaag herinneren dat een man met een kind Zwitserse franken had ingewisseld voor Franse, maar niemand kon precies zijn over de datum, misschien dagen voor, misschien dagen na de vliegramp. Door de dramatische gebeurtenissen van die dag – de reddingsvoertuigen, de tv-ploegen, de verslaggevers – waren de gewone dingen vergeten. Hij nam de bus naar Parijs, maar daar was het hetzelfde – niemand kon iets zeggen over een Engelsman en een klein blond Engels meisje. Hij won inlichtingen in bij de café's en hotels in de buurt van het busstation. Hij zond boodschappen rond in de criminele onderwereld, maar er kwam geen nieuws terug. Het spoor, als er ooit een spoor was geweest, was oud. Hij dacht dat Nell misschien beter dood dan in leven zou kunnen zijn. Hij was zich maar al te goed bewust van het lot van verdwaalde kinderen in het verkeerde gezelschap. Witte slavernij bestaat nog steeds. Allerlei soorten kwaad bestaan nog steeds in deze wereld, zij verdwijnen niet omdat de kranten ze vergeten. Zijn cliënte maakte alleen een onderscheid tussen dood en leven en voor haar betekende leven een goed leven. Hij kon en wilde haar niet waarschuwen voor iets anders.

Terug in Engeland won hij verdere inlichtingen in over Blottons contacten en professionele gedragingen. Mevrouw Blotton deed de deur voor zijn neus dicht. Dat was echter geen bewijs van medeplichtigheid aan fraude, maar slechts van haar eigen zielige aard. De plaatselijke politie zou het huis in de gaten houden. Vroeger of later, zei zijn instinct hem, zou Erich Blotton uit de dood terugkeren om de twee miljoen pond van zijn vrouw in de wacht te slepen. Hij adviseerde ZARA Airlines om het dossier te heropenen en de feitelijke uitbetaling van het geld, voor zover dat juridisch kon, zoveel mogelijk uit te stellen. Er zou in ieder geval vertraging optreden. Hadden ze het al niet druk genoeg om de vorderingen van de nabestaanden van de doden in omgekeerde alfabetische volgorde, zoals om begrijpelijke redenen hun gewoonte was, af te handelen? Het zou heel lang duren voor ze aan Blotton toe zouden zijn, zelfs als ze hun best deden.

Wat Nell betreft, scheen hij verder niets meer te kunnen doen. Hij ontmoette Helen, onopvallend, in een coffeeshop en zei haar dat ze het advies en de hulp van hen die ze om zich heen had en die van haar hielden, moest accepteren en moest aanvaarden dat Nell dood was, maar ze leek niet echt te luisteren – slechts naar de innerlijke stem die bleef herhalen: 'ze leeft'. Hij wilde haar cheque niet aannemen. Het was toch niet veel. Ze had het van haar huishoudgeld gespaard. Ze had er geen idee van hoe duur hij was. Hij vertelde het haar niet.

Hij wilde haar in zijn armen nemen, al was het maar om haar te beschermen. Haar eigen natuur scheen een soort bedreiging voor haar toekomst te vormen. Of had het verlangen om haar vast te houden een heel andere oorzaak? Ach, waarschijnlijk wel, maar daar ging het niet om.

Ze dronk haar koffie op en maakte aanstalte om op te stappen. Ze legde haar blanke hand een ogenblik op zijn zwarte wang en zei: 'Dank je wel. Ik ben blij dat er mannen als jij bestaan.'

'Hoe zie je mij dan?'

'Dapper,' zei ze. 'Dapper, betrouwbaar en aardig.'

Ze bedoelde natuurlijk, niet als mijn vader, niet als Clifford en helaas moet ik zeggen dat Simon voor haar nauwelijks meetelde als man!

Gesprekken

Lezer, ik zal een paar gesprekken voor u optekenen. Het eerste vindt plaats tussen Clifford Wexford en Fanny, zijn secretaressemaîtresse, in Cliffords door een architect ontworpen huis buiten Genève, een en al elegante luxe, met een schelpvormig zwembad waarin een blauwe lucht en besneeuwde bergen weerspiegeld worden, met tekeningen aan de lichte houten muren (de tekeningen blijven veranderen, nu is het een nogal mooie tekening van Frink van een paard, een schets van John Lally van een dode hond, drie landschappen van John Piper en een werkelijk heel mooie ets van Rembrandt) en de enigszins machoachtige lichtgekleurde leren stoelen en glazen tafels.

'Clifford,' zegt Fanny scherp, 'je kan Helen niet de schuld van Nells dood geven. *Jij* hebt haar ontvoerd. Door jou zat ze in dat vliegtuig. Als iemand er schuld aan heeft, ben jij het!'

Fanny heeft er genoeg van, en daar heeft ze alle reden toe. Eerst vroeg Clifford haar om bij hem in te trekken alleen omdat Nell bij hem kwam wonen. Sinds de afschuwelijke dag van het vliegtuigongeluk is ze gebleven om Clifford bij te staan in zijn verdriet en wanhoop en dat was erg genoeg geweest. Op het werk heeft ze alles voor hem opgevangen, want hij was af en toe zo depressief dat hij te veel dronk en niet in staat was om beslissingen te nemen. En er moeten beslissingen genomen worden. Over vijf korte maanden moet Leonardo's zijn nieuwe Geneefse galerie openen die gewijd is aan de moderne meesters en deze moderne meesters moeten op de een of andere manier op de openingsdag aan de muren hangen. Schilderijen moeten ontfutseld worden aan de kunstenaars en aan hen bij wie ze op de een of andere manier verzeild zijn geraakt – gegeven in een dronken bui of verkocht in weerwil van het contract – en zij brengen enorme en problematische verzekeringspremies met zich mee. Maar er moeten hoofdzakelijk artistieke beslissingen genomen worden: wordt het dit schilderij of dat? En deze beslissingen heeft Fanny in Cliffords naam genomen. Ze heeft het heel goed gedaan en nu hij weer nuchter en zichzelf is, wil hij dat niet vermelden in de catalogus. Ze is woedend. Hij kan dan 's nachts zijn armen eens om haar heen slaan, of haar als zo vaak vleien, maar dit pikt ze gewoon niet.

'Je bent egocentrisch, egoïstisch, hebzuchtig en verwaand!' schreeuwt ze, zij die gewoonlijk zacht en meegaand is. 'Je houdt niet meer van me.'

'Dat heb ik nooit gedaan,' zegt hij. 'Ik geloof dat we een beetje op elkaar uitgekeken zijn. Zou je je koffers maar niet pakken en gaan?'

Einde van het gesprek; einde van de relatie. Dat had ze niet echt verwacht. Ze dacht dat hij haar na zou komen. Nee dus. De volgende dag stond er meteen al een foto in het Geneefse ochtendblad van Clifford in een nachtclub met zijn arm om Trudi Barefoot, de filmster die net een bestseller had geschreven. Nu Fanny erover nadacht, had Trudi de afgelopen week nogal eens gebeld.

Een ander gesprek. Fanny zit aan haar bureau voor Cliffords kantoor in het nieuwe koele marmeren gebouw van Leonardo's te worstelen met haar vernedering en verdriet. Clifford komt binnen. Ze denkt dat hij misschien zijn verontschuldigingen zal aanbieden.

'Ben je hier nog steeds?' vraagt hij. 'Ik dacht dat je zei dat je wegging?'

Ze heeft dus zowel haar baan, als haar minnaar, als dat wat ze nu als liefde herkent, verloren.

Haar opvolgster, een jongere en conventionelere schoonheid dan zij, maar met een nog betere opleiding in kunstgeschiedenis van het Londense Courtauld Institute zelf, die met een nog lager salaris genoegen neemt dan Fanny, arriveert als Fanny op het punt staat te vertrekken. (Ze moet zichzelf ontslaan – aannemen en ontslaan is een van haar taken.) Het nieuwe meisje heet Carol.

'Zijn de vooruitzichten zo goed als ze zeggen?' vraagt Carol.

'Je zou ze veelomvattend kunnen noemen,' zegt Fanny.

'Zal ik mijn eigen artistieke beslissingen kunnen nemen?' vraagt Carol.

'Je zal vast wel eens de kans krijgen,' zegt Fanny, terwijl ze kijkt hoe vier mannen een bijzonder briljante Jackson Pollock naar binnen manoeuvreren die Fanny in Cliffords naam heeft uitgezocht. 'Maar ik zou er geen moeite voor doen.'

Einde van het gesprek. En Fanny gaat weer bij haar ouders in Surrey wonen. Ze had haar appartementje boven de delicatessenzaak in Genève op advies van Clifford opgegeven tijdens het hoogtepunt van hun – wat? romance? nauwelijks! – amoureuze zakelijke overeenkomst. Het deed allemaal vreselijk veel pijn. Maar meisjes die de kunstwereld ingaan, hebben het moeilijk: er is geld genoeg, en ook liefde en opwinding, maar alleen aan de top en de mannen zitten aan de top. Waar zitten ze dat trouwens niet, behalve misschien in de go-go branche?

Een ander gesprek in een ander land.

'Je houdt niet van me,' zegt Simon Cornbrook tegen Helen op ongeveer hetzelfde moment dat Fanny haar baan verliest. Hij ziet bleek. Zijn heldere ogen kijken wanhopig door het uilenglas. Hij is niet lang, of bijzonder knap, maar hij is slim, intelligent en aardig en verlangt, net als iedere doorsnee echtgenoot, liefde en aandacht van zijn vrouw. Helen kijkt hem vol verbazing aan. Ze is Edward aan het voeden. Al haar aandacht is nu naar Simons idee gericht op de baby en op de herinnering aan Nell, die ze koestert alsof het ook een levend kind is, en hij wordt vrijwel volledig buitengesloten.

'Natuurlijk houd ik van je!' zegt ze verbaasd. 'Natuurlijk wel Simon. Je bent Edwards vader!' Dat was nu niet bepaald het tactvolste wat ze had kunnen zeggen. Maar dat bedoelde ze.

'En Clifford is zeker Nells vader?'

Helen zucht. 'Clifford zit in een ander land,' zegt ze, 'en bovendien zijn we gescheiden. Wat is er toch aan de *hand*, Simon?'

We weten maar al te goed wat er aan de hand is. Namelijk dat ze Simon getrouwd heeft voor de warmte, het comfort en de veiligheid die hij haar kon geven toen ze, helemaal kapot en gebroken na haar huwelijk met Clifford, dacht dat dat alles was wat ze ooit nog van een man zou willen, en Simon weet het. En nu is het niet genoeg. Hij wil Helens erotische respons, haar emotionele betrokkenheid. Hij wil dat ze om hem *geeft*, maar ze geeft alleen maar om de kleine Edward en de dode Nell en de verloren Clifford. En helemaal niet om Simon. Ze weten het allebei. Ze kunnen het niet langer verbergen. Hij had het niet echt hoeven te vragen. Helen buigt zich nog verder over Edward heen en kirt zachtjes tegen hem, omdat ze haar man niet wil aankijken. Hij trekt haar hoofd omhoog en slaat haar. Het is geen harde klap, meer alsof hij haar weer tot leven probeert te wekken, maar zo gaat het natuurlijk niet; het is onvergeeflijk. Hij heeft een vrouw geslagen, zijn eigen vrouw, de moeder van zijn pasgeboren baby, die hem absoluut niet beledigde of irriteerde, maar daar gewoon zat en hem vroeg wat er aan de hand zou kunnen zijn.

Simon verontschuldigt zich hakkelend en gaat terug naar de krant en treft daar Sally Agnes St Cyr aan, die hoort tot de nieuwe generatie briljante jonge broodschrijvers die kort geleden door zijn krant zijn aangenomen, en na een bijeenkomst in El Vino – 'Maar Simon, wat doe *jij* hier? Je komt hier nooit!' – gaat hij mee naar huis met Sally Agnes (nee, lezer, ze is haar leven niet onder deze naam begonnen, maar die ziet er niet half zo goed uit als naamregel – Sally Agnes St Cyr: 'Sincere', juffrouw Oprecht. Gesnopen?) en of Simon werkelijk een erotische snaar in haar raakte of dat ze alleen maar deed alsof zullen we nooit weten, want Sally Agnes zegt het niet. Ze wist dat Simon hoe dan ook nuttig voor haar zou zijn. En wat Simon betreft, hij wist dat hij in Sally Agnes een respons vond die in Helen domweg niet aanwezig was. Sally Agnes St Cyr! St Cyr! De rillingen lopen uw schrijfster over de rug!

Oplevingen

Maar, vindt u ook niet dat deze relaties van volwassenen, ondanks al hun pijn, narigheid en complicaties, onbelangrijk zijn in verhouding tot het welzijn van een kind. Als Helen maar een fractie minder dwaas en eigengereid was geweest, als Clifford maar een klein beetje minder intolerant was geweest, zouden ze nooit uit elkaar gegaan zijn en zou Nell in vrede zijn opgegroeid om haar eigen bestemde plaats in de wereld in te nemen. En wat is er nu van hen allemaal terechtgekomen!

Helen vraagt zich af wat ze van Simons verhouding met de sprankelende Sally Agnes vindt (voorpaginanieuws voor de sensatiepers) en ontdekt dat ze eigenlijk nergens iets van vindt. Het is alsof samen met Nells verdwijning hele reeksen emoties eveneens zijn verdwenen. Ze is een en al aandacht voor haar kleine zoontje Edward – maar die liefde heeft ook iets voorzichtigs, alsof die ook plotseling weggerukt zou kunnen worden. Niet dat hij het merkt.

Clifford belde haar op een avond vanuit Genève, toen ze alleen was en heel gelukkig wat aanrommelde, wat sufte, wat las, wat aan haar moeder schreef en zich vaag, maar slechts heel vaag, afvroeg waar Simon zou zitten.

'Helen?' zei Clifford en op zijn stem met die charmante hese ondertoon, zo bekend en toch zo lang niet gehoord, reageerde ze meteen alert en wakker en dat was goed, maar met het ontwaken kwam die andere ondertoon: van pijn en verdriet. Geen wonder dat Helen haar dagen doorsufte!

'Alles goed, Helen? Al dat gedoe in de kranten over de dwerg...'

'Ach Clifford,' zei Helen luchtig, 'ze verzinnen die dingen gewoon, dat zou jij toch moeten weten. Het gaat prima met Simon en mij! Hoe gaat het met jou en Trudi Barefoot?'

'Waarom spreek je helemaal nooit de waarheid?' vroeg hij. 'Waarom moet je altijd liegen?' en voordat ze zelfs maar begonnen waren, hadden ze al ruzie. Zo ging dat. Hij bood zijn medeleven aan; zij ontkende alles uit trots; zij was jaloers; hij was boos; zij was gekwetst. Het draaide in een kringetje rond, de verkeerde kant op!

En Clifford had gelijk, ze loog in die tijd. Er waren zulke grote waarheden over haarzelf die ze weigerde onder ogen te zien, dat de kleine waarheden gewoon tussen de wal en het schip vielen. Als Clifford en zij bij elkaar waren gebleven en ze hun eigen aard onder ogen hadden gezien en die daardoor hadden kunnen veranderen, zou zij nu niet zo'n leugenachtige en niet zo'n ontwijkende en op de een of andere manier onbevredigende vrouw zijn geweest en zou Simon haar niet zo gemakkelijk hebben kunnen bedriegen. En Clifford zou minder wreed, minder berekenend en minder wraakzuchtig zijn geweest tegenover het vrouwelijke geslacht en minder gericht op zijn eigen image. Hij zou minder vaak van partner zijn veranderd en in plaats daarvan zelf zijn veranderd.

Vindt u ook niet dat mannen zo romantisch zijn? Ze zoeken naar de volmaakte partner, terwijl ze naar de volmaakte liefde zouden moeten zoeken. Ze ontdekken tekortkomingen in hun geliefde (natuurlijk! Wie is volmaakt? *Zij* niet!) terwijl die tekortkomingen natuurlijk in henzelf zitten, in hun eigen onvermogen om volmaakt lief te hebben. Clifford was nog steeds gewend om lijstjes te maken als hij op zoek was naar de vrouw die hem werkelijk, waarlijk en blijvend zou bevallen. Ze moest in het bezit zijn van schoonheid, een zeer hoge opleiding, een goede intelligentie, grote borsten en slanke benen, verder moest ze een beetje kleiner zijn dan hij, veel talen spreken, kunnen skiën en tennissen, een volmaakte gastvrouw en uitstekende kok zijn, zeer belezen zijn – enzovoort enzovoort. En toch was Helen de vrouw voor wie zijn liefde het dichtst in de buurt van de volmaaktheid was gekomen en zij gooide beslist geen hoge ogen als ze getoetst werd aan deze lijst. Arme Clifford, hij hoopte troost te vinden in roem en rijkdom, terwijl daar zo weinig te vinden is, zoals iedereen die iemand is, weet.

En wat kleine Nell betreft, die nu Brigitte heette, het slachtoffer van de tekortkomingen van haar ouders – denkt u zich haar situatie eens in! Ze was vijf: het was tijd dat ze naar school ging. Monsieur en madame zaten met een groot probleem. Ze hadden het kasteel nauwelijks meer verlaten sinds Nell er was binnengekomen, omdat ze niet wisten hoe ze Nells aanwezigheid moesten verklaren.

'Ik zal zeggen dat ze mijn dochter is,' zei madame toen Nell er net was. Ze keek naar haar oude gezicht in de gebarsten spiegel en zag als altijd een jong meisje. 'Wat is het probleem, *mon ami*?'

Monsieur was niet wreed genoeg om uit te leggen wat het probleem was: dat zijn vrouw weigerde oud te worden. Het zou verstandig geweest zijn om te zeggen dat Brigitte hun kleindochter was. Er zouden weinig vragen zijn gesteld. Ze zou naar school hebben kunnen gaan. De kwestie van de papieren en documenten zou op de een of andere manier vergeten kunnen worden. Maar daar wilde madame niet van horen. Brigitte moest haar kind zijn, ze was nog niet oud genoeg om oma te zijn – dat zag iedereen! Dus kon monsieur Brigitte alleen maar thuis houden, bij een oudere, vertrouwde en discrete dienstbode, en hopen dat het probleem zou verdwijnen. Maar dat gebeurde natuurlijk niet. De kleine Brigitte werd ouder en verlangde naar vriendjes en gezelschap en jonge mensen en wilde alles leren wat er in de wereld te leren viel. En monsieur en madame maakten zich, ondanks al hun excentriciteit, zorgen om Brigitte. Ze wilden dat het kind gelukkig en normaal was – net zoals zijzelf ooit waren geweest, lang geleden, voordat Tijd en Ouderdom aan hun boze taak waren begonnen. Sommigen worden vredig oud, zonder rampspoed – monsieur en madame bevochten iedere seconde en de kleine Brigitte, die soms weliswaar zonder enige aanwijsbare reden stil en treurig was, maar vaker rondhuppelde door haar domein, het oude kasteel, en in ieder hoekje leven, gelach en licht bracht, was hun sterkste wapen.

Helaas moet ik u onthullen dat zwarte magie het andere was. Madame liefhebberde er zo nu en dan wat in en monsieur hielp haar wanneer hij zin had. Geruchten hierover bereikten het dorp van tijd tot tijd en zorgden ervoor dat zelfs nog minder mensen dan anders in de buurt van het kasteel kwamen – de hemel weet dat het er toch al luguber en spookachtig genoeg was, met de hoge toren die half schuil ging achter verwilderde bomen die altijd schenen te zwiepen, zelfs als er geen wind was. Nell zag het natuurlijk anders: het kasteel was haar huis en wij beschouwen ons huis allemaal, en kinderen in het bijzonder, als een veilige plaats. En als er dan een pentakel of twee rondslingerden en er af en toe even een lucht van zware wierook hing, wat moest een vijfjarige daarvan maken? Voor zover ze weet, leeft iedereen zo.

De dorpsbewoners stonden toegeeflijk tegenover monsieur en madame. Ze waren realistisch: ze geloofden niet in magie, zwart of wit, niet echt. Alleen de jongeren werden graag hysterisch en beweerden dat hun de stuipen op het lijf was gejaagd. Ze liefhebberden maar wat aan, dachten de dorpsbewoners, het oude echtpaar kon er zichzelf of iemand anders toch nauwelijks enig kwaad mee doen. Voor hun part konden ze ermee doorgaan. Als ze hadden geweten dat er een kind op het kasteel was, had misschien iemand ingegrepen. Maar dat wisten ze niet. Hoe hadden ze het moeten weten? En eerste kerstdag ging voorbij en niemand wist dat het Nells verjaardag was. De De Troites vierden in geen geval verjaardagen. Ja, ze deden zelfs hun best om kerst te negeren. Ze dachten dat het misschien een belediging voor hun meester, de duivel, zou zijn als ze het feest openlijk vierden.

Stelt u zich hen eens voor aan het kerstonbijt. Monsieur en madame probeerden er een dag als alle andere van te maken. Zoals gewoonlijk wankelden ze om negen uur 's morgens de trap af, waarbij ze voorzichtig beschadiging van hun knokige handen vermeden op punten waar de leuning gebroken was, en van hun broze benen waar de trap verrot was. Ze kwamen in de grote hoge keuken, waar de muizen fleurig over de dakbalken stoven en zwarte torren over de stoffige tegelvloer draafden – Marthe zag niet goed meer. Het was niet dat ze niet veegde, ze kon de vloeren gewoon niet goed meer zien – en troffen Marthe aan die als gewoonlijk koffie aan het zetten was in de grote geschilferde emaille pot en Nell die, zeer ongebruikelijk, brood aan het roosteren was voor het grote open vuur dat 's winters altijd in de haard brandde – dagelijks sjouwden en manoeuvreerden ze gevieren met de takken van de enorme berg die John-Pierre, de houthakker, de afgelopen herfst voor hen had klaargemaakt. (John-Pierre was in de oorlog de kluts kwijtgeraakt, maar zijn spieren waren nog steeds prima in orde. Op de dagen dat Marthe naar het dorp werd gestuurd om hem te halen, werd Nell ergens anders in het kasteel zoet gehouden. Dat was niet moeilijk. In de goede tijd had er een familie van twintig personen en veertig man personeel in het kasteel gewoond en waren ze allemaal opgewekt en druk bezig geweest om hele vleugels aan te bouwen, om nog maar te zwijgen van schuren, stallen en extravagante gebouwen. Maar met deze zaken kunnen wij ons nu niet bezighouden. Wij hebben ons eigen verhaal waar we mee verder moeten.)

'Wat is ons kleintje aan het doen?' vroeg madame aan Marthe. (Ik vertaal het natuurlijk voor u.)

'Ze is brood aan het roosteren,' zei Marthe.

'Wat merkwaardig,' zei monsieur.

Nu is het roosteren van brood natuurlijk een Engelse en geen Franse gewoonte, alleen al doordat het brood in beide landen zo verschilt. Helen had het als kind gedaan in Applecore Cottage, op haar hurken voor het vuur in de kleine haard, het brood aan het eind van een lange koperen roostervork met één gebogen tand en een leeuwekop als handvat. En ze had het één keertje, de week voordat Nell aan boord van ZOE 05 stapte, voor het kleine meisje gedaan. Ze had het deurtje van het keukenfornuis in Muswell Hill geopend en had een vleesvork gebruikt op gevaar af dat ze rode vingers zou krijgen.

'Ik ben brood aan het roosteren,' zei Nell, 'omdat het kerst is.' Ze gebruikte een lange gevorkte stok om de stukken brood vast te houden.

'Hoe weet ons kleintje dat het kerst is?' De De Troites spraken hun kleine Brigitte zelden rechtstreeks aan.

'De kerkklokken luiden en het is winter,' zei Nell. 'Dus zal het wel kerst zijn. Mensen doen leuke dingen met kerst en brood roosteren is leuk. Ja toch?' voegde ze er onzeker aan toe, want monsieur en madame zagen er duidelijk verontrust uit. Hun druipende ogen fonkelden en ze trommelden met hun jichtige vingers.

'Ik heb niets gezegd,' zei Marthe. 'Ik denk dat ze erover in een boek heeft gelezen.'

'Maar wie heeft ons kleintje leren lezen?'

'Dat heeft ze zichzelf geleerd,' zei Marthe. En dat was zo, uit abc's van linnen prentenboeken die nog over waren uit de goede tijd van het kasteel. Ze waren vochtig en muizen hadden eraan geknabbeld, maar ze waren nog steeds leesbaar. Ze had ze op een zolder gevonden. Bovendien, hoewel ze wist dat ze het park niet uit mocht en ze nooit van haar leven ongehoorzaam zou zijn, zat ze wel eens op een boomtak die boven het weggetje hing dat naar het dorp leidde en daarvandaan kon ze, verscholen, de vreemde, krachtige en reusachtige mensen van de buitenwereld zien komen en gaan en ze was iets van hun leven gaan snappen.

Monsieur en madame zuchtten en maakten afkeurende geluidjes maar zaten al snel toost te eten – verkoold van buiten en koud en vochtig van binnen en absoluut niet gelukt – met heel veel boter en Marthes zelfgemaakte abrikozenjam zonder dat er een klacht over hun lippen kwam. En dat is natuurlijk het mooiste cadeautje dat een kind kan krijgen – dat zijn moeite geprezen wordt, zelfs als dat enige offers vergt van hen die moeten prijzen. Nell omhelsde hen allemaal – monsieur, madame en Marthe – en hun duistere meester bleef op een afstand.

Simon bracht die kerstdag bij Helen door. Ze probeerden ter wille van Edward de situatie tussen hen te verbeteren. Simon legde uit dat Helens koele houding hem in Sallys armen had gedreven en dat Helen het maar hoefde te zeggen en hij zou haar nooit meer zien. 'Wat zeggen?' vroeg Helen, en hij was te boos om 'Ik houd van je' te antwoorden. En zo ging dit specifieke verzoeningsmoment voorbij. Helen wilde over Nell praten en dat ze met kerst jarig was, maar wist dat Simon niet wilde dat Nells naam genoemd werd en die gedachte maakte haar van streek. En hoewel ze heel prettig en luchtig spraken tijdens de kalkoen, onder de versieringen, en later met vrienden ergens iets gingen drinken en het er allemaal over eens waren dat de sensatiepers puur boosaardig was en niet waard om tegen te procederen, voor het geval hun leugens daardoor geloofwaardiger zouden worden, was er niets bijgelegd. De doffe pijn van miskend verdriet en verontwaardiging zat nog steeds in Helens hart, en de scherpe pijn van de ontevredenheid in dat van Simon. Er was geen sprake van een scheiding. Wat zou dat oplossen? Ze moesten aan Edward denken. Voor Helen was het alsof haar leven op een videoband stond en iemand 'pauze' had ingedrukt en haar bij één bepaald en niet erg plezierig beeld had stopgezet. Het was een afschuwelijk gevoel. Edward groeide en zij niet. Ze stuurde toch een kerstkaart naar Arthur Hockney van een nogal leuke zilveren contourtekening van een kerstboom en kreeg er een terug van het Empire State Building in de sneeuw met King Kong die een krans van hulst om had. Ze kon hem niet op de schoorsteenmantel zetten, want dan zag Simon hem misschien en zou hij weten dat ze nog steeds contact met hem had.

Geen nieuws is goed nieuws, hield ze zichzelf voor. Maar ze besefte dat Nell haar nog maar nauwelijks zou herkennen, zo lang geleden waren ze uit elkaar gegaan. Of, beter gezegd, was Nell van haar weggerukt. Helen bad iedere avond of God voor haar dochter wilde zorgen, waar ze ook mocht zijn, hoewel Helen, als je gevraagd zou hebben of ze in God geloofde, slechts voorzichtig zou hebben geantwoord: 'Ik weet niet wat je met God bedoelt. Als je het gevoel bedoelt dat 'er meer tussen hemel en aarde is', ja, dan denk ik het wel. Maar verder wil ik niet gaan.'

Niet ver genoeg, zullen sommigen zeggen, om een jaloerse en naijverige God tevreden te stellen. Naar wiens beeld Simon duidelijk was geschapen, ondanks zijn vriendelijke manier van doen.

Brand

Maar, lezer, Nell was gewoon niet voorbestemd voor een rustig leven. Het zou altijd zo blijven gaan. Het lot zou haar soms een korte plezierige onderbreking toestaan en haar vervolgens weer wegslingeren om haar op een heel ander en niet noodzakelijkerwijs plezierig pad weer neer te zetten. Voor- en tegenspoed zouden elkaar, wat Nell betreft, altijd dicht op de hielen zitten en naar de hare bijten.

Als we klein zijn *gebeuren* de dingen veeleer dan dat we ze laten gebeuren. We zijn niet in staat ons eigen lot te beheersen. Gebeurtenissen overstelpen ons. En, lezer, zoals het ons in het begin vergaat, zo vergaat het ons ook aan het eind, ondanks al onze moeite. We zullen beminnen en bemind worden of tekort schieten in het beminnen; leven te midden van extreme rijkdommen of van een gestage stroom van een voorspelbaar inkomen; ons hele leven sparen of ons hele leven spenderen. (Wees met je tiende 10 pence schuldig en je zult op je twintigste 100 pond schuldig zijn, en op je dertigste 1000 pond. Krediet heb je zo – maar zorgen ook.) Je wordt je hele leven lang geplaagd door ongelukken en rampen of het blijft je vrijwel bespaard. Sommigen van ons worden door de bliksem gezocht – dus kunnen we beter niet gaan golfen tijdens een onweer; anderen kunnen de baan ongestraft aflopen. Als we ons lot willen weten, hoeven we slechts naar onze jeugd te kijken, want naarmate we ouder worden, lijken de gebeurtenissen zichzelf uit te rekken. Het patroon is te groot, bijna te bekend om gezien te worden, op het gevoel na, wanneer het elastiek in onze rok breekt en die op onze knieën zakt – dat is het slechte nieuws – maar gelukkig ergens waar niemand het kan zien – dat is het goede nieuws – maar dit is al eens *eerder* gebeurd: wat komt dit gevoel me bekend voor – o ja, je hebt gelijk. Het is eerder gebeurd! Je kent het! En het zal nog eens gebeuren, ja zelfs nog heel vaak voor je sterft. Meneer de Goede komt weer eens je leven binnen wandelen, al is het in de conversatiekamer van het bejaardenhuis, en zal meneer de Verkeerde blijken te zijn. Mevrouw de Verkeerde zal je eten laten aanbranden en als je haar op grond daarvan hebt ingeruild voor mevrouw de Goede, zal mevrouw de Goede hetzelfde doen. Het is je lot om altijd aangebrand eten voorgezet te krijgen.

We kunnen deugden leren door ze te oefenen, natuurlijk kunnen we dat. Zelfs de angstigsten onder ons kunnen leren om moedig te zijn, door de moeite te doen die vereist is voor dapperheid, om een goed humeur te hebben, door niet toe te geven aan onze irritaties, om andermans gezicht te redden, door vastberaden dat van onszelf te verliezen, om geduldig te zijn, door ons hoofd te leren buigen voor het lot en om het over een andere boeg te gooien door de schuld niet op anderen te schuiven en het eten af te schrapen en onze trots in te slikken en mevrouw de Verkeerde te vragen om ons te vergeven en gulheid en niet zuinigheid in de praktijk te brengen als het op haar alimentatie aankomt. Maar het lot, het onderliggende patroon van het lot, blijft hetzelfde. Dus vecht niet al te hard. Aanvaard je lot en maak het beste van wat je toebedeeld is. Dat is alles wat je kan doen.

Wijt het aan de sterren, als u dat ligt. Wijt het aan de conjunctie van Mars met de Zon bij Nells geboorte. Of wijt het aan haar vorige leven, als die verklaring u meer aanspreekt. Ze moet enkele heel goede en heel slechte dingen hebben gedaan. Wijt het aan de botsing tussen de inwendige genen – de ongelukkige combinatie van Cliffords en Helens bloed. Of kijk gewoon naar de situatie en zeg, nou ja, opgezadeld met een paar geschifte figuren als de De Troites, moest er wel iets gebeuren!

En of er iets gebeurde. Het ging als volgt.

In haar wanhopige poging om haar jeugd en schoonheid terug te winnen – niet alleen uit ijdelheid, maar om des te beter een geschikte moeder voor de kleine Nell te kunnen zijn – flanste de markiezin een satansdienst in elkaar waarvoor ze pentakels, vuur, vleermuizenbloed (veel moeilijker te verkrijgen dan lamsbloed, zoals u zult begrijpen) en smeerwortel nodig had. De markies zuchtte, maar verkleedde zich, zoals vereist was, in zwart en zilver en Marthe kreunde 'niet weer!' en stemde erin toe om te zwaaien met het wierookvat, waarin mysterieuze aromatische kruiden op gloeiend houtskool lagen te branden. (De totale leeftijd van deze drie lag ver over de tweehonderd. Je zult het mensen wel niet kunnen *verwijten* als ze alle mogelijke wegen bewandelen om hun verloren jeugd terug te winnen, maar je mag ze beslist van dwaasheid beschuldigen!) De ceremonie moest klokslag middernacht plaatsvinden in de grote hal van het oude kasteel.

Kleine Nell sliep vredig in haar torenkamer en was zich niet van iets ongepasts bewust. Buiten kraste een uil en de wind klaagde en zwarte donderwolken leken te kolken en zich boven de torens van het kasteel samen te pakken, hoewel ik denk en zeker hoop, dat dit eerder het gevolg was van de atmosferische omstandigheden dan van het werkelijk oproepen van de duivel.

Maar ik moet zeggen dat het toch een bijzonder spookachtige nacht was. Zelfs een Spielberg team zou er geen recht aan kunnen doen. De middernachtelijke bomen zwiepten hun kruinen wild heen en weer alsof ze zich wilden ontwortelen en weg wilden, overal heen behalve hier blijven, en de kasteelkatten verstopten zich onder het eerste het beste stokoude wormstekige en spinnewebachtige meubelstuk dat ze konden vinden en hun gele duivelsogen waren overal.

Nell sliep! Ze sliep altijd. Dat is het grote voordeel van een vriendelijk hart. Zodra haar kleine hoofdje het kussen raakte, vielen haar blauwe oogjes dicht en ging haar adem rustig en gelijkmatig totdat ze zich 's morgens bewoog, zuchtte en klaar wakker overeind schoot met die opgewonden verlangende levendigheid die alleen zij kennen die heel jong of heel gelukkig zijn. En waarom zou ze niet gelukkig zijn? Er was niemand die haar erop kon wijzen hoe lelijk en vreemd – om niet te zeggen antiek – haar zogenaamde ouders waren, niemand die zijn voorhoofd fronste en zijn wenkbrauwen ophaalde vanwege het stof en de viezigheid. Nell aanvaardde monsieur en madame en het kasteel zoals ze waren en aangezien ze een vriendelijke en opgewekte aard had, vond ze dat er niets aan mankeerde.

Gelukkig 'was geweest', zeg ik, want aan Nells verblijf in het kasteel zou diezelfde nacht een abrupt en angstaanjagend eind komen.

Op stormachtige nachten vloog er uit het kleine ronde raampje boven in de westelijke toren – Nell sliep in de oostelijke – een vlieger aan een lang, soepel, met metaal omwonden touw. Aan het eind van dit geval zat een zestig centimeter lang wassen beeld van de markiezin, dat in een bed van hooi lag. De vlieger moest ervoor zorgen dat de bliksem – en daarmee leven, energie, jeugd enzovoort – in de markiezin zou inslaan. (Als het zou werken, zou ze ongetwijfeld hetzelfde voor haar man hebben gedaan en dan zou zijn wassen beeld daar weldra ook hebben liggen wachten. Ze was niet gierig. Ze hield van haar man. Lezer, ik houd er niet van om over dit soort dingen te schrijven – ik word er zelf bang van.) Laten we snel verder gaan, maar niet voordat vermeld is dat Benjamin Franklin, de beroemde Victoriaanse filosoof en wetenschapsman, precies zo'n vlieger gebruikte en er inderdaad in geslaagd is om elektriciteit aan te trekken, met onaangename gevolgen voor hemzelf, aangezien hij aan het einde van de metalen draad zat. Nou ja, hij *wist* het niet, hè! Maar daarna wel. Soms leert het mensdom iets, slechts af en toe.

Om half een 's nachts, toen de bezweringen, incantaties en prosternaties beneden in volle gang waren, flitste de bliksem de staaldraad langs, verteerde onmiddellijk het model van de markiezin en veroorzaakte brand in het hooi. Niemand merkte het. Natuurlijk niet. Noch de markiezin, noch de markies, noch Marthe. Ze werden veel te veel in beslag genomen door dat vuur van jeugd en hartstocht dat de duivel binnen die broze, zwakke ribbenkasten moest ontsteken – of eigenlijk ontstak! Ik begin te geloven dat de duivel die avond *echt* heel dicht in de buurt kwam en dat zijn afzichtelijke leerachtige vleugels zo rakelings langs Nells slapende wang klapwiekten als maar mogelijk was. Het vuur in de westelijke toren verspreidde zich als een zwerm kleine vurige insekten die, toen ze het hooi eenmaal op hadden, over de planken vloer en via de spleten naar de kamer eronder zwermden, waar ze aten wat ze konden, groter en sterker werden en meer wilden! Woem! Wat was het kasteel droog en licht ontvlambaar!

En in een ander land, zo'n honderdzestig kilometer verderop, bewoog Helen, Nells moeder, zich in haar slaap en kreunde en Nells vader werd wakker in een ander bed en stak zijn hand uit en zocht steun bij zijn vriendin Elise. Hij die zo zelden enige vorm van steun, geruststelling of hulp nodig scheen te hebben. Ik zeg u dat het een vreemde nacht was.

Nell sliep in de oostelijke toren. Het vuur ontstond in de westelijke toren, kroop naar beneden, aangewakkerd door de sterke wind (en de vleugels van de duivel, als u het de plaatselijke bevolking vraagt, en wie kan hen ongelijk geven! Als je de duivel oproept, zal er iets onverkwikkelijks gebeuren, daar kan je van op aan, en het zal je geen goed doen, hoe sterk en wijs en capabel je ook denkt te zijn!) en kwam midden onder de satansdienst als een razende muur van vuur de grote hal binnen. De markiezin, volkomen geschift, stapte er niet voor opzij, maar ernaartoe, in de overtuiging dat de stromende vurige golven tot een of andere magische fontein der jeugd behoorden: dat ze erdoor heen moest gaan om er als een onsterfelijk wezen uit te voorschijn te komen, begiftigd met een onaardse schoonheid die alle mannen voor altijd aan haar zou binden enzovoort, en dat niet alleen, ze zou Nell zonder commentaar naar de dorpsschool kunnen brengen. Ze kwam natuurlijk helemaal niet uit de vlammen te voorschijn, maar werd volledig verteerd. De markies, die van zijn vrouw hield zoals ze was en die het geen zier kon schelen dat ze er niet in slaagde eeuwig jong en mooi te zijn, rende haar na om haar weg te slepen van haar waanzinnige plan, maar struikelde over zijn tovenaarskleed en viel en de kleine vurige duivelse insekten renden in hordes over de wijde plooien van het stoffige weefsel en hij stierf ook. Ik denk dat geen van beiden erg heeft geleden, ik denk dat de kracht van hun emoties hen veel lichamelijke pijn en zelfs doodsangst heeft bespaard. Zij was zo overtuigd van haar opstanding en hij was er zo op gericht om haar te redden! Zoals ik al zei, waren het geen slechte mensen. Ze wilden alleen niet stilletjes de avond van hun hoge leeftijd binnengaan – en hun wens werd vervuld en zij werden erdoor verteerd.

Maar Marthe, de derde figuur in hun duivelse avontuur, hun desastreuze satansdienst, koos het hazepad zodra ze het vuur zag en ze was in een flits de deur uit. Ze was een gezette vrouw van begin tachtig, maar kon in een noodsituatie nog zeer snel zijn. En dit was een noodsituatie als geen ander. De houten vloer van de wenteltrap die naar Nells kamer leidde, smeulde al toen Marthe naar boven zwoegde om het kind te redden. Overal sprongen vlammen op uit het dak van het kasteel alsof ze de hemel wilden raken en de wind gierde en huilde.

Nell werd wakker doordat ze ruw werd opgepakt en over Marthes schouder werd gegooid en de trap af ging: bons, bons en overal waar ze keek was vuur, en Marthes arme blote voeten (de markiezin – God hebbe haar ziel – stond erop dat er geen schoenen werden gedragen wanneer de duivel werd opgeroepen) liepen door de as en terwijl ze rende, schreeuwde ze: *'le diable! le diable!'* waardoor zij de arme Nell meer de stuipen op het lijf joeg dan iets anders. Niemand wil denken dat de duivel hem op de hielen zit! En dat was natuurlijk precies wat Marthe dacht. En dat was ook geen wonder. Ze was schuldig. Haar monsieur en madame waren gestraft, gedood. Zij zou de volgende zijn!

Marthe stormde op de kleine Deux Chevaux af die op de binnenplaats geparkeerd stond en hoewel het – door verschillende redenen en ik zal ons niet verder ophouden door daar nu op in te gaan – minstens veertig jaar geleden was dat ze werkelijk een auto bestuurd had, duwde ze Nell achterin, sprong zelf achter het stuur en met een gegier dat onder andere omstandigheden nog dagen- en dagenlang onderwerp van gesprek zou zijn geweest, maakte ze dat ze wegkwam uit het inferno. Ze stormde op de hoofdweg af, weg van het dorp, niet ernaar toe. Ze zocht geen hulp, ze probeerde slechts de afstand tussen haar en het brandende kasteel zo groot mogelijk te maken. Maar zo gemakkelijk ontkom je natuurlijk niet aan de duivel!

Nu herinnert u zich nog wel, lezer, dat terwijl Nell in het kasteel woonde, de De Troites haar bestaan geheim hielden. Ze waren illegaal, via de zwarte markt, aan haar gekomen en terwijl andere heimelijke adoptiefouders zichzelf stoutmoedig voor tantes en ooms, of opa's en oma's kunnen uitgeven, of een paar jaar kunnen weggaan en met een kennelijk eigen kind kunnen terugkomen, waren de De Troites niet zo verstandig geweest. Een paar dorpelingen hadden een glimp van een kind opgevangen, maar dat voor zichzelf gehouden. Zo'n betoverend klein meisje met haar tere elfachtige armpjes en beentjes en grote ronddwalende ogen zou best een of andere spookverschijning kunnen zijn en weer verdwenen kunnen zijn voor je besefte dat ze er was! Jammer om zo'n wezentje weg te jagen. Bovendien, u weet hoe de plattelandsbevolking is – ze bemoeien zich niet met andermans zaken en geloven dat hoe minder je zegt, hoe beter het is!

De verkoolde lichamen van de De Troites werden in de ruïne van het kasteel gevonden. Marthe was verdwenen zonder een spoor na te laten, maar het was bekend dat haar slaapkamer in de westelijke toren had gelegen (waar de brand was begonnen) en die was helemaal ingestort. Niemand twijfelde eraan dat haar arme oude botten zich daar nog wel ergens zouden bevinden, maar ze had geen familie meer en slechts weinig vrienden: niemand zocht. Maar op de 'hier rust' grafsteen van de De Troites werd zij, de trouwe *serviteur* ook genoemd en zo werd de welvoeglijkheid in acht genomen. En wat kleine Nell betreft – niemand zocht naar haar overblijfselen, omdat niemand zeker wist of ze er ooit was geweest. Ze was voor altijd uit de streek verdwenen.

Herstel

Omstreeks deze tijd, ongeveer twee jaar en een paar maanden nadat ZOE 05 was gebroken en verongelukt, toen al het verzekeringsgeld en de geëiste schadeloosstellingen eindelijk waren uitbetaald, inclusief twee miljoen pond extra aan mevrouw Blotton, bovenop de normale betaling van veertigduizend pond voor het verlies van haar man (nalatigheid van de kant van de luchtvaartmaatschappij was bewezen geacht), gebeurde er iets merkwaardigs. ZARA Airlines werd opgebeld door een dame die een modehuis in Parijs had. Ze zei dat ze het als haar plicht beschouwde om iets te melden. Ze had het zo druk gehad met het opzetten van haar nieuwe zaak, dat ze er nu pas toe kwam om contact op te nemen. Bovendien was het waarschijnlijk niets. Arthur Hockney werd opgeroepen en kwam gelijk per vliegtuig vanuit New York om deze Madame Ravisseur te ondervragen. Hij vond haar een heel charmante en elegante dame van middelbare leeftijd, al was ze in sommige opzichten wat traag. Hij had ruim vijf minuten voor haar deur gestaan toen ze hem eindelijk opendeed. Ach, zo was ze nu eenmaal. Madame Ravisseur was van haar kant, toen ze zo'n beschaafde zwarte Amerikaan voor zich zag, blij dat ZARA Airlines zo snel had gereageerd en sprak vrijmoedig en rad in het Engels dat ze net had geleerd. Op dezelfde dag dat ZOE 05 verongelukt was, zei ze, had ze het kustplaatsje Lauzerk-sur-Manche voorgoed verlaten. Na vele jaren had ze eindelijk haar moed bij elkaar geraapt om haar kleine *charcuterie* te verkopen, haar man te verlaten en, vrij laat in haar leven, de wereld in te trekken om haar geluk te zoeken. Beter laat dan nooit. Dat was haar motto. Ze was misschien anderhalf uur nadat het vliegtuig was neergestort in de bus naar Parijs gestapt – ze waren onderweg zelfs nog opgehouden door de enorme stroom reddingsvoertuigen. Bij de eerste halte was een heel vreemd duo in de bus gestapt, zei ze – een lelijke slecht gehumeurde man die teveel rookte en een schattig klein meisje, met blond krullend haar, grote ogen en een klein rozemondje. Nu kende madame Ravisseur haar rustige kleine dorpje heel goed en het leek wel of deze vreemden gewoon uit de lucht waren komen vallen. Waar waren ze vandaan gekomen? Het kleine meisje was onderweg uit haar doen geraakt, omdat ze moest *faire pipi* en zij, madame Ravisseur, had de bus laten stoppen en het kind geholpen en ontdekt dat haar schoenen doorweekt waren en haar irriteerden, *la pauvre petite*, en haar sokken onder het zand zaten. Toen was haar opgevallen dat de broek van de man ook nat was beneden de knie en plakte, alsof hij door de zee had gewaad. Madame had het idee niet van zich af kunnen zetten dat de man en het kind inderdaad uit de lucht waren komen vallen, dat ze iets te maken hadden met het vliegtuigongeluk, hoewel ze niet kon zeggen wat of waarom.

'U zegt dat hij rookte,' zei Arthur. 'Weet u dat zeker?'

'Twee pakjes Gauloises non-stop en ondertussen zocht hij naar meer! En of hij rookte. Ik geloofde niet dat hij de vader van het kleine meisje was – ze hoestte te veel als hij in haar buurt kwam. Een eigen kind zou eraan gewend zijn. En toen ze uitstapten – dat was in de Rue Victor Hugo – ging hij meteen een *tabac* binnen. Ik heb het gezien.'

'U had detective moeten worden,' merkte Arthur Hockney op. Hij hield van haar typisch Gallische gelaatstrekken en van haar langzame en zekere bewegingen. Ze zette koffie voor hem en had er een half uur voor nodig, maar toen kreeg hij ook uitstekende koffie.

'U hebt er lang over gedaan voor u met deze informatie kwam,' zei hij.

'De tijd gaat zo snel als je het druk hebt,' zei ze vaag. En ze leek inderdaad een inwendige klok te hebben die totaal anders liep dan die van andere mensen.

Hij bracht een trage, zwoele en uiterst plezierige nacht door met madame Ravisseur moet ik u helaas zeggen. Maar ja, zoals Simon ook al had ontdekt, had Helen alleen oog voor haar baby en onbeantwoorde liefde duurt lang en is pijnlijk en moet gelenigd worden en ja, Arthur Hockney was inderdaad verliefd op Helen. Door haar kerstkaart, die de zijne had gekruist, sloeg zijn hart een slag over en had hij zich dit gerealiseerd. Verliefd op een wazige, bleke, ongelukkige Engelse vrouw! Niet erg zinnig, maar hij was het nu eenmaal. Hij wilde er niets aan doen; het beschouwen als een kwaal of als de pijn in een gebroken been, die weldra zou verdwijnen. Het aanvaarden en wachten tot het zou zijn verdwenen, weggekwijnd bij gebrek aan aandacht. Maar op de een of andere manier was hij hierdoor nu ontvankelijker voor andere vrouwen, eerder onder de indruk; hij was bang dat hij meer leefde.

De *tabac* in de Rue Victor Hugo verwees Arthur Hockney naar een bepaald café. Geld werd afgeschoven en er volgde een rondleiding langs bepaalde bordelen in de Algerijnse wijk, waar, aldus zijn contactpersonen, veel menselijk leven werd verhandeld. Ze dienden als een internationaal coördinatiecentrum voor de verkoop van mannen, vrouwen en kinderen als slaaf voor huiselijke of seksuele doeleinden en voor de nieuwe, groeiende, minder gevaarlijke, maar zeer winstgevende zwarte markt voor illegale adoptie van kinderen. Kinderen die ontvoerd waren of legaal wees waren geworden (hun term) werden de derde wereld uitgesmokkeld en van handelaar naar handelaar doorverkocht, waarbij de prijzen steeds hoger werden, totdat ze uiteindelijk bij de speculant terecht kwamen. De twee markten – voor slaven en kinderen – worden gescheiden gehouden, maar overlappen elkaar soms. Dat was natuurlijk altijd Arthurs angst voor kleine Nell geweest. Hij was enorm opgelucht toen het spoor hem deze keer naar Maria voerde, de enige werkneemster van dit publieke huis die, sinds ZOE 05 was verongelukt, de vele overnames (om nog maar te zwijgen van de sterfgevallen) had overleefd.

Maria ging zitten en zuchtte en draaide haar lange donkere haar rond haar vinger. Hij vond dat ze iets kinderlijks had.

'Ik ben een heel fatsoenlijke vrouw,' zei ze. 'Ik doe dit maar een tijdje, totdat ik een nette baan kan vinden.'

'Natuurlijk,' zei hij.

'En ik bewijs mijn klanten een dienst,' zei ze, 'en bespaar hun vrouwen veel ellende.'

'Dat weet ik,' zei hij vriendelijk.

'Als u het maar begrijpt. Ik ben te goed, dat is mijn probleem.

Toen dat kleine Engelse meisje kwam, heb ik goed voor haar gezorgd. Ik heb erop gelet dat ze niets zag wat ze niet mocht zien.'

'Ik dank je namens haar ouders.'

'O, had ze ouders? Meestal zijn de ouders dood. Wat moet er van deze kinderen worden als niemand naar ze omkijkt?'

'Ja, dat is zo.'

'Dat kleine Engelse meisje bofte. Soms is het leven niet zo leuk, vooral niet voor een kind. Ze ging naar nieuwe ouders in Cherbourg.'

'In Cherbourg? Weet je het zeker?'

'Nee. Die naam schoot me gewoon te binnen. Ik heb altijd van Cherbourg gehouden. Als kind ben ik er geweest, met mijn moeder.'

'Probeer het je alsjeblieft te herinneren. Het is belangrijk.'

'Cherbourg. Ik ben ervan overtuigd.'

'De naam van haar ouders?'

'Hoe zou ik nou zoiets kunnen onthouden? U moet begrijpen dat ik een veelbewogen leven leid. Ik zie zoveel mensen.'

'Probeer het alsjeblieft.'

'Ik weet nog dat ik dacht, ja, ze boft enorm. Ik weet het. Ze ging naar een adellijke monsieur en madame. Had ik maar zoveel geluk gehad! Ik ben ook geadopteerd. Iedereen lachte.'

'Waarom lachten ze?'

'Misschien was er iets geks met die monsieur en madame. Ik word erg moe. Zullen we maar naar mijn kamer gaan?'

'Nog niet.'

Nee, er was niets bijzonders aan de hand met de man die het kind gebracht had. Nee, ze kon zich niet herinneren of hij rookte. Ach, het was ook al zo lang geleden. Sinds die tijd had ze al weer zoveel mannen in haar bed gehad, hoe zou ze zich deze dan kunnen herinneren? Maar ze kon zich het kind herinneren. Ze kon zich vooral haar goede daad herinneren. Merkwaardig, sinds die tijd was alles beter gegaan.

'Wat voor goede daad was dat?' vroeg Arthur. Hij had de tijd van het meisje moeten kopen. Ze had een breed gezicht, sterke armen en een harig lichaam en droeg een sterke maar niet onaangename lucht bij zich. Ze was druk bezig om met een pincet haren uit haar benen te plukken. Ze behoorde tot die categorie vrouwen die hun tijd graag goed besteden. Ze had zes kinderen moeten hebben en op een boerderij moeten wonen, dacht Arthur. (Maar zulk soort dingen wensen mannen voor vrouwen zonder erbij na te denken hoe hard en saai het gezinsleven kan zijn.)

Het kleine meisje bezat een sieraad aan een kettinkje, zei Maria. Ze kwam duidelijk uit een goed milieu, dat zag je, net zoals je het bij jonge poesjes zag: mensen hadden van haar gehouden en haar gekoesterd; ze hoorde niet tot het schuim van de wereld dat meestal al grauw en boosaardig door moeilijke tijden en tegenslag binnenkwam. Ze moest huilen, alleen al als ze eraan dacht, *la pauvre petite!* Dus pikte ze de smaragd niet gewoon in, zoals alle verstandige mensen zouden hebben gedaan, maar zorgde ze dat die veilig was en gaf hem terug en zei haar erop te letten. Wie weet, misschien zou het kind zo ooit weer met haar echte familie in aanraking komen. De werkelijkheid was vreemder dan je kon verzinnen.

'Gezorgd dat die veilig was? Hoe?'

Maria vertelde Arthur over de goedkope tinnen teddybeer waar de kop afgeschroefd kon worden en waar ze de hanger in had gedaan.

'Daar heb ik over gehoord,' zei Arthur. 'Net als alle douanebeambten ter wereld. In welk opzicht is alles toen beter gegaan?'

Ze was klaar met haar linkerbeen. Ze strekte het, bewonderde de gladde huid en ging verder met het rechter. Het waren mooie sterke benen. Ze zei dat haar pooier de dag daarna was vermoord en daar had ze zich over verheugd, want hij was een gewelddadige gemene man geweest. Nu had ze een ander die echt om haar gaf. (Ze klonk als een actrice die het over haar agent had, dacht hij.) Als Arthur nog meer wilde dan praten vond ze dat prima. Hij hoefde niet bij te betalen. Als ze alleen maar praatte, had ze altijd het gevoel dat ze hen oplichtte, maar je stond ervan versteld hoeveel mannen dat wilden. Arthur wees het aanbod met dank van de hand. Hij betaalde haar nog eens honderd frank extra, zodat haar goede daad in ieder geval in deze wereld werd beloond. Hij was er niet zeker van hoe het haar in de andere zou vergaan.

Beweging

Vervolgens ging Arthur naar Genève en maakte hij een afspraak met Clifford. Hij dacht niet dat het een eenvoudig gesprek zou zijn en dat klopte. Het kantoor van Leonardo Genève keek uit over het meer. Het had een van de spectaculairste uitzichten van Europa en ook een van de hoogste grondrentes. In deze drukke tijd verspilde Clifford zijn tijd niet graag aan iemand anders dan miljonairs. Een zwarte detective voor verzekeringsfraudes kon hem geen winst opleveren, alleen slechte herinneringen. ZARA Airlines had kort geleden veertigduizend pond uitbetaald wegens Nells overlijden en dat was tussen Helen en hemzelf verdeeld. Helen had haar deel van het geld aan een goed doel geschonken, de idioot. Hij hield zichzelf voor dat ze het uit een schuldgevoel had gedaan. Als zij niet zo'n ruzie had gemaakt over de bezoekregeling, had hij het kind nooit in het geheim per vliegtuig hoeven laten te vertrekken en zou ze nu nog leven. Helens schuld! Net als de scheiding, net als het feit dat hij ongelukkig was, net als alles! Nu Helen zoveel te verwijten viel, kon hij goed met zijn moeder opschieten. Er was een tijd geweest dat alle ontevredenheid op de moederlijke stoep werd gedeponeerd, maar dat was nu vergeten en hij bracht regelmatig weekends door op Wexington Hall, het huis van zijn ouders in Sussex. Leonardo's betaalde zijn regelmatige vluchten. Hij kon erop rekenen dat het meisje van de Swissair-balie hem de beste plaats zou geven die er was. Hij had een korte relatie gehad met een van de hogere meisjes – pijnlijk voor haar, aangezien ze verliefd was geworden – maar Clifford had het nog wel zo goed afgehandeld dat ze was blijven hopen in plaats van gaan haten. Het is niet prettig als je gehaat wordt door het meisje dat achter de afhandelingsbalie van een luchtvaartmaatschappij staat waarmee je regelmatig reist. Ze hebben overal vrienden.

'Het is heerlijk dat je hier bent, liefje,' zei Cynthia. 'Maar is het niet vreselijk duur? Al dat heen en weer gedoe.'

'Leonardo's betaalt,' zei Clifford.

'Weten ze dat ze betalen?' vroeg Otto.

'Dat verdwijnt in de grote hoop,' zei Clifford. Otto zuchtte. Hij had de indruk dat sinds Nells dood al het goede verdwenen was in een zee van hebzucht, opportunisme en eigenbelang. De supermachten richtten hun afgrijselijke wapens op elkaar en onder deze boog van het kwaad dartelde en speelde de mensheid. De nazi's waarden weliswaar niet meer rond door de hoofdsteden van Europa, maar de mannen voor wie hij had gewerkt, bleken verraders of erger te zijn. Nu was Nell weg, en met haar de toekomst die hij eens, middels offers, had hopen te verlossen.

'Vader maakt een sombere indruk,' zei Clifford.

'Ja,' zei Cynthia. 'Het is erg zwaar.' Ze had Helen een aardige brief geschreven, haast een verontschuldiging, ten tijde van de ramp met ZOE 05 en had een kort maar hoffelijk briefje teruggekregen, waarin Cynthia's verlies eveneens werd erkend. Had Nell niet eens een paar maanden op Wexington Hall doorgebracht in de kinderkamer die ooit van Clifford was geweest? En leed zij, de oma van vaders kant, niet net zo goed onder haar verlies? Had het niet 'haar overlijden' moeten zijn? Helen had Nells overlijden niet genoemd, alleen haar verlies. Cynthia had het een beetje vreemd gevonden, maar ze had het niet tegen Clifford gezegd uit angst dat zijn voorhoofd zich zou fronsen en zijn blik zich zou verduisteren en hij ook weer in een depressie zou wegzinken. Zoals Cynthia wel wist, was een depressie natuurlijk niets anders dan woede die niet erkend en uitgesproken werd. Clifford ging te keer tegen Helen, terwijl hij beter tegen Cynthia te keer had kunnen gaan, en Otto ging (stiekem) te keer tegen Clifford, maar zowel vader als zoon waren kwaad op het lot, op de wereld. Nells dood had een doffe melancholie veroorzaakt, die de zoon beter van zich af kon werpen dan de vader. Cynthia amuseerde zichzelf met een stimulerende verhouding met een operazanger die notabene uit Caïro kwam en wachtte tot het beter zou gaan. Uit ervaring wist ze dat dat zou gebeuren.

Maar dat is allemaal maar terzijde. Ondertussen wenste Clifford niet aan Nell herinnerd te worden. ZARA Airlines had uitbetaald, dus waarom viel Arthur Hockney hem nu nog lastig?

Arthur wist wel beter dan dat hij Clifford suggereerde dat hij reden had om aan te nemen dat zijn dochter nog leefde. Hij zei alleen dat ZARA Airlines erop gewezen was dat meneer Blotton, die het kind had begeleid, misschien niet zelf aan boord van het toestel was geweest ten tijde van het ongeluk, maar iemand anders had gestuurd.

'Niet waarschijnlijk,' zei Clifford, 'aangezien ik hem het tweede gedeelte van zijn geld zou geven als hij het kind zou overdragen. Ik zou dat geld toch niet aan iemand anders dan hemzelf hebben betaald, hè? Dit zijn domme vragen, meneer Hockney, over een pijnlijk onderwerp en u hebt geen recht om ze te stellen.'

'Rookte meneer Blotton?' vroeg Arthur. Clifford scheen van zijn stuk te zijn gebracht.

'Hoe zou ik me zo'n detail kunnen herinneren, meneer Hockney. Ik heb het druk. U kunt me waarschijnlijk een heel goed en gedetailleerd verslag geven van wat er meer dan twee jaar geleden op een bepaalde dag gebeurd is – maar ik kan dat beslist niet. Herinneringen aan het verleden zijn goed voor hen die in het heden niets beleven. Met andere woorden, voor hen die een saai leven leiden. Tot ziens, meneer Hockney.'

'Rookte hij?' hield Arthur vol. 'Het is belangrijk.'

'Belangrijk voor u misschien. Niet voor mij. Maar ja, Blotton rookte. Hij stonk als een oude asbak. Ik denk dat zijn dood aan boord van ZOE 05 hem een langzame dood aan longkanker heeft bespaard.'

En Arthur werd weggestuurd. Dit was de man van wie Helen hield, die gezellig naast haar had gelegen en haar toen als het ware uit bed had geduwd. Toch kon hij niet alleen maar een hekel aan Clifford hebben. Net als een gewond dier dat om zich heen slaat, maakte hij veel kabaal in het kreupelhout om je te laten weten dat hij eraan kwam – hij deed niet of hij aardig was. Een onengelse karaktertrek. Arthur speelde met het idee om een paar honderdduizend dollar aan, zeg maar, een van de net door Leonardo's aangekochte Magrittes te spenderen, alleen om Clifford te overbluffen, om zijn respect terug te winnen, maar was zo verstandig om zich te beheersen. Dit waren verkeerde motieven om een schilderij te kopen en dat zou daardoor geen vreugde geven. Het zou jaar in jaar uit in een appartement in Manhattan hangen – de enige muurruimte waarover hij beschikte en die hij zelden bezichtigde – nee, het was belachelijk. Zijn enorme salaris, zijn tien procent commissie van het geld dat hij zijn cliënten bespaarde en dat in de miljoenen liep, kon beter ongestoord vermeerderen in de bank.

Laat ik u iets uitleggen, lezer. Arthur Hockney was een wees en leed daaronder. Nu denkt u misschien: maar hij is een volwassen man, sterk, efficiënt en rijk, waarom zou dit feit hem zo hinderen? Vroeger of later zullen de meesten van ons wees worden, mensen zonder ouders. Maar door de omstandigheden waaronder zijn ouders waren gestorven, vond Arthur dat hij geen recht had om te leven – daarom hing zijn werk misschien zo nauw samen met de dood in al zijn meest dramatische vormen – en had hij een slecht geweten – hoewel ik persoonlijk niet geloof dat hij daar reden toe had. In de jaren twintig waren Harry en Martha Hockney per boot vanuit het zuiden naar het noorden getrokken om werk te vinden bij het vee dat bestemd was voor de slachthuizen van Chicago. In die vreselijke tijd waren ze door de vakbondsstrijd politiek geïnteresseerd geraakt en hadden ze in het openbaar leren spreken over klassen-, rassen- en vakbondsaangelegenheden. Als kind had Arthur hoofdzakelijk te midden van het gevolg van de beweging voor burgerrechten geleefd, totdat op een dag, toen hij zeventien was, de auto van zijn ouders van de weg af was geraakt – een ongeluk, zei men, maar de mensen van de beweging voor burgerrechten wisten wel beter – en zijn ouders waren gedood. Arthur had die dag ruzie gehad met zijn ouders en geweigerd om met hen mee te gaan. Hij had een afspraak met een meisje, zei hij. Nu is het moeilijk om over zoiets heen te komen, en naar mijn overtuiging is dat nooit echt gebeurd. De mensen van de beweging waren zich bewust van zijn trauma, troostten hem, behandelden hem buitengewoon vriendelijk en betaalden zijn universitaire opleiding. Ik denk dat ze in Arthur een toekomstige leider zagen, de man die in de voetsporen van Luther King zou treden. Maar Arthur wist dat hij niet de religieuze en politieke overtuiging bezat die zijn mensen nodig hadden. Hij deed niet mee aan hun marsen en hun openbare toespraken en zij benijdden hem zijn vrijheid niet en waren niet boos over zijn beslissing. We hebben alles ter wille van je ouders gedaan, zeiden ze. Je moet er niet meer aan denken. Maar dat deed Arthur natuurlijk wel, hij kon niet anders. Nu zag hij zichzelf als een man zonder ras, land of wortels. Een wees in iedere betekenis van het woord. Hij reisde de wereld over in een poging aan zijn eigen geweten te ontkomen en soms, wanneer hij naar de gemangelde lichamen van de doden keek en zich verheugde over zijn eigen kracht en gezondheid en geluk, dacht hij dat het hem gelukt was. Als ik op een dag een politieke en menselijke beweging vind waar ik het volledig mee eens ben, dacht hij, krijgen zij al mijn geld. Zolang kan het op de bank blijven staan en rente opleveren.

Goed, het was Arthur duidelijk geworden dat mevrouw Blotton om bepaalde redenen had gelogen. Blotton was uit de lucht gevallen en leefde. Arthur ging terug naar Helen in Londen om naar de smaragden hanger te vragen. Of zullen we maar liever zeggen, lezer, dat hij terugging naar Helen in Londen *en* naar de smaragden hanger vroeg. Misschien had hij het niet moeten doen, niet weer de hoop bij Helen moeten laten herleven, maar meteen door moeten gaan naar Cherbourg om Nell te zoeken, want toen hij dat uiteindelijk deed was het te laat – maar zo is de liefde.

Hij zocht haar thuis op in Muswell Hill. Ze had hem op warme toon gevraagd langs te komen. Simon was weg. Hij woonde een topconferentie bij in Helsinki. Ze voegde er niet aan toe dat Sally St Cyr dezelfde conferentie versloeg. Waarom zou ze ook? Ze was er zelf nauwelijks in geïnteresseerd. Het was warm weer, na een koel voorjaar was de zomer plotseling doorgebroken. Hij trof haar in de tuin aan, op een kleed, terwijl de kleine Edward, een mooi, stevig en opgewekt kindje, zijn nieuwe wandeltechniek aan het oefenen was. Ze droeg een soort crèmekleurige katoenen wikkeljurk en had blote benen. Haar mooie voeten staken in sandalen en haar bruine haar danste en glansde in de zon. Het was kort geknipt en krulde enorm. Maar ondanks alle schijn van ongedwongenheid en een goed humeur, vond hij haar gespannen en mager en klonk haar 'nou, en?' te nerveus, te vlug.

'Wat is het nieuws? Heb je nieuws?'

Hij vroeg haar naar de hanger. Een smaragd misschien? Had Nell zoiets gehad? En als het geen smaragd was, iets anders dat duidelijk waardevol was?

'Nell droeg geen sieraden,' zei Helen geshockeerd. Maar er schoot haar iets te binnen en ze ging naar boven om haar sieradendoosje te bekijken en kwam huilend terug – ja, de hanger was verdwenen. Hij had in het doosje moeten liggen. Maar hij lag er niet. Ze had er nooit meer naar gekeken sinds voor, voor – voor het vliegtuigongeluk bedoelde ze, maar ze kon het niet zeggen – ze had er eigenlijk een hekel aan: Clifford had hem terug willen hebben, maar hij had hem haar met zoveel liefde gegeven – ja, het was heel goed mogelijk dat Nell hem had gepakt, maar waarom zou ze dat gedaan hebben? Er was haar gezegd dat ze niet aan het doosje mocht komen, want er zaten schatten in – haar stem stokte.

'Ze vroeg, ik herinner me dat ze de laatste morgen vroeg of ze een schat mee naar school kon nemen om te laten zien – je weet hoe dat gaat – maar ik had het te druk – ' en Helen huilde en huilde, omdat haar moederliefde te kort was geschoten en ze haar kind niet goed naar de peuterklas had geholpen op de dag waarop ze haar was kwijtgeraakt, of wat erger was, omdat ze niet in staat was gebleken om haar tegen het kwaad te beschermen. En misschien ook omdat ze nu bang was. Als Nell werkelijk nog leefde, wat voor leven leidde ze dan. En angst moest de plaats van verdriet innemen, reactie die van non-reactie. En angst is zo'n beetje de pijnlijkste emotie die een ouder voor een kind kan voelen, soms genoeg om je te doen wensen dat het kind nooit geboren was, liever dan dat hij je nu dit aandoet, je dit laat voelen.

Helen huilde. Arthur dacht dat ze nooit meer zou ophouden. Smart om het verlies van Nell, om haar jeugd, om haar huwelijk met Clifford, om Simon, om de vernedering die Sally Agnes St Cyr haar aandeed, om de ellende in het algemeen – dit alles werd de vrije loop gelaten en kwam er op die middag uit, toen Helen huilde en kleine Edward, die het zonder zijn gebruikelijke publiek moest doen, op het grasveld in slaap viel en bijna, bijna door een wesp in zijn lip werd gestoken – hoewel niemand behalve u en ik dat ooit zullen weten, lezer!

Alles anders!

En Nell? Waar was Nell toen haar moeder huilde en haar kleine halfbroertje sliep? Ik zal het u vertellen. Ze zat zwijgend en onzeker in de spreekkamer van een opvangcentrum voor gestoorde kinderen aan de rand van de Hackney moerassen, slechts zo'n vijfendertig kilometer verderop. En zo is het gekomen.

Nu is het u niet kwalijk te nemen als u net als Marthe denkt dat de duivel achter haar aanzat, aangezien zijn prooi hem de eerste keer was ontsnapt. Marthe en de De Troites hadden in ieder geval hun best gedaan om hem tijdens de middernachtelijke satansdienst vanuit de diepten der hel naar boven te halen. Of misschien was Marthe gewoon half gek door de shock, de schuld en haar verdriet en had ze lang niet gereden en was ze in geen geval gewend aan modern verkeer of wist ze hoe ze zich moest gedragen op een Route Nationale – waar ze zich nu op bevond.

'Waar gaan we naar toe? Wat gebeurt er?' bleef kleine Nell maar vragen vanaf de achterbank van de auto. Ze had nog steeds haar nachthemdje aan. Het duizelde haar door de shock en de angst. Het regende. De koplampen vervaagden voor Marthes waterige oude ogen, haar knokige handen lagen om het stuur geklemd: ze stuurde meer dan dat ze reed. Haar voet drukte het gaspedaal diep in, maar dat hielp niet veel. De Deux Chevaux had veel en veel betere dagen gekend. En als het gaspedaal het nauwelijks deed, de remmen evenmin en dat hield het zaakje in evenwicht. Marthes ademhaling leek meer op snurken dan op iets anders, maar daar was Nell aan gewend.

'Laten we alsjeblieft stoppen!' smeekte Nell. 'Ik ben zo bang!' maar Marthe bleef doorgaan en de banden verslonden de kilometers. En in Marthes gedachten sprongen de vlammen nog steeds hoog op en het huilende geluid dat eraan vooraf was gegaan weerklonk nog steeds in haar oren en leek haar te achtervolgen. Het kan ook zijn dat het slechts het geluid was van de loeiende, waarschuwende claxons van de andere automobilisten die op de grillig bestuurde en slecht verlichte Deux Chevaux afstoven en erlangs schoten. Wie zal het zeggen?

Weldra stopte Marthe. Ze ging niet van de weg af en wachtte niet op een parkeerhaven, maar stopte gewoon. Het regende nu hard en de oude ruitenwissers konden het niet goed bijhouden. Marthe zag niets; ze kon niet verder. Ze zat te huilen: om haar oude uitgeputte pijnlijke botten, om de verschrikkingen in haar geest, uit angst voor het hellevuur, om het arme kind achter in de auto. Nell stapte uit en stond langs de kant van de weg in de regen. (Ze droeg haar tinnen teddybeer aan een kettinkje om haar nek. Ze sliep er altijd mee en de markiezin had altijd voorzichtig geprobeerd haar daarvan af te brengen en was er nooit in geslaagd.) Het kind had het idee dat ze hulp moest halen voor de arme huilende Marthe, ergens, hoe dan ook, maar ze was pas net zes en wist ternauwernood wat ze moest doen. Nell stond daar maar en haar hand zocht de teddybeer voor troost, zoals altijd wanneer ze alleen en verlaten was.

De eerste vijf auto's die langskwamen zagen de Deux Chevaux nog net op tijd, ondanks de regen en het opspattende water, en konden haar ontwijken. De zesde auto was niet zo gelukkig. Er zaten Engelse vakantiegangers in die ten zuiden van Cherbourg rondtrokken, Ze waren allemaal moe. De vader, die reed, had gedronken. Hij dacht dat de cognac hem wakker zou houden. Dat was niet zo. De Deux Chevaux dook plotseling op. Te laat! Klap, boem, stilte! Wrakstukken lagen overal op de weg. Achterop deze auto klapte, overeenkomstig de rampzalige manier waarop zulke dingen verlopen, een enorme tankwagen met benzine die veel te hard reed. Hij sloeg over de kop en ontplofte. Het vuur sloeg over naar de andere baan en overspoelde de auto's die uit de tegenovergestelde richting kwamen. Golven brandende benzine sloegen over wrakstukken, auto's, lichamen en alles heen. Het was een gigantische vuurzee die over de hele wereld voorpaginanieuws vormde. Tien mensen kwamen om, ook Marthe die, hoewel ze toen gelukkig bewusteloos was, net als haar monsieur en madame door vuur om het leven kwam. Nadat de duivel – als u het zo wilt zien – zijn voorgenomen plan had uitgevoerd, zijn slachtoffer had achtervolgd en gepakt, waarbij hij zich er niet om bekommerde hoeveel anderen hij met haar uit deze wereld haalde, trok hij zich terug en hield hij zich een tijdje koest.

En zo gebeurde het dat kleine Nell toen de vroege morgen aanbrak gevonden werd, terwijl ze langs de kant van de weg ronddwaalde. Door shock was ze vrijwel sprakeloos. Ze sprak een paar woordjes Engels en leed, voorzover ze het konden bekijken, aan een soort geheugenverlies. De wrakstukken van in totaal vijf auto's – drie Franse en twee Engelse – moesten van elkaar gescheiden worden. Het was moeilijk om er op een vakantieroute ruim honderd kilometer zuid van Cherbourg achter te komen hoeveel mensen in welke auto hadden gezeten en waarom. De man van het Britse consulaat nam logischerwijs aan dat het kind uit een Engelse auto afkomstig was. Ze riep om haar mamma en huilde, het arme kleine ding, maar kon geen enkele informatie geven over haar naam of adres of waar ze woonde. Ze sprak als een kind van drie. Ze dachten even dat ze misschien geestelijk gestoord was. Er kwam ook niemand om haar op te eisen.

'Ik ben uit de lucht gevallen,' zei ze eens, bijna trots, toen haar voor de zoveelste keer werd gevraagd hoe en waarom ze terechtgekomen was waar ze was en dat leek haar ondervragers natuurlijk klinkklare onzin. Maar, lieve lezer, u weet wel beter. Het klopte. Maar ze hadden gelijk voor wat betreft het geheugenverlies. Gelukkigerwijs was Nell alles vergeten van de brand in het kasteel, het ongeluk op de weg, Marthe en monsieur en madame. Maar nu was ze te midden van Engelstalige mensen en, geholpen door de taal, kon ze verder teruggaan in haar geest en zich een paar details uit haar vroegere leven herinneren.

'Ik wil Tuffin zien,' zei ze.

'Tuffin?'

'Tuffin is mijn poes.' Nou ja, ze was in ieder geval Engels.

Dus werd Nell dankzij de gezamenlijke inspanning van het Britse consulaat en de kinderbescherming per schip naar Engeland vervoerd en een tijdje in een opvangtehuis voor kinderen geplaatst dat onder de Londense Raad voor het Onderwijs viel. Ze was een van die zwervers geworden die maar al te vaak door onze chaotische en bonte samenleving worden voortgebracht. Veel kinderen raken zoek en worden nooit gevonden en dat is een groot drama, misschien het ergste wat er is. Er worden er een paar gevonden die niemand schijnt te missen. En wat gebeurt er met een kind dat geen ouders heeft om haar te beschermen, geen familie om haar te leiden, verloren als ze is in de wereld van de armen, de hulpelozen en de onderdrukten? We zullen het zien!

Dood spoor

'Een adellijke monsieur en madame uit Cherbourg' waren de zeven woorden die ertoe leidden dat Arthur Hockney op een hete oktoberdag in het kantoor van de hoofdinspecteur van politie van diezelfde stad zat om in de archieven naar zo'n echtpaar te zoeken. Rijk, adellijk en tot een aantal jaren geleden kinderloos – of misschien plotseling in die streek komen wonen? De hoofdinspecteur kon zich niet zoiets herinneren.

'De *famille* De Troite zal het wel niet zijn!' zei hij, terwijl hij met zijn vinger het kiesregister afliep en hij lachte.

'Waarom niet?' vroeg Arthur. 'Als ze rijk zijn en een titel hebben zoals u zegt...?'

'Maar ze zijn nog ouder dan Methusalem – en niet bepaald het adopterende type,' zei de hoofdinspecteur.

'Desalniettemin...' hield Arthur vol.

'Bovendien,' zei de hoofdinspecteur, 'zijn ze dood.'

'Dood?'

'Het kasteel is pas een paar weken geleden afgebrand. Evenals monsieur en madame en een oudere dienstbode. De mensen hier in de buurt zeggen dat het het werk van de duivel was, dat hij de bliksem uit een heldere hemel heeft neergezonden. Maar zoals u weet, is het een lange hete zomer geweest en zijn oude mensen nonchalant en deze dronken heel wat goede rode wijn. Ik ben een rationeel mens, monsieur Hockney, en geloof niet dat satanisch ingrijpen de meest logische verklaring is voor het afbranden van een vrijwel verlaten kasteel en de dood van zijn bejaarde bewoners!'

Arthur bedwong zich om te zeggen dat zijn ervaring hem had

geleerd dat wat vreemde gebeurtenissen betreft, de meest aannemelijke verklaring zelden de juiste was, en ondernam de tocht naar de plek waar het kasteel had gestaan.

Hij vond het een bijzonder mistroostig oord: het bezat die merkwaardige, droevige sfeer die zo vaak op plaatsen hangt waar zich een drama heeft afgespeeld, maar er was nog iets anders, er hing een soort dreiging, als van iets onverkwikkelijks dat niet was afgemaakt. Hij rilde. Het was vreemd. Hij had dit eerder gevoeld – op plaatsen waar bommen van terroristen waren geëxplodeerd of bruggen waren ingestort of schepen waren vergaan en waarbij veel mensen waren omgekomen – maar meestal niet op een plek waar zich een eenvoudig huiselijk drama van kleiner formaat had voltrokken. Arthur bleef er een tijdje, wroette wat tussen het stof en de as en het puin en kwam een stuk heldergeel lint tegen waarmee je het haar van een kind bij elkaar kan binden.

'Nee maar!' zei Arthur en raapte het op en terwijl hij dat deed, drong een straaltje zonlicht door de mistroostige bomen heen en viel op de open plek waar hij stond. Dit had de uitwerking van een glimlach. Stofjes dansten in de lucht. Een vlinder fladderde langs. Arthur kreeg weer moed. Dit was alles wat ervoor nodig was. Hij wist twee dingen zeker. Dat Nell hier inderdaad was geweest en dat ze nog leefde. De zon verdween, de mistroostigheid en de dreiging keerden terug en Arthur ging weg.

Verdere naspeuringen in Parijs en Cherbourg leidden tot niets: Nell was opnieuw verdwenen. Hij betwijfelde het of ze nu ooit nog zou worden gevonden. Hij zei tegen ZARA Airlines dat ze hun dossier konden afsluiten. Als Blotton zou opduiken om zijn fortuin op te eisen, zou het nauwelijks de moeite waard zijn om wat ervan over was nog terug te eisen. En ongetwijfeld zou Blotton weldra zijn verdiende loon krijgen, als dat al niet gebeurd was. Als longkanker hem niet aan zijn einde zou helpen, zou een van zijn misdadige kennissen het ongetwijfeld doen. Hij bewoog zich in bijzonder ongure kringen.

Verrassing!

Hebt u ook zo'n hekel aan verrassingen, lezer? Ik wel. Ik weet graag wat er gaat gebeuren. Alleen al bij het idee van een onverwachts feestje voor mijn verjaardag lopen de rillingen me over de rug. Ik heb dan geheid mijn oudste jurk aan en mijn haar een week lang niet gewassen. Op zijn eenenveertigste verjaardag werd Clifford als verrassing onverwacht opgebeld door Angie Wellbrook en hij vond er helemaal niets aan. Het telefoontje was ook geen leuke verrassing voor Elise O'Malley. Zij was de knappe jonge Ierse schrijfster die Clifford op dat moment gezelschap hield en ze dacht werkelijk – het onbesuisde kind! – dat ze hem te pakken had. Clifford had het er namelijk maar steeds over dat hij zo graag kinderen zou willen hebben en Elise nam aan dat dat betekende dat hij haar als hun moeder zag – wat ongetwijfeld een huwelijk met zich zou meebrengen. Elise had een literaire carrière in Dublin opgegeven om bij Clifford in Genève te kunnen zijn.

Diezelfde dag had al een andere verrassing voor Clifford in petto gehad: de ontdekking van een grijze haar in de dikke blonde kuif die toen een van zijn herkenningstekens vormde – zijn haar is tegenwoordig natuurlijk helemaal wit, al is het nog steeds dik (en hij is, mijns inziens, nu niet minder aantrekkelijk dan toen. Maar ja, we worden allemaal langzamerhand ouder, ikzelf inbegrepen). Toen de jaren zestig in de jaren zeventig overgingen, was Clifford de veertig genaderd en gepasseerd en hij was bang en verzette zich tegen het onvermijdelijke feit dat hij niet langer jong was (en daarom had hij het natuurlijk maar steeds over kinderen. Mannen willen hun onsterfelijkheid, hoe dan ook) en die ene grijze haar, hoe weerbarstig, taai en doods die ook mocht zijn, was hem daar absoluut niet bij tot steun. En toen belde Angie.

Clifford en Elise lagen in bed. Clifford stak een gespierde hand uit naar de hoorn. Zijn huid had door de zon een donkere roodachtig bruine kleur gekregen en zijn armen waren bedekt met dik blond haar. Heel bijzonder! De aanblik alleen al joeg een rilling van opwinding door Elise heen en bezorgde haar een zondig gevoel. De gebruinde huid was zo elitair en beschaafd, het haar zo primitief! Elise was katholiek. Het was eeuwen geleden dat ze voor het laatst gebiecht had, laat staan een boek had geschreven. Ze was er onlangs aan eentje begonnen – over liefde – en had het aan Clifford laten zien, maar hij had alleen maar gelachen en gezegd: 'Het lijkt me beter van niet, Elise! Houd je bij wat je weet.' Dus had ze het terzijde geschoven. Elise stond erop dat er zuiver witte, katoenen lakens op hun bed lagen. Daardoor voelde ze zich minder zondig. En bovendien kwamen haar helderrode haar en stralende blauwe ogen mooi uit tegen het wit, waardoor ze er, dacht ze, kwetsbaar en vooral *huwbaar* uitzag. Genoeg over Elise, lezer, u begrijpt het wel. Het is zowel een naïef als een idioot kind.

Dit is wat Angie Clifford per telefoon had te melden.

'Liefste, pappa is dood. Ja, ik ben vreselijk overstuur. Hoewel hij de laatste tijd erg seniel aan het worden was. Ik ben nu de grootste aandeelhouder van Leonardo's.'

'Angie, schatje,' zei Clifford voorzichtig, 'ik geloof niet dat dat helemaal waar is.'

'Ja, hoor, liefste,' zei Angie, 'want ik heb de aandelen van die oude Larry Patt en van Sylvester Steinberg opgekocht. Je weet dat Sylvester en ik al een paar jaar bij elkaar zijn?'

'Ik heb zoiets gehoord.' Hij had er inderdaad over gehoord en het had hem zowel verbaasd als opgelucht. Sylvester Steinberg was een van die kunstcritici die de kunstmarkt manipuleren door verstandig gebruik te maken van kunsttijdschriften en wetenschappelijke artikelen over deze of gene schilder. Hij werkte meestal vanuit New York. Deze mensen gaan eenvoudig maar discreet te werk. Ze kopen een doek van een onbekende schilder voor, zeg maar, tweehonderd pond, en aan het eind van het jaar heeft het werk van die speciale schilder door hun kritieken zo'n furore gemaakt en is er zo'n belangstelling voor ontstaan, dat een enkel schilderij minstens tweeduizend pond opbrengt. En vijf jaar later twintigduizend pond. Enzovoort. Boft die schilder even, denkt u misschien – maar dat is in werkelijkheid niet zo. Als hij (of zeer af en toe zij) uiteindelijk vijfentwintig procent krijgt van het bedrag waarvoor het schilderij voor de eerste keer verkocht is, boft hij. En voor iedere keer dat het daarna van eigenaar verandert, krijgt hij natuurlijk niets. Dit was een van de redenen waarom John Lally, Helens vader, in zo'n voortdurende staat van razernij verkeerde ten opzichte van Clifford Wexford. Bovendien was Clifford er zelf ook niet vies van om de markt te manipuleren. Acht van de beste Lally's waren teruggekeerd naar de kluizen van Leonardo's in Londen om te wachten op de dag dat ze een fortuin zouden opbrengen. Ze deden geen goed aan Cliffords Geneefse muren – de Zwitsers vonden ze ronduit verschrikkelijk en het slag rijke bannelingen dat daar in de galerie verscheen eveneens. Ze hielden van namen die ze kenden – van Rembrandt tot Picasso en enkele belangrijke tussenstations. Geen onbelangrijke of latere figuren.

Ik moet haastig ter verdediging van Clifford aanvoeren dat zijn eigen smaak tenminste wel echt is en niet bepaald wordt door de geldelijke waarde. Hij *weet* wanneer een schilderij goed is en zelfs in de kunstwereld weet iets voortreffelijks op de een of andere manier te overleven en naar de oppervlakte te stijgen, boven het vunzige schuim van de intriges uit. Desondanks wilde John Lally dat zijn schilderijen aan *muren* hingen en niet in kluizen lagen. Hij wilde dat er naar ze gekeken werd. Hij had lang geleden de hoop opgegeven dat hij er rijk van zou worden! Bitter! Als creativiteit en geld toch tenminste maar zouden kunnen worden gescheiden. Maar dat is onmogelijk, alleen al doordat iedere kunstenaar – of hij (zij) nu schildert, schrijft, dicht of componeert – iedereen die iets maakt waar daarvoor niets was, zoveel anderen werk en winst oplevert. Zoals de misdadiger een heel leger van politiemensen, sociologen, rechters, gouverneurs, cipiers, gevangenispersoneel, journalisten, commentators, hervormingsbewegingen, ministers enzovoort op zijn boze schouders draagt – zij zijn allemaal afhankelijk van zijn vermogen om een misdadig feit te plegen – zo draagt iedere artistieke creatie uitgevers, critici, bibliotheken, galeries, schouwburgen, concertzalen, acteurs, drukkers, lijstenmakers, musici, ouvreuses, schoonmakers, academici, raden voor de kunst, de organisators van internationale culturele uitwisselingen, kunstadministrateurs, ministers van cultuur enzovoort – en het gewicht kan exorbitant lijken en de beloning verbazingwekkend klein, en dan nog de verwachting van de samenleving dat de kunstenaar het voor niks zal doen (of voor net genoeg om hem in leven en aan het werk te houden), louter voor de abstracte liefde van vorm, schoonheid en Kunst, o Kunst – terwijl zij die parasiteren op de kunstenaar over een hoog salaris en een nog hogere status beschikken – niet te verteren, heel bijzonder! Zo zag John Lally het tenminste (en zo zie ik het ook, moet ik bekennen). Maar genoeg kunstklets. Terug naar Angies leven sinds we haar voor het laatst hebben gezien en haar telefoongesprek met Clifford. Nu wist Clifford heel goed dat Angie een manipulerende en gevaarlijke vrouw was en dat een telefoontje van haar moeilijkheden betekende, maar hij verveelde zich.

'Zijn Sylvester en jij ook werkelijk getrouwd?' vroeg Clifford langs zijn neus weg. Elise, naast hem in bed, was gespannen. Van sommige toevallig opgevangen telefoongesprekken weet je gewoon dat ze je leven zullen veranderen en niet ten goede.

'Liefste Clifford,' zei Angie, 'je weet dat ik nooit iemand anders dan jou zal trouwen.'

'Ik voel me gevleid,' zei Clifford.

'En jij denkt er wat mij betreft net zo over,' zei Angie, 'want waarom ben je anders nog niet getrouwd.'

'Ik ben nog nooit de goede vrouw tegengekomen,' zei hij, terwijl hij enorm zijn best deed om het hele gesprek een grap te laten blijven. Het was niet leuk om te horen voor die arme Elise, en wat erger was, toen hij naar Elise keek zoals die daar lag, met haar haar zorgvuldig uitgespreid in een rossige wolk, tegelijkertijd zelfbewust en verwijtend, ergerde Clifford zich plotseling enorm aan zichzelf en aan Elise. Wat deed ze in zijn bed? Waar was Helen? Wat was er al die jaren geleden tussen Helen en hem gebeurd dat hem hiertoe had gebracht? Zij was de vrouw die in zijn bed hoorde, en een fatsoenlijk huwelijksbed op de koop toe.

'Clifford,' zei Angie, 'ben je daar nog?'

'Ja.'

'Dat dacht ik wel,' zei Angie. 'Zullen we elkaar donderdag in het Claridges treffen? Voor de lunch? Of misschien voor het ontbijt? Ik heb daar nog steeds die suite. Weet je wel?'

Hij wist het. Hij herinnerde zich ook dat Angie altijd slecht nieuws over Helen had gebracht – zij had de wiggen in hun huwelijk gedreven waardoor het kapot was gegaan.

'En hoe gaat het toch met Helen? Verloren aan het burgermansleven, hoor ik. Ach ze is altijd saai geweest.'

'Ik weet niet hoe het met haar gaat,' antwoordde Clifford naar waarheid. 'Waarom kom je niet naar Genève om me hier te spreken?'

'Omdat je daar geheid een of ander idioot kind hebt dat in de weg zal lopen,' zei Angie. Ze droeg speciaal voor dit telefoongesprek een crèmekleurig zijden negligé. Het had 799 pond gekost om redenen die alleen het modehuis dat het ontworpen heeft bekend zijn, mij niet. Maar daardoor voelde ze zich wel zelfverzekerd. Zo zou u zich toch ook voelen? (Ik wel.) Voor een miljonaire was die 799 pond misschien goed besteed.

'En bovendien,' zei Angie, 'nu ik al die aandelen in Leonardo's bezit, heb ik het ontzettend druk. Het is misschien verstandig om de Geneefse vestiging te sluiten. Ik geloof dat we het daar wel gehad hebben, hè? Je hebt de markt overvoerd met die vervelende oude meesters van je en Zwitserland komt erin om. Ze beginnen hun waarde te verliezen. En, Clifford, alle lol zit in de moderne kunst. Je zou moeten zien wat Sylvester van plan is.'

'Liever niet,' zei hij.

Haar vader was dood. Op de een of ander manier vond ze dat ze recht had op lol en ze had er lol in om Clifford het leven zuur te maken. Dus zat hij die donderdag in het Claridges en was Elise huilend onderweg naar Dublin.

'Het is niet dat ik genoeg van je heb, Elise,' zei Clifford. 'Wie zou ooit genoeg kunnen krijgen van iemand die zo lief en fris is als jij? Ik geloof gewoon dat het tussen ons is afgelopen, geloof je ook niet?'

Wie een kuil graaft...!

Diegenen onder u die goed hebben opgelet, zal het zijn opgevallen dat Clifford in naam der liefde ellende en desillusies uitdeelt aan de vrouwen in zijn leven – en hoewel u misschien vindt dat deze vrouwen ook niet beter verdienen, staat vast dat Clifford evenmin gelukkig is. Gun hem een beetje van uw meeleven! Clifford schijnt op de een of andere manier verwikkeld te zijn geraakt in een kosmisch spelletje van pakje doorgeven en het pakje gaat de kring rond en binnenin het pakje zit niet het kostbare klompje vreugde, vrede en vastigheid zoals iedereen hoopt, maar een klein flesje doodgewone tranen. De muziek houdt op, het pakje is van jou, allemaal beeldig cadeaupapier, maar op de een of andere manier verder ook helemaal niets anders – en dan begint de muziek weer – en Harry van wie je houdt, houdt nu van Samantha die van Peter houdt die van Harry houdt; u kent dat wel! – en het pakje vol tranen gaat verder.

Clifford zou Angie Wellbrook die donderdag in het Claridges treffen voor een ontbijt. Dat wil zeggen dat ze had voorgesteld hem daar om half tien te ontmoeten. In de jaren zeventig waren deze zakelijke ontbijtafspraken in hotels in de mode. Ze schenen te bewijzen hoe druk en bezet iedereen was – hoewel er zelden sprake was van een echt *ontbijt*, en de koffie die werd ontfutseld aan het personeel van de nachtdienst op het moment dat Room Service het overnam, was meestal koud en oud. Clifford kwam woensdagmorgen per vliegtuig uit Genève en bracht de woensdagmiddag door op het hoofdkantoor met besprekingen en telefoontjes. Het was zoals hij gevreesd had: Angie was nu zonder twijfel een zeer invloedrijke aandeelhouder en was niet bereid om een stille vennoot te zijn, maar wenste zich ermee te bemoeien en zelfs vraagtekens te zetten achter de smaak en het inzicht van Leonardo's directeuren. Heel vervelend! De Londense galerie was er eindelijk in geslaagd een winstgevend evenwicht tot stand te brengen tussen moderne schilders en oude meesters – waarbij alles wat daartussen lag – impressionisten, prerafaëlieten, surrealisten enzovoort – met rust gelaten werd. Nu dacht men dat Angie de wijsheid van dit beleid aan de kaak wilde stellen – en niet zonder reden, want de markt voor deze tussenliggende periode werd steeds prijshoudender. Maar ze was ook een tegenstander van Leonardo's gewoonte om enorm prestigieuze – maar niet altijd winstgevende – tentoonstellingen te organiseren. De Raad van Bestuur, onder voorzitterschap van Clifford, was van mening dat een eventueel financieel verlies meer dan gecompenseerd werd door Leonardo's image als een onkreukbare semi-overheidsinstelling en dat de tentoonstellingen moesten blijven.

Clifford ging ook op de thee bij sir Larry Patt, die nu te midden van de stoffige weelde van het Albany woonde. Ja, sir Larry Patt had zijn aandelen aan Angie verkocht. Waarom vroeg hij dat? Sir Larry dronk whisky, geen thee, bij zijn komkommersandwiches. Zijn vrouw Rowena had hem een jaar geleden verlaten voor een man die half zo jong was als zij.

'Dat spijt me,' zei Clifford.

'Het verbaasde me evenzeer als het me speet,' zei sir Larry. 'Ik dacht dat Rowena zich erop verheugde om mijn pensioen met mij te delen, maar dat was niet zo. Ik begin te geloven dat ik haar nauwelijks kende. Wat vond jij van haar?'

'Ik kende haar niet erg goed,' zei Clifford.

'Zij heeft me wat anders verteld,' zei Larry Patt. 'Ze was de laatste dagen voor ze vertrok heel spraakzaam!' En zo kwam Clifford er precies achter waarom sir Larry zijn aandelen in Leonardo's aan Angie had verkocht: om het leven zo zuur mogelijk te maken voor Clifford, die menige opgewekte, jeugdige middag bij lady Rowena in bed had doorgebracht.

Clifford at zijn komkommersandwiches op en vertrok. Er werd geglimlacht en handen werden geschud. Een weelderige blonde vrouw in een hoogrode jas met geel koperen knopen kwam net binnen met een boodschappentas van Harrods toen Clifford wegging, en ze kuste het oude engelachtige gezicht van sir Larry vluchtig. Hij straalde. Ze zei hallo en hoe gaat het tegen Clifford met een stem die uit *Eastenders* afkomstig was en ging naar de slaapkamer. Clifford dacht dat sir Larry Patt het misschien helemaal nog niet zo slecht had gedaan. Rowena droeg de lasten en Larry had de lusten. Een zeer bekend echtelijk spelletje, als beide partijen een scheiding willen! Clifford voelde zich merkwaardig genoeg eerder gebruikt en misbruikt dan schuldig.

Clifford ging vervolgens na of Sylvester Steinberg inderdaad met Angie samenwoonde. Hij ging het na bij Sylvesters exvriendje, Gary, die nu op de kunstacademie zat.

'Sylvester houdt meer van schilderijen dan van wie ook,' zei Gary droevig en zachtmoedig. Maar hij was dan ook een droevig en zachtmoedig mens. 'Hij krijgt een kick van de kunstwereld, niet van mensen. En Angie zit daar midden in, hè? Als een of andere kever een Andy Warhol aan zijn muur had, zou Sylvester van die kever houden.' Deze verklaring bevestigde Cliffords angst dat Angie dan met Sylvester mocht samenwonen, maar dat de relatie haar weinig emotionele of seksuele bevrediging zou opleveren en dat die dus weinig bescherming tegen Angie bood.

Toen ging Clifford terug naar zijn kleine huis aan Orme Square – een uitstekende investering en het inwonende echtpaar dat al de jaren van zijn afwezigheid in Genève als huisbewaarder was opgetreden en de lichten had gedoofd en de inbrekers buiten had gehouden, had zijn geld wel opgebracht – en vroeg zich af wat hij die avond zou doen. Hij zou graag een charmante en knappe vrouw mee uit eten nemen en haar met zijn eigen charme en knappe uiterlijk imponeren en haar zo mogelijk in de loop van de nacht beter leren kennen, zodat hij zich, wanneer hij Angie de volgende morgen om half tien zou ontmoeten, nog onverschilliger ten opzichte van haar zou voelen dan nu. Hij wist dat dat de beste houding was in de omgang met vrouwen, zowel voor emotionele als zakelijke aangelegenheden – en hoe oprechter het gevoel was hoe beter. Ze konden door veinzerij heenkijken.

Clifford liep zijn adresboekje door, maar niets scheen hem te zinnen, niemand scheen geschikt. Helens nummer stond in zijn agenda. Ieder jaar schreef hij het weer opnieuw over. Via de sensatiebladen bleef hij op de hoogte van de laatste details van Simon Cornbrooks verhouding met broodschrijfster Sally Agnes

St Cyr. Hij had zichzelf voorgehouden dat Helen niet beter verdiende. Ze mocht de openbare vernedering ook wel eens smaken – dat had hij ook gemoeten tijdens hun scheiding. Helen, die door haar onverzoenlijke houding de dood van zijn enige kind, van Nell, had veroorzaakt. Arme kleine Nell, met haar blauwe ogen vol vertrouwen en haar grote intelligentie. Hoewel hij nu inzag dat hij er zelf op een bepaalde manier, zij het slechts gedeeltelijk, voor verantwoordelijk was geweest. Hij wilde niet in hetzelfde morele schuitje zitten als sir Larry Patt. Helen had van Nell gehouden en haar niet alleen maar willen bezitten om hem dwars te zitten, dat kon hij niet langer ontkennen.

Hij nam de telefoon. Hij belde. Helen nam op. Haar stem klonk zacht en net als vroeger.

'Hallo?'

'Met Clifford. Ik vroeg me af of je vanavond met me uit eten zou kunnen gaan?'

Het was even stil. Tijdens die stilte draaide Helen zich om en raadpleegde ze Arthur Hockney, maar dat zou Clifford niet te weten komen.

'Heel graag,' zei Helen.

Toevalligerwijs...!

Lezer, u kent die toevalligheden wel die zich in het werkelijke leven steeds weer voordoen. Uw zuster en de vrouw van uw zoon zijn op dezelfde dag jarig; op de dag dat u een vriend die u lang niet gezien hebt toevallig op straat tegenkomt, ontvangt u een brief van diezelfde vriend; de vrouw van uw baas is in het huis geboren waar u nu in woont – zulk soort dingen! Volgens algemeen aanvaarde normen horen schrijvers in fictie geen toevalligheden te gebruiken, maar ik hoop dat u geduld met me hebt en wilt aannemen dat het heel goed mogelijk is dat Helen, op het moment dat Clifford belt om haar mee uit eten te vragen, in gesprek is met Arthur Hockney, die ze zo zelden ziet, omdat dat precies is wat zou gebeuren en ook gebeurt. Dit verhaal van mij volgt het werkelijke leven op de voet – daarom lijkt het af en toe misschien zo ver gezocht. Maar vraag u zelf eens af: is de werkelijkheid niet nog veel ongeloofwaardiger dan fictie? Groeten de koppen van uw dagblad u niet iedere morgen met de meest buitenissige en onwaarschijnlijke gebeurtenissen? Komen de gebeurtenissen niet groepsgewijs uw eigen leven binnen? Is het niet zo dat er tijden helemaal niets gebeurt en dan gebeurt ineens alles tegelijk, wat enig of afschuwelijk is, al naar gelang de omstandigheden. Nou, zo gaat het in ieder geval in mijn leven, en schrijvers kunnen niet anders zijn dan lezers.

Goed, hoe dan ook! Wat een avond voor iedereen! Stelt u zich het tafereel in Helens huis eens voor. Het is zeven uur 's avonds. Helen heeft de vierjarige Edward naar bed gebracht en heeft nu eindelijk tijd om Arthur haar volle aandacht te geven. Hij is in Londen op doorreis. Hij had Helen vanaf Heathrow gebeld en ze stond erop dat hij langskwam. Simon is weg om een politieke conventie in Tokio te verslaan en Sally Agnes St Cyr zit ook in Tokio. Helen draagt een heel eenvoudige crèmekleurige zijden jurk. Ze nestelt zich in een lichtgroene leunstoel en ziet er zo lief en kwetsbaar uit dat Arthur Hockney zich plotseling als een van de misdadigers voelt die hij zijn leven lang achtervolgt en de verleiding begrijpt om iemands remkabels door te snijden of zijn drankje te vergiftigen – die iemand is Simon Cornbrook. Iedereen eigenlijk die Helen ongelukkig maakt. Wat Arthur niet begrijpt, is dat Helen maar met haar mooie vingertjes hoeft te knippen of ze heeft Simon terug – Simon houdt zich alleen met Sally Agnes op in een poging Helens liefhebbende aandacht terug te winnen – maar ze wil en kan niet met haar vingers knippen! Niet totdat Nell gevonden is, totdat het spook van haar huwelijk met Clifford tot rust gebracht is. Ze zal het niet opgeven. Arthur is, ondanks zijn intuïtie, ondanks de gemakkelijke manier waarmee hij met vrouwen omgaat en ondanks al zijn vriendelijke en opgewekte ervaring met hen, een simpele en zelfs naïeve man als het op de aangelegenheden van het hart en het geweten aankomt. Daar zit hij, zwart en glanzend en eigenlijk te groot en te gespierd voor de lichtgroene stoel waarin hij heeft plaatsgenomen (Simon is fijn gebouwd – intellectueel een zwaargewicht, maar lichamelijk een lichtgewicht – en dat is aan het hele huis, inclusief het meubilair, te zien) en luistert terwijl Helen zegt: ‘Ik weet dat het niet goed is, ik zou het zelfs niet moeten zeggen, maar ik heb nog steeds het gevoel dat Nell leeft. Iedere kerst zeg ik tegen mezelf: vandaag is Nell vier, vijf, zes, zeven jaar geworden. Ik zeg nooit: “zou zijn geworden”, ik zeg: “vandaag is ze geworden”. Hoe zou dat komen?’

(Het Eastlake Opvangcentrum in Hackney heeft Nell trouwens een verjaardag toegewezen. Ze zitten er zes maanden naast. Nell is groot voor haar leeftijd en ze hebben haar 1 juni als verjaardag toegekend. Ze geloven dat ze zes jaar en negen maanden is. Wij weten dat ze op deze voorjaarsavond zes jaar en drie maanden is. Een heel half jaar ernaast. Helaas moet ik zeggen dat het centrum er in alle opzichten ver naast zit: ze zijn tot de conclusie gekomen dat onze Nell, onze pientere, mooie, levendige Nell een ZML-kind is – zeer moeilijk lerend – maar daar houden we ons op dit moment niet mee bezig.)

'Ach,' zegt Arthur onverstandig genoeg, 'ik vermoed ook dat ze niet dood is, maar vermoedens zijn geen bewijzen. Het belangrijkste is dat je je leven hier en nu gaat leven en niet doet alsof het op de een of andere manier pas ergens in de toekomst, als Nell terug is, gaat beginnen.' Maar Helen draait slechts het glas in haar hand rond en glimlacht, al te beleefd.

'Accepteer tenminste dat ze weg is,' zegt hij, 'en voor altijd weg is, ook al zou ze in leven zijn.'

'Nee!' zegt Helen op min of meer dezelfde toon waarop Edward 'Wil ik niet!' zegt. 'Als je vermoedt dat ze leeft, moet je zorgen dat je haar vindt!' En ze denkt aan haar vaders laatste doeken, die nu per stuk meer dan een ton waard zijn en nog steeds stijgen, de doeken die hij in zijn vochtige houten schuurtje achter het haardhout heeft opgeborgen voor het geval Clifford Wexford en consorten ze te pakken zouden krijgen. Ter wille van Nell zou haar vader beslist afstand van ze doen. 'Ik betaal wat je maar wilt.'

'Het gaat helemaal niet om het geld,' zegt hij gekwetst. 'Er is gewoon verder niets meer wat ik kan doen.'

Deze bleke Engelse vrouw doet helemaal niets voor de wereld en hij had volledig het recht om haar te veroordelen. Maar sterven er niet dagelijks vele duizenden kinderen overal ter wereld, ofwel ondanks hen die van hen houden, ofwel rechtstreeks door de hand van hen die dat niet doen, en gaan ze niet dood van de honger, omdat de overheid zich niets van hun lot aantrekt? Zij had niets te doen, waarom benutte ze haar tijd niet om hen te helpen? Maar nee, ze kon daar alleen maar zitten en er zijn en over haar eigen lot nadenken en zijn tijd verspillen en tegen haar man liegen. Hij had volledig het recht om haar te minachten. Hij vond het pijnlijk om te ontdekken dat bewondering niet noodzakelijk was om te kunnen liefhebben. Hij zag het als een bewijs van zijn eigen morele faillissement.

'Ik kan verder niets meer doen,' herhaalt hij.

Maar dat staat ze niet toe. Ze staat op, loopt naar hem toe, pakt zijn hand, kust hem luchtig op zijn wang en zegt: 'Alsjeblieft Arthur!' waarbij ze zijn voornaam gebruikt, wat ze zo zelden doet, en hij weet dat hij alles voor haar zal doen, zelfs zijn kostbare tijd aan vruchteloze achtervolgingen zal verspillen, en dat er niets verandert, dat alleen de tijd verder gaat.

Op dat moment gaat de telefoon en het is Clifford. Arthur kijkt naar Helen en ze verandert, alsof er met haar bloed nieuwe energie door haar aderen stroomt, het is heel opmerkelijk. Haar ogen beginnen te stralen, haar wangen krijgen kleur, haar bewegingen worden levendiger en haar stem wordt lichter van toon.

'Het is Clifford,' zegt ze tegen Arthur met haar hand over de hoorn.

'Wat zal ik doen? Hij wil me mee uit eten nemen.' Arthur schudt zijn hoofd. Haar liefde voor Clifford is als een of ander vreselijk verdovend middel: hoe bedwelmender op korte termijn, des te giftiger op lange termijn.

'Goed,' zegt ze tegen Clifford, zonder zich iets van Arthurs advies aan te trekken, natuurlijk niet, behalve om te zeggen, terwijl ze door het huis rent om zich klaar te maken: 'Deze jurk, die jas, dat parfum, deze schoenen, zal dat me staan? Zie ik er zo goed uit?' waarmee ze slechts van tijd tot tijd even ophoudt om de arme Arthur te omhelzen – haar armen werkelijk om hem heen, zeker vier dunne blanke armen van haar tegen één zwarte en stevig gespierde van hem.

'Als Clifford en ik toch eens vrienden zouden kunnen zijn, gewoon vrienden – dat is alles...'

Maar dat is natuurlijk niet wat ze wil en dat weten ze allebei.

'Arthur,' zegt ze, 'je wilt toch wel oppassen! Ik heb niemand anders. En ik ben uiterlijk elf uur terug. Dat beloof ik!'

Mooi zijn

Lezer, Angie Wellbrook had die dag eraan besteed om zichzelf voor te bereiden op haar zakelijke ontbijtafspraak van de volgende dag met Clifford. Ze ging naar de kap- en schoonheidssalon van Harrods en spendeerde daar veel tijd en geld. Zoals altijd wist ze er een heleboel mensen overstuur te maken. Ze beschuldigde de schoonheidsspecialiste ervan dat ze haar vak niet verstond en het meisje dat haar benen met was behandelde dat ze haar opzettelijk pijn deed. (Het is vrijwel onmogelijk om duizenden haren tegelijk uit benen te trekken zonder *enige* pijn te doen en de haren in Angies benen waren donker, talrijk en taai.) Ze maakte Eve overstuur, die haar nagels deed, en beslist de beste manicure van Londen moet zijn en nooit haar neus ophaalt voor zelfs de meest onverzorgde handen en de ergste gebroken nagels en die zelfs bij de onaardigste en meest veeleisende klanten rustig kan blijven – door haar op haar nuchtere maag alvast de schuld te geven van een gebroken nagel. Angie had *zeer* lange nagels, van het bloedrode klauwachtige type, de soort waarvan het verleidelijk is om aan te nemen dat alleen vrouwen zonder kinderen ze hebben, of zij die andere vrouwen hebben om hun huishouden te doen. (Hoewel de wens hier misschien de vader van de gedachte is – het is waarschijnlijker dat ze gewoon enorm harde nagels hebben en altijd handschoenen dragen.)

Angie wilde kinderen. Dat is te zeggen, ze wilde Cliffords kinderen. Angie wilde een dynastie stichten en daar was ze dan, begin dertig, en er was nog steeds niets gebeurd! Geen wonder dat ze zo boos was bij Harrods, maar het personeel daar kwam de reden niet te weten en zou misschien niet zoveel begrip hebben opgebracht als ze die wel hadden geweten. Hoe minder kleine Angies er rondlopen hoe beter, hadden ze misschien gedacht. In de kapsalon liet ze Phoebe haar haar *vier* keer uitkammen en het resultaat stond haar nog steeds niet aan – Angie wilde namelijk een vol luchtig kapsel hebben (belachelijk, gezien haar alledaagse zakelijke gezicht) en Philip wilde dat het eenvoudig was, op het sobere af. Maar Angie zou haar zin krijgen en tegen de tijd dat het zover was, had Philips volgende klant een half uur zitten wachten. En Angie wilde evenmin bijbetalen – o nee!

Nu was de klant die Angie had laten wachten niemand anders dan Dorothy, de nieuwe blonde jonge vriendin van sir Larry Patt, die sir Larry troostte in de maanden na het onverwachte en opvallende vertrek van zijn vrouw Rowena. Zoals u zich misschien nog herinnert, had ze haar aftocht gepaard doen gaan met onthutsende openbaringen over haar vele hardnekkige verhoudingen tijdens hun huwelijksjaren. (Lezer, geloof nooit in de discretie van uw partner. Als er iets is dat onthuld kan worden, zal het vroeger of later ook onthuld worden, al duurt het jaren; in een vlaag van hartstocht, spijt, woede of wat dan ook, of gewoon om het dramatische effect zal de waarheid uitgesproken worden. Met een beetje geluk wordt er natuurlijk geen geloof aan gehecht. Maar het wordt beslist gezegd!) Larry Patt geloofde Rowena wel toen ze hem vertelde over haar verhouding met Clifford. En deze kennis bevrijdde hem, kan ik wel zeggen, van zijn schuldgevoel over Dorothy, die hij al jarenlang af en toe zag, al lang, heel lang voordat Rowena en Clifford elkaar tijdens trendy diners diep in de ogen keken. Dorothy was conductrice bij het Londense openbaar vervoer. Een van die knappe, levendige en actieve jonge dingen die ouderwetse heren graag de trap op en af helpen op de lijn die van Chiswick via Knightsbridge naar Piccadilly loopt. Dorothy gaf nu maar al te graag haar baan op, liet haar broer verder op haar oude vader letten en trok in bij sir Larry in zijn flat in het Albany en bracht haar dagen verder door met winkelen en pogingen om de spieren aan de achterkant van haar benen kwijt te raken. Sir Larry was veertig jaar ouder dan zij, maar wie telde die?

Dorothy was die dag een bijzonder gemakkelijke klant voor Philip van Harrods kap- en schoonheidssalon, hoewel hij haar een heel half uur had laten wachten. Angie herkende Dorothy natuurlijk niet toen ze elkaar passeerden – hoe had ze haar moeten herkennen? Dit is gewoon een van die toevalligheden van dit verhaal, lezer, waar u en ik van af weten, maar onze hoofdfiguren niet. Angie droeg een jas van witte nerts. Natuurlijk niet dezelfde van vroeger. Die had ze verkocht. (Ze had hem natuurlijk niet aan een arm en koud iemand weggegeven. Nee. De rijken blijven rijk omdat ze gierig zijn.) Dorothy had een heel leuk kapsel en was met twintig minuten klaar en toen Dorothy al lang had betaald en weg was, stond Angie nog steeds ruzie te maken bij de kassa – ze weigerde nu om ook maar een cent te betalen en dreigde Eve zelfs een proces aan te doen wegens het beschadigen van haar nagels. Ter verdediging van Angie: ze was zenuwachtig voor haar afspraak van de volgende dag met Clifford. Ik noem het feit dat de wegen van Angie en Dorothy elkaar kruisten om aan te tonen hoe al onze levens met elkaar verbonden zijn. Angie was naar bed geweest met Clifford die naar bed was geweest met Rowena die naar bed was geweest met sir Larry Patt (nauwelijks) die nu samenwoonde met Dorothy die, als u het mij vraagt, de aardigste van allemaal was en tenminste wist wat het was om te werken voor de kost. De hemel mag weten op wat voor manier het meisje in de bakkerswinkel waar u uw koffiebroodjes koopt met u verbonden is. Of, wat dat betreft, met de plaatselijke jagermeester.

Die avond dineerde Angie met Sylvester, haar halfhartige inwonende kunstkritische minnaar en vond hem een enorm naargeestige kerel en vroeg zich af waarom hij niet eerlijk voor zijn gevoelens uitkwam en er gewoon met hun knappe jonge kelner vandoor ging, in plaats van zo ijverig te proberen om niet betrapt te worden terwijl hij naar hem keek. Angie zou Sylvester beslist niet missen in haar bed. Soms discussieerden hij en zij over het huwelijk – ze konden goed met elkaar opschieten, interesseerden zich voor dezelfde dingen en hadden dezelfde vooroordelen. Het kwam hen goed uit om hun huizen in de verschillende delen van de wereld met elkaar te delen, aangezien ze hierdoor de verzekeringspremie voor hun persoonlijke kunstcollecties konden halveren, en ze vonden het prettig om 's morgens hun sinaasappelsap en zwarte koffie in elkaars gezelschap op te drinken en zich samen op te winden over kunstprijzen. Hij begeleidde haar hierheen, zij begeleidde hem daarheen en zo hielden ze voor elkaar de schijn op. Samen werden ze twee keer zoveel uitgevraagd als ieder afzonderlijk en ze hielden allebei van uitjes. En ze ontvingen samen de mecenassen en kritische connaisseurs van de kunstwereld en genoten daarvan, maar verder? Nee. (Alhoewel, lezer, zou *u* daar geen genoegen mee nemen? Ik denk dat ik dat wel zou doen, als ik me in die kringen bewoog – vergeet het meisje in de bakkerswinkel, vergeet de jagermeester. Het is diegene met wie u ontbijt die telt.)

'Je ziet er beeldschoon uit,' zei Sylvester tegen Angie en dat was ook wel te hopen. Ze had Harrods uiteindelijk zevenentwintig pond betaald, maar de eigenlijke rekening, inclusief de coupe soleil, de electrolyse en een nieuw wondermiddel van een gezichtscrème, had 147 pond bedragen en 147 pond kan een heel verschil uitmaken voor het uiterlijk van een vrouw, zelfs bij de prijzen van vandaag. En we hebben het over *toen*, vijftien jaar geleden! Net zoals natuurlijk echte 18 karaats gouden oorhangers en een ketting van zeldzaam rood goud die worden gedragen in combinatie met dure zwarte kasjmier (met een nogal hoge hals, want haar huid was gewoon flets). Laat er geen misverstand over bestaan! In de loop der jaren had Angie tenminste geleerd hoe ze zich moest kleden, zij het niet hoe ze zich moest gedragen.

Die avond voor de rijken!

Die avond gaven Angie en Sylvester vierendertig pond uit aan hun diner voor twee. (Meer dan honderd pond volgens de prijzen van tegenwoordig.) Angie had een enorme eetlust. Ze gingen naar een nogal deftige Italiaanse gelegenheid in Soho, waar de peper voor hun pasta uit een enorme antieke pepermolen kwam en ze de allerbeste Parmezaanse kaas hadden – zacht, zoals verse Parmezaanse kaas hoort te zijn – die die dag per vliegtuig vanuit Italië was aangevoerd. Het stel dronk ook een flink aantal gin-tonics voor het eten en een heel goede wijn erbij en zeer, zeer oude port toe, waardoor de prijs aanmerkelijk hoger werd.

Diezelfde avond (in Londen) gingen Simon en Sally Agnes uit lunchen (in Tokio) en aten *sjusji* en Sally stond erop dat ze zowel champagne als sake namen, wat Simon dapper genoeg maakte om haar te zeggen dat hij dacht dat ze elkaar misschien niet meer moesten zien. Helen leed onder de roddel, zei hij. Simon sprak zo voorzichtig en tactvol als hij kon, maar hoe kan je zulke dingen vriendelijk zeggen? Sally Agnes gooide een glas warme sake in zijn gezicht en hoewel er niet veel in zat – de Japanners drinken veel, maar altijd beetje bij beetje, beetje bij beetje – spatte er wat drank op een nogal zeldzaam wandkleed achter zijn hoofd.

'Journaliste doordrenkt journalist,' meldde de kop in *Private Eye*, 'toen de relaties met Oeganda werden verbroken'. Nergens veilig! Nergens onder elkaar! Zelfs niet, misschien juist niet, in een achterafrestaurantje in het centrum van Tokio!

Simon voelde zich verplicht om het restaurant iets te betalen voor de schoonmaakkosten: de rekening kwam op bijna vijftig pond. Om 9 uur 's avonds Engelse tijd belde hij Helen in Muswell Hill en niet Helen nam op, maar Arthur Hockney. Arthur vertelde Simon dat hij voor Helen zat op te passen. Arthur vertelde Simon natuurlijk niet dat Helen een afspraak had met Clifford, maar dat wist Simon op de een of andere manier. Met wie zou Helen anders zo impulsief meegaan en Arthur Hockney nota bene achterlaten als babysitter voor de dierbare Edward? En als Edward nu eens een aanval zou krijgen van valse kroep, waar hij zo vatbaar voor was? Helen ging zelden uit, voor het geval Edward een aanval zou krijgen. En nu was Arthur Hockney ineens babysitter? Simon wist maar al te goed dat Helen Arthur af en toe zag, dat ze nog steeds weigerde te geloven dat Nell dood was. In Simons ogen was Arthur haar medesamenzweerder en hij vond hem er niet aardiger om. Simon nam de eerste vlucht naar huis, binnen het uur. Zijn huwelijk moest weer een solide basis krijgen, en snel.

Clifford nam Helen mee naar het restaurant van de Festival Hall, gedeeltelijk omdat hij dacht dat hij daar geen bekenden zou tegenkomen en gedeeltelijk omdat je daar, hoewel het niet de meest modieuze gelegenheid ter wereld is, het mooiste uitzicht van heel Londen hebt. In het begin zeiden noch Clifford, noch Helen veel. Clifford vond haar verbazingwekkend mooi, nog mooier dan hij zich kon herinneren. De zachtmoedige, tedere en bijna onderdanige manier waarop ze haar hoofd hield, had iets – en toch wist hij hoe koppig, ja bijna boosaardig (zijn woorden) ze kon zijn. Hij wist dat het air van zuiverheid en trouw bedrieglijk was. Ze was trouweloos, lichtzinnig en saai. Ja toch? En wat Helen betreft, zij wist dat Cliffords hoffelijkheid maar heel oppervlakkig was en dat zijn charme een truc en een val was, dat hij haar vandaag alleen maar vleide om haar morgen weer kapot te maken, te kwetsen en te vernietigen. En het beeld van Nell stond tussen hen in: het kind dat ze hadden liefgehad, maar niet genoeg, want de liefde was overspoeld door ellende, gekwetste trots en haat; het was hun woede, hun teleurstelling in elkaar die ertoe had geleid dat ze haar kwijt waren geraakt. Hoe konden ze hierover praten? En aangezien ze de belangrijke zaken niet konden noemen, moesten ze het over onbenullige dingetjes hebben. Toch bleef in hun timide gepraat over mode en gebeurtenissen steeds iets anders opduiken: misschien was het slechts de herinnering aan die paar verrukkelijke volmaakte maanden die ze samen hadden gehad, jaren geleden, die niet onderdrukt kon worden. Clifford nam Helens hand toen ze haar glas wilde pakken en hield hem vast en ze liet hem daar.

'Ik wil over Nell praten,' zei hij.

'Ik kan niet geloven dat ze dood is,' zei Helen, 'Ik wil niet praten over het feit dat ze dood is. Ze hebben haar lichaam nooit gevonden.'

'O, Helen,' zei hij vol meeleven, 'als je dat wil geloven, moet je dat ook doen. Als dat je helpt.'

Door deze onverwachte vriendelijkheid sprongen de tranen in haar ogen.

'Simon wil niet dat ik het geloof,' zei ze.

'Hij is een journalist,' zei Clifford die zo verstandig was om hem niet met de dwerg aan te duiden, 'en journalisten houden van afgeronde feiten. Dat ligt nu eenmaal in hun aard. Je bent niet gelukkig met hem.'

'Nee,' zei Helen en was verbaasd dat ze het zei.

'Waarom ben je dan nog steeds bij hem?'

'Om Edward. Omdat er iets vreselijks met Edward zal gebeuren als ik Simon verlaat.'

Dat was haar bijgeloof, haar angst. Dat begreep hij ook.

'Wel nee,' zei hij. 'Het kwam door mij dat Nell is gestorven, niet door jou. En Simon zal zich beter gedragen dan ik, dat ligt ook in zijn aard.'

'Dat is waar,' zei ze en ze slaagde erin een glimlach te produceren. Ze schudde haar hoofd, alsof ze zich van een doofheid in haar oren en een waas voor haar ogen probeerde te bevrijden.

'O God,' zei ze, 'door jou voel ik me zo levend! Het leven stroomt van alle kanten bij me binnen. Wat moet ik doen?'

'Kom met me mee naar huis,' zei hij. En dat deed ze natuurlijk, waarbij ze de hele Arthur vergat, en als ze hem niet helemaal vergat, kon het haar in ieder geval niets schelen.

Die avond voor Nell

Die avond, toen de levens van Clifford en Helen weer samenkwamen met tenminste een belofte van geluk, zwaaide Nells wereld door naar nog grotere wanorde. Toen Helen kleine hapjes van haar zalmmousse nam en Clifford van zijn lamskoteletten, werd er in het Eastlake Opvangcentrum een vergadering gehouden om de toekomst te bespreken van een klein groepje kinderen, waaronder Nell. Nu was kleine Nell zich aan het herstellen van de schok om weer eens haar huis en familie te zijn kwijtgeraakt en van de afschuwelijke beelden van dood en vernietiging waarvan ze getuige was geweest en het ging heel goed met haar, dank u vriendelijk. Ze begon normaal te praten en in het Engels, niet in het Frans, hoewel ze nog steeds aan een fragmentarisch geheugenverlies leed.

Ze deelde een slaapzaal met vijf andere kleine meisjes – Cindy, Karen, Rose, Becky en Joan. Ze hadden harde matrassen (gezond en goedkoop) en niet genoeg dekens, want wat de groepsleiding, bestaande uit een echtpaar, op de verwarmingskosten van het centrum bespaarde, konden ze in hun eigen zak steken. Rose en Becky plasten in hun bed en kregen iedere morgen een klap en moesten hun eigen lakens wassen. Cindy kwam niet uit haar woorden en zei soms goedenavond als ze goedemorgen bedoelde en moest in de prullenbak gaan staan om te zorgen dat ze zich zou schamen en verstandiger zou worden. Karen en Joan hadden allebei het etiket 'onhandelbaar' opgeplakt gekregen, hoewel ze allebei pas zeven waren, en dat betekende dat ze werkelijk heel erg ondeugend waren, en zij scheurden de dekens en trapten tegen deuren en stompten je soms plotseling zonder enige reden in je maag. Nell lette er goed op dat ze braaf en rustig was en zoveel mogelijk lachte. Ze vond Rose erg aardig en ze waren goede vriendinnen. Ze probeerde verstandige manieren te bedenken om Rose niet in haar bed te laten plassen. Als niemand keek, nam ze het sinaasappelsap van Rose (het zoetige oranje nepspul, niet het dure geconcentreerde sap), dat ze voor de nacht kregen, en dronk het zelf op en het werkte. Ze begreep zelfs op die jonge leeftijd dat niemand opzettelijk onaardig was – ze waren gewoon dom en wilden geld sparen. Ze was zich tenslotte zeer sterk bewust van haar eigen waarde. Hadden haar moeder en vader niet om haar gevochten, omdat ze haar allebei wilden hebben; hadden Otto en Cynthia zich niet lachend over haar wieg heen gebogen en hadden monsieur en madame De Troite haar niet als de bron van alle geluk, jeugd en hoop beschouwd – deze dingen raak je niet zomaar kwijt. Ze kon zich deze dingen slechts vaag herinneren, maar ze waren deel gaan uitmaken van haar diepste wezen. Nell zag dat ze niet begrepen en daardoor ondergewaardeerd werd – niet dat ze niets waard was – en daardoor overleefde ze het. Ze boog haar hoofd, maar ze bleef stralende ogen en een open karakter houden. Ze wist dat ze hier niet altijd zou zijn en ondertussen was ze als altijd vastbesloten om er het beste van te maken. 's Nachts kon ze zichzelf wel eens in slaap huilen – stilletjes, voor het geval ze gehoord zou worden en wegens ondankbaarheid een klap zou krijgen – maar ze werd 's morgens opgewekt en lachend wakker met haar hoofdje vol van de tafels die geleerd moesten worden of de spelling die ze onder de knie moest krijgen of Karen die geholpen moest worden en nieuwe spelletjes die ze met Rose zou spelen en manieren om de rood omrande ogen van Annabel Lee, de vitterige groepsleidster, te vermijden.

Nu waren Annabel Lee en Horace, haar man, allebei zware rokers en sigarettenrook maakte Nell altijd erg ziek, waardoor ze, afgezien van al het andere, zover mogelijk bij hen vandaan bleef. Wij weten dat deze reactie veroorzaakt werd door haar herinneringen aan Erich Blotton, maar Nell is niet in staat om dit te verklaren, zelfs als ze het zelf zou begrijpen, en meneer en mevrouw Lee, met grauwe gezichten en een rokershoest ten gevolge van de tabak, begrepen het evenmin. Zij vonden dat hun gedrag zo'n reactie beslist niet verdiende.

'Ze duikt nog steeds weg als ik in de buurt kom,' zei Annabel op de vergadering van de plaatsingscommissie. 'Ik geloof niet dat pleegouders het aan zouden kunnen. We willen niet dat Ellen Root steeds weer terugkomt als de zoveelste plaatsing mislukt.' Ellen Root! Ja, lezer, onder deze naam stond de kleine Eleanor Wexford nu bekend. Ach, ze moest toch ergens mee aangesproken worden, dit kind dat nergens vandaan kwam. Weet u nog hoe ze was gevonden, met een paar gebrekkige woordjes Engels, terwijl ze verdoofd aan de kant van een Route Nationale stond tegen een achtergrond van vuur en chaos? Ze noemden haar Ellen, omdat 'Hélène' het woord was dat ze telkens weer fluisterde als zij zich over haar heen bogen om het te verstaan, en zij die luisterden, dachten dat het haar naam moest zijn. In werkelijkheid herinnerde ze zich de naam van haar moeder en sprak ze die vaag herinnerde naam op de Franse manier uit – hoewel het Frans zelf door de shock en de angst uit haar kinderhersentjes was verdreven. Dus werd ze 'Ellen' en vervolgens 'Root' van 'Route Nationale'. Gesnopen? Annabel Lee vond dat ze de naam op een erg intelligente manier had gekozen en dat was ongetwijfeld zo. Annabel dronk stiekem. Niemand wist het, haar man Horace niet en de Sociale Dienst waarvoor het echtpaar werkte al helemaal niet. Hoe hadden ze het moeten weten? Niettemin was 'Ellen Root' niet een van de mooiste namen en dat was misschien het doel waar Annabel Lee naar streefde. Aangezien ze zelf een lelijke, zware, hardwerkende vrouw was, had ze niet veel op met opvallend mooie, charmante, teergebouwde kleine meisjes. Misschien maar goed ook dat die niet te vaak in Eastlake terechtkwamen.

Het centrum werd geplaagd door een epidemie van hoofdluis van een bijzonder taai soort en op de een of andere manier moest het haar van Ellen Root altijd afgeschoren worden, terwijl de hoofden van de andere meisjes tot volle tevredenheid met shampoo en de luizenkam behandeld konden worden. Nu had Ellen natuurlijk erg dik en krullend – en glanzend en blond en mooi – haar en het zou inderdaad kunnen dat Annabel er bijzonder veel moeite mee heeft gehad. We moeten haar de voorkeur van de twijfel geven, dat hoort bij het oefenen van de deugden, om ze ons beter eigen te maken.

Iemand van de plaatsingscommissie merkte op dat het kind al

een ongebruikelijk lange tijd in het opvangcentrum zat. Bijna een jaar. Het was toch zeker tijd dat ze doorging naar een plaats die meer een thuis zou zijn, zelfs als ze nog niet ver genoeg was voor een pleeggezin? Het centrum was een tussenstation voor kinderen in moeilijkheden – veroorzaakt door henzelf of door de wereld – en niet bedoeld als hun vaste verblijfplaats.

'Ik vind het prima,' zei Horace, 'maar waar stuur je Ellen Root naar *toe*? Het is een ZML-kind.' (Lezer, deze afkorting betekent Zeer Moeilijk Lerend. Dat wil zeggen, achtergebleven. Een echte kleine sufferd. Onze Nell!) 'Het staat hier levensgroot in haar dossier. Ze zou alleen naar Dunwoody toe kunnen en dat is niet bepaald geschikt.' Dunwoody is een tehuis voor geestelijk gehandicapten en gestoorden en Nell was, hoewel haar IQ-testen bleven aantonen dat ze achtergebleven was, tenminste altijd rustig en meegaand.

'Dat weet ik nog zo net niet,' zei Annabel. 'Als ik haar haar probeer te kammen gaat ze ervandoor.' En dat klopte, uit angst dat het afgeschoren zou worden, maar daar dacht Annabel niet aan, of wilde ze niet aan denken. 'En onze lieve kleine Ellen heeft Horace een keer gebeten. Weet u nog wel?' Dat had Ellen inderdaad gedaan, toen ze een keer uit haar slaap werd wakkergeschud door Horace, omdat het brandalarm om twee uur 's nachts afging en de hele inrichting ontruimd moest worden. Herinneringen sloegen als een golf door haar heen, ze was doodsbang, ze vocht – ja, ze was inderdaad niet te hanteren geweest, ze had gebeten. Gebeten! Een onvergeeflijke zonde in de kringen van de kinderzorg.

'Ze was overstuur,' zei Horace.

'Ze is gestoord,' zei Annabel meedogenloos. 'Ze beet bijna tot op het bot, als een wild beest.' Het was natuurlijk vals alarm geweest; ieders rust was verstoord. (Het was Joan geweest die uit bed was gekropen en het glas had gebroken met het verleidelijke rode hamertje dat precies ter hoogte van kinderoogjes aan een haakje hing.) Maar brand is een wezenlijk gevaar in zulke tehuizen – sommige kinderen draaien hun hand niet om voor brandstichting – en de dreiging ervan wordt altijd serieus genomen. Zelfs nog meer dan bijten!

Nu vraagt u zich misschien af, lezer, waarom Nell of Ellen zo slecht uit intelligentietests te voorschijn komt. Daar bestaat een heel eenvoudige reden voor. Op vragen als 'Schijnt de zon 's nachts?' antwoordt Ellen: 'Ja' – waarbij ze denkt aan de manier waarop de zon aan de andere kant van de wereld opkomt op het moment dat ze hier ondergaat – terwijl het echte antwoord – dat gewoonlijk door kinderen onder de vijf wordt gegeven – 'Nee' moet luiden. (En Nell krijgt tests voor kinderen van vier, aangezien haar taalontwikkeling op dat niveau ligt, doordat ze twee en een halfjaar helemaal geen Engels heeft gesproken.) Zulke dingen gebeuren. Binnen de kinderzorg krijgen kinderen soms per ongeluk of ten gevolge van onkunde en af en toe ten gevolge van volwassen kwaadaardigheid een verkeerd etiket opgeplakt, waardoor ze op een totaal verkeerde plaats terechtkomen.

En dus werd die avond besloten dat Nell nog een tijdje langer in Eastlake zou blijven en niet in een pleeggezin zou worden geplaatst. 'Enige tekenen van geestelijke gestoordheid' werd in haar dossier gezet, waardoor de veroordeling 'ZML' nog versterkt werd, en zo was er een volgend obstakel op Ellens pad geplaatst dat moest leiden naar haar toekomstige welzijn binnen het systeem van de kinderzorg.

Op dezelfde vergadering werd een voorstel ingediend en aangenomen met betrekking tot een dankbetuiging ten aanzien van een zekere mevrouw Blotton, die het tehuis opnieuw een grote som geld had geschonken, deze keer 750 pond. Mevrouw Blotton verscheen nooit zelf, maar gaf naar verluidt gul aan veel kindertehuizen in de omgeving. Er werd aangenomen dat ze een of andere gek was, waardoor haar giften echter niet minder welkom waren. Er werd ook beslist dat er een brief naar mevrouw Blotton gestuurd zou worden om haar uit te nodigen voor een bezoek aan Eastlake.

U hebt mijn mening over toevalligheden gehoord, lezer. Ik verzeker u dat zulke dingen gebeuren. De onvruchtbare mevrouw Blotton trouwde met Erich Blotton, die het liefste van alles kinderen wilde. Is het dan verwonderlijk als ze nu het verzekeringsgeld van het ongeluk van ZOE 05 weggeeft aan kindertehuizen? De wereld is niet enorm groot – nee, ze is heel klein: cirkels binnen andere cirkels, raderen binnen andere raderen – kijk maar hoe de wegen van Angie en Dorothy elkaar in Harrods kruisten zonder dat ze het zelf wisten! Voor zover ik het kan bekijken, komt zo'n beetje iedereen uiteindelijk iedereen tegen, bijfiguren in het verhaal van hun leven.

Weer samen

Het is misschien maar goed dat Clifford en Helen hier niets van afweten. Zij houden elkaars hand vast aan tafel en kijken elkaar in de ogen. Soms lijkt het alsof we alleen ten koste van iemand anders gelukkig kunnen zijn. Terwijl wij hier onze emoties vieren, lijdt daar iemand anders door onze onachtzaamheid.

'Ik ben je steeds trouw gebleven,' merkt Clifford op, wat, gezien de omstandigheden, zeer bijzonder is.

'Trudi Barefoot?' kan Helen niet nalaten te vragen. Zou u dat ook niet gedaan hebben?

'Wie?' Hij is aan het plagen. Trudi heeft net een nieuwe film gemaakt en haar naam staat in de hele westerse wereld aangeplakt.

'Elise O'Malley?'

'Jandorie, waar zijn mijn pillen?' zegt hij met een Iers accent. Het is stuitend! Genadeloos. En Elise altijd zo afhankelijk en vol vertrouwen!

'Serena Bailey, Sonia Manzi, Gertie Lindhoff, Bente Respigi, Candace Snow...' Ze kent een heleboel van hun namen, maar niet allemaal.

'Je kunt niet geloven wat je in de kranten leest,' zegt hij, 'ik hoop tenminste van niet. Of hoe zit het anders met de dwerg en Sally Agnes St Cyr?'

Verhip! Hij heeft het vergeten en Simon de dwerg genoemd. Helen trekt haar hand terug.

'Het spijt me,' zegt hij vlug. 'Je weet dat ik gewoon jaloers ben.'

Dat is beter! Helen lacht. Drie jaar alweer, sinds Nell zoek is geraakt. Ze mag lachen. En van Clifford mag ze zich aan haar illusie vastklampen, als het al een illusie is, dat Nell nog steeds leeft, en ze woont weer in een wereld waar alles mogelijk is, zelfs geluk.

Lezer, na het diner (dat slechts ongeveer vijftien pond kostte, gezien het jaar en het feit dat Clifford nooit bijzonder verkwistend was) gingen Clifford en Helen naar zijn huis aan Orme Square waar ze samen de nacht doorbrachten. De kosten van die ene avond besloegen voor de drie stellen die uit eten gingen, als Angies nieuwe vergulde schoenen meegerekend worden, beslist meer dan 750 pond, het bedrag dat mevrouw Blotton aan het Eastlake Opvangcentrum schonk. Nells avondeten, dat uit vissticks en witte bonen bestond, met een jamtaartje toe, was begroot op *zes pence*. Als er al zoiets als werkelijke verdorvenheid bestaat, ligt het denk ik in het feit dat de bezitters in deze wereld zo veel bezitten en de niet-bezitters zo weinig.

Arthur Hockney, die de *hele nacht* moest oppassen, zonder zelfs maar een telefoontje, puur uit beleefdheid, kreeg voor zijn moeite helemaal niets betaald. Arme Arthur! Afgezien van de nacht waarin zijn ouders omkwamen en de dag waarop hij zijn mentoren vertelde dat hij hen verraden had en uiteindelijk toch geen deel wilde uitmaken van de beweging voor de burgerrechten en niet gebonden wilde zijn, waren dit de pijnlijkste uren van zijn leven. Hij hoefde niet helderziend te zijn om te weten wat er gebeurde. Wie wel?

Lezer, als u getrouwd bent, doe dan uw best om het te blijven. En als u niet getrouwd bent, zou de cynicus kunnen zeggen, moet u ervoor zorgen alleen verliefd te worden op iemand die u *niet* mag, want u kunt tenslotte best gaan scheiden en het ergste van scheiden, of gescheiden zijn, is om haat in de praktijk te brengen: om te leren om diegene die u beminde en bewonderde te verafschuwen en te minachten, teneinde uzelf ervan te overtuigen dat er niet veel verloren is gegaan. Rukker! Slons! Hij? Zij? Waardeloos! Opgeruimd staat netjes! Het in praktijk brengen van haat is erg slecht voor het karakter – en afschuwelijk voor de kinderen! Maar als u vanuit een antipathie zou starten, zou het waarschijnlijk met veel minder moeite en pijn gepaard gaan. U zou in ieder geval niet uw opvattingen over het hele universum en al zijn bewoners hoeven te veranderen. Zwart zou zwart kunnen blijven en wit wit.

Clifford en Helen, die die nacht weer verenigd waren, lachten, spraken en waren gelukkig in het mooie kleine huis uit de achttiende eeuw aan Orme Square en konden zich nauwelijks herinneren waarom ze elkaar zo hadden gehaat. Zij beschouwde zijn ontrouw nu als louter mannelijkheid; zijn gierigheid als voorzichtigheid; zijn opgaan in zijn werk als niet meer dan redelijk en zichzelf als iemand die te jong was getrouwd en Clifford niet had gegeven wat hij nodig had.

'Ik probeerde alleen maar steeds om je jaloers te maken!' zei ze tegen hem, terwijl ze lenig en lieftallig in de marmeren douchecel stond, in een wolk van stoom die haar, net als een waas over een filmcamera, in Cliffords ogen nog vager en romantischer maakte dan ze ooit in zijn dromen was geweest – de goede, niet de slechte. En hij had, om eerlijk te zijn, heel veel over Helen gedroomd, zelfs in gezelschap van Elise, Serena, Sonia, Gertie, Bente, Candace of wie dan ook.

Clifford was van zijn kant nu in staat om Helens vroege ontrouw als een symptoom en niet als een oorzaak van het fiasco van hun huwelijk te zien. Dat was te wijten aan zijn gebrek aan aandacht voor haar en aan zijn egoïsme.

'Het spijt me,' zei ze, 'het spijt me zo! Ik vond het meteen al vreselijk!'

'Je hebt niets gedaan wat ik niet al had gedaan,' zei hij en zag haar ogen koud worden van jaloezie, maar het duurde slechts een ogenblik.

'Ik wil het niet horen,' zei ze. 'Ik wil het vergeten.'

'Ik heb me afschuwelijk gedragen wat betreft Nell,' zei hij. 'Arme Nell.'

'Schattige Nell,' zei ze. En kijk, nu konden ze gemakkelijk over Nell praten en haar in hun gemeenschappelijke verleden opnemen. Verontschuldigingen zijn belangrijk. Wereldoorlogen ontstaan, omdat ze niet worden aangeboden, omdat niemand bereid is om te zeggen jij had gelijk, ik had ongelijk.

Daar waren ze dan, zes jaar later, hand in hand, zo'n groot deel van hun tijd en hun leven verspild! En Simon Cornbrook keerde 's morgens om vijf uur, met zijn hand op zijn hart, terug uit Japan om zijn huwelijk te herstellen en vond Helen niet in hun huwelijksbed en Arthur, de detective, slapend op de bank en kleine Edward slapend boven, terwijl hij flink hoestte en zijn akelig holle gekuch ieder moment in een akelige aanval van valse kroep kon overgaan.

Weglopen

En wat gebeurde er met kleine Nell, die door dit onverantwoordelijke paar als een speelbal in de armen van het noodlot was geworpen? O ja, ze waren beslist onverantwoordelijk – ze waren met elkaar getrouwd en hadden tenminste enige moeite moeten doen om elkaar te verdragen toen ze Nell eenmaal hadden. (Wat getrouwde mensen zonder kinderen met hun leven doen, is nauwelijks van enig belang; ze kunnen voor mijn part naar verschillende uithoeken van de aarde vliegen: zij doen alleen elkaar en zichzelf pijn en zullen zich snel herstellen.) Welnu, de nacht dat Clifford en Helen herenigd werden, was de nacht waarop Nell, of Ellen Root, zoals ze nu heette, wegliep uit het Eastlake Opvangcentrum, weg van de domme Horace en zijn strenge dronken vrouw Annabel. Zo zag Nell hen in ieder geval, zo waren ze waarschijnlijk niet echt.

Hoewel Nell tot nu toe in haar korte leventje gewend was aan onverwachte afgrijselijke gebeurtenissen, was ze, afgezien van die ene dag met Erich Blotton, verzorgd door de aardigste, gevoeligste en meelevendste mensen in de mooiste, zij het soms nogal excentrieke, ambiances. Het centrum, met zijn luchtjes van kool, desinfecterende middelen en menselijke wanhoop en met zijn bruuske, ruwe en machtige personeel, wekte haar verbazing, maar kreeg haar niet klein. Minder traumatisch dan het vliegtuigongeluk, dan toen de duivel het kasteel met de grond gelijk had gemaakt, dan de ramp op de Route Nationale, maar zelfs nog wonderlijker. En niet leuk! Om in de sombere medische kamer van Eastlake te staan terwijl haar haar werd afgeschoren! Om te zien hoe haar mooie krullen op de versleten grijze linoleumvloer terechtkwamen! Om niemand te hebben die ze kon omhelzen, niemand die ze haar verhalen kon vertellen, niemand die voor haar zong. Ach, ze kon het wel verdragen, voor een tijdje. Maar om niemand te hebben van wie je houdt en die van jou houdt – als dat zou voortduren, zou het inderdaad erg zijn – zelfs het ergste van alle ongelukken die een klein kind kunnen treffen en Nell wist instinctief dat ze weg moest, en snel. Dat alles beter was dan dit! Dat er in de wereld goede dingen en aardige mensen bestonden en dat ze ervandoor moest om hen te vinden.

Het was Ellen Roots zevende verjaardag – volgens het Eastlake centrum. Wij weten natuurlijk dat Nell in werkelijkheid pas zeseneenhalf was. Maar zeven is de magische leeftijd waarop de Engelse wet kinderen in staat acht zelf naar school te gaan – grote hoofdwegen over te steken en vreemdelingen die op de loer liggen te vermijden – en Nell luisterde naar Annabel die haar dit vertelde en dacht: als ik groot genoeg ben om alleen de straat over te steken, ben ik ook groot genoeg om hier weg te gaan en nooit en nooit meer terug te komen. Daar kwam nog bij dat ze die dag voor het eerst in haar leven naar school was gestuurd. Tot nu toe had ze in het aangepaste kleuterklasje van het centrum gezeten – dat wil zeggen, wanneer Annabel het nodig vond om het bij elkaar te roepen en de moeite nam om het waterspel te organiseren of de zandbak te vinden. Dat had ze saai gevonden, maar dit had ze verafschuwd. Een groot, woest oord vol geratel, gekletter, geschreeuw, gegil, geknijp en beledigingen! En er was een grote grijze vrouw die haar maar bleef leren lezen en haar niet wilde geloven toen ze zei dat ze het al kon, en haar zelfs niet wilde horen lezen, zodat Nell stom was gebleven en de vrouw haar een klap had gegeven. Nee, Nell moest weg!

Toen ze uit dat afschuwelijke oord kwam dat school heette (de anderen hadden echte huizen waar ze naar toe konden en zij had alleen maar het Eastlake Centrum, wat iedereen wist en waardoor ze niet met haar wilden praten), pakte Nell een handig, schoon kussensloop uit de linnenkamer waar ze haar schamele bezittingen in rolde. Een toilettasje, een dunne handdoek, een paar schoenen die al te klein waren, een wollen trui, een geelharige lappenpop die betaald was met het geld dat mevrouw Blotton zo vriendelijk ter beschikking had gesteld en het enige voorwerp uit haar verleden – de tinnen teddybeer aan een zilveren kettinkje – en ze had heel wat moeten lachen en al haar charmes moeten aanwenden om hem te behouden. Als gewoonlijk ging ze naar de slaapzaal om naar bed te gaan, maar ze hield zichzelf wakker – wat bijna het moeilijkste van de hele onderneming was – en toen ze de klok in de hal negen uur hoorde slaan, kroop ze uit bed, sloop ze de trap af, deed ze de zware voordeur open en was ze buiten in de heldere nacht, onder de sterrenhemel, in de grote drukke wilde wereld, om haar geluk te zoeken.

Een wilde achtervolging!

'Weggelopen!' riep Annabel Lee uit, toen haar man Horace haar kwam vertellen dat het bed van de kleine Ellen Root leeg was en dat hij het kind nergens kon vinden. 'Wat een door en door slecht kind!' En ze schoof de lege sherryfles onder het bed, opdat haar man hem niet zou zien. Het was een tweepersoonsbed, maar Horace sliep meestal in een kampeerbed op zolder, waar zijn trein stond opgesteld. Het was een zeer uitgebreid en prachtig elektronisch gecontroleerd systeem en de kinderen zouden het vast bewonderd hebben, als ze tenminste boven hadden mogen komen om het te zien. Wat ze natuurlijk niet mochten.

Nu is 'weglopen', na brandstichting en na bijten, het ergste wat een kind in een inrichting kan doen. Het kind dat vlucht, wordt als onmenselijk en ongelooflijk ondankbaar beschouwd. Iedere instelling is voor hen die de leiding hebben een goed, prettig en uitstekend oord. Als het kind (of de gevangene of de patiënt) het hiermee niet eens kan zijn en daarmee overeenkomstig handelt, is het niet alleen weerspannig en slecht, maar bezorgt het iedereen een hoop onnodige last. De procedure bestaat uit het energiek achtervolgen van de wegloper, hem terugslepen en hem vervolgens zwaar straffen voor het weglopen, alsof de ondankbare hierdoor op de een of andere manier eindelijk van de plaats zal gaan houden en hij het niet meer zal doen.

'Dat zal je leren,' schreeuwt de wereld van de grote mensen. Pets, pets! 'Dat zal je leren om het leuk te vinden! Dat zal je leren om van ons te houden! Dat zal je leren om dankbaar te zijn!'

Annabel Lee stuurde de honden achter de kleine Ellen Root aan. Ja, echt waar. Ze had het niet mogen doen en geen enkele officiële instantie zou voor zoiets ooit toestemming hebben gegeven, maar u moet niet vergeten dat Annabel Lee een fles sherry voor tweederde had leeggedronken, terwijl ze lag te wachten tot haar man Horace uitgespeeld zou zijn met zijn treintjes en, misschien, naar bed zou komen. (Een aanzienlijk deel van het geld dat mevrouw Blotton in de loop der jaren aan Eastlake had geschonken was aan de modelspoorbaan besteed – en niemand die het zag (hoewel dat bijna niemand was) kon ontkennen dat het wonderbaarlijk was. Zo teer en complex, met tunnels en seinen en boompjes en kleine huisjes compleet met gordijnen en elektrisch licht en een paar echt heel zeldzame locomotieven – inclusief de legendarische Santa Fe – en op de rekeningen stond alleen 'speelgoed', dus wie kon moeilijke vragen stellen over de uitgaven? Niemand.)

'De honden! De honden! Laat de honden los!' riep Annabel Lee, terwijl ze uit bed klauterde, een dikke vreemde figuur in haar fijne zijden nachthemdje (waar Horace absoluut geen aandacht aan schonk, maar ze bleef het proberen). 'We kunnen de politie niet roepen, dan krijg je alleen maar een schandaal! En een hoop trammelant en ze heeft nog neten in haar haar ook om ons allemaal te schande te maken. Dat kleine juffie moet eens goed bang gemaakt worden! En daar zullen we voor zorgen, nou en of!'

Alsof de arme kleine Nell al niet veel te vaak in haar leven bang was gemaakt, lezer.

Annabel Lee had haar twee grote zwarte honden met glanzende vachten, grote kaken en scherpe witte tanden in een kennel zitten tegen de zijkant van het huis, vlak voor de eetzaal, zodat de kinderen hen konden zien wanneer ze kwamen eten. De honden kalmeerden de kinderen, zei Annabel Lee. Ze maakten hen beslist gedwee, vooral doordat Kettle en Kim hongerig werden gehouden en aan het eind van rammelende kettingen zaten die net lang genoeg waren om de dieren hun druipende kaken tegen het raam te laten drukken, waardoor hun tandvlees tegen het glas werd geperst en hun tanden vergroot werden.

'Als je daar niet mee ophoudt,' (met in de gang te rennen, je kam vergeten schoon te maken, je sokken kwijt te raken of wat dan ook) 'voer ik je aan de honden op!' Discipline vormde geen enkel probleem in Eastlake.

Als er bezoekers of inspecteurs langskwamen, werden de honden overgebracht naar een omheind gedeelte achterin de lange tuin en werden er voor hen in de plaats konijnen in de kennels gezet.

'Wat leuk voor de kinderen om huisdieren te hebben,' zeiden de bezoekers.

'En nog zoveel speelgoed ook! Maar waar *is* al het speelgoed toch? Kapot, zegt u? Mijn hemel! Maar ze zijn natuurlijk gestoord, hè, de arme kleine dingen. Wat boffen ze toch dat ze u hebben, mevrouw Lee, zo warm en vriendelijk en aardig. Wat moet u een geduld hebben. U doet ons allemaal beschaamd staan!' Ze zeiden het zo vaak dat Annabel Lee het zelf volkomen geloofde.

De meeste mensen denken natuurlijk dat ze goed zijn. Hebt u ooit iemand ontmoet, lezer, die dacht dat hij slecht was? Toch moet er ergens iemand zijn die het is, anders zou de wereld er niet zo aan toe zijn als ze is en zou onze lieve Nell niet op dezelfde avond dat haar ouder herenigd werden – zij het tot het verdriet van Arthur Hockney en Simon Cornbrook – over een warm, zomers, door maanlicht beschenen gedeelte van de Hackney moerassen rennen, achtervolgd door een stel kwijlende valse zwarte honden en achter hen, aan het stuur van het busje van Eastlake, met groot licht en een gillende claxon, een dronken en eveneens kwijlende Annabel Lee.

Lezer, ik wil dobermannpinchers niet beledigen. Goed opgevoed en vriendelijk behandeld, zijn het uiterst elegante, gevoelige en goedaardige dieren. Pas als ze door iemand als Annabel Lee worden opgevoed, veranderen ze in monsters. En als ze Nell hadden ingehaald, geloof ik werkelijk dat ze haar zeer waarschijnlijk in stukken zouden hebben gescheurd, door de woestheid van hun wanhoop. Ze wilden manieren leren en waren vals gemaakt, en ze verafschuwden het.

Toen Horace, Annabels man, het drietal zag vertrekken – de springende honden en zijn gillende vrouw – vroeg hij zich even af of hij niet de politie moest roepen om voor eens en altijd een einde te maken aan Annabels activiteiten, maar besloot het niet te doen en ging terug naar de zolderkamer om te zien of de pas verworven en favoriete maar nogal oude Santa Fe-locomotief de Royal Scott kon verslaan op een helling van drie procent. Ik geloof zelf dat

Horace een beetje gek was. Misschien zou je daarom medelijden met hem moeten hebben, maar ik kan het niet opbrengen.

Nell rende, en hoe. Ze rende over vlakke en ruwe grond, ze rende over gras en door water, ze rende naar de snelweg, op het lawaai en gedreun af, en de veiligheid tegemoet, zoals ze dacht. En ieder normaal mens staat duizend angsten uit wanneer hij een klein kind op zoiets ziet afstuiven, maar Annabel Lee was niet meer onder de indruk dan wanneer er een kakkerlak (die in Eastlake zeer talrijk waren) vanaf het fornuis in een pan met kokend aardappelwater tuimelde – zo was ze nu eenmaal. Als het kind overreden werd, was het haar eigen schuld: zij, Annabel Lee, had alles gedaan om haar tegen te houden. Niemand (behalve Horace, die het nooit zou zeggen) zou ooit begrijpen wat er was gebeurd. Misschien had Ellen Root wel bij dat andere ongeluk op de Route Nationale moeten omkomen, misschien bestond haar leven uiteindelijk slechts uit een overgebleven restje. De wegen, de mensenetende reuzen van de moderne tijd, zouden haar opeisen en zij, Annabel, zou doen wat ze kon om hen te helpen. Annabel Lee was beslist meer dan een beetje gek, lezer, en heel erg slecht, en ze haatte Nell op een onredelijke en perverse manier en misschien alleen maar omdat het kind, in tegenstelling tot haarzelf, bij haar volle verstand en een goed mens was. Op dat moment was ze natuurlijk niet erg mooi – daar had Annabel wel voor gezorgd. Een paar weken geleden was ze kaal geschoren en haar haar stond nu recht overeind in een kort blond borstelkopje – waarin naar Annabels overtuiging nog steeds neten schuilden, zo'n bezeten en vijandige houding had ze tegenover het kind – en door Eastlake begon ze net een mager gezichtje te krijgen en met haar ogen te knipperen. Ze kwam precies op tijd weg!

Dus rende de lelijke kale kleine Nell de snelweg, en dood of leven, tegemoet, hoe kon ze weten wat? En toen ze aan de steile rand kwam en struikelde en de helling afrolde, de weg op, riep Annabel Lee net haar honden terug. Ze zat een tijdje in haar Land-Rover te lachen, draaide haar stuur om en ging naar huis.

Nu had kleine Nell geluk, een eigenschap die ze van haar vader had geërfd. Dat wil zeggen, afgezien van het monsterlijke onderliggende patroon van de tegenspoed van een kind dat volkomen verdwaald was in de wereld, bofte ze af en toe enorm – zoals een spin die in een bad is gevallen boft wanneer er een aardig iemand langskomt die niet de warme kraan opendraait om hem weg te spoelen, maar die zo beleefd is de moeite te nemen om hem een stukje touw aan te bieden, zodat hij eruit kan klauteren. Welke goede fee dan ook op Nell moest letten, zij keerde terug op haar post (beter laat dan nooit, neem ik aan, maar werkelijk, wat een nalatigheid!) en bood het arme kind een stukje touw aan in de vorm van een bestelwagen die in een parkeerhaven bestemd voor politiedoeleinden stond, precies op de plaats waar ze over de helling klauterde en naar beneden rolde richting het asfalt. De laadklep aan de achterkant van de bestelwagen was neergelaten, de lichten waren gedoofd. Clive, de bestuurder, en Beano, zijn maat, waren bezig om bij het licht van een zaklantaarn de nummerborden te verwisselen.

Terwijl ze daarmee bezig waren, kwam er een tweede auto aan en Clive en Beano hielpen de bestuurder snel en geruisloos om een zwaar meubelstuk van het imperiaal via de laadklep de bestelwagen in te schuiven. Toen reed de auto weer achteruit de donkere snelweg op en was verdwenen.

Nell keek op haar hurken toe, terwijl ze op adem zat te komen. Dit was duidelijk haar kans op veiligheid en ontsnapping. Zodra Clive en Beano haar hun rug toekeerden, rende ze de laadklep op en kroop ze achterin de bestelwagen. Daar zouden de honden haar niet volgen. Clive en Beano maakten hun karwei af, deden de klep omhoog, waarbij ze Nell niet zagen, en sloegen de deuren dicht, en Nell en een klein gedeelte van de opbrengst van een van de grootste antiekroven aller tijden – de plundering van een van Engelands mooiste landhuizen, Montdragon House – waren op weg naar het westen. En Clive en Beano – een vrolijk stel, al waren het schurken – lachten om de manier waarop ze de parkeerhaven van de politie gebruikt hadden om de agenten met hun eigen wapens te verslaan en Nell hoorde het gelach en voelde dat ze weer bij vrienden was. In het Eastlake Opvangcentrum was niet veel gelachen.

Nell viel in een diepe slaap en werd van niets wakker, niet van het gerammel of het gehobbel of van de stemmen of van de beweging, totdat de morgenzon plotseling naar binnen stroomde toen de deuren van de bestelwagen opengedaan werden en ze in Faraway Farm was, diep in het mooiste en groenste deel van Herefordshire, waar ze de volgende zes jaar zou doorbrengen.

Alles anders!

'Ik ga hertrouwen met Helen,' zei Clifford tegen Angie Wellbrook tijdens hun ontbijt in het Claridges. Hij had net zijn nacht met Helen achter de rug en voor zijn gevoel was hij weer schoon en sterk en lag de wereld aan zijn voeten. 'En wat is dat voor onzin met die aandelen? Als Leonardo's de Geneefse vestiging sluit of niet langer tentoonstellingen organiseert, dien ik gewoon mijn ontslag in en waar moet je je dan mee vermaken? Houd je nu maar gewoon rustig, Angie, en geniet van de winsten. Bemoei je er niet mee!' En Angie zei, wenend door de onaangename verrassing, waardoor ze haar dure make-up helemaal ruïneerde en tranen stortte op de crêpe de Chine die gewoon niet tegen water bestand was en die ze nooit meer goed kreeg: 'Kom nog één keertje met me mee naar bed, Clifford. Maar een uurtje, en ik beloof je dat ik wegga en jou en Leonardo's met rust zal laten.' En helaas moet ik zeggen dat Clifford het deed, zij het meer uit medelijden, vermengd met eigenbelang natuurlijk (wat had u dan gedacht!), dan om iets anders, in een van de ouderwetse verende koperen bedden van het Claridges, *'s morgens*, wat ik erg decadent en schandelijk vind. Toen ging hij bij zijn advocaten langs om te zien hoe snel Helen zou kunnen scheiden van de dwerg, dat wil zeggen van de getalenteerde en lijdende Simon.

'Het spijt me, Simon,' zei Helen tegen haar man, Simon Cornbrook. 'Maar ons huwelijk is toch nooit een groot succes geweest! En jij kunt tenslotte naar Sally St Cyr gaan.'

Maar Simon wilde Sally St Cyr natuurlijk niet. Met al zijn pogingen om Helens jaloezie te wekken was hij er alleen maar in geslaagd om zichzelf in moreel en juridisch opzicht tot de schuldige partij te maken. Ach, dat gebeurt doorlopend. De man of de vrouw biecht een verhouding op in de hoop dat hun wederhelft wakker schrikt en er nota van neemt en beseft hoe groot het gevaar is dat zij/hij hem/haar kwijtraakt, wanneer zij/hij zo doorgaat, en het enige resultaat is dat de wederhelft er met een rustig geweten en het meeste geld met totaal iemand anders vandoor gaat. Biecht nooit iets op, lezer, zorg dat u nooit betrapt wordt, als uw huwelijk u tenminste lief is. Of u eindigt met helemaal niets – geen huwelijk, geen geliefde (hij/zij vond u alleen aantrekkelijk toen u onbereikbaar en van een ander was), een schuldig geweten en naar alle waarschijnlijkheid geen alimentatie. U kunt zelfs de kinderen verspelen. Dat komt voor.

Helen was vriendelijk en zei dat Simon kleine Edward natuurlijk kon blijven zien. Er zou toch eigenlijk weinig veranderen, hè? Simon was zo vaak weg, misschien zou hij zijn kind nu, op deze manier, zelfs vaker zien. Het huis aan Orme Square was wel erg *stads*, dat wist ze, maar er was genoeg ruimte voor een kinderjuffrouw. (Kinderjuffrouw! Zij die had gezworen dat ze altijd zelf voor Edward zou zorgen, hoe kon ze!) En Clifford zou om wille van haar van Edward houden en waarschijnlijk een attentere vader zijn dan Simon ooit was geweest, en toen hij haar trouwde, had hij geweten dat Clifford de enige was van wie ze ooit echt had gehouden – Simon moest niet denken dat ze ergens spijt van had, ze hoopte dat ze vrienden zouden blijven – en hij kon het huis in Muswell Hill verkopen en ergens bij Sally St Cyr intrekken. Ze pasten echt bij elkaar – Simon en Sally – oefenden tenslotte hetzelfde beroep uit en waren op de een of andere manier geestelijk met elkaar getrouwd: ze vulden samen krantenkolommen zoals anderen huwelijksbedden vulden.

'Edward had valse kroep,' kon Simon alleen maar uitbrengen. Dat was op de een of andere manier het enige protest waar hij recht op meende te hebben. 'Edward had valse kroep en jij hebt hem alleen gelaten met een zwarte detective als oppas.'

'Is dat een racistische opmerking?' Ze trok haar fraaie wenkbrauwen op.

'Doe verdomme niet zo dom,' Simon was bijna in tranen. 'Ik bedoel alleen maar dat een zwarte detective niet weet hoe hij met valse kroep moet omgaan.'

'Waarom niet? Omdat hij zwart is? Ik ben ervan overtuigd dat hij beter weet hoe hij met een ziek kind moet omgaan dan Sally.' En daarin had ze volkomen gelijk. Maar niemand kon er dan ook minder van af weten. 'Bovendien is het niet echt valse kroep, maar gewoon een akelige holle hoest. Dit is altijd een vochtig huis geweest. De bomen hadden gesnoeid moeten worden, maar dat wilde je nooit doen.'

Sally wilde met Simon trouwen. Het is voor een vrouw nuttig om getrouwd te zijn, vooral met iemand die een beetje hogerop dan zij in hetzelfde vak zit – zolang het tenminste niet een huishoudelijk huwelijk is, zoals u en ik dat zouden noemen, waarin van de vrouw verwacht wordt dat ze thuis blijft om het huishouden te doen. Dat was beslist niet het soort huwelijk dat Sally in haar hoofd had. Ze zag het meer als een professioneel deelgenootschap: onder het sinaasappelsap bij het ontbijt konden snel aantekeningen vergeleken worden – de naam van een nuttig contact, advies over de eigenschappen van een bepaalde redacteur – een scherp instrument waarmee ze steunpunten zou kunnen maken om hogerop te komen in de professionele boom. Op een bepaalde manier had het geloof ik wel iets van de verhouding tussen Angie en Sylvester, maar hier waren dan nog wederzijdse wettelijke verplichtingen en het bed aan toegevoegd. En ze zou het natuurlijk helemaal niet erg vinden als Simon Edward zag – ze was niet van plan om zelf kinderen te krijgen. Het was toch niet aannemelijk dat hij die ellende nog eens wilde doormaken, al dat *gebonden* zijn – een journalist moest toch zeker vrij zijn om zijn verhalen tot de uiteinden der aarde te kunnen volgen als dat nodig was! Nee, hij zou het huis in Muswell Hill beslist moeten verkopen en het geld moeten investeren – en zo weinig mogelijk aan dat vervelende kreng van een Helen geven – (Hoe kan het nu toch *jouw* schuld zijn, Simon, dat ze er met Clifford Wexford vandoor is gegaan? Waar heb je het over? Ze verdienen elkaar. In 's hemelsnaam!) – en vervolgens de inkomsten moeten gebruiken om ergens in het centrum van Londen een serviceflat te huren, bij voorkeur gemeubileerd. Ze zouden er uiteindelijk niet veel tijd doorbrengen. Ja, Simon, ik *wil* dat we met elkaar trouwen. Het is belangrijk. Het maakt verschil. Na al dat gedoe in de kranten. Al dat gegooi met sake. Zie je niet in hoe vernederend het voor me zou zijn als je me niet zou trouwen nu je daartoe in staat bent?

O juffrouw St Cyr! De nieuwe mevrouw Cornbrook. Sally Cornbrook. Ja, met die naam kan je heel goed voor de betere kranten werken. Als St Cyr – nou ja, dan kom je niet veel verder dan de *Mail on Sunday*. Wat op zich niet niks is natuurlijk, vanuit een professioneel standpunt bekeken – anders zou Simon haar niet onder zijn hoede hebben genomen – maar Sally's doel lag nog hoger. De *Independent* of zoiets dergelijks.

Arme Simon. Zijn ogen ging plotseling achteruit, waardoor hij een nieuwe bril moest hebben; hij kreeg een kaakabces en er moesten een paar kiezen getrokken worden en zijn haar trok zich tweeënhalve centimeter terug – allemaal in het jaar tussen zijn terugkeer uit Tokio en zijn huwelijk met Sally, omdat hij zijn vrouw en kind was kwijtgeraakt. Bij de huwelijkssluiting op de burgerlijke stand (iedereen die iemand was in de journalistieke wereld van Fleet Street was gekomen en drong dronken en in zijn ware gedaante het zaaltje binnen dat te klein voor hen was, en door hun flitsende camera's raakte de ambtenaar helemaal uit zijn doen) ving Sally een glimp van Simon op onder het harde en niet erg flatterende licht en besefte dat hij *oud* was en wat moest ze doen als hij plotseling zijn energie zou verliezen en haar lichamelijk in de kou zou laten staan, maar toen was het te laat. Net goed, vind ik.

Triomf!

Clifford, Helen en Edward woonden heel gelukkig op Orme Square tot de scheiding rond was. 'Leven in zonde' was inmiddels door 'samenwonen' vervangen en er werden niet veel wenkbrauwen opgetrokken. Alleen de moeder van de kinderjuffrouw beklaagde zich erover. Ze had aangenomen dat haar dochter als kinderjuffrouw (wat een opleiding! wat een kosten!) in het gunstigste geval in een koninklijk gezin zou eindigen en in het slechtste geval bij een bankiersfamilie – en kijk nu eens. Maar juffrouw Anne hield van Edward en Edward hield van juffrouw Anne, wat maar goed was ook, als u zich nog herinnert wat ik gezegd heb over het feit dat de kinderen van geliefden net wezen zijn. Naarmate hij groter werd ging Edward steeds meer op Simon lijken, waar Helen en Clifford allebei niet aan probeerden te denken – hoewel juffrouw Anne gelukkig zeer beslist beweerde dat hij echt lang zou worden en zij had die hele opleiding om haar mening kracht bij te zetten.

Clifford en Helen lagen 's nachts verstrengeld in hun voorhuwelijkse bed, zeer innig, alsof ze bang waren dat er misschien een demon zou langskomen om hen uit elkaar te trekken en weer te scheiden. Maar er schenen alleen zegenende engelen boven het bed te zweven.

Er gebeurde iets opmerkelijks. Het ging zo. Clifford liep lang Roaches antiekwinkel in Camden Passage. Er stond een schilderij in de etalage, ingeklemd tussen een vrij aardige blauw-witte lampetkan en een kunstige tinnen kandelaar (de dingen die je toen voor een paar pence kon kopen! Nou ja, nieuwe decimale penny's dan, want het geld was veranderd. Shillingen en penny's waren verdwenen en daarmee ook het zilveren driepenny stukje voor de kerstpudding). Het schilderij was niet ingelijst, ongeveer zestig bij vierenvijftig centimeter, en zo vies dat je nauwelijks kon zien wat erop stond. Clifford ging naar binnen en onderhandelde een tijdje met de eigenaar over de kandelaar die hij kocht voor vier pond, het dubbele van wat Bill Roache – een oud-leerling van Eton, die aan de LSD was geraakt, zijn beroep als accountant had opgegeven en de antiekhandel in was gegaan – ervoor had hopen te krijgen. Toen informeerde hij achteloos naar het schilderij. Roache, die alle trucjes kende, zoals alleen iemand uit een bankiersfamilie ze kent, koesterde onmiddellijk argwaan.

'Ik weet niet of ik het wel wil verkopen,' zei Roache, terwijl hij het nogal ruw uit de etalage pakte en erop wachtte dat de klant plotseling scherp zou inademen, wat op meer dan gewone belangstelling zou wijzen. Er gebeurde niets.

'Ik weet niet of ik het wel wil kopen,' zei Clifford. 'Ik weet niet of iemand het wel zou willen hebben. Van wie is het? Een bekende figuur?'

Roache wreef over de rechter onderkant van het doek. Zijn vingers waren zowel goed verzorgd als vies. Er verscheen een 'V' onder de korst vuil en toen een 'I', toen NCE en toen NT.

'Vincent,' zei Roache.

'Nog nooit van een Vincent gehoord,' zei Clifford en aangezien hij voor Roache een vreemde was, kon de laatste niet weten dat zijn stem iets hoger klonk dan gewoonlijk. 'Zal wel een of andere amateur zijn, denk ik. Wat is het? Een bloemstuk? Moet je die lijn hier zien – de ronding van het blad – heel grof.'

Ach, als iemand u op besliste toon vertelt dat een lijn grof is, gelooft u hem, zelfs als u een oud-leerling van Eton bent.

'Ik zal het opzoeken,' zei Roache, terwijl hij zijn *Benozet*, de gids voor de kunsthandelaar, te voorschijn haalde.

'U verspilt uw tijd,' zei Clifford. 'Maar probeer het gerust. Vincent. Valt onder de 'V'. Dat zijn er niet veel.'

Roache zocht onder de 'V' en vond geen Vincent.

'Ach, ik weet het niet,' zei Clifford. 'Ik moet het laten inlijsten. Ik geef u er een paar pond voor.' Gevaarlijk om meer te bieden. Roache koesterde toch al argwaan.

'Het is tamelijk oud,' zei Roache, 'en zoals ik al zei, wil ik het niet verkopen. Ik vind het mooi.'

'Vijf pond,' zei Clifford, 'en ik moet wel helemaal gek zijn.'

Geld verwisselde van eigenaar.

'Waar hebt u het gevonden?' vroeg Clifford toen het schilderij veilig in zijn bezit was.

'Ik was een zolder aan het opruimen voor een oude dame in Blackheath,' zei Roache. Cliffords hart maakte een sprongetje. Vincent van Gogh wandelde tijdens zijn vroege jaren in Engeland gewoonlijk van Ramsgate naar Blackheath (en daar moet u niets van denken).

'Was er nog meer?' vroeg Clifford, maar dit was het enige schilderij geweest te midden van een hoop oude kleren en gedeelten van een koperen ledikant. Hij had de hele handel voor drieeneenhalf pond gekocht en had er al dertig pond voor gekregen. Hiermee kwam het totaal op vijfendertig pond. Niet slecht.

'Het is toch niets bijzonders?' vroeg Roache zenuwachtig toen Clifford vertrok. Hij voelde zich niet op zijn gemak, er klopte iets niet. Geen enkele handelaar wordt graag voor gek gezet. Je gezicht verliezen is nog erger dan geld verliezen.

'Alleen maar een Van Gogh,' zei Clifford en Roache dacht er even aan om hem een proces aan te doen, maar deed het niet. Hij had niet alleen een schilderij ter waarde van 35.000 pond door zijn handen laten glippen, hij kon er ook niets tegen doen. Hij had gigantisch winst gemaakt dankzij de onwetendheid van de oude dame en Clifford had gigantisch winst gemaakt dankzij zijn onwetendheid. Hij had het oude dametje niets extra's toegeschoven; hij verwachtte niet dat Clifford hem iets extra's zou toeschuiven. En dat deed Clifford ook niet. Het schilderij is vandaag de dag natuurlijk zo'n twaalf miljoen pond waard. Nu vraag ik u!

Het was natuurlijk voorpaginanieuws. 'Fantastische vondst van briljante kunstkenner', 'Meester tussen de rommel' en heel wat cursiefjes in de betere kranten. Iedereen die iemand was, wist er alles van! Het deed de antiekhandel ook op zijn grondvesten schudden. Alle vergeten voorraden vieze oude schilderijen in het land (en dat waren er honderden in die dagen – nu niet meer) werden doorgenomen en opgeknapt – maar er dook geen enkele andere VINCENT op. Natuurlijk niet. Daar moest je Cliffords geluk voor hebben.

Cliffords geluk! Daar waren Helen en Clifford zo verrukt over: de pure mazzel, o zo knap, het bewijs van zijn vermogen om kunst van kitsch te kunnen onderscheiden: Clifford had zijn vinger overduidelijk werkelijk aan de pols van de grote kloppende ader van de kunst, en alles hing op de een of andere manier samen met de kracht van de liefde, de weelde van de seks en het feit dat ze elkaar weer hadden gevonden – o, er kwam geen eind aan hun triomf. Ze verkochten het schilderij niet – natuurlijk niet! – het kreeg een plaats boven de marmeren open haard, waar het hing te stralen, te *stralen*! – Geen zonnebloemen natuurlijk, maar klaprozen.

Toen John Lally het hoorde, zei hij dat Clifford een verbond met de duivel had gesloten. Maar dat wist iedereen toch al, dus waarom al die drukte?

Helen zei heimelijk tegen Evelyn, want haar was de toegang tot Applecore Cottage natuurlijk weer ontzegd – moeder, als *geld* ook maar iets kan doen, maar Evelyn zei nee, het kon niets doen. Ze zag er moe uit, vond Helen. Evelyn hield van de kleine Edward. Ze zei dat hij op John leek.

Angie belde vanuit Zuid-Afrika om Clifford te feliciteren met zijn ontdekking. Ze klonk oprecht blij voor hem. Ze meende dat hij een renaissance van de impressionisten moest ensceneren. Ze gaf hem tien jaar om de waarde van Vincents *Klaprozen* op een miljoen te brengen. Alles wat daaronder lag, zou een schande zijn. Ze hoopte dat het schilderij bij Helens gordijnen kleurde.

Cynthia zei tegen Otto: 'We zullen onze zoon nu vast minder vaak te zien krijgen.'

'Mooi zo,' zei Otto, waar hij haastig aan toevoegde, 'dat hij en Helen weer samen zijn en hij gelukkig is.' Maar in werkelijkheid stelde hij prijs op zijn rustige weekends, die niet verstoord werden door Cliffords gepraat. Hij vond de opwinding en beroering over de Van Gogh ordinair. Van Gogh was straatarm en onbekend geweest tijdens zijn leven en ook zo gestorven. Dat volgende generaties voor zijn werk openstonden was tenminste iets, maar dat ze ervan profiteerden was iets totaal anders.

'Misschien krijgen ze kinderen,' zei Cynthia hoopvol. Ze voelde zich niet meer zo jong als vroeger. Ze had geen minnaar. Er waren wel jonge mannen beschikbaar, die ze nog steeds gemakkelijk kon charmeren en versteld kon doen staan, maar ze was zich nu bewust van de onwaardigheid van de situatie, zowel voor haar als voor hen. Er zaten levervlekken op haar handen. Het ging gewoon niet meer. Maar in het vacuüm dat door hun vertrek was ontstaan, scheen de ouderdom snel naar binnen te stromen. Ze dacht dat als Clifford en Helen ooit nog een andere baby aan haar zorgen zouden toevertrouwen, ze hem deze keer beslist meer persoonlijke aandacht zou geven. Nells leventje was zo kort geweest; als ze dat toch maar had geweten, wat zou ze zich dan anders hebben gedragen, dan zou ze veel minder kritiek op Helen hebben gehad. Ze was ten opzichte van Clifford te kort geschoten als moeder; ze had hem niet de liefde en de steun gegeven waar een kind recht op heeft en Otto al evenmin. Ze wilde een nieuwe kans, met een nieuw kind. Ondertussen gaf ze Otto haar volle aandacht, maar op het moment dat zij de spanning van haar geheime activiteiten opgaf, begon Otto er juist weer mee. Vreemde mannen kwamen langs met nieuws dat zij niet geacht werd te horen. Hij zag er afwezig en gewichtig uit; soms rinkelde de telefoon ineens en hield dan weer op en Otto verliet het huis evenveel uur later als het aantal keren dat de telefoon was overgegaan. Ach, hij bleef er jong bij. Ze nam aan dat het niet gevaarlijk was. En beneden zong Johnnie en poetste de martingaalschildjes op en leek veel minder traag van spraak en begrip dan gewoonlijk.

Helen ging weer naar de academie en volgde een cursus stof ontwerpen. Clifford maakte geen bezwaar. Ze was niet langer zijn kindbruidje. Hij had onwillekeurig heel wat geleerd van Fanny, Elise, Bente enzovoort, vooral van Fanny. Hij dacht nog vaak aan Fanny. Ze had teruggevochten en verloren, maar hij had meer geluisterd dan ze wist. En ze had een goede smaak gehad. Hij vroeg zich af waar ze werkte. Nu ze meer ervaring had, kon ze nog heel nuttig zijn voor Leonardo's.

Clifford schreef een geweldig boek over de impressionisten dat twintig pond kostte, een onmogelijke prijs voor een boek in die dagen, zelfs voor een kunstboek, maar het werd een best-seller. Harry Blast, de kunstcriticus van de tv, veroordeelde het zo fel – hij had het Clifford nooit vergeven dat hij hem voor gek had gezet – vanwege het gemakkelijke populisme, dat iedereen het meteen ging kopen. De enige plaats waar het goed is om vijanden te hebben, is de beeldbuis.

Leonardo's liep gesmeerd; Angie bleef op een afstand en een Rembrandt-tentoonstelling brak qua bezoekersaantallen alle records. Vervolgens won een volgende van David Firkin in retrospectief – en het was een stoutmoedige stap, de eerste keer dat een moderne schilder in de grote hal exposeerde – het in populariteit nog van die van Rembrandt. Leonardo's kon net als Clifford geen kwaad doen. De koningin opende een nieuwe vleugel waar experts, als een gratis service aan het publiek, de prijzen van kunstwerken vaststelden en er hun oordeel over gaven – tot ergernis van de antiekhandelaars die hun winsten voor hun neus zagen weggegrist, toen het publiek zijn onkunde kwijtraakte. Drie vrij mooie vroeg achttiende-eeuwse huizen werden afgebroken om plaats te maken voor de nieuwe vleugel, die volgens de opvattingen van het brutalisme in beton was opgetrokken, maar zulke dingen gebeurden aan de lopende band en niemand protesteerde, althans niet erg. Er leek gewoon nog zoveel van het oude Londen over te zijn. Je kon het blijven neerhalen, zonder dat je het zelfs maar merkte.

Zodra Helen van Simon was gescheiden, trouwden Clifford en Helen voor de wet in Kensington. Het was een stille aangelegenheid om de volgende reden: dat Evelyn net een week voor de plechtigheid was overleden.

Een offer

Zoals u zult begrijpen had Helen haar ouders met enig angst en beven verteld dat ze van Simon ging scheiden en met Clifford zou hertrouwen. De Lally's hadden de Cornbrooks zo nu en dan, niet erg regelmatig, in Muswell Hill bezocht. John Lally was geen gemakkelijke gast geweest. Hij verviel telkens weer tot schimpredes tegen een of andere nieuwe schurkenstreek van de overheid of het grootkapitaal of wat hij de kunstindustrie pleegde te noemen, die allemaal betrokken waren bij een samenzwering tegen de armen, de zwakken en de scheppende kunstenaars van deze wereld. Helen was eraan gewend. Simon niet. John Lally had over het algemeen in principe gelijk, maar zelden in detail en dus beschouwde Simon het als zijn taak om de feiten recht te zetten en dan was zijn schoonvader beledigd. Het deed er niet toe dat Helen uitlegde dat haar man het eigenlijk met hem eens was en helemaal geen fascistische mediafiguur was, in tegendeel, en het deed er niet toe dat de arme Evelyn (die er mager en uitgemergeld begon uit te zien) zo overstuur raakte dat ze ervan beefde en hem smeekte om ermee op te houden, hij was niet tot bedaren te brengen. En Simon evenmin.

En Evelyn had de gewoonte om de vorderingen van de kleine Edward te vergelijken met die van Nell toen ze even oud was en Simon hield er niet van dat er te veel over Nell gepraat werd, omdat Helen ervan overstuur raakte en omdat Edward bovendien nogal achterliep in vergelijking met Nell. Toen hij twee was, sprak hij nog maar nauwelijks enkele woordjes, terwijl Nell al hele zinnetjes had gezegd. 'Ja, mam,' zei Helen dan, 'maar meisjes praten eerder dan jongetjes.' En op een keer legde ze uit: 'Jongetjes ontwikkelen hun motoriek eerder.'

'Wat gebruiken ze tegenwoordig toch een grappige taal,' antwoordde Evelyn alleen maar. 'Motoriek!' O, wat was ze droevig! 'John en ik hebben natuurlijk maar één kind gehad en dat was een meisje,' voegde ze er eens aan toe, toen Helen een bord heerlijke champignonsoep voor haar neerzette, alsof Helen op de een of andere manier niets meer met haar te maken had, en waarom was ze trouwens geen jongetje geweest, en daardoor raakte Helen nog meer overstuur. Ze piekerde er dagen over. Ze kon haar moeder niet bereiken, verwikkeld als die was in een soort ellende *à deux* met haar vader. Helen kon het niet aanzien en evenmin nadenken over haar eigen aandeel daarin en was blij wanneer haar ouders weer naar huis gingen: of ze bevrijd werd van een of andere afschuwelijke last die ze nauwelijks begreep.

'Waarom hadden ze alleen jou maar?' vroeg Simon eens.

'Ik geloof dat ik als baby 's nachts te veel huilde,' antwoordde Helen vaag. 'Daardoor kon John zich niet concentreren. Ja, ik geloof dat het dat was.'

O ja, de kunstenaar is net zo'n monster als zijn omgeving hem laat zijn. Evelyn had vier abortussen ondergaan, uitgesteld tot het laatste moment in de hoop dat John Lally zich zou laten vermurwen. Maar dat was niet gebeurd.

'Krijg maar zoveel baby's als je wilt,' zei hij, 'maar krijg ze alleen niet bij mij in de buurt,' op dezelfde toon als waarop hij zei, wanneer ze het waagde om iets van een klacht te uiten: 'Als het je niet aanstaat, vertrek je maar. Ik houd je niet tegen.'

Evelyn had dit geen bluf genoemd. Dat had ze wel moeten doen. Evelyn wachtte, en wachtte tevergeefs, op het aardige woord van hem dat haar de moed zou geven die ze nodig had. Belachelijk! Ze bleef als het ware evenmin als ze vertrok. Uit angst voor het humeur en de buien van haar man had ze alleen maar al haar rode levensbloed verloren laten gaan en de zonen laten verdwijnen die hun vader misschien met hun gelach tot schaamte hadden gebracht. Zodat Helen, niet beschermd door de schare kletsende, eigengereide en veeleisende broers en zusters die ze had moeten hebben, alleen haar vaders temperament in alle hevigheid moest verduren. Bovendien had ze over het algemeen haar moeders – slechte – methode geleerd om ermee om te gaan – met meegaande woordjes en respect en af en toe met gevlei. En toen ze in Clifford min of meer dezelfde aard aantrof – ze trok hem aan en werd door hem aangetrokken, zoals het lot van zulke dochters is – ging ze er even slecht mee om.

Haar huwelijk met Clifford liep natuurlijk op een fiasco uit. Hij was voor haar niet helemaal een vader en niet helemaal een echtgenoot, meer een soort echtvader. Toen het gewicht van deze onnatuurlijkheid te groot bleek te zijn wendde ze zich natuurlijk tot Simon, een soort lang geleden verloren broer, lang geleden verloren aan het bestaan – en waarom? omdat ze als baby te veel had gehuild. Helens schuld. Allemaal Helens schuld! Maar hoe zou Simon, echtbroer, beter voor haar kunnen zijn? Wat spartelde ze wild in het rond, de arme Helen, slachtoffer van haar neuroses, terwijl ze zich afvroeg waarom het geluk haar steeds ontsnapte – en daar was ze dan nu, terwijl ze het nog eens met Clifford probeerde, en heel misschien, heel misschien zou ze het deze keer beter doen.

En toen ze Simon verliet en terugging naar Clifford werd haar natuurlijk weer de toegang tot Applecore Cottage ontzegd. Het was bijna een opluchting voor haar. Ze belde van tijd tot tijd met haar moeder, uit een soort plichtbesef, en ontmoette haar soms stiekem in Biba voor een lunch en ze probeerde om zich niet al te zeer te laten kwellen door het feit dat haar moeder zich ongelukkig voelde, al wierp dat een schaduw over haar eigen vreugde.

Toen de scheiding rond was en de datum voor de bruiloft vaststond, zei ze tegen haar moeder die ze aan de lijn had: 'Ik weet dat John niet komt, maar kom jij wel alsjeblieft, alsjeblieft.'

'Maar liefje, daar zou je vader zo door van streek raken. Dat weet je. Dat had je niet moeten vragen. Bovendien zul je je prima redden zonder mij. En nu je al bijna een jaar met Clifford samenwoont en al eens eerder met hem getrouwd bent geweest, is een plechtigheid toch een beetje zinloos, hè? Hoe gaat het met de kleine Edward? Praat hij al wat beter?'

'Ze komt niet, ze komt niet,' huilde Helen op Cliffords schouder. 'Het is allemaal jouw schuld!' O ja, ze werd brutaler.

'Wat wil je dat ik doe? Dat ik hem zijn schilderijen teruggeef?'

'Ja.'

'Zodat hij ze met zijn heggeschaar kapot kan knippen?' Dat zou hij doen ook.

'O, ik weet het niet, ik weet het niet. Waarom kan ik niet zulke ouders hebben als jij?'

'Wees maar blij dat je die niet hebt,' zei hij. 'Maar weet je wat – ga naar ze toe en waag je in het hol van de leeuw. *Zorg* dat ze komen. Allebei. Ik beloof je dat ik aardig zal zijn.'

'Ik ben te bang.'

'Welnee,' zei hij. En merkwaardig genoeg had hij gelijk.

Dus arriveert Helen op een zaterdagmorgen bij Applecore Cottage, blozend en opgewonden en vol van Clifford, en vastbesloten dat haar ouders gelukkig zullen zijn door haar geluk, en duwt de deur open en laat de zon binnen in de kleine woonkamer, waar Evelyn gewoonlijk zit te breien of erwtjes te doppen en wacht totdat John uit het atelier of de garage te voorschijn zal komen, met een tirade of een dag of wat van niet praten in het vooruitzicht, om een of andere fout of daad van haar – misschien van jaren geleden – die John zich herinnert terwijl hij voor zijn ezel staat en het loodwit roert of het meridiaan of het oker, peinzend over het wezen van kleur of haar verschijningsvorm in levend vlees, rottend vlees, bevroren vlees, sudderend vlees of waar hij die dag dan ook maar in verdiept is, en ondertussen smeert hij laag op laag en weet hoe veel beter het zou zijn als hij alleen maar een grotere weerklank zou kunnen oproepen, maar dat kan hij niet – nu hij niet meer jong is, moet die ergens anders vandaan gepikt worden. En paranoia levert een soort hartstocht en wie zou daar beter het basismateriaal voor kunnen leveren (nu hij zelden het huis verlaat) dan Evelyn – en heeft Clifford daar niet lang geleden een opmerking over gemaakt – dat Evelyn deel uitmaakte van de Gestalt waarin John Lally als schilder functioneerde.

Evelyn wist het. Daar zit ze, half in het donker: het offer. Op de een of andere manier is de kamer alleen maar donker omdat zij er zit: in deze tijd trekt ze duisternis aan; achter haar bewegen de schikgodinnen zich vaag en Helen, die binnenkomt met een straaltje zonlicht, alles is weer mogelijk, omdat ze bij Clifford zal zijn, en hart, geest en ziel weer vrij zijn, al zijn ze eveneens vrij om te beven en te falen, zet ze in beweging. Het spookt in de kamer, denkt Helen. Waarom is me dat nooit eerder opgevallen? De glimmende koperen pannen zwaaien en trillen aan hun haken alsof er veel wind staat, maar er is geen wind.

'Er is iets gebeurd,' zegt Evelyn. 'Je bent anders. Wat is het?'

'Ik wil dat je op mijn bruiloft komt,' zegt Helen. 'En John ook. Waar is hij?'

‘Op zolder, aan het schilderen. Waar anders?’

‘Is hij in een goed humeur?’

‘Nee. Ik heb hem verteld dat jij zou komen.’

‘Hoe wist je dat? Hoe kon je dat in vredesnaam weten?’

‘Ik heb vannacht zo vreemd gedroomd,’ zegt Evelyn alleen maar. Ze houdt haar hand op haar hoofd. ‘Ik heb hoofdpijn. Het is een raar soort hoofdpijn. Ik droomde dat jij hand in hand stond met Clifford. Ik droomde dat ik dood ging, dat ik moest doodgaan om jou vrij te laten.’

‘Wat bedoel je?’ vroeg Helen angstig.

‘Je bent te veel mijn dochter, niet genoeg jezelf. Als je gelukkig wil zijn met Clifford, moet je de dochter van je vader worden en niet die van mij.’

Waar heeft ze het over? En Helen is nog maar nauwelijks binnen en er bewegen zich vreemde gestalten in de weerspiegeling van de zwaaiende koperen pannen! Zegt Evelyn dat ze Helen afwijst als ze met Clifford trouwt? Maar Evelyn gaat verder.

‘Je moet bij Clifford zijn, dat weet ik, voor wanneer Nell terugkomt.’

Helens mond valt open.

‘In de droom wierp ik een schaduw over je heen. Het was de enige schaduw die er was. Zoveel zonlicht overal! Nell liep door groene weilanden. Ze is bijna zeven, weet je. Ze lijkt zo op jou toen je een klein meisje was – behalve haar haar natuurlijk. Dat is net als dat van Clifford.’

Helen beseft dat haar moeder wartaal uitslaat. Er is iets merkwaardigs aan de hand met de manier waarop ze praat, met de manier waarop ze in elkaar gezakt in haar stoel zit. Ze roept haar vader, in zijn atelier op zolder. Niemand roept zo maar naar boven – dat mogen ze niet. Hij schildert, mag niet gestoord worden. Voorzichtig, genie aan het werk! Maar door de toon van Helens stem komt hij naar beneden gestormd.

‘Het is Evelyn...’ zegt Helen.

‘Zo’n hoofdpijn,’ zegt Evelyn. ‘Een raar soort hoofdpijn. Daardoor is het ene deel van mijn hoofd heel helder en het andere deel heel wazig. Ik kan maar beter verder gaan, de schaduw verdrijven. Maak je geen zorgen om Nell. Ze komt terug.’

Ze lacht naar haar dochter, schijnt blind te zijn voor haar man, probeert haar hand op te tillen, kan het niet. Probeert haar hoofd te bewegen, kan het niet; en met een verbaasde blik in haar ogen gaat ze gewoon dood. Helen weet het, niet omdat haar hoofd nog verder tegen de stoel aan kan leunen dan het al doet, maar omdat het licht in de ogen gedoofd wordt, alsof er een knop wordt omgedraaid. Ze vallen niet eens dicht. John Lally sluit ze, hoewel de hemel weet dat hij in zijn leven genoeg dode ogen geschilderd heeft om aan zo'n schouwspel gewend te zijn.

De dokter zegt dat Evelyn in de afgelopen vierentwintig uur waarschijnlijk twee beroertes heeft gehad, mogelijk drie, en dat de laatste fataal was.

Helen blijft achter met een verbazingwekkend gevoel van vrede. Ze heeft de indruk dat Evelyn, door te sterven, domweg deed wat ze van plan was geweest te doen. Het lichaam had de wil gehoorzaam gevolgd. Ze treurt, maar door de treurigheid is een soort geluk heengeweven, dat Evelyns geschenk voor haar lijkt te zijn: het gevoel dat het leven begint en niet eindigt, een visie op het heden waar Nell deel van uitmaakte. Helen vertelde John Lally roekeloos over Evelyns droom. Hij zei dat het geestelijk evenwicht van zijn vrouw duidelijk al gestoord was geweest en, tussen twee haakjes, dat als het niet een of andere perverse grap was en Helen werkelijk wilde hertrouwen met Clifford, de moordenaar van zijn kleinkind, dan was wat hem betreft ook zijn dochter dood, net als zijn vrouw. Ach, hij was overstuur. Maar u en ik, lezer, weten dat Evelyn niet zozeer een droom had gehad, als wel een visioen van het type dat goede mensen wel vaker vlak voor hun dood krijgen, en dat ze lang genoeg in leven was gebleven om het door te geven aan Helen, als vergoeding voor alle keren dat ze tegenover haar dochter te kort was geschoten. Het is vrijwel onmogelijk, lezer, om niet op de een of andere manier te kort te schieten tegenover je kinderen. Aangezien onze ouders tegenover ons te kort zijn geschoten.

Ik wou dat ik kon melden dat John Lally berouw voelde over de manier waarop hij zijn vrouw tijdens haar leven had behandeld, maar dat kan ik niet. Hij zag zelfs kans om haar aan te duiden – wanneer hij zich haar herinnerde, wat niet vaak gebeurde – als die idioot van een vrouw. Ach, er valt iets te zeggen voor zoveel eerlijkheid en consequentie. Niets is erger dan om een sinds kort alleen achtergebleven echtgenoot/echtgenote te horen vertellen hoe aardig en geweldig en goed de overledene was, terwijl u hen nog maar pas geleden vol bitterheid en hoon hebt gehoord. We moeten maar liever proberen om niet negatief over de levenden te praten in plaats van positief over de doden. We hebben allemaal maar zo weinig tijd.

Een begrafenis

Wat zijn filmmakers toch dol op begrafenissen! Hoe vaak zien we ze niet in films: het open graf, het trieste kerkhof, de verspreide rouwenden – iedereen ziet er somber en koud en nogal kwaad uit, alsof ze speciaal deze scène uit de hele film met de grootste tegenzin hebben gemaakt. Je kan bijna de stem van de regisseur horen '...okee, actie. Nee, Maureen' – of Rue of Henry of Wendy of wie dan ook – 'cut! In 's hemels naam! Voor de zesde keer – je *gooit* de aarde, je laat het niet gewoon vallen – zullen we het nog een keertje doen. Hoe eerder dit er goed op staat, hoe eerder we allemaal naar huis kunnen...' en de wind geselt de benen van de valse rouwenden en verwijt hen de manier waarop dit, zelfs dit, zelfs de dood wordt uitgekauwd, vermalen en uitgespuugd in het belang van het plot, de winst en de fantasie. En dan krijgen ze het er nog maar zelden goed op ook – de kranige vermoeidheid van alles; het afgrijslijke mysterie van de kist; het weerzinwekkende lot van de sterfelijke resten: van diegene die we kenden of van wie we hielden is niets over, het is afgelopen, voorbij; de stem van de dominee die verloren gaat in de wind; het gevoel van nietigheid – o ja, daar, aan het graf, zakt onze opgewektheid tot op de bodem van de put: wat verdwijnen de generaties snel – zonder enig resultaat en zonder een duidelijke zin. Wat maak je je druk om het leven, suggereert het open graf, als de dood alles toch opslokt? We verliezen zelfs ons besef van de toekomst, de wetenschap dat aangezien de aarde draait, het water weer opkomt en verder stroomt – nee, hoe kan een regisseur dat allemaal weergeven?

Natuurlijk *proberen* de camera's meestal niet eens om de sfeer van een crematorium weer te geven. Wat zou daar in het oog moeten springen? De meer dan conventionele zaal, als een of andere kleinburgerlijke droom uit 1950, de plastic bloemen, het dreunende muzikale behang, de dominee voor alle gelegenheden, de kist die tussen bioscoopgordijnen door wegrolt en verdwijnt – niet eens in een vurige oven, maar gewoon om opgeslagen en opgeborgen te worden. En wiens as krijg je trouwens terug? Die van jou? Wie gelooft dat! Doet het er toe? Natuurlijk niet. De dominee raffelt het af (twintig diensten per dag), haalt de feiten door elkaar, beoordeelt de overledene en zijn gemeente verkeerd en doet toch zijn best. Het kan ermee door. Dit is de snelle, vriendelijke en aandoenlijke manier om de doden op te ruimen; dood zijn we geen van allen iets bijzonders. Laat maar zo.

Evelyn werd gecremeerd. John Lally weigerde erbij aanwezig te zijn. Helen, zei hij, moest kiezen of ze hem daar wilde hebben of Clifford. Ze koos voor Clifford, aangezien hij haar moeder nooit enig kwaad had gedaan. Integendeel. Clifford had Evelyns huis van een vochtwerende laag voorzien, haar dak waterdicht gemaakt en haar indirect soepvlees verschaft, waaruit menige uitstekende stoofschotel was voortgekomen. De bewoners van Appleby verschenen in groten getale op de crematie: ze hadden Evelyn gemogen en medelijden met haar gehad en haar trouw aan haar onmogelijke man gerespecteerd. Bovendien had het nieuws zich verspreid dat Clifford aanwezig zou zijn. De briljante Clifford Wexford, directeur van Leonardo's en publicist, een beroemdheid. Hij had inmiddels zijn eigen maandelijkse tv-programma op BBC 2, 'Speurtocht door de wereld van de kunst', en hoewel weinigen van hen ernaar keken, wisten velen ervan af. (Ik ben ervan overtuigd dat dit niet de enige reden was waarom ze kwamen – maar het crematorium bevond zich op enige *afstand* van het dorp en de opkomst was *opmerkelijk*.)

Otto en Cynthia kwamen als steun voor Helen. Zij zouden nu haar ouders zijn, aangezien haar moeder overleden was en haar vader in hun ogen, toen ze eenmaal over zijn gedrag gehoord hadden, erger dan dood was.

Clifford was verrassend vergevingsgezind geweest.

'Als kunstenaar,' zei hij, 'maakt hij niet veel onderscheid tussen leven en dood. Daar gaat zijn werk over.'

'Je bedoelt dat hij gek is,' zei Otto.

'Half gek,' zei Clifford.

'Arme kleine Helen,' zei Cynthia. En toen voegde ze eraan toe met die plotselinge intuïtie die uit het niets leek te komen en haar familie altijd imponeerde: 'Nu haar moeder dood is, zal ze jou wel beter aankunnen.'

'Niemand hoeft mij aan te kunnen,' zei Clifford. 'Ik ben de gemakkelijkste man ter wereld om mee op te kunnen schieten,' maar hij lachte; hij wist tenminste dat het niet waar was.

'Net als God,' merkte zijn moeder op. Ze was voor de crematie gekleed in prachtig zwart en had een zeer rode roos op haar hoed. Helen droeg de oude jas die ze gedragen had op die avond waarop ze Clifford had leren kennen. Ze had hem nooit weggegooid. Ze wist niet waarom, evenmin als ze precies wist waarom het haar goed leek om hem op haar moeders crematie aan te trekken. Het was niet dat Evelyn er erg op gesteld was geweest. Maar het leek zowel een teken van verzet als van liefde, en ze nam aan dat dat wel toepasselijk was. Ze wist dat ze haar moeders zegen had.

In ieder geval hadden Otto en Cynthia haar vergeven, wat er dan ook te vergeven was geweest. Het hele afschuwelijke gedoe met de scheiding, de argumenten voor Nells voogdijschap – en zij, Helen moet in die tijd wel een heel gemene indruk hebben gemaakt. Dat zag ze wel in. Maar na de vliegramp waren ze zo ontsteld en bedroefd geweest om Nell, zo van streek door Cliffords aandeel erin – en niet alleen dat, maar zijn vastberadenheid om Helen de schuld te blijven geven lang nadat de noodzaak daarvoor was verdwenen, en ze hadden sympathie voor haar opgevat. In hun ogen was John Lally nu de bruut uit het stuk. Hij zou heel goed als pispaal dienst kunnen doen, als u me de uitdrukking wilt vergeven, lezer. En ik moet u zeggen dat ik zelf ook in de verleiding ben gekomen. Iemand moet pispaal zijn. Helen houdt van Clifford en ik doe erg mijn best om ook van hem te houden. Hij houdt van haar, dat maakt het gemakkelijker. Ze zijn de ouders van Nell. Als we van Nell houden, moeten we ons best doen om van zowel haar moeder als haar vader te houden. Precies zoals we in het reine moeten komen met allebei onze eigen ouders, als we van onszelf willen houden. Als we één van hen of beiden haten, haten we onszelf half of helemaal en dat doet ons geen goed.

Faraway Farm

Nu was Evelyns visioen van kleine Nell min of meer juist geweest. Ze dartelde in de zonneschijn, in de groene weilanden van Faraway Farm. Het werd een boerderij genoemd, maar Clive en Polly, de eigenaars, waren niet zozeer boeren als wel misdadigers, immigranten uit het Londense East End. Het was meer bestemd als schuilplaats voor mensen op de vlucht en voorwerpen van waarde op doorreis dan voor koeien, melk, room en appelbomen. Het was evenmin de schoonste plek ter wereld en Polly's idee van koken bestond uit witte bonen op verbrande toost of, wat beter was, gerookte zalm en champagne in overvloed of alles wat je zonder enige moeite kon eten of drinken. Desondanks voelde Polly zich in haar hart een meisje van het platteland en hoewel de eenentachtig hectare land van Faraway Farm grotendeels braak lag of als grasland gepacht werd door boeren uit de omgeving, liet ze tegen de schuren waarin de gestolen goederen waren opgeslagen en waarin, later, LSD en cocaïne geproduceerd zouden worden, de mooiste klimplanten groeien, en als ze geld hadden, reed ze naar het plaatselijke tuincentrum en pootte ze planten die al in bloei stonden. Dus was het als misdadigersnest werkelijk een mooier oord, al was het verwilderd, dan in de sobere dagen toen het nog als boerderij dienst deed.

Maar, lezer, ik geloof dat ik te vlug ga. Dit gebeurde er toen Nell ontdekt werd, achterin de bestelwagen, op het moment dat die vroeg in de morgen terugkeerde met zijn buit van de 'Grootste antiekroof van de eeuw' (zo schreef de pers er tenminste over, hoewel er eigenlijk 'tot nu toe' had moeten staan, want de eeuw had nog vijfentwintig jaar te gaan). Clive en Beano en Polly en

Rady tilden een Chippendale boekenkast naar buiten – helaas onvoorzichtig, waardoor ze voor altijd een kostbare schilfer inlegwerk verspeelden – en vervolgens acht erg mooie Engelse landschapjes (de Rembrandts en Van Goghs waren achtergelaten – vrijwel onmogelijk om beroemde gestolen kunstwerken kwijt te raken, ze zijn te herkenbaar) en daarna een stel massieve vroeg zeventiende-eeuwse zilveren kandelaars – en daar zat ineengedoken, helemaal achterin, de magere kleine, groezelige kleine, slaperige kleine, kaalhoofdige Nell.

Ze hielpen haar naar buiten in de zon. En *wat* moesten ze nu met haar doen? Lezer, eerlijk gezegd, moet ik er niet aan denken wat er had kunnen gebeuren. Het meest logische wat je met een getuige van een misdaad kunt doen, als jij de misdadiger bent, is hem voor altijd het zwijgen opleggen.

Maar Nell keek om zich heen, naar de zon die op de oude stenen viel en de clematis overal en Polly's witte poes die zich uitrekte en lag te zonnen, en zei:

'O wat mooi!' (En ik kan u wel zeggen, lezer, dat het dat in vergelijking met Eastlake ook beslist was!) En Clive en Polly, en Beano en Rady lachten allemaal. Toen ze eenmaal hadden gelachen was ze veiliger.

'Wat jij nodig hebt, is een bad,' zei Polly, en toen Nell eenmaal een bad had gehad, was ze nog veiliger.

Toen at ze mee van hun ontbijt, bestaande uit Weetabix en room van de boerderij ernaast, en wat konden ze daarna anders doen dan haar houden alsof ze er eentje van henzelf was?

Nell had het over weglopen voor valse honden, maar ze geloofden niet dat iemand zo slecht kon zijn om valse honden achter een kind aan te sturen! Ze zei dat ze Ellen Root heette, maar daar vonden Polly en Rady niets aan. Polly zei dat ze Nell altijd een mooie naam had gevonden en dus werd ze zo genoemd. Polly was een goeie wat buitenzintuiglijke waarnemingen betreft: ze kon de toekomst voorspellen aan de hand van theebladeren en met behulp van de *I Tsjing*, en geesten zien. Misschien bezat ze inderdaad paranormale gaven, het was beslist opmerkelijk dat ze voor de naam Nell koos.

Polly was een goedlachse, geelblonde, snel aangebrande jonge vrouw. Rady was klein en mager en zwaarmoedig en ijdel. Clive was mager en lenig, en Beano lang en dik. Ze waren allemaal onder de dertig. Ze geloofden allemaal dat hun volgende misdaad hen rijk zou maken, waardoor ze naar Rio de Janeiro of een of ander opwindend oord zouden kunnen gaan en samen in weelde zouden kunnen leven. Maar op de een of andere manier gebeurde dat niet en bleven ze op Faraway Farm.

Nells haar groeide snel en haar kleine gezichtje ging stralen van geluk en tevredenheid. Ze zagen dat ze mooi was. Ze pakte een potlood en maakte een schets van Polly's kat en die was werkelijk goed en ze waren trots op haar. Ze was niet voor niets de kleindochter van John Lally. Hoewel ze gelukkig alleen zijn talent geërfd had en niet zijn lastige karakter.

'We kunnen haar maar beter houden,' zei Clive tegen Polly. 'Doen alsof ze van ons is, haar naar school sturen en lid van de oudercommissie worden en zo. Meedoen met het dorp.'

'Ik een moeder!' zei Polly vol verbazing. De onhandige stakker had wat een psycholoog een 'laag zelfbeeld' zou noemen. Ze had op de een of andere manier nooit geloofd dat ze in staat was om een echt huwelijk of een echte man te hebben, laat staan een echte baby. En nu had ze op haar achtentwintigste precies bereikt wat ze van het leven verwacht had. (Dat is ongeveer de leeftijd waarop we ontdekken dat het beeld dat we van onszelf hebben aardig klopt – of genoeg tijd hebben gehad om daar voor te zorgen.) Maar toen zei ze: 'Waarom ook niet! Ik hoef tenminste geen hele zwangerschap door te maken en mijn figuur kwijt te raken,' wat merkwaardig was, omdat ze absoluut geen figuur had om over naar huis te schrijven. Maar jonge vrouwen die veel LSD gebruiken – dit was halverwege de jaren zeventig en iedereen was gek van LSD – of zelfs maar een klein beetje, schijnen er moeite mee te hebben om op de realiteit aan te sluiten. Zij zien de wereld zoals ze haar willen zien en niet zoals zij is. Als ze verkiezen te geloven dat er eten in de kast ligt, gaan ze geen boodschappen doen, of het er nou is of niet. Als het te veel moeite kost om het acht uur, en dus bedtijd voor Nell, te laten zijn, ach, dan staan de wijzers toch gewoon op zeven uur, Polly zou er haar hoofd om durven verwedden! Nu heeft dit voor een kind dat zo wordt opgevoed zekere voordelen – een algemene opgewektheid en een vrijheid-blijheid houding ten opzichte van het leven – maar ook nadelen. Je moet al vrij jong leren om zowel voor jezelf als voor je ouders te zorgen – om op de een of andere manier aan geld voor voedsel te komen en dan zelf naar de winkel te gaan, hoe klein je ook bent; om zelf naar bed te gaan, ongeacht het aantal figuren dat volkomen stoned op de grond ligt en waar je dan eerst overheen moet klimmen, met psychedelische muziek in je oren en geen verhaaltje voor het slapen gaan. Kinderen houden van orde, veiligheid en regelmaat en als ze het zonder moeten stellen, zijn ze geneigd er zelf voor te zorgen. Nell deed het zeker niet slecht.

Op de dorpsschool werden niet te veel vragen gesteld – als ze één leerling minder hadden gehad, had de school misschien moeten sluiten en bij het zien van Nell waren de ogen van het hoofd gaan stralen van vreugde. De kwestie van de geboorteakte werd op de een of andere manier vergeten en de kleine Nell Beachey, het kind van Clive en Polly, ging naar de tweede klas. Polly is natuurlijk nooit lid geworden van de oudercommissie. Er was op de een of andere manier zo weinig tijd, zoveel gestolen goederen stroomden er toen, op het hoogtepunt van de antiek-bewuste jaren zeventig, naar en van de boerderij.

'Zit niet aan het meubilair,
Houd je bij je speeltjes,
Bemoei je met je eigen zaken
Als de groten elkaar bekoren;
Als man en vrouw plezier maken
Mogen kleintjes niets zien of horen.'

zong Polly op de wijs van een bekend Engels liedje ter lering en vermaak van Nell, wanneer ze haar waste in het grote witte bad met leeuwenklauwen of haar in slaap zong in het grote ijzeren ledikant met het zachte kapotte matras en de dekens – stoffig en dun, maar talrijk, omdat die zo handig waren om het meubilair in te pakken, het tegen stoten te beschermen en het te verbergen voor speurende blikken. Nell keek Polly ernstig aan en leerde om weer te vertrouwen. Hier golden nieuwe regels. Eten kreeg je hier zeer onregelmatig en nooit op tijd, maar als je honger had, nam je gewoon zelf wat uit de kast of de ijskast en niemand sloeg je of schreeuwde of maakte je bang. Als je voor school sokken nodig had, kon je ze maar het beste zelf zoeken, want niemand anders deed het, en ze ook wassen, als je schone wilde hebben. Ach, dat was niet erg, hoewel het vervelend kon zijn om met natte sokken naar school te gaan. Ze kon altijd weer weglopen als er iets zou gebeuren wat ze echt niet leuk vond. Het was één keer goed gegaan, het zou weer goed kunnen gaan.

'Lach eens,' smeekte Polly. 'Vooruit, het is leuk!' en ze wist niet dat het voor Nell bijna een luxe was geworden om niet te lachen. Maar ze hoefde er al snel niet meer toe overgehaald te worden: ze lachte tegen iedereen, niet uit noodzaak om te overleven, maar omdat ze het fijn vond, en ze liep te huppelen wanneer ze net zo goed had kunnen lopen – altijd een goed teken – en dacht geen ogenblik meer aan weglopen. Dit was thuis. Ze vroeg zich af wie haar echte ouders waren; ze was wel zo wijs om het niet te vragen. Vragen stellen werd niet bevorderd op Faraway Farm. Je *was* er gewoon – je accepteerde het gewoon. Er zaten verdrietigheden in haar hoofd – en soms probeerde ze tot ze door te dringen, net zoals ze met haar tong haar loszittende melktandjes heen en weer bewoog, wat dom was, omdat het pijn deed, maar ook verstandig, omdat ze daardoor losser gingen zitten, en hoe eerder ze eruit waren hoe beter, al was het een tijdje moeilijk om appels te eten, maar dan braken de nieuwe door, wit, groot en sterk. Zo had je Rose, die in haar bed plaste. Ze miste haar, en hoe zou Rose het redden zonder haar? En er waren een man en twee vrouwen, vol rimpels, in een vreemd groot donker duister huis; ze herinnerde zich dat ze brood had geroosterd voor een vuur. Ze roosterde brood voor Polly en Clive en soms voor hun vrienden, als die er nog waren bij het ontbijt. (Ze verzamelde de lege wijnflessen en zette ze bij elkaar en zei ernstig: 'Dertien! Tjongejonge!' waardoor iedereen moest lachen.) Ze hield er niet van om te veel aan de brand te denken: voor haar gevoel was die plotseling uit de hand gelopen, overal was vuur geweest, een soort donderende dreunende muur, waarachter de drie aardige oude mensen waren verdwenen. Voor dat alles was er een soort zacht gonzend geluid dat haar tegelijkertijd verdrietig en gelukkig maakte, maar ze wist dat het goed was. Dat was waar ze thuishoorde, ver weg en lang geleden en voor altijd verloren; beneden schitterde ergens een zee en de hemel strekte zich ergens boven haar uit en de wind blies in haar gezicht en alles was mooi. Dat zou de hemel wel zijn, dacht ze.

Ondertussen was er nog de school met lezen, schrijven, tafels, vriendinnetjes, kletsen en spelen. De herontdekking van een kalme en toch veelbewogen wereld. In het begin was ze verlegen, rustig en braaf.

'Wat een pienter meisje,' zei juffrouw Payne, haar onderwijzeres, tegen Polly. 'Wat legt u daar een eer mee in!' en Polly straalde. Naarmate de tijd verstreek, werd ze natuurlijk ondeugender en levendiger. Nooit gemeen, ze vormde nooit een kliek, nooit een van de kwelgeesten of de gekwelden; de vredestichtster met wie iedereen bevriend wilde zijn. School was leuk en gemakkelijk en ze zag in dat het de manier was om verder te komen. Ze had een klein radiootje – geen goedkope, nee, van een vrachtwagen afgevallen en aan haar gegeven door een van Clives vrienden – en soms luisterde ze naar de praatprogramma's en peinsde ze erover na en probeerde ze erachter te komen wat er in de wereld gebeurde; helemaal niet zo gemakkelijk! Als ze er genoeg van had, schakelde ze over op een lichter programma en luisterde ze naar liedjes. Er was geen televisie op Faraway Farm, niet uit principe, maar de ontvangst was zo slecht door de heuvels die eromheen lagen dat je altijd alleen maar sneeuw had. Dus vermaakte ze zich met lezen en kletsen en huppelen en tekenen en was ze al snel gelukkig.

Ter wille van Nell werd Polly en Clive heel wat vergeven. Als ze zo'n aardig kind konden voortbrengen, konden ze niet al te slecht zijn. En ze had nog talent ook. Ze deed mee aan de schilderwedstrijd op de achterkant van het pak Weetabix toen ze negen was en werd eerste in de categorie onder de tien.

Maar daar lopen we weer op de zaken vooruit. Dat is iets wat gaat gebeuren, iets om naar uit te kijken. Voorlopig zullen we Nell veilig en gelukkig achterlaten op Faraway Farm, lezer, waar ze fijn opgroeit, al wordt er slechts lukraak voor haar gezorgd.

Zware nachten

Laten we onze aandacht weer richten op Arthur Hockney, die we voor het laatst hebben gezien toen hij aan het oppassen was voor Helen, die avond toen ze niet thuiskwam. Arthur Hockney had in zijn leven heel wat ellendige nachten doorgemaakt, natuurlijk! Dat is het lot van een verzekeringsdetective. Hij was eens bijna bevroren op de zuidpool waar een vliegramp had plaatsgevonden; hij had doodsangsten uitgestaan vanwege de haaien om een piepklein koraaleilandje waar een tanker tot zinken was gebracht en was zo gemarteld door de bende die Shergar had ontvoerd, dat hij bijna gek was geworden – maar als u hem zou vragen wat de zwaarste nacht van zijn leven was geweest (afgezien van de nacht waarin zijn ouders waren omgekomen), zou hij eenvoudigweg hebben gezegd: 'De nacht dat ik voor Helen Cornbrook oppaste en ze niet thuiskwam.'

Dat kan onbeantwoorde liefde een man allemaal aandoen! Wist Helen dat Arthur van haar hield? Waarschijnlijk wel, hoewel hij het nooit gezegd had. Ze hadden een zakelijke verhouding – zij had Arthur in dienst om Nell te zoeken; desalniettemin is het nuttig wanneer je werknemers (uitgezonderd de advocaat die je scheiding behartigt) verliefd op je zijn. Ze berekenen minder en werken harder, hoewel ze natuurlijk soms abrupt, zonder enige aanwijsbare reden, hun ontslag kunnen indienen.

En dan was er natuurlijk nog het verrassingselement: tijdens alle jaren waarin iedereen behalve Arthur en Helen hadden geloofd dat Nell dood was, had ze heel wat harde en onaardige dingen over Clifford gezegd. Als je de liefde van een man hebt verloren, ook al is het door je eigen ontrouw, is het alleen maar natuurlijk dat je je minachting en haat voor hem in praktijk brengt om het verlies zo te kleineren. Ik ben ervan overtuigd dat gescheiden mensen zo bitter en hatelijk over elkaar doen, tot ontsteltenis en schrik van hun vrienden, doordat ze hun figuur willen redden en hun verdriet willen verzachten. En Helen was geen uitzondering, en hoewel Arthur grote ervaring had met de handelwijze van misdadigers en de denkwijze van mannen die bedriegen en liegen en doden tot eigen winst en voordeel, wist hij vrijwel niets af van het hart van een vrouw. Dat een vrouw die een man de ene week nog beledigt en haat, hem de volgende week kan beminnen en bewonderen. Verbazingwekkend!

Op die avond toen Arthur Helen kwam opzoeken om haar verslag te doen van zijn vorderingen bij zijn speurtocht naar Nell, en Simon, haar tweede man, niet thuis trof, en de telefoon ineens ging en het Clifford was die Helen mee uit eten vroeg, had hij niet verwacht dat ze ja zou zeggen. Hij had niet verwacht dat ze hem zou vragen om op te passen, laat staan dat hij zichzelf 'ja' zou horen zeggen.

Hij had niet verwacht dat ze de hele nacht zou wegblijven. Hij had niet verwacht dat hij zo overstuur en boos en jaloers zou zijn terwijl de uren verstreken; hij had de pijn in zijn borst niet verwacht, die hij eerst als een symptoom van een ziekte had opgevat, maar al snel had herkend als de gevolgen van een gebroken hart. Hij had zich niet alleen ellendig, maar ook dwaas gevoeld. Ja, het was de afschuwelijkste nacht uit zijn leven. En vervolgens, toen duidelijk werd dat Helen met Clifford zou hertrouwen, werkelijk zou hertrouwen met de man die haar zo veel verdriet had aangedaan, zwoer hij dat hij de zaak Nell Wexford, met het speciale dossier 'Zoekgeraakt kind', op zou geven.

Maar toch. Maar toch. Los van Helen, los van Clifford, los van zijn eigen gevoelens – hier was nog steeds een raadsel en het lag in Arthurs aard om raadsels op te lossen. Op een dag ging hij nogmaals impulsief bij mevrouw Blotton langs. Het was alweer drie jaar geleden dat de twee miljoen pond schadevergoeding uitbetaald was. Meer dan vier jaar geleden sinds het ongeluk, waarbij hij en kleine Nell zouden zijn omgekomen. Lang genoeg voor Erich Blotton, dacht Arthur Hockney, om te geloven dat hij veilig uit de dood kon terugkeren, als dat zijn bedoeling was.

Mevrouw Blotton woonde nog in hetzelfde kleine veilige huis

in dezelfde met bomen omzoomde straat in een buitenwijk (de nummering liep op tot 208), waar ze voor haar meevaller had gewoond. Arthur zou er een eed op kunnen doen dat ze dezelfde oude tweed rok en hetzelfde dunne rode truitje droeg als toen hij haar vier jaar geleden gezien had. Ze was net zo mager, alledaags en zenuwachtig als altijd. En net als altijd wist hij niet of haar zenuwachtigheid veroorzaakt werd door een schuldgevoel of door het feit dat hij, Arthur, zo zwart was.

'U alweer!' zei ze, maar ze liet hem binnen in haar nette, armoedige voorkamer. 'Wat wilt u? Mijn man is dood en weg. En zelfs als hij nog zou leven, waarom zou hij dan naar mij terugkomen?'

'Om het geld,' zei Arthur.

Ze lachte een mager lachje.

'O ja,' zei ze, 'als geld iemand uit het graf zou kunnen terughalen, zou het Erich Blotton zijn. Maar er is niet veel van over. Daar zorg ik voor. Ik geef het weg. In kleine beetjes, om er langer over te doen. Het geeft me wat om handen. Daardoor kom ik er nog eens uit.'

'U bent een goed mens,' zei hij.

Dat vond ze prettig om te horen. Ze ging thee voor hem zetten.

'Jullie zwarten!' zei ze. 'Jullie beginnen de touwtjes in handen te krijgen. Jullie zitten tegenwoordig overal. Zelfs in deze straat. Maar ach, je raakt aan alles gewend.'

'Dank u,' zei hij.

'Niets persoonlijks,' zei ze.

'Dat is het nooit,' zei hij en dacht dat zijn ouders zich voor hem zouden schamen, omdat hij knarsetandde over beledigingen en niets deed om de wereld te veranderen of te verbeteren. De waarheid was, en hij wist het, dat hij, in fysiek opzicht dapper genoeg, moreel gezien een lafaard was. Zet hem voor een krankzinnige misdadiger die een bijl in zijn hoofd probeert te slaan en hij functioneert; zet hem op een podium en vraag hem om een openbare vergadering toe te spreken en zijn hart bonst, zijn handen beven en hij staat met een mond vol tanden: hij maakt zichzelf en de zaak die hij steunt te schande. Geconfronteerd met het racisme van mevrouw Blotton, dat voortkwam uit domheid, neuroses en onwetendheid, deed hij niets om haar te bepraten of te vormen, en hij schaamde zich voor zichzelf.

Ondertussen vertelde mevrouw Blotton uit eigen beweging dat ze het geld aan kindertehuizen gaf. Wat haar man voor de kost deed, had haar nooit lekker gezeten, maar wat had ze kunnen doen? Een vrouw hoorde haar man te steunen. Maar toch – kidnappen! Meestal voor vaders, want de vaders hadden het geld, terwijl de moeders de kinderen hadden. Maar dat was nu allemaal voorbij. Ze was blij dat ze iemand op bezoek had, zelfs iemand als Arthur. Ze kreeg niet vaak de kans om wat te kletsen. Om eerlijk te zijn, was ze erg eenzaam. Alleen de kat. En nog een kat van niks ook. Een magere straatkat. Ze had een Perzische moeten kopen met een deel van het geld, maar die zou toch maar door de buren gestolen, gevild en in een stoofschotel verwerkt zijn, en de huid zou zijn verkocht.

'Waarom gaat u hier niet weg, naar Zuid-Frankrijk, neemt u het er eens van? U ben miljonair.'

'St!' Ze haatte het woord; ze was doodsbang dat ze beroofd zou worden. En hoe zou ze nou toch naar Zuid-Frankrijk kunnen gaan? Wat zou ze daar moeten doen? En met wie? Ze maakte niet gemakkelijk vrienden. Nee, ze kon zich maar beter rustig houden en het geld weggeven. Bovendien wilde ze het huis niet leeg achterlaten, dan zou er toch maar iemand inbreken en er een troep van maken. 's Nachts lag ze wakker en dacht ze erover na, over wat haar man had gedaan. Hij was natuurlijk dood. Hij had zijn roken betaald gekregen. Wat was roken anders dan zelfmoord? Maar God was hem voor geweest. En wat het ontvoeren van dat meisje Wexford betreft. Hoe heette ze ook al weer? Nell? Nou, dat was een echt drama. Ze zou graag een klein meisje willen adopteren, maar wie zou dat toelaten? Een weduwe van middelbare leeftijd! Of zelfs pleegmoeder proberen te worden. Ze wilde het graag weer goedmaken.

In een van de tehuizen was ze een kind tegengekomen waar ze een voorliefde voor had opgevat. Ellen Root. Ongeveer even oud als dat meisje Wexford. Niets bijzonders om te zien; ze bleven haar hoofd maar kaalscheren. Ze had gevraagd of ze haar mee naar huis mocht nemen, maar daar wilden ze geen toestemming voor geven. Het kind was achterlijk, dat zeiden ze tenminste. Ze geloofde er niets van. Zij herkende Frans als ze het hoorde en zij dachten in hun onwetendheid dat het kind gewoon wat brabbelde.

'Frans?' vroeg Arthur. 'Sprak ze Frans? Waar is ze nu?'

'Ze is verdwenen,' zei mevrouw Blotton en Arthur dacht: 'Hebbes! Daar heb je haar!' want een kind dat één, twee keer verdwijnt, zal ook voor een derde keer verdwijnen. Het wordt een soort levensgewoonte, een aanleg, zo u wilt. Maar Ellen Root? Eleanor Wexford werd Ellen Root? Het was niet te geloven!

'Voor een zwarte,' zei mevrouw Blotton, 'bent u helemaal nog niet zo kwaad. Rookt u?'

'Nee,' zei Arthur.

'Ach,' zei mevrouw Blotton vergevingsgezind, 'dat is tenminste iets. Zulke mensen zullen er ook wel moeten zijn.'

'Dat geloof ik ook, mevrouw Blotton.'

Tot zijn verbazing schudde ze zijn hand toen hij wegging en glimlachte ze, en hij zag dat ze een zekere charme had. Misschien hadden zijn ouders wel helemaal niet zo'n lage dunk van hem, wegens zijn manier van leven. Hij zag plotseling in dat het idee dat hij in hun voetsporen moest treden eerder van hemzelf afkomstig was dan van hen; een gevolg van zijn schuldgevoel, dat hij leefde en zij zo plotseling en op zo'n gewelddadige manier waren gestorven. Hij zou hun moordenaars nooit hun gerechte straf kunnen laten ondergaan, maar toch bestond zijn levenswerk uit het herstellen van onrecht. Dat was duidelijk genoeg. Hij verliet nummer 208 met een veerkrachtiger pas en een lichter hart, en het viel hem op dat zelfs hier in deze grauwe buitenwijk vogels zongen in de struiken en rozen ontloken en katten op vensterbanken zaten te staren met ronde ogen, waaruit nu eens instemming en geen veroordeling scheen te spreken.

Patronen van schuld

Arthur Hockney verliet mevrouw Blotton en ging onmiddellijk door naar het Eastlake Opvangcentrum.

Het bleek een laag modern gebouw van beton en glas te zijn; het beton onder de vochtvlekken en graffiti, en het glas vuil en hier en daar gebroken. Hoe nieuw het centrum ook was, het had toch al tijd gehad om te vervallen op die bijzonder trieste manier van verwaarloosde moderne gebouwen, alsof ze ernaar verlangen zo snel mogelijk weer over te gaan in de grondstoffen waaruit ze zo onbezonnen waren voortgekomen.

Arthur klopte op de geschilferde deur. Hij hoorde geen enkel geluid van spelende kinderen of van gelach. Hij vroeg zich af waarom. Mevrouw Blotton had gezegd dat het hoofd van Ellen Root werd kaalgeschoren. Wie schoor er in deze tijd in vredesnaam nog kleine meisjes kaal?

De deur werd ten slotte opengedaan door een jonge vrouw die (zoals hij later zou ontdekken) half Chinees en half Wels was. Arthur vond haar opvallend knap. Een dikke dobermannpincher liep aanhankelijk achter haar aan. Uit de zak van haar groene kiel – die haar schuine groene ogen extra accentueerde – haalde ze af en toe een hondekoekje, dat ze het dier achteloos voerde.

'We zijn gesloten,' zei Sarah Dobey, niet onaangenaam getroffen door Arthurs zwarte knappe uiterlijk, 'en geen moment te vroeg. Namens wie komt u? Dierenbescherming, kinderbescherming, het comité tegen kindermishandeling, afdeling fraude, Hornby's elektriciteitszaak? We hebben ze allemaal gehad.' Arthur legde die avond tijdens een etentje uit waarvoor hij kwam. (Soms hebben heel mooie, heel intelligente, al te knappe jonge meisjes geen vriend: welke jonge man kan het tempo bijhouden? Daar is een oudere, meer wereldwijze man voor nodig en die zijn zo vaak getrouwd of anderszins niet beschikbaar.) De dobermannpincher ging ook mee, lag braaf opgekruld onder tafel en accepteerde hapjes van Sarahs vegetarische pastei en Arthurs steak. Sarah was vegetarisch.

'Ellen Root?' riep Sarah uit. 'Maar met dat kind is het allemaal begonnen!'

'Wat begonnen?'

'Het schandaal! Het is natuurlijk zoveel mogelijk in de doofpot gestopt. Het heeft nooit in de kranten gestaan.'

En ze vertelde hem wat er was gebeurd. Zij, Sarah Dobey, had een administratief baantje op het kantoor van de plaatselijke Sociale Dienst gehad. (Ze was met haar afgeronde filosofiestudie natuurlijk veel te hoog opgeleid, maar wie zou haar werk willen geven als filosoof? Iemand die er uitzag als zij? Moet u haar eens zien!) Annabel Lee, groepsleidster in Eastlake, had gemeld dat er een kind was verdwenen, kennelijk weggelopen. De politie had haar niet kunnen vinden. De Sociale Dienst, die al een tijdje verontrust was door rapporten die vanuit Eastlake doorgesijpeld waren, had Sarah er naar toe gestuurd als huishoudelijke hulp om te zien wat er aan de hand was.

'Je kan de ware aard van een blanke vrouw altijd afleiden uit haar gedrag tegenover schoonmakers,' zei Sarah, 'vooral als die schoonmakers in haar ogen zwart, bruin of geel zijn en ik kan je zeggen dat de aard van Annabel Lee door en door slecht was! Ze wist het voor de autoriteiten goed te verbergen, maar als werkster ontdekte ik al snel dat ze de kinderen intimideerde en kwelde en de honden half liet verhongeren en had opgesloten, en wat haar man betreft, hoewel hij zeer bedreven was in het jargon van de kinderzorg en de kinderontwikkeling, was het een modeltreinfanaat en hij wist niet wat er gebeurde of het kon hem niets schelen, zolang hij zijn salaris maar kreeg en zijn collectie kon uitbreiden.'

Zij, Sarah Dobey, had haar rapport geschreven en gepost en diezelfde nacht had ze, hoewel ze niet veel van dieren afwist, maar ongerust was door hun gejank, de deur van de kennel geopend en ze waren naar buiten gesprongen. Dat had ze niet verwacht. Annabel Lee was naar beneden gestrompeld om te zien wat er aan de hand was, de honden waren tegen haar opgesprongen en ze was om de een of andere reden bang geworden en was weggerend door de moerassen, met de twee dieren op haar hielen – 'Ze wilden alleen maar uitgelaten worden!' zei Sarah. 'De stakkers!' – naar de snelweg, waar ze geraakt was door een passerende vrachtwagen en op de linkerbaan geslingerd en gedood was.

'Ik wou dat het me kon spijten,' zei Sarah. 'Want het zal wel allemaal mijn schuld zijn. Ik weet dat het wel zou moeten, maar het lukt me gewoon niet. Ik denk dat het door mijn filosofiestudie komt. Dat ik het geheel dàardoor kan overzien. Misschien moet ik me laten behandelen?'

'Dat lijkt me niet,' zei hij.

Horace Lee leek meer overstuur te zijn door het feit dat hij zijn spoorbaan moest afbreken – want het tehuis werd gesloten en de kinderen, tot hun opluchting, verspreid – dan door de dood van Annabel Lee of het verlies van zijn baan.

'Je hebt rare snijbonen,' verzuchtte Sarah (die zich soms graag populair uitdrukte ter afwisseling van haar over het algemeen bedachtzame, gesproken proza) en Arthur was het met haar eens. Merkwaardig genoeg, dacht hij, had Sarah iets van Helen – de hoge jukbeenderen, de heldere blik – alleen sprak uit Sarahs blik optimisme, geen pessimisme: zij had de blik van iemand die de oplossing in actie ziet, niet in onderwerping.

Goed, Sarah was gebleven om een oogje in het zeil te houden bij de sluiting en ontruiming van Eastlake. Ze had een goed tehuis gevonden voor een van de honden, Kettle, maar niet voor de andere, die nu onder tafel lag, en die ze Kim noemde. Maar ze wist niet veel van honden af en kon het dier niet al te lang houden.

'Misschien geef je haar te veel te eten,' zei Arthur voorzichtig en porde het dier zachtjes met zijn voet en Kim keek naar hem op. 'Aan de andere kant,' voegde Arthur er aan toe, 'is het wel zo goed om dit soort honden gelukkig te houden.' Hij had het gevoel dat de honden van Eastlake het recht in eigen hand hadden genomen. Zulke dingen gebeuren. Hij trok zijn wenkbrauwen op tegen de hond en Kim kneep haar ogen dicht en legde haar kop op Arthurs schoen.

'Ik zal Kim onder mijn hoede nemen,' zei Arthur. 'Ze moet

opnieuw getraind worden en weer conditie krijgen. Ik heb vrienden die een kennel hebben in de buurt van de grens met Wales.'

En natuurlijk had Sarah daar ook familie, en hun betrekkingen kruisten elkaar op de een of andere manier meerdere keren en werden op een uiterst grondige en plezierige manier met elkaar verweven. Wat, naar mijn overtuiging, Arthurs beloning was voor zijn vastberadenheid en doorzettingsvermogen met betrekking tot Nell en voor het feit dat hij de hele nacht op Helens Edward gepast had, terwijl een andere man onder zulke omstandigheden misschien gewoon zou zijn weggelopen. Vroeg of laat worden goede daden beloond, zij het op onverwachte manieren.

Sarah ontdekte dat Ellen Root verdwenen was op de nacht van de grote Montdragon antiekroof. Het was bekend dat ze de snelweg hadden genomen. Het was helemaal een vreemd verhaal. Ellen Root was een kind zonder geschiedenis, een Engels kind dat opgepikt was toen ze op een Franse snelweg liep te dwalen, en nu was ze verdwenen, alsof ze er nooit was geweest.

'Ze had tenminste genoeg lef en verstand om ervandoor te gaan!' zei Sarah. 'Dat heeft verder niemand gedaan. En doordat zij wegliep, is Eastlake gesloten, en geen moment te vroeg.'

'Als de politie haar niet heeft kunnen vinden,' zei Arthur, 'zal dat wel komen doordat de schurken hen voor waren! Als je hen vindt, vind je haar.' Hij wist dat hij inmiddels het patroon van Nells lot kende. Hij had een instinct voor zulke dingen en, zoals u weet, lezer, had hij natuurlijk gelijk. Nell was ondergedoken, samen met de gestolen Chippendale boekenkast.

Kim rekte zich uit en likte zijn hand, en Arthur had plotseling en onverwachts het gevoel dat Nell, waar ze ook mocht zijn, het goed maakte en gelukkig was, en dat de hond op de een of andere manier met haar geluk in verband stond, en met het zijne, en dat hij alleen maar van Sarah hoefde te houden en voor de hond hoefde te zorgen en op een dag, op een dag zou het lot Nell naar hem toebrengen. Het leven kan zo plotseling ten goede keren, lezer. Als je jezelf maar vergeeft en jezelf toestaat om gelukkig te zijn.

Het bewonderen van kunst

'Wat is dit in vredesnaam?' vroeg Angie aan Clifford, terwijl ze bij Leonardo's River Gallery naar binnen keek: een lange smalle zaal met uitzicht op de Thames, die kort geleden was geopend. De prachtig verlichte muren waren bedekt met iets wat er naar haar idee uitzag als een serie slordige krabbels.

'Kinderkunst,' zei Clifford kortaf. Ze was over voor een bliksembezoek. Hij kon ieder ogenblik vader van een tweeling worden. Helen dwaalde gelukkig en loom en onverstoorbaar rond in het huis aan Orme Square, op blote voeten en heel geweldig, en het was een aangename gedachte dat hij voor dat alles op de een of andere manier verantwoordelijk was. Het is meestal niet gemakkelijk om in verwachting te zijn van een tweeling, maar Helen was ontspannen en tevreden, en zuchtte en kreunde slechts af en toe. Hij zou bij haar zijn in het ziekenhuis. Natuurlijk. Als je één kind verliest, wil je geen seconde van de volgende missen, zelfs als die in de vorm van een dubbele portie komt.

'Wat heeft Leonardo's in vredesnaam met kinderkunst te maken?' vroeg Angie.

'We stellen het tentoon,' zei Clifford. Ze stak haar arm door de zijne. Ze had een ring met een diamant ter grootte van een pruim aan haar vinger. 'Weetabix sponsort een tentoonstelling van kinderkunst. Ze vroegen of ze onze nieuwe zaal konden gebruiken en we zeiden ja.'

'Mijn God,' zei ze. 'Waarom? Wat is er het voordeel van?'

'Publiciteit,' zei hij. Hij had Helen niet verteld dat Angie over was. Hij wilde haar niet overstuur maken. Hij wou dat Angie gewoon zou vertrekken. Hij wilde beslist niet met haar in een bed in het Claridges gelokt worden. Ze zag er bijzonder zondoorbakken en mager uit.

'Afschuwelijke krabbels,' zei Angie. 'Het punt met kinderkunst is dat het niet iets aparts heeft, zoals ouders graag denken, maar doodgewoon *slecht* is.'

Ze stonden stil voor een bepaald schilderij, dat mooi gedaan was en dat voor Cliffords gevoel iets etherisch had. Het had de eerste prijs gewonnen in de categorie onder de tien. Het was een schilderij van twee nogal vage mensen in een soort schelp, of was het de staart van een vliegtuig, of een soort dalende hemelse lift, die aan touwen van duiven met de hand werd neergelaten door engelen, die uit donzige wolken leunden en welwillend neerkeken op een gladde zee.

'Wat buitengewoon merkwaardig,' zei Angie. 'Wie dat gemaakt heeft, moet zich eens laten nakijken.'

'Ik vind het betoverend,' zei Clifford en keek naar de naam van de schilder. Het was gemaakt door een zekere Nell Beachey (9). Hij herinnerde zich zijn eigen Nell en maakte zijn lippen nat. Het verdriet overviel hem nog steeds wel eens, maar tegenwoordig maakte het hem droevig, niet kwaad. Hoe oud zou Nell nu zijn?

'Op zijn eigen manier nogal Lally-achtig,' zei hij. 'Behalve dat het niet boos is, maar gelukkig.'

'Ik heb geen flauw idee waar je het over hebt,' zei Angie. 'Ik heb nog steeds die suite in het Claridges. Zullen we er naar toe gaan en samen een fles champagne opdrinken om de tweeling te vieren?'

Helaas moet ik zeggen dat Clifford dat deed, hoewel hij in gedachten duimde om beter te kunnen doen alsof het niet gebeurd was. Maar het was wel gebeurd. Het gebeurde. Angie vloog triomfantelijk weg. Helen wist er niets van. Clifford zei het niet. Wat had het voor kwaad gedaan? O lezer, in de grote ordening der dingen, de weegschaal waarop goede daden tegen verkeerde worden afgewogen, zelfs als het niet zichtbaar kwaad had gedaan, laten we gewoon zeggen dat dat niet hielp. Of wel soms!

Vrede en rust

Lezer, stel u een rustig dal in de grensstreek met Wales voor in het jaar 1977. Stel u vriendelijke heuvels voor, ruisende beken, de kronkelende A49 en ongeveer anderhalve kilometer verderop het kleine dorpje Ruellyn, waar niets bijzonders te vinden is, behalve de kerk met de Saksische toren die een enkele toerist komt bezichtigen. Zie Faraway Farm voor u, aan de rand van Ruellyn, afgelegen, lieflijk en vervallen, en een keurig, mooi, intelligent schoolmeisje van twaalf dat in de brugklas zit en iedere morgen per schoolbus vertrekt en 's avonds weer terugkeert. En dat is natuurlijk niemand anders dan Nell Wexford en ik ben ervan overtuigd dat u blij bent om te horen dat ze tenminste een paar jaar van vrede en rust heeft gekend, al was het te midden van misdadigers. Net als haar natuurlijke vader en moeder, Clifford en Helen – hoewel alleen John Lally en een handjevol anderen de wereld waarin zij zich bewegen 'misdadig' genoemd zouden hebben. Dat wil zeggen, de kunstwereld. Tien jaar later, nu het verleden wordt geplunderd door het heden en het visioen van de kunstenaar gedevalueerd is door de hebzucht van hen die maar al te goed weten hoe ze daarvan moeten profiteren, klinkt het woord misschien niet meer zo misplaatst en paranoïde als toen.

Lezer, terug naar het onderwerp van vrede, rust en het kind. Het is mijn streven dat het woord 'straf' ogenblikkelijk uit de taal wordt geschrapt. Ik heb nooit iemand gekend, kind of volwassene, die werd 'gestraft' en door die ervaring een beter mens werd. Straf wordt door de machtigen opgelegd aan de machtelozen en kweekt verzet, chagrijn, angst en haat, maar nooit berouw, de wil tot aanpassing, of zelfkennis. Alles wordt er nog erger door, niet beter. De totale som van de menselijke ellende wordt erdoor vergroot en absoluut niet verkleind. Sla gerust een kind dat zijn vingers in het stopcontact steekt of de weg overdraaft zonder uit te kijken – u kunt toch niet anders? Bovendien is dat eerder een reactie dan een echte straf en het kind vergeeft het onmiddellijk – maar als u wilt dat een kind zich gedraagt, vergeet dan niet dat het kind de boze blik en het gebrom van een moeder die meestal lacht meer vreest dan de klappen en kreten van een moeder die toch altijd slaat.

Ik zeg dit, omdat het die twee misdadigers, Clive en Polly, zeer tot eer strekt dat ze Nell nooit straften en altijd trots op haar waren, en ik geloof stellig dat dat de reden is waarom Nell, ondanks alles, zo goed gedijde in hun zorg. Volgens de wereld waren ze slecht, echt slecht, maar op de schaal van de menselijke verdorvenheid en wreedheid is het ontvangen, verbergen en verkopen van gestolen waar naar mijn idee helemaal niet zo verschrikkelijk. En Clive en Polly pakten hun zaken zo inefficiënt aan dat ze gepolitoerde tafels buiten in de regen lieten staan, en stoelen van zacht hout in vochtig hooi zetten zodat de poten verrotten, en wandkleden in vol zonlicht legden zodat ze verschoten, en vaak vergaten om naar geld te vragen, en het niet telden als ze het ontvingen – en als je eenmaal zo'n reputatie hebt, kijk dan uit! Nell deed wat ze kon, zelfs als heel klein kind had ze al instinctief oog voor een 'goed stuk' en ze zag mooie dingen niet graag volledig te gronde gaan.

'Clive,' zei ze dan, 'zullen we die tafel niet even naar binnen brengen? Kijk – de bovenkant wordt helemaal bobbelig in de zon. Ik help wel – ik neem deze kant, jij die.'

'Later, schatje,' zei hij dan lui en voegde er, waarschijnlijk volkomen oprecht, aan toe: 'Wat zouden we toch zonder jou moeten, Nell?' maar op de een of andere manier nam hij alleen maar weer een trekje van zijn kruidensigaret (zo verklaarde hij tenminste de rare lucht aan Nell) en gebeurde het nooit, en als Beano en Rady kwamen om de tafel op te halen was er alleen nog maar schuim en bobbeltjes en verrotte troep in plaats van goed hard vervolmaakt en verkoopbaar zij het gestolen hout, en dan zaten ze in de problemen.

Ik vergeef hun hun misdadige aard niet, lezer, u moet me niet verkeerd begrijpen. Ik zeg alleen maar dat Clive en Polly het in sommige opzichten, niet in allemaal, goed deden met kleine Nell, en dat ze hun beloning, zoals we nog zullen zien, hier op aarde zullen ontvangen.

'Hippies!' zeiden de dorpsbewoners van het vreemde, wazige, langharige volk van Faraway Farm, dat zo onregelmatig kwam en ging, en dan nog hun nachtelijke bezoekers en hun zakken vol met blikken witte bonen in tomatensaus en lege wijnflessen die ze wekelijks buiten zetten voor de vuilniswagen. De leider van de vuilnismannen was de oom van de directrice van het postkantoor, die de nicht was van juffrouw Barton van de dorpswinkel, en de mensen van Ruellyn waren niet achterlijk en wisten heel goed wat zich daar afspeelde. Maar de huurders van Faraway Farm waren behulpzame buren, die kwamen opdraven om naar een verloren koe te zoeken en vee op hun land lieten grazen en Polly speelde eens per week piano in de disco en dus zeiden ze niets. En bovendien had je nog Nell. Niemand wilde Nell van streek maken door de politie te roepen of zoiets drastisch. Ze waren trots op hun Nell die in 1973 de schilderwedstrijd van Weetabix in de categorie onder de tien had gewonnen, en hoewel ze de top nooit meer helemaal bereikte, had ze sindsdien toch heel wat tweede prijzen en eervolle vermeldingen in de wacht gesleept.

Juffrouw Barton van de winkel hield de deelnameformulieren voor Nell achter of kreeg ze van haar zuster die bibliothecaresse was in Cardiff.

'Nell,' zei ze dan, 'wat vind je van het beste opstel over het Britse Gemenebest, voor onder de vijftien?' of ' "De jonge journalist van het jaar" komt er weer aan!' of 'Wat denk je van de "Red onze planeet" schilderwedstrijd voor onder de zestien, Nell?' waarbij ze nauwelijks scheen te beseffen dat Nell pas twaalf was, en daar vertrok Nell dan weer om haar best te doen. Ze leerde al jong de les dat de hoge verwachtingen die andere mensen van je hebben niet alleen een vreugde, maar ook een last zijn. Het is niet genoeg dat je succes hebt gehad, je moet succes blijven hebben. Dus bleef Nell lang na op school, met naslagwerken om zich heen, en werkte ze maar door – of stond ze op Faraway Farm vroeg op, in een deken gewikkeld, en haar vingers bijna te koud om de kwast vast te houden, om te schilderen, te tekenen, te naaien. Voor Clive en Polly de boerderij huurden, was er een centrale verwarming geïnstalleerd die op olie werkte, maar als ze eraan dachten om de olie te bestellen hadden ze er geen geld voor en vice versa, en dus waren de winters zeer, zeer koud.

Het dorp was van mening dat Nell het werkelijk erg zwaar had. Vanaf het begin had ze na schooltijd en op zaterdag karweitjes opgeknapt – zelfs toen ze pas zeven was, kon ze al een plantje van onkruid onderscheiden en beter en sneller worteltjes uitdunnen met haar bedreven vingertjes dan menige volwassene. Ze deed boodschappen en bracht pakjes naar de bus die eens per dag langskwam, en plukte kruisbessen – een stekelig karweitje – zonder aan de takken te rukken, en was altijd even verstandig en klaagde niet. Later ging ze natuurlijk babysitten en met kinderen wandelen en de kleintjes hielden van haar en gedroegen zich onder haar hoede voorbeeldig. Maar het viel op dat Nell de volgende dag bij juffrouw Barton kwam en het geld niet besteedde aan chips en zoetigheid en poppen, maar aan dingen als brood, kaas, eieren, sinaasappelen of wc-papier, die ze dan de heuvel opsleepte naar Faraway Farm. Ongeveer eens per maand verscheen Polly in de winkel, in lange rokken, een en al glimlach, met stapels en stapels biljetten van vijf pond, en kocht de planken vrijwel leeg, maar kleine Nell moest haar dingen als Brillo, boenwas en afwasmiddel helpen onthouden. Het dorp vermoedde dat het kleine Nell was, en niet haar moeder, die ervoor zorgde dat Faraway Farm op orde bleef, en ze hadden gelijk. Dat was een andere les die Nell al jong leerde: als je omgeving niet is zoals je graag zou willen, kun je maar beter niet gaan zitten jammeren en klagen, maar je best doen om er verbetering in aan te brengen.

Maar wat betreft het punt dat ze geen vriendinnetjes mee naar huis nam, ja, dat bleef een probleem. Sommige gezinnen zijn natuurlijk zo: sommige moeders kunnen het gestamp, het rumoer en de troep van andermans kinderen gewoon niet verdragen, hè, ze vinden die van zichzelf al erg genoeg. Maar op de een of andere manier viel Polly met haar volle boezem en geladderde panties niet onder deze categorie. Het was vreemd.

'Kan ik bij jou komen?' bleef Brenda Kildare, Nells beste vriendin, maar steeds vragen.

'Je zou het er niet leuk vinden,' zei Nell dan.

'Waarom zou ik het er niet leuk vinden?'

En Nell stond te ummen en te ehen tot ze op een dag de oplossing vond en zei: 'Het spookt er,' en dat bracht rust.

Misschien was het nog wel waar ook.

Nu wist Nell op twaalfjarige leeftijd heel goed dat Clive en Polly niet haar echte ouders waren. Aan de andere kant zag ze dat ze van haar hielden, binnen de grenzen van hun eigen aard. Dat wil zeggen, naarmate Nell bereid was om meer te doen op het gebied van organiseren, schoonmaken, geld verdienen, het huishouden en zelfs van contacten onderhouden met hun collega dieven, werden ze dankbaarder en afhankelijker.

'Nell, je bent een wonder,' zeiden ze als ze een of andere lekkere schotel van, bijvoorbeeld, noedels met varkensvlees en komijn voor hen neerzette. 'Wat vinden jullie van een echte Indiase rijstschotel voor het ontbijt?' Nell las de recepten in de kranten – noodzakelijkerwijs die van koken voor elke dag voor de kleine beurs, maar wat kon ze zitten dromen bij de zondagse recepten, allemaal kreeft, kwartel, room en cognac! (Ik ben bang dat ze haar vaders luxueuze smaak had geërfd.) Maar ze was zuinig en gaf nooit te veel uit.

'Maar 1,25 pond voor de hele maaltijd,' zei Nell trots. En dan misschien achteloos: 'Verwachten jullie Rady en Beano nog vanavond?'

'Misschien.' Polly en Clive probeerden hun misdadige ondernemingen op een halfslachtige wijze voor Nell te verbergen. Het pleit voor hen dat ze wilden dat zij 'eerlijk' zou worden.

'Want de politie voerde vandaag snelheidscontroles uit op de A49. Ze zijn heel actief op het moment. Misschien moeten we het Beano en Rady zeggen. Ze willen toch niet aangehouden worden voor te snel rijden, hè?'

'Ik bel ze later wel op,' zei Clive dan en nam nog een trekje van zijn 'kruidensigaret' en vergat het helemaal, en dus belde Nell naar Rady en Beano.

'Jullie moeten heel langzaam rijden als jullie komen,' zei ze. 'De politie controleert op de A49, je weet wel, dat stuk waar je maar vijftig mag en iedereen altijd honderd rijdt?'

'Bedankt, Nell,' zeiden ze dan en zegenden de dag waarop het voortvluchtige zesjarige kind achterin hun bestelwagen was gekropen en over de snelweg naar Faraway Farm was geraasd. Bij snelheidscontroles van de politie komen naast automobilisten met een voorliefde voor hoge snelheden nog allerlei andere dingen aan het licht, dus oordeel niet te hard als ze u de volgende keer pakken, lezer.

Raadsels uit het verleden

Nell zegende ook de dag dat ze op Faraway Farm was aangekomen; toen ze, gemillimeterd, koud en bang achter uit de bestelwagen met meubels te voorschijn was gekropen in de schoonheid van de landelijke wildernis, en onder Polly's ongeregelde maar weldadige zorg was gekomen. Ze deed niet langer moeite om erachter te komen wiens kind ze eigenlijk was. Op achtjarige leeftijd was ze tot de conclusie gekomen (net als andere kleine meisjes van die leeftijd, zelfs als hun geboorteakte het tegendeel aantoont) dat ze naar alle waarschijnlijkheid van koninklijke bloede was, een of andere zoekgeraakte prinses. Op negenjarige leeftijd kwam ze tot de conclusie dat dat niet waarschijnlijk was. Op tienjarige leeftijd kwam ze tot de slotsom dat wie haar ouders dan ook mochten zijn, Clive en Polly waren het in geen geval. Ze was ervan overtuigd dat haar echte ouders niet leefden in een rokerige wolk van besluiteloosheid, verwarring, ongeleegde asbakken, half lege wijnglazen, ongevoerde kippen die de vos steeds te pakken kreeg, onvervulde beloftes en verloren kansen. (Maakt u zich geen zorgen, Nell nam al heel snel de zorg voor het pluimvee op zich, wat resulteerde in menig uitstekend eierontbijt, en biscuitgebak bij de thee, gemaakt zoals het beste biscuitdeeg gemaakt wordt: met slechts één enorm ganzeëi, bloem, suiker en helemaal geen vet.)

Dus was alles wat Nell van haar verleden bezat een enkele herinnering en de tinnen teddybeer aan een zilveren kettinkje. Ze had hem lang geleden losgedraaid en zo haar moeders smaragden hanger ontdekt. Nell had hem er weer rustig en stilletjes in teruggedaan en hem verborgen op een veilige plaats achter haar kast, waar het pleisterwerk brokkelde en vol gaten zat en waar het niet waarschijnlijk was dat iemand er toevallig zijn hand in zou steken.

Om de een of andere reden maakte het groene sieraadje dat ze wilde huilen; het riep vage herinneringen op aan zijden jurken en een zachte stem en een glimlach, maar wat kon ze daarvan maken? Tegelijkertijd kwam met deze specifieke echo's uit het verleden ook een gevoel van schuld mee – een vermoeden dat ze de smaragd eigenlijk helemaal niet hoorde te hebben. (U herinnert zich nog wel, lezer, dat Nell hem, toen ze drie was, op de dag dat haar avonturen begonnen, zonder toestemming had meegenomen om op haar peuterklas te 'laten zien', en het zal u plezier doen om te weten dat ze, ondanks haar nauwe banden met Clive en Polly, nog steeds in staat is om schuld en berouw te voelen – dat ze in feite geen enkel gevaar loopt om in de criminele sfeer terecht te komen!)

Toen ze twaalf was, lag Nell 's nachts wakker en keek ze bij het licht van de buitenlamp, die iedereen altijd vergat uit te doen, naar de tak van de es die tegen haar raam schuurde (hij had natuurlijk lang geleden gesnoeid moeten worden) en luisterde ze naar het geluid van het jolijt beneden. Dan probeerde ze iets te begrijpen van de voorvallen die ze zich herinnerde. Zo had ze een beeld van noodweer en een brand en van metaal dat afschuwelijk verwrongen en in elkaar gedeukt werd – en was ze niet bang van vuur en was ze niet veel voorzichtiger dan haar vriendinnetjes als ze de A 49 overstak? En nog een herinnering, een soort heel onaangename close-up van een kwijlende hond die vreselijke tanden liet zien, en ze hield niet van honden – en dan viel ze in slaap, zich ervan bewust dat dat allemaal in het verleden lag en dat het heden goed was, nog steeds met het gevoel dat ze beschermd werd en omgeven was door een wolk van goedwillendheid.

Maar, lezer, de wet van het land is de wet van het land en Faraway Farm kan niet altijd zo op de rand tussen goed en kwaad blijven zweven en Nell kan evenmin leven alsof haar verleden niet bestaat – het zal weldra weer de kop opsteken en het heden beïnvloeden. Clive en Polly zullen de gevolgen van wat we waarschijnlijk alleen maar hun morele onzorgvuldigheid kunnen noemen, onder ogen moeten zien en Nell zal weer verder moeten. Dat ligt, zoals wij en Arthur Hockney weten, in haar lot, haar aard en haar voorbestemming.

Twee wederzijdse verbindingen

In feite was Nells verleden tijdens haar verblijf op Faraway Farm dichterbij dan ze zich kon indenken. Op een keer, toen ze elf was, hadden Cliffords ouders, Otto en Cynthia, de kerk van Ruellyn bezocht en Nell was hen op straat voorbij gelopen en had Cynthia's aandacht getrokken.

'Wat een mooi kind,' zei Cynthia tegen Otto.

'Nell zou ongeveer zo oud zijn geweest,' zei Otto en zuchtte, tot verbazing van Cynthia. Ze spraken tegenwoordig nog maar zelden over hun verloren kleindochter, want Clifford en Helen hadden een tweeling, Marcus en Max, Max was tien minuten jonger, en het heden was zo vol dat het verleden op de een of andere manier was weggevallen. Nell had Cynthia en Otto vol belangstelling nagekeken toen ze passeerden; ze bewonderde Cynthia's elegante schoonheid van een oudere vrouw en Otto's krachtige waardigheid en besloot daar op dat moment om zich niet tevreden te stellen met Ruellyn, maar op een dag de grotere drukkere wereld in te trekken en daar haar weg te zoeken.

En het kwam ook doordat Nell een hekel aan honden had en over haar angst heen wilde komen, dat ze, toen ze dertien was, voor de zaterdag een baantje aannam bij de Border Kennels, die van de ouders van Brenda, haar beste vriendin, waren. U kent mijn opvattingen over toevalligheden, lezer, en dus zal het u niet verbazen om te horen dat Arthur Hockney en Sarah, zijn vriendin, met wie hij samenwoonde, hun hond Kim na haar mishandeling door Annabel Lee voor heropvoeding naar de Border Kennels hadden gebracht en dat ze het dier daar nu telkens achterlieten wanneer ze op vakantie gingen. Kim, dezelfde hond die, vals gemaakt door honger, een slechte behandeling en boosaardige bevelen, de arme kleine Nell eens achterna had gezeten door de Hackney moerassen! Nu raapte Nell haar moed bijeen en aaide hem en hij lachte terug. Dobermannpinchers lachen werkelijk als ze aardig gevonden willen worden. Ik weet dat je door zo'n opmerking over dieren te maken het risico loopt dat je van antropomorfisme – van de slechte gewoonte om dieren menselijke eigenschappen toe te kennen – zal worden beschuldigd, maar ik kan slechts herhalen: dobermannpinchers lachen als ze daar zin in hebben. Ik heb het te vaak gezien om eraan te twijfelen.

Oorzaak en gevolg

Op een nacht, toen Nell in de Kennels was blijven slapen en in diepe rust was in een vreemd bed, deed de politie een inval in Faraway Farm. Er was het volgende gebeurd. Naarmate er meer werd ontvangen, ging er ook meer verloren: door het dak van de schuur viel de regen op antieke leren stoelen en eenden legden hun eieren in achttiende-eeuwse kasten van cederhout en er zaten motten in de wollen gedeelten van de (vermeende) gouden wambuis van Hendrik V en er deden zich natuurlijk vervelende scènes voor met klanten die ook steeds vervelender werden. Wat hadden ze dan verwacht? En dus schakelden Clive en Polly van het ontvangen van gestolen goederen over op het vervaardigen van LSD in de oude varkensstal, waardoor ze zich uiteindelijk de volle toorn van de politie op hun hals haalden, in de vorm van een vroege inval – en een eind maakten aan de idylle op Faraway Farm.

En Nell was weer eens een keertje dakloos.

Ze was natuurlijk overstuur. Hoe kon het ook anders!

Al het vertrouwde was plotseling weg! Clive en Polly waren uit haar leven verdwenen – Clive die haar naar school had gebracht toen ze klein was; Polly die voor haar had gezongen als ze in bad zat. Ach het was droevig, om niet te zeggen onverwacht. En toch was er ook een soort gevoel van opluchting. Bij Nell was de laatste tijd steeds meer een soort weerstand – ondankbaarheid, dacht ze wel eens – gegroeid ten opzichte van haar surrogaatouders. Ze zag dat ze werd uitgebuit, dat haar harde werken hun luiheid alleen maar bevorderde. Dat wat van haar verwacht werd – nee, niet helemaal, want ze bood het tenslotte *aan* – desondanks onredelijk was. Dat zij eigenlijk het kind was en Clive en Polly de volwassenen en het was niet eerlijk van hen geweest om te doen alsof het andersom was. Toen Clive en Polly verdwenen in de verzekerde bewaring van de politie – het ene moment zie je ze nog, het volgende niet meer, als een soort goocheltruc die ze maar al te goed kende – verdwenen de moeilijke en gecompliceerde gevoelens met hen.

En natuurlijk had ze geleidelijk aan al steeds meer tijd bij de Kildares doorgebracht – ze bleef er slapen, keek er televisie (de ontvangst was beter aan de andere kant van de heuvel), hielp mee in de kennels en sliep onderin Brenda's stapelbed – Brenda sliep altijd bovenin – alsof ze op de een of andere manier had geweten wat er op Faraway Farm zou gebeuren en voor de zekerheid alvast voor een tweede tehuis had gezorgd. En nu had ze het nodig. Ze huilde uit op de mollige vriendelijke schouder van mevrouw Kildare en meneer Kildare leende haar zijn linnen zakdoek – hij weigerde papieren te gebruiken, zei dat hij er een zere neus van kreeg.

'Ze moet bij ons komen wonen,' zei meneer Kildare.

'En de officiële instanties dan?' vroeg mevrouw Kildare. 'Je moet toch zeker bepaalde formaliteiten afhandelen?'

'Daar zou ik me maar geen zorgen over maken,' zei meneer Kildare. 'Ze mag nog lang niet werken en is hier vier uur per dag in touw, dus zou ik de officiële instanties maar niet in actie laten komen. Geen slapende honden wakker maken!' En hij lachte. Geen slapende honden wakker maken! Het was avond. Buiten in de hokken jankten en gromden, bromden en bewogen, snurkten en schokten ze in hun slaap, en Nell en Brenda maakten, met rubberlaarzen aan en gewapend met zaklantaarns, een laatste rondje om te kijken of alles was zoals het hoorde te zijn.

'Ik heb het nooit prettig gevonden dat Brenda's onderste bed niet werd gebruikt,' zei mevrouw Kildare, die van orde hield.

De wasmachine draaide dag en nacht. Het eten kwam op vaste tijden op tafel. En als Brenda en Nell met gewassen handen aanschoven – ze kregen meestal kip met doperwtjes of biefburgers en gehakt, gevolgd door chocoladepudding of een soort mousse – hadden ze hun huiswerk al af, het eten voor de honden al gemengd en de hokken schoongemaakt en hadden ze nog een uur tv kijken in het vooruitzicht voor ze hun laatste rondje moesten maken. Voor Nell was het een welkome onderbreking van de verantwoordelijkheid en de vrijheid die ze misschien wat al te jong had gekregen.

Niemand in Ruellyn noemde Nell tegenover de politie. Laat het kind maar in de Kennels blijven, vond iedereen. Ze wilden hun Nell niet kwijtraken, hun trots en vreugde, ooit de winnares van de Weetabix schilderwedstrijd in de categorie onder de tien. De dorpsbewoners vormden een beschermende ring van zorgzaamheid om Nell heen. (Ik stel het me voor als de ring die je in de tv-reclame krijgt door Prodent, of is het Colgate, te gebruiken.) Van de melkboer hoorden ze het nieuws over de vroege inval op Faraway Farm. Dan was met zijn wagen midden in het politiecordon gereden. Hoe had hij ook kunnen weten dat er achter iedere struik een politieagent zat? Hij was snel genoeg doorgestuurd, maar de herrie die hij had weten te maken schijnt alles toch verraden te hebben. Hij dacht dat iemand het huis wel via de achterkant zou hebben verlaten en die iemand was waarschijnlijk de echte schurk. Clive en Polly waren het zeker niet – zij waren nog trager dan zelfs Ruellyn verwacht had en voordat ze zelfs maar de slaap uit hun ogen konden wrijven stonden ze al onder arrest en kregen ze de schuld van alles.

Dan had het nieuws doorgegeven aan juffrouw Barton van de winkel en een snel telefoontje van haar naar de Kildares had ervoor gezorgd dat Nell bleef waar ze was.

'Een kamer van een kind op Faraway Farm? Ik geloof dat ze ooit eens een maand of wat een nichtje in huis hebben gehad,' zei juffrouw Barton tegen de aardige inspecteur. 'Maar ze waren nogal slordig. Ze zullen er wel gewoon nooit toe gekomen zijn om hem op te ruimen.'

'Nogal slordige mensen!' Zo luidde het oordeel van Ruellyn over Clive en Polly, die kerst 1978 in afzonderlijke huizen van bewaring doorbrachten. Bij Clive mochten ze speciaal voor de feestelijke gelegenheid naar *De brug over de rivier de Kwai* kijken. Bij Polly was er iets mis gegaan met het aanvragen en werd *Mary Poppins* gedraaid. Iedereen genoot er echter toch van, vooral Polly. Maar ze had een prettige natuur en ik ben blij dat ze maar twee jaar kreeg. Clive kreeg acht jaar, voor het illegaal produceren van en handelen in drugs.

Die kerst

Kerst 1978. Wat deed u toen, lezer? Reken eens terug, denk eens terug. Wij zullen wel kalkoen hebben gehad – maar was dat niet het jaar dat we die spectaculaire gegrilde gans hadden met puree en alles goed ging – of juist verkeerd? Pijnlijk, terugdenken, al is het alleen maar omdat de gezichten rond de kersttafel allemaal zoveel jonger waren, maar ook leuk, omdat toch zeker bij de meeste families ieder jaar wel een geboorte, een trouwerij, een eenentwintigste verjaardag, of iets leuks heeft plaatsgevonden waar je op kan terugkijken. Ik hoop van wel.

Dat was het jaar dat Nell op kerstmorgen in het hondenpension een rondje maakte langs de gelukkige (of ongelukkige!) honden die een toegewijde, zij het afwezige eigenaar hadden, en hun de kerstkaarten liet zien die deze eigenaars hun gestuurd hadden. Brenda ging met haar mee.

'Alsjeblieft, Pip,' zeiden ze, terwijl ze hem een speciaal Brave-Hond-Kerstchocolaatje gaven, 'dat is van mammie en pappie, gelukkig kerstfeest, schrijven ze, en heel veel liefs!' Een aai en een klopje en ze gingen weer verder; twee zielen, één gedachte; twee knappe, drukke en levendige meisjes vol van de goede wil die bij kerst hoort, vermengd met pret om hun belachelijke taak. Klanten zijn klanten overal ter wereld en hun wil is wet, vooral op kerstmorgen.

'Alsjeblieft, Jax! Kijk eens goed! Dat is een plaatje van een bot, een B-O-T, en er zit een kerstlint omheen. Nee, Jax, kijken, niet eten! O, Jax! En hij was nog wel van mamsie en papsie!'

Kim, de dobermannpincher, kreeg geen kaart. Arthur en Sarah, haar eigenaars, waren daar te verstandig voor. Ze belden wel op naar de Kennels, zodat ze hun stemmen kon horen. Ze spitste haar oren en kwispelde met haar staart, en Nell was ervan overtuigd dat ze lachte. Kim scheen altijd bijzonder op Nell gesteld te zijn, maar Nell wist nooit helemaal zeker of ze Kim vertrouwde.

Clifford en Helen brachten eerste kerstdag door bij Cliffords ouders, Otto en Cynthia. Ze kwamen met een kinderjuffrouw, de tweeling Marcus en Max, Edward, die nu acht was, en ook Edwards vader, Simon Cornbrook. Hij had niemand anders naar wie hij eerste kerstdag toe kon en Helen had medelijden met hem. Sally St Cyr was weg; ze zat achter een verhaal in Reykjavik aan, dat zei ze tenminste. Hun serviceflat was grauw en niet erg huiselijk.

'Dit is belachelijk, Helen!' protesteerde Clifford. 'Waarom zouden mijn ouders met jouw ex-man moeten worden opgescheept?'

'Hij is niet echt een ex-man,' zei Helen. 'Als echtgenoot heeft hij eigenlijk nauwelijks ooit meegeteld.' Arme Simon, die zo serieus werd genomen door de wereld – inmiddels de belangrijkste commentator van *The Economist* – en zo weinig serieus door alle anderen! 'Ik vind het allemaal zo akelig en Edward zou het geweldig vinden...'

En Clifford haalde bakzeil, maar het stond hem niet aan. En helaas moet ik zeggen, lezer, dat Angie Wellbrook, die nu weer in kunst handelde in Johannesburg, Clifford opbelde om hem gelukkig kerstfeest te wensen, en als Clifford niet zo geïrriteerd was geweest door het feit dat hij aan tafel moest zitten met een man – hoe onderhoudend en beschaafd ook – met wie zijn vrouw ooit het bed had gedeeld, zou hij haar misschien meer kortaf te woord hebben gestaan. Nu klonk hij vrij vriendelijk en Angie besloot om zeer binnenkort naar het Verenigd Koninkrijk te vliegen. Ze dacht dat Clifford nu met de tweeling wel aardig zijn buik vol zou hebben van het gezinsleven – en ze zat er niet ver naast.

De schilder John Lally, Helens vader, vierde helemaal geen kerst. Zo wilde hij het. Hij deed graag alsof de dag niet bestond. Hoewel ik niet kan melden dat John Lally spijt had van de manier waarop hij zijn vrouw tijdens haar leven had behandeld, kan ik tenminste naar waarheid melden dat hij zich zonder haar eenzaam voelde. Daarom vond hij snel een plaatsvervangster. Binnen een jaar na Evelyns dood was hij getrouwd met Marjorie Field, een erg aardige, kundige, nogal alledaagse, volwassen student in de schone kunsten, die hem geweldig vond, hem achter zijn vodden zat en maar al te graag bereid was kerst dat jaar en ieder jaar, als hij dat zou suggereren, op te geven. Ze liet de keuken verbouwen. Ze vond het fijn voor John dat ze 's middags een telefoontje kreeg uit Johannesburg van een vrouwelijke kunsthandelaar, ene Angie Wellbrook, die wilde komen om 'over Johns werk te praten'.

'Angie Wellbrook?' zei John Lally. 'Komt me bekend voor ... nee, kan het me niet herinneren! Als zij zo gek wil zijn om haar geld over de balk te gooien door hier naar toe te komen vliegen, terwijl ik al praktisch eigendom ben van die hooizakken van Leonardo's, moet ze dat vooral doen! Laat haar maar komen!'

Op kerstmiddag gingen Nell en Brenda stiekem naar Faraway Farm en bevrijdden ze Nells tinnen teddybeer uit zijn schuilplaats. Nell schroefde zijn kop eraf en nam de smaragden hanger eruit en hield die in haar gesloten hand.

'Denk nu aan me,' zei ze hardop, 'wie jullie ook zijn en waar jullie ook zijn, net zoals ik nu aan jullie denk.' En ongeveer op datzelfde moment bracht Otto, op zijn Scandinavische manier, een toast uit, en zijn vrouw en de gasten gingen staan en hieven het glas.

'Op onze verloren kleine Nell,' zei Otto, Nells opa. 'Of ze nu in de hemel of op aarde is. En moge de herinnering aan Nell ons helpen onthouden hoe belangrijk het is om hen die bij ons zijn te waarderen, zolang ze nog steeds bij ons zijn.'

Maar het was natuurlijk kerst, en dan is het heel gewoon om aan familieleden te denken die je hebt verloren of die ver weg zijn, dus was het misschien uiteindelijk helemaal niet zo toevallig.

De terugkeer van Angie

We horen heel wat over de biologische klok, lezer, die onze vruchtbare jaren wegtikt – ja, ik geloof dat we er veel te veel over horen – en daardoor nodeloos bang worden gemaakt. Artsen schudden hun hoofd als we boven de dertig zijn en aan een eerste kind denken – en als we boven de veertig zijn, schijnen ze een streven om zwanger te raken weerzinwekkend en onredelijk te vinden. Maar vergeet niet, zo drukt mijn huisarts me altijd op mijn hart, dat de wetenschap die ons vertelt over de risico's voor een oudere *primigravida* (dat zijn u en ik, lezeres, voor het eerst zwanger en boven de vijfentwintig), dezelfde wetenschap is die een foetus als gebrekkig bestempelt en verwijdert op grond van de leeftijd van de moeder of de vader. Maar ik bof met mijn dokter – zijn moeder was 46 toen hij werd geboren en hij wil beslist niet dat hij niet was geboren en zijn patiënten evenmin. Hij zei me laatst nog dat een vrouwelijke arts in Parijs na wat gegoochel met hormonen een volmaakt geslaagde baby ter wereld had gebracht toen ze zestig was – houdt dus moed, zusters! Neem alle tijd die u nodig hebt om te beslissen of u er *wel* of *niet* een wil. In dit opzicht, maar verder in geen enkel ander, heb ik zelfs medelijden met Angie dat ze een kind van Clifford wilde, en daar zat ze dan, al tegen de veertig en ze had er nog steeds geen, ten prooi aan dezelfde vertwijfeling als andere vrouwen die voelen dat hun tijd opraakt en, afgezien van vrouwelijke Parijse artsen, liever niet een baby op hun zestigste krijgen, nee dank u!

Toen Helen en Clifford hertrouwden, voelde Angie zich werkelijk diep ongelukkig, zette ze haar lusteloze metgezel-minnaar Sylvester aan de kant en keerde ze naar Johannesburg terug om daar een afdeling van Leonardo's op te zetten. Ze was tenslotte een van de grootste aandeelhouders en de directeuren konden haar moeilijk tegenhouden, hoewel ze hun hart vasthielden zowel voor haar smaak als voor wat zij, een vrouw, voor het image van Leonardo's zou doen. Van haar vader had ze ook, samen met de Leonardo-aandelen, tien goudmijnen geërfd, die ze met weinig aandacht voor de mensenrechten van haar zwarte werknemers leidde. Ze had het druk en werd gerespecteerd en bewonderd en was niet geliefd. Ze leefde in grote weelde en verveelde zich stierlijk. Als ze een beetje aardiger en vriendelijker was geweest, had ze misschien een levensvervulling kunnen vinden in het overbrengen van beroemde Europese schilderijen en het verrijken en verfijnen van het nogal opzichtige culturele wereldje van blank Afrika – maar Angie was niet aardig en vriendelijk. Als de galeriebezoekers een schilderij niet mooi vonden, verfoeide zij hun smaak; als ze het mooi vonden, verfoeide zij het schilderij, omdat het mooi werd gevonden door mensen die zij verfoeide. Ze kon het zichzelf niet naar de zin maken. Ze had heimelijk een relatie met haar zwarte Afrikaanse butler en dat was ook afschuwelijk: ervan overtuigd dat ze absoluut niet aardig gevonden kon worden, verfoeide ze hem omdat hij haar aardig vond. Hoe meer ze hem verfoeide, hoe meer ze zichzelf verfoeide en vice versa. Nou ja, dat weten we allemaal al van Angie en deze hachelijke situatie komt maar al te vaak voor.

Angie besloot op een saaie kerstdag, toen het gesprek om het zwembad heen vervelend begon te worden en ze door de muntcocktails last van haar spijsvertering kreeg en haar leeftijd erg ging voelen en een kind van achttien het waagde om met haar wimpers naar Angies butler te knipperen, en ze kon zweren dat de schurk zijn stralend witte tanden toonde toen hij terugglimlachte – in feite gewoon zo'n dag waarop Angie, als ze in het oude Rome had geleefd, een paar slaven zou hebben laten onthoofden, of in de Zuidelijke Staten van Amerika hen enorm zou hebben laten aftuigen en hun gezin zou hebben ontwricht –, dat het tijd was om een aantal mensen van streek te maken.

Ze zou beginnen met haar landgenoten te verwarren door een paar surrealisten aan te kopen. Ze zou naar Engeland gaan en John Lally lospeuteren uit Cliffords plakkerige vingers en als ze en passant een paar contracten ongedaan zou moeten maken, was dat jammer. Clifford zou een gevecht toejuichen. Ze dacht niet dat ze veel moeite zou hebben om hem in bed te krijgen. Wanneer had dat ooit moeite gekost? Zolang ze maar genoeg goud of echt kostbare stenen droeg, haalde hij bakzeil. Ze dacht dat Helen, met haar zoete grijns, haar aantrekkelijkheid wel aan het verliezen zou zijn. Dat moest inmiddels wel! 'Ik haat je, Helen,' zei Angie hardop. Helen was passief en trouweloos en sprong achteloos met Cliffords liefde om – en toch bezat ze zijn liefde. En wat nog erger was, ze bezat Cliffords kinderen.

'Heeft u ergens om gevraagd, mevrouw?' vroeg Tom, de butler, vol zorg. Hij was erg op Angie gesteld. Hij had medelijden met haar, dat arme koude onbeheerde ding.

'Nee,' zei ze meedogenloos. 'Ik heb genoeg van je. Je bent ontslagen!' En dat was zo. Geen sprake van in Johannesburg dat een zwarte een blanke beschuldigt van onrechtmatig ontslag. Hij moest zich maar gelukkig prijzen, zei zijn moeder – hij was pas tweeëntwintig – dat hij niet terecht hoefde te staan wegens verkrachting. Zulke dingen gebeurden.

En Angie vloog naar Heathrow.

Onroerend goed!

Otto en Cynthia waren niet meer zo jong als ze geweest waren. (Nou ja, wie wel? Maar u begrijpt wel wat ik bedoel.) Wexford Hall begon te groot te lijken voor hun gerief. Jongeren kunnen grote afstanden over parketvloeren afleggen zonder het te merken, maar ouderen beginnen te voelen dat de 100 meter van de voordeur naar de trap te veel is, en Cynthia had natuurlijk, als ze niet haar groene rubberlaarzen voor buiten droeg, altijd hoge hakken aan. (Zoals ik al zei, hoorde ze er nooit echt helemaal bij. Ze was nooit gaan *sloffen*, zoals de hoogste Engelse kringen wel deden.) Otto had een hernia en het was hem afgeraden om te jagen of paard te rijden of de klokken te luiden van de plaatselijke kerk. Het laatste deed hij tot vreugde van zichzelf en tot verdriet van de dorpelingen. ('U blijft maar doorgaan, sir Otto! U schijnt gewoon nooit moe te worden': vrouw van de dominee.) Sir Otto! Buitenlandse namen zijn gewoon niet gemaakt voor Engelse titels en dat is de waarheid. Maar daar was hij dan, geridderd, terwijl hij dat nooit verwacht had, althans dat zei hij. Wie houdt daarboven ons gedrag in de gaten en beloont ons er op zo'n grillige manier voor? Otto was natuurlijk ooit voorzitter geweest van de Britse werkgeversvereniging en had zich grootmoedig teruggetrokken als direkteur van de Distillers (Noord-Europa) om plaats te maken voor een jongere man – of was het wat niemand zei? De diensten die hij Engeland in de oorlog had bewezen en mogelijk sindsdien was blijven bewijzen? Waarschijnlijk tot zeer kort geleden toe. Hoe het ook zij, Cynthia was nu lady Cynthia wat haar, zoals ze zei, verzekerde van een afspraak bij een kapper in West End, maar verder voor zover zij het kon bekijken geen enkel verschil maakte. De titel was niet erfelijk. Daar haalde ze haar elegante neusje een beetje voor op.

Op een dag zaten de nieuwe ridder en zijn dame na de lunch wanhopig naar de brandende houtblokken in hun haard te kijken. Hij zat te knarsetanden van de pijn in zijn rug, zij van de pijn in haar zij, want ze was pas tijdens de jacht gevallen en had vier ribben gebroken. Tegenwoordig wordt de borstkas in zulke gevallen niet meer vastgeplakt, want dan zouden de beenderen van hen die de pijn doorstaan te strak aan elkaar groeien voor de goede diepe ademhaling van het gezonde actieve leven. Als ze zich bewoog, kon ze de ribben voelen knarsen. De telefoon ging. Het was Angie Wellbrook, een collega van Clifford; konden ze zich haar nog herinneren? Nee, maar ze waren te beleefd om dat te zeggen. Ze was in de buurt; ze nodigde zichzelf uit voor het avondeten. Ze zuchtten en legden zich erbij neer.

'Wat een mooi huis,' zei Angie heel enthousiast. 'Zo heel Engels, zo heel bijzonder. Maar is het niet nogal groot voor u samen?'

'We hebben hier gewoond en we zullen hier sterven,' zei Otto somber.

'Alsjeblieft!' smeekte Cynthia, die gesprekken over ouderdom, laat staan de dood, verafschuwde. Als je die dingen negeerde, dacht Cynthia, zouden ze wel weggaan.

'De verwarmingskosten!' weeklaagde Angie, die nog nooit in haar leven een verwarmingsrekening goed had bekeken, en ze moesten toegeven dat die buitensporig hoog waren. Johnnie had heel lekkere Franse uiensoep gemaakt. Het personeel had zijn vrije dag. Sommige vaardigheden verleer je nooit. In de oorlog hadden Otto en hij een tijdje een restaurant gehad in Parijs, een coördinatiecentrum voor RAF-bemanningen op doorreis, neergeschoten boven Frankrijk en door het verzet gered; ervaren mannen die ze thuis weer nodig hadden. De beste uiensoep van Parijs was een goede dekmantel.

'En waarom houdt u in vredesnaam paarden als u geen van beiden kunt rijden?'

'Maar *ik* kan wel rijden,' zei Cynthia, 'en zal ook weer rijden, zodra mijn ribben zijn genezen.' Haar stem zakte echter weg. Misschien zou ze het niet meer doen. Paarden waren zo groot. Op de een of andere manier scheen de afstand tussen haarzelf en de grond ieder jaar groter te worden.

'Het buitenleven is zo slecht voor je teint,' zei Angie, en Cynthia, die op een nogal onaardige manier naar het door de zon gelooide gezicht van de jongere vrouw keek, moest het wel met haar eens zijn. Gebruikte ze geen vochtinbrengende crèmes? (Als ze toch eens had geweten hoe Angie haar best deed! Arme Angie. Slechte, slechte Angie!)

'Alleen met kerst is het huis echt vol,' zei Otto, 'als Clifford en Helen en de drie kinderen komen. Belachelijk om zo'n groot huis als dit voor slechts één week per jaar aan te houden.'

'Nee,' zei Cynthia. 'Daar zijn huizen voor.' *Clifford, Helen en de drie kinderen.* Het klonk zo sterk, zo definitief. De soort leegte die altijd in Angies hart had gezeten, en waardoor ik 'arme Angie' zei, werd plotseling opgevuld met wrok, verontwaardiging en haat. Het had Clifford, Angie en de drie kinderen moeten zijn. Ze vervloekte haar moeder, haar vader, haar lot. Als ze niet kon bouwen, zou ze vernietigen.

'In ieder geval, zelfs als we het zouden willen, maar dat is niet zo, zouden we het nog niet kunnen verkopen,' zei Cynthia. 'Aan wie? Ze zouden het alleen maar in een computercentrum veranderen of een hydrotherapeutische gezondheidsinstelling en de bomen omhakken en mijn prachtige tuin platwalsen voor een zwembad.'

'Ik zal het kopen,' zei Angie opgewekt. 'Ik heb hier een huis nodig. Ik zal alles precies zo laten als het is. Ik ben er gewoon dol op. Een deel van het oude Engeland. En u kunt allemaal blijven komen met kerst – u tweeën, Clifford, Helen en de drie kinderen.'

'Dat kunt u niet doen,' zei Otto geschrokken. 'We zouden er minstens een kwart miljoen voor moeten vragen.'

'Een kwart miljoen!' zei Angie verbaasd. 'Ik zou er niet over piekeren om minder dan het dubbele te betalen. Op de vrije markt is het minstens een half miljoen waard. Geloof me, ik weet het.'

Cynthia wendde zich tot Otto.

'We zouden zo'n leuk huis in Knightsbridge kunnen kopen,' zei ze. 'Dan hoef ik nooit meer groene rubberlaarzen te dragen.'

'Maar ik dacht dat je het fijn vond...'

'Alleen voor jou, liefje...'

'Maar ik deed het voor jou...'

Leugens, allemaal leugens, maar ze wisten hoe ze elkaar gelukkig moesten houden. Door precies te doen wat ze zelf wilden, terwijl ze pretendeerden dat ze het alleen voor de ander deden. Zelfs haar verhoudingen hadden alleen gediend om hem gerust te stellen dat ze nog steeds begeerd werd door andere mannen en dus nog begeerlijk was. Zo zag ze het zelf tenminste graag.

'Een half miljoen is misschien een beetje veel,' zei Angie.

'Ik geloof dat een half miljoen precies goed is,' zei Otto. 'Aangezien we het onder ons kunnen houden en u zo de makelaarskosten kunnen besparen...'

En zo werd het geregeld en Angie kocht Wexford Hall. Dat zou een verrassing zijn voor Clifford, Helen en de drie kinderen. Er stonden hun nog heel wat verrassingen te wachten, dacht Angie, werkelijk bijzonder akelige verrassingen.

Floreren

Angie ging op bezoek bij John en Marjorie Lally in Applecore Cottage. Het stel kon goed met elkaar overweg. Marjorie was gewend om te lachen, zoals Evelyn gewend was om te huilen.

'Doe niet zo belachelijk, John!' zei ze, wanneer hij onredelijk was. 'Tjonge, wat een slecht humeur!' riep ze kennelijk onbewogen uit, wanneer hij bulderde en tierde. 'Je *kunt* het gewoon niet tegen mij hebben, John. Je moet het wel over jezelf hebben!' zei ze, als hij haar uitschold.

Hij probeerde haar op honderden manieren de baas te worden, maar het lukte hem niet. Als hij niet tegen haar sprak, scheen ze het niet te merken, maar vroeg een buurvrouw op de koffie en sprak dan tegen haar. Ze maakte plannen om hem erbij te betrekken, maar als hij niet verscheen of te laat was, ging ze gewoon zonder hem. Ze sprak over haar eigen gevoelens, nooit over de zijne. Ze gooide al Evelyns armoedige oude meubelen weg en haalde goed gerestaureerde antieke spullen in huis, zonder ontbrekende handvaten en zonder stukjes latwerk die voor de veiligheid in een van de laden werden gelegd en al snel onder de troep verdwenen. Ze ruimde de koperen pannen op en liet een raam inzetten, waardoor helder direct zonlicht het huis binnenstroomde. Ze liet een keuken met alles erop en eraan inbouwen voor een prijs die het dorp deed schudden. Ze stuurde haar kleren aan het einde van ieder seizoen naar OXFAM en kocht nieuwe. Ze maakte inventaris op van Johns werk. Ze begreep het lastige parket waarin hij artistiek gezien zat en bleef dat steeds zeggen. Zelf borduurde ze – ze exposeerde in het Victoria and Albert Museum, en had een zekere reputatie op een minder belangrijk gebied, zoals ze bleef benadrukken – hoewel ze alleen werkte als John zelf ook werkte. Anders legde ze het terzijde, om haar aandacht beter volledig aan haar man te kunnen schenken.

O, ze was een geweldige vrouw. Hij verdiende haar niet, zei iedereen. U moet weten dat ze een eigen bron van inkomsten had. Dat maakte het gemakkelijker voor haar. Dat ze hem niet om geld hoefde te vragen.

Hij zat tegenwoordig nog maar zelden in de pub. Hij hield van het gezelschap van zijn vrouw, van haar onverstoorbare glimlach. Ze lag als eerste in bed, deed alsof ze slaap had. Als hij haar wakker maakte, ontwaakte ze opgewekt en gewillig. Als hij het niet deed, sliep ze door. Perfect! Hij dacht dat zijn werk eronder leed. Hij was begonnen om de zon te schilderen boven schitterend water en pompoenen in keukens: hij verloor zijn belangstelling voor dood en bederf. Hij vroeg zich af of ze te oud was om een baby te krijgen. Ze zei van niet. Ze probeerden het.

Ze kreeg John zo ver dat hij Helen in Londen ontmoette bij een tentoonstelling in de nieuwe Haymarket Gallery. Een ontmoeting met Clifford ging hem te ver. Helen kwam. Hij kon zich nauwelijks herinneren waar alle moeilijkheden over waren gegaan. Ze legde haar hand in de zijne en hij liet hem daar en voelde een soort warmte die hij zich nog kon herinneren.

'Ik geloof dat ik een beetje gek was,' zei hij. Zo verontschuldigde hij zich. Zij aanvaardde het. Maar ze had niet veel tegen Marjorie te zeggen, hoewel ze toch aardig genoeg leek. Ze zou dankbaar hebben moeten zijn, maar ze was het niet.

'Wees blij dat hij haar heeft,' zei Clifford. 'Zij neemt de last van het dochterschap van jouw schouders. En wacht maar eens af hoe je zijn schilderijen zult zien veranderen.'

Hij stuurde er Johnnie op af om de laatste schilderijen met infrarood licht te fotograferen terwijl Applecore Cottage sliep en hij zag het verschil, niet in stijl, maar in tevredenheid. De schilderijen waren niet zo goed als ze geweest waren, dacht Clifford, maar ze waren wel veel beter verkoopbaar. Ach, je won wat en verloor wat, en dit kon de ommekeer zijn waarop hij gewacht had. De Tate Gallery dacht erover om een doek van Lally te kopen voor 8.000 pond. Niet slecht. Maar de transactie was nog niet rond.

Helen kwam erachter dat Marjorie zwanger was en huilde en huilde.

'Het is vreselijk,' zei ze. 'Edward en Max en Marcus zullen ouder zijn dan hun tante. Het is tegennatuurlijk.'

'Misschien is het een jongetje,' zei Clifford. 'Hun oom.'

Daar had ze niet aan gedacht en nu huilde ze zelfs nog meer. Maar dat was niet wat haar dwars zat. Ze huilde om de arme Evelyn, die nooit kreeg wat ze wilde hebben en gestorven was met het idee dat het onmogelijk was om het te krijgen. En omdat Marjorie zo gemakkelijk kreeg, wat Evelyn niet kon krijgen.

Stoken

In ieder geval, zoals ik al zei, ging Angie, zodra ze de aankoop van Wexford Hall op gang had gebracht, op een zondag naar Applecore Cottage om John en Marjorie te bezoeken. John was beleefd, geciviliseerd, nuchter en geschoren en Marjorie had een positiejak aan. Ze was in verwachting. Ze spraken met elkaar tijdens een maaltijd van geroosterd lamsvlees met gelei van rode bessen (zelf gemaakt door Evelyn, de laatste pot) en ze spraken over Clifford Wexford, hoewel Marjorie er een eind aan probeerde te maken.

'Natuurlijk,' zei Angie, 'kan je contract met Leonardo's nooit afgedwongen worden. Het is een onnatuurlijke handelsbelemmering. We kunnen ermee naar het Europees Gerechtshof stappen. In feite bepaalt dit contract dat je maar drie schilderijen per jaar mag schilderen om zo de prijzen van alle bestaande schilderijen hoog te houden, maar jan en alleman verdienen er meer aan dan jij. Winst voor de galerieën, niet voor jou. Hoeveel krijg je per jaar volgens je contract?'

'Tweeduizend per jaar.'

Angie lachte. 'Erbarmelijk!' zei ze. 'Uitbuiting!'

'Natuurlijk,' zei John Lally, 'schilder ik heel wat meer dan drie doeken per jaar. De andere breng ik alleen niet op de markt.'

'Hij bewaart ze in het fietsenschuurtje,' zei Marjorie.

'Ik zou ze dolgraag zien,' zei Angie

Een andere keer, zei John Lally; het afstapje was kapot; het pad was modderig; het licht was niet goed. Angie zei dat ze eens op een party met Clifford Wexford was geweest. Daar had hij het verhaal verteld hoe de schilder jaren geleden bij Helen en hem was komen binnenvallen. Hoe hij John Lally had neergeslagen. Clifford was jaloers, zei Angie, dat was alles; hij was zo'n man die ernaar verlangde een scheppend kunstenaar te zijn en het niet was. Het had haar verbaasd dat John Lally niet had verhinderd dat hij voor de tweede keer met zijn dochter was getrouwd. Eén keer was al erg genoeg.

'Geen dochter van mij,' zei John Lally. 'Ze heeft mijn vrouw gedood.'

'John...' zei Marjorie waarschuwend.

'Houd toch op met je gejohn,' zei John Lally oude stijl.

'Oude stijl, John,' zei Marjorie. Hij kalmeerde.

Na wat er met Nell gebeurd is, zei Angie. Helen was toen natuurlijk mijn vriendin. Ze moest het kind bij mij thuis zien, toen Clifford zo moeilijk deed. Zonder Clifford, zei Angie onomwonden, zou Nell nog leven. Clifford kon zich veel te veel permitteren en hier zat John Lally en nam er zijn gemak van en liet hem zijn gang gaan, en niet alleen om wille van John Lally, maar om wille van alle levende, ademende, lijdende en uitgebuite kunstenaars ter wereld moest daar een eind aan komen. Zou zij, Angie, in John Lally's fietsenschuurtje mogen kijken? Zij, Angie, nam als galeriehoudster slechts tien procent commissie en regelde eerste verkopen op basis van royalty, waardoor de kunstenaar bij iedere volgende verkoop twintig procent van de winst kreeg.

John Lally nam Angie mee naar het fietsenschuurtje. Je moet me als een vriendin beschouwen, zei ze. We zullen Leonardo's voor het gerecht slepen. We zullen de wereld eens laten zien wat voor kunstminnaars ze zijn! Dat zullen we, zei John Lally, nou en of!

Marjorie zei tegen John dat ze het nogal betwijfelde of Angie wel iemands vriendin was, maar deze keer luisterde hij niet.

En nog eens stoken!

Angie bood Simon Cornbrook een lunch aan in het Dorchester hotel en vertelde hem dat Clifford een aan-uit verhouding had met een vrouwelijke collega van Leonardo's, Fanny genaamd. Het was al jaren aan de gang, al vanaf Cliffords tijd in Genève. Simon Cornbrook gaf het nieuws niet door aan Helen, zijn ex-vrouw. Hij had geen enkele reden om op Clifford gesteld te zijn, maar hij wilde zijn ex-vrouw geen verdriet doen. Er bestaan *echt* werkelijk aardige mensen in deze wereld, ik verzeker het u.

Angie belde Clifford en sprak af dat ze hem in het Claridges zou treffen voor een ontbijt.

'Niet weer!' zei Clifford.

'Nog één keertje,' zei Angie. 'Er kan niets gebeuren. Dat hebben we inmiddels wel gehad!'

'Jij misschien,' zei Clifford. 'Ik niet.'

Hij verscheen in het Claridges en trof Angie aan in een wit zijden pak dat glinsterde en glom, al deed Angie het zelf niet, en met een heel sjieke schitterende ceintuur die bezaaid zou kunnen zijn met glitter, maar Clifford had het scherpe vermoeden dat het diamanten waren en ook niet van een kwaliteit die slechts bestemd was voor industrieel gebruik. Als je zo'n ceintuur krijgt aangeboden en de gelegenheid om haar los te maken, is het moeilijk om dat niet te doen, al is het alleen maar om het geschitter te zien als ze valt. Clifford maakte haar los.

'Ik snap niet hoe je Simon Cornbrook onder je dak kan velen,' zei Angie, de wervelwind uit Zuid-Afrika, veilig in het behaaglijke koperen bed van het Claridges.

'Helen zegt dat het beschaafd is.'

'Ja, dat is echt iets voor haar, hè? Hoe komt het toch dat de tweeling zo veel op hem lijkt?'

En Angie was nog maar net begonnen.

Een werkelijk vreselijke ruzie

Angie werd zwanger van Clifford Wexford, lezer. Dat was haar bedoeling. Haar timing klopte. Het geluk stond aan haar kant, zoals het wel vaker aan de kant van de bozen staat. De duivel schijnt echt voor de zijnen te zorgen. Angie was tweeënveertig – geen leeftijd om in een wip bij het vallen van een diamanten ceintuur van een wit zijden jurk zwanger te raken in de bruidssuite van het Claridges! Maar ze werd zwanger, zoals ze van plan was geweest. (Het lef, lezer, om de bruidssuite te reserveren! Ach, dat zul je haar wel moeten nageven, zo'n gotspe verdient enig succes.) Haar plan was natuurlijk niet alleen om een kind van Clifford te krijgen, wat ze wilde omdat ze van hem hield – ja, ze hield oprecht van hem; de bozen beschikken net als de goeden over het vermogen om te beminnen – maar ook om haar zwangerschap als pressiemiddel te gebruiken om hem met haar te laten trouwen wanneer hij eenmaal van Helen zou zijn gescheiden.

Nu had Angie, tijdens die gedenkwaardige uren in het Claridges, toen Barbara werd verwekt, Clifford gesuggereerd dat de tweeling, Helens twee zonen, niet van hem, maar van Simon Cornbrook was. Clifford had vier jaar lang het hoofd geboden aan een rumoerige tweeling, die op de moderne al te vrije manier werd opgevoed, in een huis waarin hij ook zijn veeleisende en rijke klanten ontving. Hij had het verdragen, omdat Helen dat wilde, maar toen het idee eenmaal gesuggereerd was, was het moeilijk om het weer kwijt te raken: de tweeling niet van hem! Helen was hem al eens ontrouw geweest – ze zou het weer zijn. En om zwanger te raken van Simon, haar ex-man, omdat ze medelijden met hem had en zich schuldig voelde over de manier waarop ze hem had behandeld, was echt zoiets idioots en belachelijks wat Helen zou doen. En ze dan bij hem, Clifford, onderschuiven – o ja, het was heel logisch!

Clifford ging rechtstreeks van het Claridges naar huis. Hij ging, mag ik wel zeggen, met een zuiver geweten. Hij *hield* niet van Angie, lezer; hij vond haar zelfs niet aardig, hoewel er iets in hem was dat beslist op haar reageerde, en dus vond hij niet dat hij Helen ontrouw was geweest, nee, helemaal niet. Hij trof zijn vrouw omstreeks lunchtijd aan terwijl ze een glas wijn dronk met Simon, haar ex-man, gezellig in de zonnige patio onder stralende hangmandjes met bloemen.

Dat deed de deur dicht.

'Zo,' zei hij tegen hen allebei, 'dus dit gebeurt er als ik aan het werk ben! Wat ben ik een sukkel geweest! Jij slet,' (dit tegen Helen) 'jouw bastaarden bij me onderschuiven!' En zo voort, inclusief een hoop onzinnige schelle ontboezemingen over hoe Helen Simon niet alleen met kerst op het diner had gevraagd, maar hoe Simon ook nog de kalkoen had voorgesneden die hij, Clifford, had betaald. Het deed er niet toe dat Simon hem erop wees dat Helen hem had overgehaald om met kerst te komen ter wille van de kleine Edward (haar zoon van Simon, die correct, fatsoenlijk en legaal was verwekt) en dat Clifford hem praktisch gedwongen had om de kalkoen voor te snijden – nee! Of dat ze nu alleen maar bij elkaar waren om Edwards schoolopleiding te bespreken. Nee! Het hielp Helen niet dat ze door middel van verklaringen en ontkenningen en tranen haar onschuld en liefde voor Clifford toonde. Nee!

En toen zei Simon wat hij al eerder uit Angies mond had gehoord. Dat Clifford al zeer lang een relatie had met Fanny, dus waar haalde hij het recht vandaan? En dat was inderdaad waar, dat wil zeggen, Clifford had het niet echt als een *relatie* beschouwd, of zelfs maar als een *verhouding*; Fanny was gewoon iemand met wie hij naar bed ging als hij en zij nog laat op kantoor waren en niet konden beslissen of iets kunst of kitsch was en van seks werd je weer helder – en als de arme Fanny al hopeloos en blijvend verliefd op hem, Clifford, was, dan wist ze inmiddels wel dat ze dat niet moest zeggen. (Hoewel ze hem misschien wel haatte, lezer, op die intieme, afhankelijke manier waarop vrouwen mannen haten van wie ze denken te houden. Fanny verlangde er beslist naar om bij die gelegenheden Cliffords brede blonde rug met haar nagels te krabben, maar dat kon ze natuurlijk niet doen. Getrouwde mannen moeten ongeschonden blijven.)

'Als dat al zo is,' zei Clifford, 'komt het doordat mijn vrouw me ertoe heeft gedreven. Moet je haar nu eens horen – schreeuwend en scheldend.' En toen werd Helens hoofd weer helder. Ze hield gewoon op met huilen en haar onschuld te verklaren.

'Dat jij je zo gedraagt,' zei ze tegen Clifford, 'kan alleen maar komen doordat je zelf schuldig bent.' Ze had natuurlijk gelijk. 'En bovendien is de manier waarop je je gedraagt onvergeeflijk. Ik ga van je scheiden wegens onredelijk gedrag, punt uit.'

'Ga dan mijn huis uit,' zei Clifford plotseling heel koud en vol haat, want nu had ze iets onvergeeflijks gedaan en over iets gepraat waar hij echt bang voor was. Scheiding! En nog in het bijzijn van een getuige ook, waardoor het nog werkelijker werd, des te meer omdat Simon de getuige was.

En weet u wat Helen deed? Ze raapte haar moed bij elkaar en keerde zich tegen Clifford en zei: 'Nee, jij vertrekt!' En haar gerechtvaardigde woede was zo groot dat hij, ondanks zichzelf, vertrok. *Hij* gaf zich gewonnen, lezer. *Hij* vertrok. Hoe vaak hebben ongelukkig getrouwde vrouwen niet het idee dat het huis van hun man is en dat de enige manier om uit elkaar te gaan is, dat zij vertrekt en alles achterlaat wat ze heeft – terwijl het natuurlijk eigenlijk van *hen* is; als iemand moet vertrekken, zou *hij* het misschien moeten zijn. En als ze dat zegt, luid en duidelijk genoeg, en als hij schuldig genoeg is, vertrekt hij ook.

Clifford was natuurlijk van plan om maar voor een week of zo te gaan, om Helen een lesje te leren. Zodat ze zou beseffen hoeveel ze van hem hield. Zodat ze hem zou smeken om terug te komen en haar verontschuldigingen zou aanbieden voor haar vroegere wandaden. Zodat ze weer gelukkig zouden zijn, hun liefde gezuiverd, rijker, oprechter. Zodat hij nooit meer met Fanny naar bed zou hoeven of Angie zelfs maar zou hoeven te zien...

Maar, lezer, zo ging het niet! Zoveel geluk had hij niet!

Weer alleen

Clifford verhuisde van het huis van Helen en hem naar de luxueuze flat in Mayfair die Leonardo's ter beschikking stelde aan belangrijke cliënten – van het soort dat van een zeldzame Rembrandt die onverwacht op de markt is gekomen kan zeggen: 'Ik vind hem mooi; ik neem hem!' Maar hij was gewend aan luxe en vond er geen troost in voor het verlies van het gezinsleven. Hij miste niet alleen zijn vrouw, maar tot zijn eigen verbazing zelfs de vreselijke tweeling. Hij zag in dat het geen sikkepitje uitmaakte als er botervlekken op zijn handbedrukte behang zaten of als hij niet rustig naar *Figaro* kon luisteren door de eisen van de kinderen; de oplossing was dat je gewoon afwasbaar behang nam en, net als iedereen, (zachtjes!) naar opera's luisterde, nadat ze naar bed waren gegaan. Clifford geloofde niet echt, serieus, dat de tweeling van Simon was en niet van hem. Het leek hem dat hij verkozen had het te geloven, tijdelijk, omdat hij zich schuldig had gevoeld en jaloers was geweest, en dat ook had geweten. Bovendien was het niet zijn bedoeling geweest om Helen zo van streek te maken. Hij zag plotseling in, dat als hij werkelijk oprecht van haar hield, hij zijn gewoonte zou moeten opgeven om vrouwen te verleiden ten einde zich later wreed te kunnen gedragen wanneer hij hen afwees. Want daar kwam zijn gewoonte op neer, zoals hij nu tot zijn schande besefte.

Hij zag dit alles in, omdat hij zeven ellendige weken lang wachtte tot Helen zou bellen om haar verontschuldigingen aan te bieden en alles weer goed te maken, maar dat wilde en deed ze niet. En hij was niet gewend afgewezen te worden en was er helemaal door uit zijn doen. Hij had tijd om na te denken. Zolang hij volwassen was, had hij altijd gezorgd dat hij het zo druk had dat er weinig tijd voor nadenken overbleef. Zelfs tijdens vakanties deed hij niet gewoon niets – hij legde nieuwe contacten, werd op de juiste skihellingen gezien, in de juiste villa; als al het andere mislukte, slaagde hij erin om als eerste het mooiste bruin te zijn van de hele stad! O, waanzin, waanzin! IJdelheid der ijdelheden. Hij zag het nu allemaal in. Hij hield van Helen, hij hield van zijn huis, van zijn kinderen. Zij waren de enigen die telden. (Mensen *kunnen* veranderen, lezer, echt waar!)

'Nee,' zei Helen. 'Nee. Ik meen het. Ik wil een scheiding, Clifford. Het is welletjes geweest.' Ze was onvermurwbaar. Ze wilde hem zelfs niet zien. Ze had er genoeg van, hoorde hij via vrienden, om altijd passief, ontvankelijk en overvrouwelijk – masochistisch eigenlijk – te zijn. Ja, nog erger, Cliffords ouders, Otto en Cynthia, die op onverklaarbare wijze hun volmaakt plezierige huis hadden verkocht en nu probeerden om zich te schikken in een klein soort flat dat geschikt zou zijn voor een ouder echtpaar, en door dit alles tien jaar ouder waren geworden, schenen aan de kant van zijn vrouw te staan.

'Je bent egocentrisch, koppig, egoïstisch en gewetenloos,' zei zijn moeder – zijn eigen moeder! – tegen hem. Maar ze was toen zelf natuurlijk nogal ongelukkig. Als je in de flat in Chelsea Cloisters drie stappen deed, stond je voor een muur. Daardoor voelde ze zich erg oud. Ze wou dat ze weer terug was in haar eigen grote verfijnde huis, dat nu verkocht was – wat had hen toch bezield! – aan Angie. Wat hadden ze aan al dat geld op de bank? Hoewel sir Otto het goed naar zijn zin scheen te hebben. Hij wipte regelmatig binnen bij het ministerie van defensie en ondernam reisjes naar de Verenigde Staten met Johnnie aan zijn zij, hoewel er, wanneer ze in zijn paspoort keek – het enige dat ze kende – helemaal geen stempels in stonden dat hij was binnengekomen en vertrokken.

Ondertussen was Angie druk bezig om wat eigenlijk Cliffords familiehuis was, te veranderen in een buiten de stad gelegen veilinghuis voor zeldzame en verfijnde kunstwerken, dat Ottoline moest gaan heten. De bomen waren omgehakt, de tuin was platgewalst en in de serre bevond zich een verwarmd zwembad. Ottoline betekende concurrentie voor Leonardo's – wat Leonardo's geen goed deed. Sotheby's, Christie's en Leonardo's hadden tientallen jaren lang de wereld van de kunstveilingen beheerst en de zaken onderling voortreffelijk geregeld – en nu drongen buitenstaanders binnen. Wat had Angie in haar hoofd? Ze was tenslotte nog steeds een van de directeuren van Leonardo's. Ze bevuilde haar eigen nest. Ook Cliffords nest. Zijn familiehuis! Wat was Clifford sentimenteel aan het worden.

Lezer, u en ik weten precies wat Angie in haar hoofd had. Ze plantte een haag van doornen om Clifford heen opdat zij hem zou kunnen redden. Op één enkele dag, toen Clifford heel diep in de put zat, zei ze drie dingen tegen hem. Ze had hem meegenomen naar Oxford – ze punterden de rivier af. Dat kon hij goed, nog steeds gezond, gespierd en knap, en Angie zat met haar rug naar de zon en had een flaphoed met een brede rand op en zag er eens niet al te slecht uit.

'Natuurlijk is jouw contract met John Lally volgens de Europese wet niets waard. Het is een van de mensenrechten van de kunstenaar om hoe en wanneer hij wil te schilderen: jij beperkt hem op onwettige wijze. Hij daagt je voor het Europees Gerechtshof. Ja, ik heb hem geadviseerd om dat te doen. Als hij van Leonardo's af is, komt hij voor mijn Ottoline werken.' De schilderijen van Lally waren nu grote gedeelten van een miljoen waard, lezer, niet gewoon tienduizenden. (Zoveel kan door kundige professionele manipulatie voor een schilder bereikt worden.) Als John Lally nu in welke hoeveelheid dan ook zou beginnen te schilderen voor Ottoline, zou het geld dat in de magere jaren door Leonardo's was verdiend (zo zagen zij het tenminste) nu in de vette jaren naar Ottoline en Angie gaan. Denk niet dat John Lally er veel van zou zien, ondanks haar beloften. 'Eerste verkoop' had ze gezegd. Dat zou alleen gelden voor nieuwe schilderijen, niet voor alles wat al af was. Maar daar had hij niet aan gedacht. Dat was ook niet de bedoeling geweest. Hij had heel wat Rioja gedronken bij het lamsvlees en Evelyns gelei van rode bessen. Zij had natuurlijk vrijwel niets gedronken.

Ze zei ook: 'Clifford, ik ben zwanger. Ik krijg een kind van je!' Hij waagde het niet om een abortus te suggereren. Zelfs de oude Clifford zou misschien hebben getalmd, zo'n ijskoude glans lag er in Angies ogen. Wat de nieuwe Clifford betreft, hij hield niet van de gedachte dat leven, wat voor leven dan ook, vernietigd zou worden. Hij was onverklaarbaar zacht en zelfs aardig geworden. Als hij toch maar niet zo hebzuchtig was geweest, lezer, als geld en goud toch maar niet zo'n aantrekkingskracht op hem hadden uitgeoefend, als Cynthia toch maar meer van hem had gehouden en het vat van zijn behoeften had gevuld – als dit, als dat! Wat schiet je op met al dat 'geals'. Toch is het interessant.

Het andere wat Angie zei, was: 'Als jij en ik onze rijken bij elkaar zouden voegen, Clifford, zouden we natuurlijk de wereld beheersen.' (Ik kan alleen maar aannemen dat ze de kunstwereld bedoeld. Dat hoop ik tenminste.)

'Hoe bedoel je dat, Angie? Onze rijken bij elkaar voegen?'

'Trouw met me, Clifford.'

'Ik ben met Helen getrouwd, Angie.'

'Des te gekker ben je,' zei Angie en vertelde Clifford over Helens (vermeende) verhouding met Arthur Hockney, de zwarte detective uit New York die Helen in dienst had genomen om kleine Nell te zoeken tijdens de afschuwelijke dagen na de verdwijning van het kind. U en ik, lezer, weten dat hoewel Arthur jarenlang hopeloos verliefd was op Helen, er niets tussen hen is geweest, niets, en dat hij nu gelukkig was met zijn Sarah en zelfs onlangs, met haar hulp, op een podium had gestaan en had gesproken bij een geldwerving voor zwarte kunstenaars in Winnipeg, en Angie wist dit, maar Angie is nooit iemand geweest om zich door de waarheid te laten weerhouden van wat ze wilde.

'Ik geloof je niet!' zei Clifford.

'Ze heeft het me allemaal eens verteld,' zei Angie, 'toen ze dronken was. Zo zijn sommige vrouwen. Indiscreet als ze dronken zijn. Zoals Helen vrij regelmatig is. Dus zal heel Londen het wel weten. Als ze het mij vertelt, vertelt ze het iedereen.'

En het was volkomen waar dat Helen soms te veel dronk en dat Clifford daar een enorme hekel aan had, en daardoor was Angies onruststokerij des te doeltreffender. Helen behoorde tot die paar ongelukkige (of, zo u wilt, gelukkige) mensen op wie een theelepeltje wijn dezelfde uitwerking heeft als een groot bekerglas gin op anderen. En u weet hoe dat gaat op cocktailparty's en op de openingen van tentoonstellingen – er worden bladen vol glazen rondgediend en dan nog de herrie en de opwinding en de vreugde dat je helemaal opgedoft en ongelooflijk mooi bent – zoals Helen nog steeds zonder enige twijfel was, ieder nieuw kind scheen alleen maar haar charme, niet haar omvang, te vergroten – en soms dwaalde haar hand naar de wijn in plaats van het sinaasappelsap – o, u weet hoe dat gaat, lezer!

En, lezer, op de een of andere manier had Clifford met behulp van Angie voor er drie maanden om waren zijn verdriet weggedrukt en veranderd in woede en wrok en waren ze bezig om te scheiden.

Grote vooruitzichten

Angie maakte bekend dat ze verwachtte dat Clifford met haar zou trouwen. Hij dacht erover om het te doen, aangezien het, nu hij Helen kwijt was, nauwelijks uitmaakte wat hij deed, en Leonardo's was belangrijk en zijn werk het enige gebied, zo leek het nu, droevig genoeg, waarop hij succes had. Zelfs zijn eigen moeder was tegen hem. (Met andere woorden, Clifford was somber, zeer somber.) Hij kon net zo goed met Angie trouwen. Nu zijn dit niet de voorwaarden waaronder u en ik, lezer, ons bereid zouden verklaren om te worden getrouwd, maar Angie was anders. De rijken *zijn* anders. Ze verwachten dat ze zullen krijgen wat ze willen hebben en meestal is dat ook zo. Trots komt er op de een of andere manier niet aan te pas. Ik zeg niet dat ze er gelukkiger door zijn – alleen dat de rijken er op de een of andere manier in slagen om geen al te groot vermogen om ongelukkig te zijn te ontwikkelen.

En bovendien kwam Angies baby eraan en sinds hij Nell, zijn oogappeltje, had verloren, begreep Clifford als maar weinig mannen wat een zegen een kind, ieder kind, voor zijn ouders is.

'Ik zal erover denken,' zei Clifford.

Zo'n huwelijk zou Clifford natuurlijk heel wat materiële voordelen bieden, zoals Angie hem liet weten. De tactvol gebrachte overeenkomst was, dat als Angie van een Wellbrook een Wexford zou worden, Ottoline's zou fuseren met Leonardo's en Angie John Lally ertoe zou overhalen om zijn produktie van schilderijen weer te beperken, ten einde tot profijt van iedereen (behalve natuurlijk van de kunstenaar) zoveel mogelijk munt te slaan uit de markt van Lally's. Ze zou ook niet langer onrust stoken in de koloniën (zoals ze ze graag noemde) en zou de galerie in Johannesburg levendig laten bieden op de oude meesters die op de mondaine Europese markten steeds minder populair waren. In ruil zou ze dan net zoiets in Australië kunnen opzetten en het Ottoline's noemen, niet Leonardo's – het verschil tussen de twee huizen zou nu toch alleen maar in naam bestaan. En Clifford kon de tweeling bezoeken en ze konden zelfs komen logeren, zo lang hij Helen maar niet zag.

'Laat Simon hen maar bezoeken,' zei Clifford. 'Hij is hun vader,' en begon een tegenprocedure en won.

Helen huilde en huilde en niemand kon haar troosten, hoewel velen het probeerden. Dit had ze niet gewild, nee, helemaal niet.

Ze ging al vlug weer naar huis, naar Applecore Cottage, om nog meer te huilen. Ze had deze keer drie kinderen bij zich.

'Ik heb het je gezegd,' zei John Lally, maar slechts één keertje.

'Dat moet je niet tegen haar zeggen,' zei Marjorie en dus deed hij het niet. Het huis was stampvol met zoveel mensen en Marjorie was natuurlijk zwanger. Hij trok zich terug in het houtschuurtje.

'Ik bezorg jullie zoveel last,' zei Helen. 'Het spijt me.'

'We vinden het alleen maar fijn,' zei Marjorie. 'Ik weet dat ik nooit de plaats van je moeder kan innemen, en dat je de baby moet verafschuwen.'

'Nee, nee...' zei Helen en plotseling deed ze dat ook niet meer. Het was onmogelijk om niet gesteld te zijn op Marjorie, die haar vader gelukkig maakte. Hij was begonnen om in zijn vrije tijd meubels te schilderen. Doodgewone keukenstoelen zaten vol bonte bloemen en fladderende vogels.

'Wat moet ik nu verder doen?' vroeg Helen. 'Ik heb zo'n puinhoop van mijn leven gemaakt.' Buiten in de tuin hupte weer een nieuw roodborstje rond – hoeveel generaties vogeltjes sinds de eerste – en bracht een glimlach op haar gezicht. Ze kon niet toegeven aan haar verdriet. Ze moest nu aan de kinderen denken.

'Dat komt doordat je afhankelijk bent van andere mensen,' zei Marjorie. 'Je moet leren van jezelf afhankelijk te zijn.'

'Ik ben te oud om te veranderen,' zei Helen, die eruit zag alsof ze achttien was. Marjorie lachte en Marcus, Max en Edward zwermden de keuken in en eisten eten. Het waren dure kinderen. Ze waren gewend om sinaasappelsap te drinken wanneer vroegere generaties water hadden gedronken. U weet hoe dat gaat met die kinderen van tegenwoordig.

'Ik heb er toch zo'n hekel aan om Clifford om geld te vragen,' zei Helen. 'Het is net als vroeger. Ik kan het niet verdragen.'

'Verdien het dan zelf,' zei Marjorie kordaat. 'Je hebt alles mee.' En toen Helen erover nadacht, was dat natuurlijk ook zo.

Getrouwd met Angie

Angie zei tegen Clifford, toen de kogel eindelijk door de kerk was en haar kleine Barbara al was geboren: 'Ik weet het, we trouwen op eerste kerstdag.'

'Nee,' zei Clifford.

'Waarom niet?'

'Omdat dat Nells verjaardag was,' zei hij.

'Wie is Nell?' vroeg Angie, die het eerlijk even was vergeten, en Clifford had haar verdorie bijna niet getrouwd, zelfs na dat alles. Angie gedroeg zich de laatste tijd natuurlijk voorbeeldig, maar had desondanks in de loop van drie maanden even veel bedienden aangenomen als ontslagen. Clifford zag nu in dat wat, als je aardig was, door kon gaan voor voortvarendheid en openhartigheid in feite koppigheid en ongemanierdheid was en dat Angie even slecht- als Helen goedgehumeurd was, maar aan de andere kant zou zij hem niet zo snel bedriegen met andere mannen, hè, laat staan vroegere echtgenoten met kerst te eten vragen, laat staan wazig, vergeetachtig en altijd te laat voor afspraken zijn? Nee. Het Wellbrook-Wexford huwelijk was een zeer geschikte verbintenis, die tien goudmijnen met zich meebracht en een groot aantal zeer kostbare schilderijen uit de verzameling Wellbrook – en Clifford zette zijn twijfels al snel van zich af.

Maar het huwelijk werd tenminste niet op eerste kerstdag voltrokken. Het vond plaats op de eerste zaterdag in januari en dat was een erg vochtige en winderige dag, waardoor Angies haar helemaal uit de krul waaide en haar grote neus rood en opvallend werd, en u en ik, lezer, weten dat Angie alle hulp die de schoonheidssalon te bieden heeft, kan gebruiken. Het verweerde uiterlijk stond haar absoluut niet en de witte jurk die ze per se aan wilde al evenmin. Het was een soort onvriendelijk blauwachtig wit, niet het gelige wit dat flatteert, en er zaten te veel kantjes en strookjes aan. Bruiden weten zich vaak niet te kleden op hun huwelijksdag en Angie was geen uitzondering. Soms helpt geld niet. Clifford, die naast haar stond, herinnerde zich Helens tere, lieflijke schoonheid en had bijna geen 'Ja' gezegd. Maar Angie stootte hem zachtjes aan. Hij zei het. En dat was dat.

Clifford en Angie woonden soms in Belgravia (een spectaculair huurhuis vol pracht en praal en met veel te grote kamers, uitstekend geschikt voor schilderijen, maar vreselijk voor mensen) en soms in Manhattan (een dakwoning met uitzicht op Central Park en zo goed beveiligd tegen inbraak dat het tien minuten duurde voor je binnen was). Wisselende kinderjuffrouwen droegen de volledige verantwoording voor kleine Barbara.

Als haar ouders in New York waren, bleef kleine Barbara achter in de aangebouwde kinderkamer in Belgravia. Angie zei dat New York niet veilig was voor kinderen, maar Clifford wist dat ze het kind gewoon niet in de buurt wilde hebben. De zwangerschap had het gewenste resultaat opgeleverd; het levende kind deed niet ter zake. Clifford besteedde zoveel mogelijk aandacht aan Barbara – maar hij had het druk, er was nooit genoeg tijd. Ze was een rustig, meegaand klein meisje dat te rustig en te meegaand bleef. De nieuwe vrienden van de Wexfords hoorden tot de chic en waren van middelbare leeftijd en saai. Angie had geen tijd voor schrijvers, kunstenaars en excentriekelingen. En dus verveelde Clifford zich en voelde hij zich ellendig en dat was zijn verdiende loon. Het feit dat Clifford zich ongelukkig voelde, kan er eigenlijk best de oorzaak van zijn geweest dat hij, in het vierde jaar van zijn huwelijk met Angie, zo op het randje van de wet balanceerde in zijn transacties met Leonardo's (New York).

Moeder en kind

Dat was het jaar waarin Nell, die het prima naar haar zin had bij de Kildares in de Border Kennels, het standaardexamen na vier jaar voortgezet onderwijs deed. Tekenen, geschiedenis, aardrijkskunde, Engels, wiskunde, algemene natuurwetenschap, godsdienst, handwerken, plattelandskunde en Frans. Ze was in alles goed, behalve in wiskunde, en bijzonder goed in Frans. 'Je spreekt het bijna alsof je er bent geboren!' zei haar leraar. U en ik, trouwe lezer, weten hoe dat kwam, hoewel Nell het zelf was vergeten. Tegenwoordig dacht ze nog maar zelden terug aan de tijd voor ze in Ruellyn was aangekomen, nu ze de leeftijd had waarop ze liever in het heden leefde, en het verleden en de toekomst aan hun eigen lot overliet.

Ze was geïnteresseerd in een jongen die Dai Evans heette en al te zeer onder de indruk van haar interesse was om er veel aan te doen. Ze was domweg veel te mooi voor een gewoon klaslokaal, met haar dikke krullende blonde haar (dat vroege kaalscheren in het kindertehuis moet er heel goed voor zijn geweest, dat zegt mijn kapper tenminste), rechte neus, volle lippen, heldere levendige ogen en haar langzame, lieve, vrouwelijke glimlach.

En hoe stond het met haar halfbroertje Edward en haar twee volle broertjes Max en Marcus? Wie was het, lezer, die heeft gezegd dat kinderen van geliefden wezen zijn? Helen, die weer eens door het lot en Angie van Clifford, haar eeuwige blijvende liefde, was beroofd, richtte haar aandacht op haar kinderen en dat was in hun voordeel. Edward was inmiddels twaalf en de tweeling Max en Marcus acht. Drie jongens! En ze had ook een halfzusje; het dochtertje van Clifford en Angie, Barbara. Op de dag dat Barbara werd geboren dacht Helen dat ze het werkelijk zou besterven van pijn, verdriet en jaloezie, zo vreselijk waren de gevoelens die ze koesterde. Nu zou niemand ter wereld een baby moeten haten, laat staan zo'n gedwee kindje als Barbara, en Helen wist het, maar deed het toch. Ze kon het niet helpen. De baby had Clifford van haar afgenomen en haar en haar kinderen eenzaam achtergelaten. Ze probeerde het aan Marjorie uit te leggen.

'Ik geef de baby de schuld,' zei Helen, 'van alles wat er is gebeurd.'

'Dat is niet bepaald redelijk,' zei Marjorie, de redelijkste mens ter wereld. Haar baby heette Julian; nog een jongetje in de familie. Helens kleine halfbroertje, Nells oom. Stel u voor!

'En waarom moet ze een meisje hebben?' wilde Helen weten. 'Het is niet eerlijk. De duivel staat aan haar kant.'

'Maar jij hebt ook een meisje gehad,' zei Marjorie. 'Jij hebt Nell gehad.'

Een ogenblik haatte Helen haar stiefmoeder, omdat ze het waagde om haar kind te noemen, maar het was slechts een ogenblik.

'De woede binnen in me is zo verward,' zei ze weldra, 'dat ik nauwelijks weet wat ik ermee aan moet.' Ze had zich weer ingeschreven op de kunstacademie. Ze deed een herscholingscursus in het ontwerpen van mode en stoffen. Daardoor voelde ze zich de ene dag beter en de andere juist slechter, alsof er een heel stuk van haar leven verspild was. Iemand moest er de schuld van zijn.

Die avond haalde ze de map te voorschijn waar ze de vergeelde en verkreukelde foto's van Nells baby- en peutertijd in bewaarde en keek en staarde ernaar en het gevoel kwam weer terug. 'Nell *is* niet dood. Nee. Ze leeft net zo goed als Barbara.' Toen herinnerde Helen zich Arthur Hockney. Ze vroeg zich af hoe het met hem ging. Ze vond het telefoonnummer van zijn zaak in een oude agenda en belde hem. Ze zeiden dat hij weg was gegaan. Hij was nu een soort welzijnswerker en leidde een centrum voor kansarme kinderen in Harlem. Maar ze gaven haar zijn nummer.

Nell zakte trouwens voor haar wiskunde, lezer. Ik geloof dat ze het expres deed, terwille van Brenda, haar beste vriendin. Brenda zakte voor alles. In ieder geval droeg Nell op de dag van het examen heel bewust niet haar teddybeer aan zijn zilveren kettinkje, dat oude tinnen ding met het sieraad erin, dat ze altijd droeg, omdat hij geluk bracht.

Zelfstandig

Het was een feit dat Helen was veranderd. Vergeet niet dat ze jong was getrouwd; ze had weinig tijd gehad om haar eigen aard te ontwikkelen en te ontdekken waar ze wel en niet van hield. Ze was opgegroeid bij een koppige en lastige vader en een misbruikte moeder, en had al jong de kinderachtige en pijnlijke kunst van het verzoenen geleerd; hoe je als een klein bufferstaatje moest overleven tussen twee grote strijdende partijen en altijd de vrede moest bewaren ten koste van jezelf. Toen ze met Clifford was getrouwd waren haar opvattingen onvermijdelijk de zijne. Hij had haar van een (min of meer) argeloos meisje veranderd in een koele goed geïnformeerde vrouw die een wijnkaart kon lezen en een echte vroeg zeventiende-eeuwse kast van een namaak kon onderscheiden zonder dat ze zich zelfs maar hoefde in te spannen, maar ze had geen andere keus gehad dan om te mogen wat hij mocht en te verafschuwen wat hij verafschuwde. Toen Simon vervolgens Cliffords plaats innam in het huwelijksbed, had ze van haar nieuwe man zijn politieke standpunten en zijn vriendelijke wereldwijze internationale cynisme overgenomen. Vrouwen zijn in staat om zo de huiselijke vrede te leren bewaren, door eenvoudigweg met alles *in* te stemmen – maar het is uiteindelijk natuurlijk niet goed voor hen. Ze gaan verward naar bed en worden verward wakker en worden depressief.

Maar wanneer de drie jongens haar nu vragen stelden, was Helen genoodzaakt om antwoorden te geven die niet van John Lally waren en evenmin van Clifford Wexford of Simon Cornbrook, maar van haarzelf en ze ontdekte dat ze nog heel interessant waren ook, en bijna, maar nooit helemaal, opwogen tegen het verdriet, het verlies en de eenzaamheid. Clifford (of zat Angie erachter? Clifford had in Angie zijn gelijke gevonden!) sprak alleen nog maar met Helen via advocaten en liet haar redeneren en smeken voor iedere karige alimentatiecheque. Het was vernederend. Maar ze zag in dat het ook haar eigen schuld was. Ze had talenten gehad en die niet verder ontwikkeld. Ze had de verantwoordelijkheid voor haar bestaan overgedragen aan anderen en zich daar vervolgens over beklaagd. Ze was een echtgenote, een geliefde en een moeder geweest en had gedacht dat dat genoeg was. Maar ze was zelfs geen goede moeder geweest – was ze Nell niet kwijtgeraakt? Ze was geen goede echtgenote geweest – was ze haar man niet kwijtgeraakt? Het enige waar ze goed in was, het enige waarin ze getraind was – en dat zag ze nu in, beroofd als ze was van haar status, van uitnodigingen en trendy vrienden, die allemaal alleen maar bij de gratie van haar huwelijk met Clifford bleken te hebben bestaan – was om geld te vragen, en daar was ze ook al niet erg goed in.

Maar nu was ze vastbesloten om zich van Clifford los te maken. Ze had een herhalingscursus gevolgd. Nu zocht ze oude kennissen op; ze leende geld op basis van de enige vroege John Lally die ze bezat, een schets van een verdronken kat die ze op haar achttiende verjaardag had gekregen.

'Lijkt op je moeder als ze terugkomt van het boodschappen doen op een natte dag,' had hij bij die gelegenheid als grapje (Ha! ha!) gezegd. Sindsdien had Helen de tekening altijd onderin een la laten liggen en er een enorme hekel aan gehad. Maar met sentimentaliteit kan je geen hypotheek betalen en geen zaak beginnen. Ze had de tekening te voorschijn gehaald, was ermee naar de bank gegaan en had de schets daar achtergelaten als onderpand. En daar was ze dan, een vrolijk nieuw merk in de Londense modewereld – het Huis Lally. Haar vader was woedend: ze bracht de familienaam in discrediet. Helen lachte er alleen maar om. Wanneer was haar vader ooit niet woedend geweest? En bovendien scheen zijn razernij minder scherp te zijn geworden. Je kon hem iedere dag in Applecore Cottage zien zitten terwijl hij de pasgeboren Julian werkelijk de fles gaf. Marjorie had problemen met de borstvoeding – dat zei ze tenminste. Helen geloofde dat het doorgestoken kaart was om John Lally bij zijn nieuwe zoon te betrekken. En dat lukte.

Simon wilde natuurlijk met Helen hertrouwen. Ze lachte en zei: 'Genoeg van dat alles!' Ze wist dat je sommige knopen slechts uit elkaar moest halen en niet nog verder moest verwarren. En interessant genoeg, lezer, veranderde de stijl van Helens schoonheid met haar leven. Ze zag er niet langer broos en een klein beetje droevig uit – de energie straalde nu van haar af. Toen Clifford zijn vroegere vrouw eens in een tv-programma zag, was hij helemaal onthutst. Wat was er met haar gebeurd? Waarom kwijnde ze niet weg doordat ze hem was kwijtgeraakt? Angie zei dat de verandering slechts zeer oppervlakkig was en dat onder de nieuwe bekoorlijke Helen nog altijd diezelfde hulpeloze, hopeloze, dwalende, molensteen-om-de-nek dochter van een lijstenmaker schuilging als altijd en zette het programma uit.

Het was vleiend voor Clifford om het met Angie eens te zijn, maar toen de volgende cheque die hij Helen zond (drie weken te laat, natuurlijk) werd teruggestuurd, keek hij toch vreemd op. Hij dacht er bijna over om haar te gaan opzoeken, maar het zou verwarrend zijn voor de tweeling als hij zich nu ineens zou laten zien, aangezien hij zijn vaderschap zo vastberaden ontkende. Dus deed hij niets. Alleen begon Helen nu weer in zijn dromen voor te komen, en kleine Nell soms ook, zoals ze geweest was toen hij haar voor het laatst had gezien. Waar Angie niet kon komen, daar gingen hij en zijn echte vrouw en zijn verloren dochter heen.

Weerzien met Arthur

Zo stonden de zaken ervoor toen Helen Arthur Hockney nogmaals in dienst nam. Hij kwam bij haar op bezoek met Sarah, inmiddels zijn vrouw, en de hond Kim, inmiddels een elegant goedaardig dier dat veilig binnen kon komen in de rommeligste en duurste zitkamer van heel Engeland. Arthur kwam met tegenzin. Hij kon zich nog goed de pijn herinneren die Helen hem had aangedaan die nacht toen hij voor haar had opgepast en ze niet was thuisgekomen. Waarom zou hij dat weer allemaal oprakelen? Maar toen hij haar zag, besefte hij twee dingen: zowel dat zij veranderd was, als dat hij niet meer van haar hield. Hij hield van Sarah: Sarah was helemaal geen tweede keus. Het was een geweldige openbaring.

'Ik kan Nells geest niet tot rust brengen,' zei Helen. 'En dat is de waarheid. Als het al een geest is en niet de echte, levendige, levende Nell. Probeer het alsjeblieft, Arthur!'

'Ik ben geen detective meer,' benadrukte hij. 'Ik ben hier voor een conferentie over de betrekkingen tussen de rassen.' Hij was ook weer naar de universiteit teruggegaan en had de rechtenstudie afgemaakt waar hij lang geleden mee was opgehouden.

Maar hij probeerde het wel. Hij ging langs bij het kleine rijtjeshuis van mevrouw Blotton en ontdekte dat ze weg was. Een kartonnen kaart voor het raam meldde dat het de woning was van een mevrouw A. Haskins, helderziende. Mevrouw Haskins was vijftig en mollig, met losse onderkinnen, een diepe stem en grote, vermoeide en mooie ogen. Mevrouw Blotton was daar heen gegaan waar Arthur haar niet kon volgen, zei ze.

'Waarheen dan?'

'De Andere Kant van de Dood,' zei mevrouw Haskins. 'In het Licht van het Hiernamaals.' De arme vrouw, die zelf niet rookte, was gestorven aan longkanker, het gevolg van passief roken. 'Doordat ze jaar in jaar uit de rook van de sigaretten van haar man inademde.'

'Dat spijt me,' zei Arthur.

'De dood is een reden voor vreugde en niet voor verdriet,' zei mevrouw Haskins en bood aan om Arthur de toekomst te voorspellen. Arthur accepteerde haar aanbod. Hij geloofde niet of geloofde helemaal niet in helderziendheid. Hij was zich ervan bewust dat hij soms meer scheen te weten dan logischerwijs te verklaren was, en als hij dat kon, waarom zouden anderen het dan niet kunnen? Het is altijd verleidelijk om te ontdekken wat er gaat gebeuren.

Mevrouw Haskins nam zijn zwarte, grote handen, staarde er een tijdje naar en duwde ze toen weg. 'U kunt het beter zelf doen,' zei ze en hij begreep wat ze bedoelde, of begreep het half. Een stoere zwarte advocaat uit New York, ex-detective, gelooft liever te allen tijde in zijn eigen vakkundigheid, dan in een handige aanleg voor het tweede gezicht! Hij maakte aanstalten om te vertrekken.

'Ze vindt haar weg zelf wel terug,' merkte mevrouw Haskins nog zomaar ineens op, terwijl ze op haar platvoeten met hem naar de deur liep. Er zaten ladders in haar dikke lichte panties, waar je haar spataderen als touwen vol knopen doorheen kon zien, maar ze had heldere ogen.

'Wie? Waar hebt u het over?'

'Degene die u zoekt. Het verdwenen kind. Ze is een zeer sterke figuur. Een oude ziel, een van de groten.' En dat was alles wat Mary Haskins wilde zeggen. En meer dan genoeg, denken de bijgelovigen onder ons misschien.

Arthur ging terug naar Helen en zei haar dat Nells spoor definitief doodliep: dat ze in het heden en niet in het verleden moest leven. Hij was blij dat hij van zijn rol als detective af was. Het was werk waardoor je uit je doen raakte. Het bracht hem te dicht in aanraking met dingen die je maar beter volkomen kon negeren, en waar je je maar beter niet mee kon bezighouden. Ook hij was bang voor zijn ziel: hij wilde in het hier en nu leven en niet altijd op de rand van het verleden, van het heden, terwijl hij te veel aanvoelde en te weinig wist.

'Wat ben je veranderd,' zei Helen. Ze wist niet precies hoe of waarom. Maar ze wist dat ze zich meer op haar gemak voelde in zijn aanwezigheid. Ze was op Sarah gesteld. Ze was blij dat hij gelukkig was.

'Het komt door de baby,' zei Sarah. 'Hij is tot rust gekomen.' En hoewel het waar is dat baby's bij hun vaders bijna net zo'n groot verlangen naar vrede en een zekere toekomst teweegbrengen als bij hun moeders, geloof ik zelf dat het verschil veroorzaakt werd doordat Arthur zich op die dag in het huis van mevrouw Blotton met zijn eigen geweten verzoend had. Mevrouw Blotton heeft ondanks zichzelf tijdens haar leven veel goed gedaan en verdient daarom dat ze niet wordt vergeten. Moge ze rusten in vrede.

Zomer in de Kennels

In het jaar dat Nell examen deed, gingen meneer en mevrouw Kildare de maand augustus weg. Ze gingen naar Griekenland. Ze lieten Nell en Brenda achter met de volledige verantwoording voor de Kennels. De zomer is een drukke tijd voor zulke bedrijven. U weet hoe dat gaat – de mensen willen naar het buitenland en kunnen hun hond niet met zich meenemen, of in ieder geval kunnen ze hem, als ze dat wel doen, niet meer ongehinderd mee terugbrengen naar Engeland uit angst voor hondsdolheid. Bovendien hadden de Kildares net een officieel goedgekeurde quarantaine-afdeling geopend – daar konden ze zo'n twaalf honden de vereiste acht maanden in quarantaine houden. Het bracht heel wat extra werk met zich mee – maar ook geld – aangezien de dieren niet alleen getraind en gevoed moesten worden, maar ook moesten worden toegesproken en opgevrolijkt, omdat ze anders apathisch werden en niet meer wilden eten en mager werden of juist traag, dik en droevig – en dan kreeg je herrie met de klanten. Alles bij elkaar genomen waren meneer en mevrouw Kildare blij dat ze weggingen.

Nell en Brenda waren natuurlijk niet blij dat ze werden achtergelaten. Brenda was nog nooit in haar leven in het buitenland geweest en wilde er heel graag naar toe, en hoewel wij weten dat Nell er wel is geweest, weet ze er zelf niets meer van. Er kan nooit een kennelmeisje als de zestienjarige Nell zijn geweest! Brenda zag er leuk genoeg uit – hoewel ze rond haar kin nogal last had van jeugdpuistjes – maar vergeleken met Nell was ze ronduit gewoontjes. Ze was kort en dik, dat was het probleem; ze had kleine oogjes en ronde wangen. Wat is het leven toch oneerlijk!

'Geloof je dat het vertrouwd is?' vroeg mevrouw Kildare.

'Natuurlijk,' zei meneer Kildare die aan warme stranden, blauwe luchten en geen honden dacht.

De Kildares hielden meer van honden dan van mensen en zeiden dat vaak, en daarvan raakte Brenda, om een of andere reden die haar ouders niet konden begrijpen, overstuur en kreeg ze puistjes. Maar tegelijkertijd waren ze er niet afkerig van om de dieren achter te laten wanneer ze maar konden. Ze waren met Pasen ook weggeweest, toen de meisjes zaten te blokken voor hun examen. Daardoor was Brenda misschien wel voor zoveel vakken gezakt.

'Maar als er nu eens iets misgaat,' zei mevrouw Kildare. Maar meneer Kildare dacht bij zichzelf dat het waarschijnlijker was dat er iets mis zou gaan als ze thuis zouden blijven. Hij vond het moeilijk om Nell niet aan te staren; hij wilde haar alleen maar aanraken om haar anders naar hem te laten glimlachen dan naar de rest van de wereld. Misschien zou hij zich anders voelen als hij terugkwam. Hij hoopte het. Hij was niet trots op zichzelf: hij was tweeënveertig en zij was zestien. Een verschil van zesentwintig jaar. Al had hij van nog grotere verschillen gehoord. Ze had geen aangeboren gave om met dieren om te gaan zoals zijn vrouw, en Brenda ook, maar ze was toch goed genoeg. Misschien zouden hij en zij samen opnieuw kunnen beginnen – ze was uiteindelijk toch alleen maar een zwerfkind. Ze had geen achtergrond. Ze zou dankbaar zijn – 'Een cent voor je gedachten,' zei mevrouw Kildare en meneer Kildare schaamde zich ervoor. Maar hoe kan een man niet denken wat hij denkt?

Er ging natuurlijk wat mis. Twee meisjes van zestien kunnen niet voor dertig honden en zichzelf en de bezoekers en de boekingen zorgen en ondertussen Ned (18) en Rusty (16), broers van een naburige boerderij, op een afstand houden wanneer ze willen komen tv kijken omdat de ontvangst thuis zo slecht is.

'En wat nog meer?' vroeg Nell.

'Verder niets,' beloofden ze. Maar dat was natuurlijk niet zo.

Na wat gefriemel en gemompel dwongen de meisjes hen om te vertrekken. Dat was op woensdagavond.

'Ik heb een hekel aan jongens,' zei Brenda. 'Geef mij maar honden.'

'Mij niet,' zei Nell. Hoewel ze zich zorgen maakte om haar

boezem. Ze dacht dat die enorm was. Dat was natuurlijk niet zo. Maar Ned had onmiddellijk geprobeerd om haar bloesje los te knopen. Waarom dat van haar en niet dat van Brenda? En ze dacht dat ze naar hondevoer rook. Daar rook ze natuurlijk niet naar. Maar ze was zestien. U kent dat wel.

Op donderdagmorgen weigerden twee honden te eten. Op donderdagavond waren er acht in hongerstaking gegaan. En toen het vrijdagavond was, raakte geen van de dertig nog zijn eten aan. Er scheen niet veel met hen aan de hand te zijn. Ze snuffelden alleen wat, lagen Nell en Brenda met verwijtende ogen aan te kijken en aten niet. Toen begonnen degenen die op donderdag met eten waren opgehouden te niezen.

Op zaterdagmorgen waren alle dieren aan het niezen en ze riepen de dierenarts. Hij zei dat het wel een virusinfectie van het eten zou zijn, inspecteerde de bijkeuken waar ze het eten klaarmaakten, zei dat die okee was en gaf voor de zekerheid iedere hond een injectie met een antibioticum. Hij liet een rekening van negentig pond achter en zei dat hij dinsdag weer terugkwam. Dan zou het, wat het ook was, over moeten zijn.

Het scheen hem te verbazen dat Brenda en Nell de hele verantwoording hadden.

'We kunnen het aan,' zeiden ze.'We hebben het eerder gedaan.'

'Hm,' zei hij en toen tegen Nell: 'Hoe oud ben je?'

'Zestien,' zei ze. Hij bekeek haar van top tot teen. Dat was ze niet gewend. 'Je ziet er ouder uit,' zei hij.

Nell besloot te gaan lijnen. Drie dagen lang at ze niets, geen hap. En toen puntje bij paaltje kwam de honden al evenmin.

'Het is het eten,' zei Nell op maandagavond. De honden keken niet langer verwijtend, maar protesteerden heftig: jankten en kreunden en waren rusteloos. 'Dat moet het zijn. Het zijn gewoon een stel hongerige honden.'

'Het kan het eten niet zijn,' zei Brenda. 'Het is dezelfde zak die we een week geleden gebruikten en toen aten ze wel.' (De honden kregen een soort hondemuesli die met heet water vermengd werd tot een waterige prut. Er zat een doordringende geur aan.)

'Ik weet gewoon dat het het eten is,' zei Nell, die wat klaarmaakte om zelf te proberen.

'Dat kan je niet doen!' riep Brenda.

'Ik spuug het wel uit,' zei Nell. O, wat was ze dapper. Ze bracht een lepel prut naar haar mond; ze trok een raar gezicht; ze niesde. Op datzelfde moment verscheen Ned in de deur van de bijkeuken met een huilerige Rusty min of meer onder zijn arm.

'Weten jullie wat hij gedaan heeft,' zei Ned. 'Hij heeft niespoeder van de feestartikelenwinkel in jullie dierevoer gedaan. Ik heb hem meegebracht om te zeggen dat het hem spijt.'

'Het spijt me,' zei Rusty. 'Maar niet heus. Wie denk je wel dat je bent,' en hij haakte zijn broer pootje en was vrij en verdwenen. Brenda hielp Ned overeind en Nell opende een nieuwe zak en maakte eten klaar voor de honden. Ze aten dankbaar. De dierenarts kwam dinsdag langs en gaf hen nog een rekening van vijfentwintig pond, voor een bezoek aan huis, en bood helemaal geen verontschuldigingen aan. De Kildares waren woedend, toen ze terugkwamen. Niemand die dieren houdt uit winstbejag, roept graag een dierenarts. En helaas moet ik zeggen dat meneer Kildares gevoelens voor Nell geen sikkepitje waren veranderd.

'Je bent mager geworden,' zei hij, terwijl hij haar van top tot teen bekeek.

In dat geval niet mager genoeg, was Nells woordeloze antwoord en daarna kostte het mevrouw Kildare heel wat moeite om haar ertoe over te halen om überhaupt iets te eten. U weet hoe meisjes op die leeftijd zijn. Het enige goede gevolg van deze hele episode was dat Brenda en Ned erdoor bij elkaar kwamen en hoewel Nell een beetje alleen achterbleef (Rusty was duidelijk puur tijdverspilling), was ze blij voor Brenda. Ze maakte een paar heel mooie tekeningen van honden, die de Kildares voor hun brochures gebruikten en waarvan ze kerstkaarten lieten drukken die ze verkochten. Ze betaalden Nell natuurlijk niets. Ze gaven haar toch zeker kost en inwoning en kleding. En ze mocht van hen verder leren op de middelbare school. Ze voelden zich de goedheid zelf.

Als je het over de duivel hebt

Lezer, ik wilde dat ik kon zeggen dat Angie gelukkig was nu ze had wat ze wilde hebben – dat wil zeggen, Clifford. Maar u weet hoe dat gaat – reizen is leuker dan aankomen. Angie was absoluut niet gelukkig. Ze verveelde zich en was rusteloos en had te veel geld en te veel vrije tijd en hoewel ik niet geloof dat het haar bijzonder opviel dat Clifford niet van haar hield, moet dat toch beslist een zekere invloed op haar hebben gehad. Dat zou het op mij hebben en waarschijnlijk ook op u. Ze was geërgerd en geïrriteerd door haar dochtertje Barbara wanneer ze haar eens een keertje zag, zoals soms wel vaker gebeurt bij moeders die hun kinderen niet dagelijks verzorgen. En dus vulde ze de leegheid van haar bestaan op zo goed ze kon. Dat wil zeggen, ze ging om met een popgroep, zwart leer en krijtwitte gezichten, die Satan's Enterprise heette, en hoewel het eigenlijk nogal zachtaardige zenuwachtige jongens waren, rommelden ze ter wille van de public relations wat aan met zwarte magie en cocaïne. Sommigen zeggen dat Marco, de lead-zanger, haar minnaar was, maar ik geloof niet dat dat echt waar was, en toen hij hem eenmaal ontmoet had, geloofde Clifford het evenmin.

Maar als je akelige toverspreuken verzint en doet alsof je door middel van afschuwelijke magische rituelen demonen oproept in verlaten kapellen, al is het maar voor de lol, de winst en de camera's, kan je heel best te veel hooi op je vork nemen of meer teweegbrengen dan je aankunt. Onaangename dingen doen zich voor; schandalen vloeien eruit voort.

Dit schandaal ontstond op de volgende manier.

Clifford en Angie werden bij de première van *The Exorcist* verwacht. Clifford verscheen alleen, zonder Angie aan zijn arm. De pers rook onraad. Ze hadden de gewoonte om Clifford overal te volgen in de hoop hem te zullen betrappen met de verkeerde persoon in de juiste gelegenheid of vice versa en soms hadden ze succes. Dan gingen ze vervolgens Angie belagen in de hoop haar te verrassen in haar verdriet maar dat lukte hen natuurlijk nooit. Ze was grof, deed de deur voor hun neus dicht en schonk zelfs eens vanuit het raam van Barbara's kinderkamer een ketel kokend water leeg over een aantal fotografen.

'Het is niet verstandig om de pers tegen je in het harnas te jagen, Angie,' zei Clifford. 'Ze zullen zich wreken.'

'Het had kokende olie moeten zijn,' antwoordde ze. 'Water verliest te snel zijn warmte. En als jij mij niet tegen jou in het harnas jaagt, jaag ik hen niet in hun harnas.'

Het was niets voor Angie om een première te missen; ze had zich erop verheugd om *The Exorcist* te zien. Ze had over groen braaksel gehoord en nekken die helemaal ronddraaiden. Ze was eerder die middag verschenen in een live tv-programma over 'Hoe ik mijn gezicht verzorg' en dat had ze verteld. Ze had ook gezegd dat ze haar gezicht alleen maar waste met water en zeep en een beetje gezichtscrème inklopte. Leugens! Erger dan Helen vroeger. Helen loog nooit meer tegenwoordig. Dat was beneden haar waardigheid. Mijn persoonlijke overtuiging is dat getrouwde vrouwen veel meer liegen dan ongetrouwde of gescheiden vrouwen. Vraag een echtgenote hoeveel een groot stuk vlees kost en ze trekt er een derde van af. Vraag het een ongetrouwde vrouw en ze zegt het zonder meer. Maar dat is een ander verhaal. Cynthia zag Angie trouwens op de tv en zei tegen Otto: 'Zie je nou wel, ik wist gewoon dat ze nooit vochtinbrengende crèmes gebruikte. Wat een dom mens.' Ze zagen Angie zo weinig mogelijk, kwaad als ze waren om het lot van Wexford Hall, hoewel Otto alleen maar zei: 'Ach, ze heeft er twee keer zoveel voor betaald als het waard was. En het had zijn dienst bewezen. Hoe had ik kunnen weten dat ze lid van de familie zou worden?'

In ieder geval baarde Angies afwezigheid veel opzien. De lege (zo dure!) plaats naast Clifford wees op onvoorziene huiselijke omstandigheden. Clifford leek wit van woede te zijn en in plaats van 'Geen commentaar' zei hij zelfs: 'Mijn vrouw moet zelf weten wat ze doet.'

Het nieuws verspreidde zich dat Angie de tv-studio's in het gezelschap van Marco, van Satan's Enterprise, had verlaten. Een groep verslaggevers haastte zich naar Mews House in Kensington, waar de groep woonde en de buren zoveel last bezorgde, en ze waren nog op tijd om te zien dat er een ambulance voor stond en Angie naakt en met een overdosis naar buiten werd gedragen. Buren spraken over drugs en orgiën.

Angie werd bijgebracht in het St George Hospitaal (het is inmiddels gesloten, dat prachtige gebouw op een van de vele hoeken van Hyde Park Corner; het staat nog steeds leeg – een of ander bestemmingsprobleem geloof ik) en haar maag werd nogal hardhandig leeggepompt. Het enige wat Clifford wilde zeggen toen hij na de vertoning van *The Exorcist* naar buiten kwam, was dat hij het een afschuwelijke film vond en dat hij zijn vrouw niet zou bezoeken in het ziekenhuis. En dat deed hij ook niet.

Nou ja, de pers vond het natuurlijk allemaal prachtig, hè, gezien het feit dat ze Angie niet mochten. Clifford had gelijk gehad. Ze namen wraak. Ze vlogen haar naar de keel. Barbara's beste vriendinnetje was een klein prinsesje met wie ze een kapstokje deelde op de peuterklas. Barbara ging soms bij een koninklijk gezin lunchen en het prinsesje kwam bij Barbara theedrinken – en bij die gelegenheden, als die twee elkaar ontmoetten en om de hals vlogen, stond Angie natuurlijk voor de pers buiten op de stoep, één en al moederlijke glimlach. Nu was het:

'Drugsdreumes in schandaal rond koninklijke kinderkamer.'

'Paleisbaby in aanraking met het drugprobleem.'

'Koninklijk kind bezoekt drughol' – enzovoort. En hoewel de opwinding in de kranten wegstierf, kwam de paleisdreumes op de een of andere manier niet meer op de thee en deelde ze niet langer fotografen of dansklasjes en kwamen er geen koninklijke uitnodigingen meer voor Barbara.

Clifford lachte en zei: 'Het is je eigen schuld,' en Angie stampvoette en zei: 'Jij hebt me ertoe gedreven.' Barbara treurde en was stiller dan ooit. Ze was een vriendinnetje kwijtgeraakt.

En op de een of andere manier had Angie hierna nergens meer plezier in. Ze scheen nergens heen te kunnen. Clifford was depressief (natuurlijk was hij depressief: zijn talent en energie werden zo overschaduwd door de enorme omvang van Angies rijkdom); hij scheen helemaal geen fut meer te hebben. Hij bleek niet zo'n goede vangst te zijn als ze gedacht had. Dat zei ze ook, roekeloos, en voor één keer wenste ze dàt ze haar mond had gehouden zodra het eruit was.

Uit wraak bleef hij uit haar bed. Al had ze de grootste diamant ter wereld in haar navel gestoken, dan had het hem nog niets kunnen schelen. Angie ging voor een maand naar een schoonheidsboerderij in Californië voor een face-lift en een peelingkuur in een poging om haar teint te verbeteren – ze dacht dat het daar misschien aan lag – en er ging iets mis: haar huid kwam onder de bulten en kuilen te zitten en zag er erger uit dan ooit.

'Je verdiende loon,' zei Clifford toen ze terugkwam. Geen enkele hoeveelheid 'Erace' van Max Factor (de goedkoopste, maar nog steeds de beste) hielp. Ze droeg enorme zonnebrillen en kragen tot haar oren en Barbara gilde toen ze haar zag.

'Ze is vergeten wie je bent,' zei Clifford, 'de kleine bofferd.' Geen enkele man vindt het leuk als zijn vrouw er een maand vandoor gaat, zelfs als hij haar niet mag.

De arme Angie, ja werkelijk, de arme Angie, dacht dat ze medelijden en hulp verdiende en het enige wat ze bereikt had, was dat Clifford haar op een harde manier aankeek, alsof ze een mislukking was. Ze overwoog een moment of ze niet gelukkiger zou zijn als ze al haar geld weggaf, maar slechts een moment, want ze herinnerde zich hoe haar vader zei: 'Het probleem met jou is dat je gewoon onbeminnelijk bent geboren, Angie'. In dat geval was het duidelijk hoe rijker hoe beter.

Ze belde Marco, wat ze niet gedaan had sinds dat domme gedoe over die overdosis. Hij had haar evenmin gebeld, maar daar was ze aan gewend. Ze waren met hun vieren geweest, drie mannen en zij; over het algemeen deed ze zulke dingen niet. De drummer, de basgitarist, Marco de zanger, en zij was de engel. De Zwarte Engel. Ze hadden haar helemaal in de zwarte schoensmeer gezet. De ziekenhuislakens waren helemaal zwart geweest. De verpleegsters hadden het zo flauw gevonden dat ze had moeten lachen. In Californië hadden ze iets gezegd over de chemische resten van de schoensmeer die verkeerd op de peeling had gewerkt, maar dat was hun manier om een proces te vermijden. Ze hadden geen schijn van kans.

'Hoi,' zei Marco.

'Hoi,' zei Angie. 'Weet je die kapel nog, die we voor die videoclip hebben gehuurd?'

Ja. Ze hadden een nummer gemaakt getiteld *Satan's Tits*. Het was opgeklommen tot de vierentwintigste plaats dankzij de videoclip, een spectaculaire minishow die was opgenomen in een ongebruikte maar niet ongewijde kapel in het park van een vervallen Engels landhuis. De eigenaar, die telefonisch in Monte Carlo om toestemming was gevraagd om de kapel te mogen gebruiken, had dronken gezegd: 'Doe maar wat je wilt. Het spookt er toch.' En een zekere pastoor McCrombie, die alleen in de enige niet vervallen vleugel van het huis woonde, had de kapel voor hen opengedaan. Hij was de huisbewaarder. Ze hadden gefilmd hoe zijn dikke oude handen maagdelijk vlees beroerden. De opportunisten!

'Wat is ermee?' vroeg Marco.

'Ik ga hem kopen,' zei Angie. 'Ik stort me in de filmindustrie.'

'O ja?' zei Marco. 'En wat doe je als toegift?'

'Houd je mond,' zei Angie, 'en zeg me hoe die priester heette die daar rondhing. Ik ben het vergeten.'

'Je neemt te veel stuff,' zei Marco. 'Het is de pest voor je geheugen. En nu we het er toch over hebben, Angie, we hadden al dat gezeik over de koninklijke kinderkamer prima kunnen missen. Dankzij jou is onze geloofwaardigheid op straat naar de knoppen. Daarom zijn we niet verder dan vierentwintig gekomen. Hij heet pastoor McCrombie en is een ex-priester en geen priester en we hebben alleen maar ellende gehad sinds we die klote clip hebben gemaakt. Kijk dus uit. En ondertussen geldt: bel ons niet, wij bellen jou wel.'

Wie vraagt er nou naar jullie? dacht Angie toen ze de hoorn neerlegde. Jongetjes met jeugdpuistjes. Er waren er drie van hen nodig voor één Clifford. En waar was Clifford?

Ondertussen snoof pastoor McCrombie de vochtige lucht rond de kapel op en rook iets opwindends in de lucht, iets wat stond te gebeuren. Hij had een neus voor zulke dingen. Hij wreef zich in de vlezige dikke bevende handen en wachtte af. Pastoor McCrombie was ooit een goed mens geweest, en het hart van een goed mens die de verkeerde kant is opgegaan is rottiger dan dat van een gewoon mens die slechts door de zonde is aangeraakt en gekneusd.

Laat ik u het verhaal van pastoor McCrombie vertellen. Hij begon zijn leven als een intelligente schooljongen met een vrome aard uit een goed Schots protestants gezin. Zijn vader was aannemer. Hij ging bij de RAF; hij was piloot tijdens de slag om Engeland; hij kreeg het Distinguished Flying Cross; hij hielp zijn land redden; alleen in de grote stille lucht, wachtend op het gedreun en geraas van het gevecht, sprak hij met God. Hij sprak ook met de jonge lord Sebastian Lamptonborough (het land had in zijn uiterste nood vrij democratische gewoonten aangenomen; er werd heel wat afgekletst tussen de klassen), die wel een dapper maar geen goed mens was. Eenmaal afgezwaaid, werd Michael McCrombie predikant. Hij zocht een vrouw (een dominee moet een vrouw hebben), maar ontdekte dat hij van nature celibatair was, en werd weldra opgenomen in de katholieke kerk en kreeg een parochie in Noord-Ierland. In die dagen rookte en dronk hij niet. Hij aanbad God oprecht, hield zich aan de wetten van de paus en moedigde zijn kudde aan om hetzelfde te doen; hij was nuchter en hij was geliefd. Maar pastoor McCrombie had één gebrek. Hij was, om het ronduit te zeggen, een snob. Hij hield van titels; hij bewonderde rijkdom; hij werd gevleid door het gezelschap van beroemde personen: nam aan dat het voor een ontwikkeld man gemakkelijker was om in de hemel te komen dan voor een nozem. Dat was niet Jezus' standpunt. Nu beschouwt u snobisme misschien slechts als een tekortkoming in een man (of een vrouw). Ik beschouw het als een van de doodzonden. Het is afgunst. Het werkt van binnenuit, waarbij het goede wordt vernietigd. Het heeft pastoor McCrombie in ieder geval te gronde gericht. Toen lord Sebastian Lamptonborough, telg uit een van die rijke aanzienlijke katholieke families die al eeuwenlang het oor van kardinalen bezitten en die hun onverbrekelijke huwelijken in een pauselijke handomdraai konden laten ontbinden, hem schreef en vroeg om de Lamptonboroughs te komen bijstaan, hun de biecht af te nemen en te bemiddelen tussen hen en hun God, zei hij meteen ja. Hij liet zijn kudde achter midden in hun geloofscrisis, hun zwangerschap en de catechismus, en was op weg naar Engeland, goede bordeaux, een mooie kapel, knappe ladies en dronken lords met drastische gewoonten.

Christabel Lamptonborough, bleek, knap en achttien jaar oud, knielde voor hem neer in de biechtstoel en vertelde hem de begeerten van haar hart en lichaam. Pastoor McCrombie worstelde met zijn ziel; hij hoorde nooit haar gegiechel als ze vertrok, en als hij het wel hoorde, sloot hij er zijn oren voor. Hij stak grote witte kaarsen aan in de kapel en bad voor haar onsterfelijke ziel en dacht eens dat hij de Heer was, staande in het licht dat schuin door de gotische ramen viel en langer werd, zijn magere in het priestergewaad gehulde lichaam strekte zich tot in de hemel – of was dat iets wat Christabel in de miswijn had gedaan? Christabel vond dat Michael McCrombie knap en onbereikbaar was. Ze vond dat ze hem moest hebben. Ze had hem. Ze viel kort daarna van haar paard en brak haar rug. Haar ziel drukte op zijn geweten, om nog maar te zwijgen van die van hemzelf. Maar hij maakte zich tenminste zorgen. Sebastian was aan de LSD. Hij vond het prettig in pastoor McCrombie de goede vriend te hebben die hem op zijn trips naar de hemel (of de hel) vergezelde en hem veilig terugbracht in de wereld van de gewone waarneming. Maar pastoor McCrombie was natuurlijk niet langer goed. Nu is LSD raar spul; meestal bedwelmt en verdooft het alleen maar en vernietigt het talloze hersencellen, maar het kan mensen in hun tegenpolen veranderen, terwijl ze toch op de een of andere manier binnen de hun vertrouwde structuur blijven. Ik ken recensenten die erdoor in schrijvers zijn veranderd, ambtenaren in eisers, belastinginspecteurs in belastingadviseurs, politieagenten in misdadigers, bankdirecteuren in debiteurs en vice versa. Die ene slechte trip veranderde Sebastian van een man die om het verleden en zijn erfgoed gaf in een man die het verachtte. Als daarna een dakpan van het dak van Lamptonborough House woei, schonk hij er geen aandacht aan. Er viel een dakpan in de serre en hij negeerde het. Trappen verrotten en hekken hingen naast de scharnieren.

'Haal alles maar neer,' zei hij. 'Maak er een woonwijk van.'

Christabel stierf terwijl Sebastian trip nr. 17 maakte. Pastoor McCrombie – die inmiddels uit het ambt ontzet en geëxcommuniceerd zou zijn, als de kardinaal die het onderzoek deed geen hartaanval had gekregen toen hij op weg was om rapport uit te brengen en de zaak niet zoek was geraakt in de dossiers van de aartsbisschop – was overmand door verdriet en schuld en de wetenschap dat zijn gebeden haar nauwelijks uit het vagevuur zouden kunnen helpen, en ging zelf aan de acid. Daarna beweerde Sebastian dat het in het huis spookte; hij dacht natuurlijk dat het Christabel was, maar ik denk dat het pastoor McCrombies betere ik was. Nu woonde Sebastian in Monte Carlo en vergokte wat er nog van zijn erfgoed over was, en het huis verviel en pastoor McCrombie dronk en brandde zwarte kaarsen in de kapel waar hij eens witte had gebrand. En toen er een popgroep verscheen om een videoclip te maken die *Satan's Tits* heette, was hij absoluut niet verbaasd.

Hij zou gewoon afwachten en zien wat er verder zou gebeuren. En waar was Clifford ondertussen?

Een nieuwe wereld

Lezer, laten wij, terwijl pastoor McCrombie stuurs kijkt en verder degenereert en afwacht in zijn spookbos, en Angie plannen smeedt, eens kijken naar onze personages en zien hoe de nieuwe wereld van de jaren tachtig hen behandelt. De schitterende caleidoscoop die de kunstwereld is, was een keer of twee rondgedraaid (u kent dat scherpe, moeilijke geluid van schurend glas?) en was glinsterend en bedrieglijk stil blijven staan op een punt waar John Lally nu eens in het voordeel was. Nu hij (dank zij Clifford) al een tamelijk gerenommeerd schilder was en een bekende naam had in de kunstbladen, bestond er grote vraag naar zijn enorme schilderijen (Clifford had gelijk: verander een Gestalt en je verandert de schilderijen; het huwelijk met Marjorie had iets losgemaakt, zijn gevoel voor maat veranderd). Hun teneur sloot aan bij de tijd, wat naar ik vrees niet een bijzonder compliment is. Half abstract en half surrealistisch waren ze precies wat de rijke ongeïnformeerde koper zocht; doordat de schilderijen er, om het grof te zeggen, zowel artistiekerig als intrigerend uitzagen, kon de koper er culturele eer mee inleggen en had hij iets om tijdens het diner over te praten. En de rijke ongeïnformeerde koper was overal en smeekte om van zijn geld afgeholpen te worden dat anders maar naar de belasting zou gaan, en zocht wanhopig naar een betrouwbaar iemand om hem te informeren.

Het lukte Clifford om de kunstexpert te zijn van een hele handvol van de nieuwe spectaculaire particuliere galeries die onder bescherming van particulieren en op verzoek van grote bedrijven in Europa en de Verenigde Staten als paddestoelen uit de grond rezen, om nog maar te zwijgen van de gigantische groep kunstkopende multimiljonairs. Ze beconcurreerden elkaar allemaal om hun door architecten ontworpen muren te kunnen bedekken met respectabele doeken. Dat wil zeggen, respectabele doeken die hun waarde niet zouden verliezen. Clifford was degene die besliste over het 'respectabel' zijn, waarbij hij goochelde met zijn verplichtingen tegenover zichzelf, zijn cliënten en Leonardo's. In het huidige klimaat maakte Leonardo's – net als de nationale musea in heel Europa – een moeilijke tijd door. Getty, om er maar eentje te noemen, kon iedereen overbieden, zelfs de overheid. En de overheid scheen overal ter wereld meer geïnteresseerd te zijn in het financieren van de defensie dan van de kunst.

Maar John Lally was zomaar eens heel gelukkig. Hij kon voor ieder doek dat hij tegenwoordig met verf bedekte zulke hoge prijzen vragen, dat het lot van zijn vroege werk hem nauwelijks iets kon schelen. Ja, hij keek ernaar en verfoeide het. Zoveel angst, verderf en wanhoop – waar was dat allemaal vandaan gekomen? Hij hoefde niet langer te tobben over de onrechtvaardigheid van het doorverkopen-op-basis-van-winst systeem voor kunstwerken, dat zo voorbijging aan de rechten en de betrokkenheid van de kunstenaar. Nu de eerste prijs zo hoog lag, was het gemakkelijk genoeg om te zien dat het een opkoop voor eens en altijd was. Wat deed het ertoe als Ottoline's en Leonardo's dezelfde organisatie bleken te zijn? Zijn schilderijen waren nu zo groot dat hij er toch nauwelijks meer dan twee per jaar kon maken, laat staan drie. Hij had geld willen hebben, niet omdat hij hebzuchtig was, maar om vrij te zijn van financiële zorgen; opdat hij zoveel loodwit kon kopen als hij wilde en nog meer. Nu kon hij schilderen wanneer en wat hij wilde – want had hij geen financiële zekerheid, was hij niet zelfs rijk?

Als John Lally nauwelijks meer wist wat hij wilde schilderen, verborg hij die wetenschap voor zichzelf. Hij schilderde wat zou verkopen – ach, misschien was dat maar toevallig of misschien was dat wat hij altijd had gewild. Wie kon het zeggen? Dat kan geld, comfort, een gelukkig huwelijk en een jonge zoon allemaal voor een man doen.

Hij had achterin de tuin van Applecore Cottage een groot atelier laten bouwen volgens zijn eigen wensen, waarbij hij de verzoeken van zijn buren had genegeerd. Het was zijn plezier en hun straf. Het was een erg hoog gebouw, dat moest wel, wilde het de nieuwe doeken kunnen bergen. Het was eerst een probleem geweest om een bouwvergunning te krijgen, maar hij had het gemeentehuis gewoon een schilderij gegeven – een vroeg werk – en de moeilijkheden waren verdwenen.

En Helen? Ik wou dat ik kon zeggen dat zij tenminste gelukkig en tevreden was. Dat had ze moeten zijn; ze verdiende het. Ze was ten slotte bevrijd van een flirtende echtgenoot, onafhankelijk en succesvol. Ze had zich, zo dacht ze toen de jaren verstreken en Clifford en Angie een hele tijd getrouwd waren, hersteld van de schok en de pijn van de scheiding. En was iedereen het er deze keer niet over eens dat Clifford beslist de schuldige was, wat de wet ook zei, en dat haar niets te verwijten viel? En leek de tweeling niet sprekend op hun vader, wat Clifford daar ook over te zeggen had? Had ze niet drie kinderen die haar bezighielden (alsof ze het al niet druk genoeg had) en haar huis 's nachts vulden met zachte, slapende, voedende adem? Had ze niet vrienden en bewonderaars in overvloed? Was de wereld om haar heen niet veranderd, zodat een vrouw alleen niet met medelijden, maar (door sommigen, in ieder geval) met afgunst werd bekeken?

En wat het Huis Lally betreft – wat een niet te stuiten succes! Jonge leden van het koninklijk huis, om maar te zwijgen van iedereen die iemand was, waren gewoon dol op haar ontwerpen. De kleding van Lally bezat een kleur, een warmte, en een zachtheid en kwaliteit van stof, waardoor ze eerder sensueel dan opzichtig en respectabel dan vulgair was, zoals de duurste kleding soms kan zijn. Het modeverhaal van de eeuw, volgens de pers! Zodra het merk Lally aan een rek verscheen – hoe duur, hoe exclusief ook – werd het binnen enkele minuten meegepikt. Zelfs John Lally moest onwillig toegeven dat de stoffen in orde waren en de ontwerpen ermee door konden, hoewel hij niets op had met het type mensen dat ze kocht. Hij had nog steeds geen tijd voor de luie rijken, wat redelijk genoeg was, als je Angie in aanmerking neemt. Hoewel het probleem met Angie, of ons probleem met haar, er misschien uit bestond dat ze niet lui genoeg was. Als ze toch alleen maar gewoon achterover was gaan liggen en van haar rijkdom en haar butler had genoten en niet doorlopend had lopen snuffelen en stoken en zich met dingen had bemoeid...

Maar niemand kon Helen of Clifford er tegenwoordig van beschuldigen dat ze lui waren. De problemen met Leonardo's hielden Clifford bezig, wanneer hij tenminste vrij was van zijn andere cliënten om zich daaraan te wijden.

Beweging

Wat Nell betreft – nou, wie denkt u dat Nell op een dag komt opzoeken, Polly! Polly is zo'n tien kilo afgevallen. Polly ziet er heel knap uit in haar marineblauwe pakje. Haar gezicht is opgemaakt, haar haar kort geknipt. Ze ziet eruit als en is een succesvolle zakenvrouw. Toen ze in de Holloway gevangenis zat, heeft ze geprofiteerd van een psychotherapeut die haar leven heeft veranderd (zegt Polly). Clive zal binnenkort vrijkomen en Polly zal niet op hem wachten. Polly is niet meer aan de drugs en leidt nu een schoonheids- en gezondheidskliniek buiten Londen.

'Hier kan je niet blijven!' zegt Polly terwijl ze rondkijkt in de sombere bungalow van de familie Kildare, naar de met prikkeldraad omheinde stukken land buiten en de vooruitspringende Welse heuvels; altijd het gejank, gehuil en geblaf van honden in je oren; de luchtjes van desinfecterende middelen en dieren.

'Ik vind het wel fijn,' zegt Nell. 'Ze zijn zo aardig voor me geweest.'

'Hm,' zegt Polly, waarmee ze een zaadje van twijfel in Nells hoofd plant dat zou groeien en groeien.

'Hoe zit het met jongens?' vraagt Polly. Dat is de hamvraag.

'Er is iemand die Dai Evans heet,' zegt Nell blozend. Nu zorgt Dai Evans, zoals we weten, wel dat hij bij Nell uit de buurt blijft. Hij is een aardige jongen en weet wat zijn soort is en wat niet, en dat is meer dan Nell weet. Als je in de heuvels van Wales woont, voor je eindexamen werkt en in de Kennels meehelpt, gaat de tienercultuur aan je voorbij en heb je maar een heel vaag idee van je eigen aantrekkingskracht. Maar soms drinken ze samen koffie in het kleine cafeetje achter Ruellyns vis-en-frites zaak en dat maakt Nells hele week goed.

'Dat is leuk,' zegt Polly, en dat is ook zo, als u het mij vraagt.

Nell is verliefd; ze denkt diep en vrijmoedig na over het gevoel, probeert het uit – voor Nell is het bijna een theoretische aangelegenheid: een mengsel van pijn en vreugde; seks komt er nog niet aan te pas. Andere jongens houdt ze instinctief op een afstand.

'Nog steeds aan het tekenen?' vraagt Polly.

'Ik houd me meer bezig met stoffen,' zegt Nell. En dat is zo, tot wanhoop van haar leraar. Eindexamen tekenen is een raar vak – je slaagt niet door je eigen ideeën te volgen en je eigen smaak te ontwikkelen. 'Weet je dat er een bijzonder soort boomkorstmos is met heel mooie geribbelde randjes dat een onvoorstelbaar beeldige kleur geel geeft?'

'Ik hoop dat je geen last met hem hebt?' vraagt Polly, doelend op meneer Kildare, die ze nooit heeft gemogen.

'Last? Wat bedoel je?' vraagt Nell, en we moeten meneer Kildare inderdaad nageven dat hij zijn gevoelens voor Nell onder controle heeft weten te houden. Of misschien wacht hij alleen maar tot de winsten van de Kennels de grens van 100.000 pond zijn overschreden, waardoor hij in staat zal zijn een stuk land te kopen waar hij zijn oog op heeft laten vallen en met de honden kan stoppen en in de paarden kan gaan. Er zit meer geld in paarden. Hij heeft het idee om zijn leven weer helemaal opnieuw te gaan beginnen met iemand die beter bij hem past dan zijn vrouw. Ze zijn alleen maar bij elkaar gebleven om Brenda – zo ziet hij het tenminste – hoewel hij er nooit iets van tegen mevrouw Kildare heeft gezegd. Maar dat is een heel ander en nogal treurig verhaal, lezer.

'Niets,' zegt Polly, blij met haar antwoord. 'Ik denk veel aan je, Nell,' zegt ze. Ze is lief en sentimenteel. Nell wil nog eens het verhaal horen over hoe ze op Faraway Farm is aangekomen en ze luistert oplettend. Misschien bevat het een aanwijzing over haar herkomst – maar het levert niets op.

'Wil je iets voor me doen, Polly?' zegt Nell.

'Wat?' zegt Polly.

'Ik heb geen geboorteakte of ziekenfondskaart of wat dan ook,' zegt Nell. 'Ik heb een paspoort nodig. Gewoon voor het geval ik ooit ergens naar toe zou willen. Niet dat dat zo is, natuurlijk.' – Hoe zou ze Dai Evans ooit kunnen verlaten, die krullekop en die jonge bruine ogen nooit meer zien? – Maar gewoon voor het geval dat.

'Een fluitje van een cent,' zegt Polly en samen gaan ze naar het postkantoor van Ruellyn waar een fotoautomaat staat en ze maken twee foto's van Nell; de directrice van het postkantoor zet haar handtekening op de achterkant en zes weken later arriveert per post een paspoort voor Nell. Wat bepaalde, hoewel niet voorname, vrienden al niet voor je kunnen doen.

Kijk, lezer, ik geloof dat het maar goed is dat Dai Evans niet op onze Nell reageerde zoals ze gehoopt had. (Als mens was hij erg op haar gesteld – wie niet? – maar hij zou in feite opgroeien tot iemand die meer in zijn eigen geslacht geïnteresseerd was dan in dat van Nell.) Zoveel meisjes – en meestal de beste en levendigste – worden te jong verliefd, trouwen te jong en zitten daarna een jaar of tien in de problemen om zichzelf weer op de goede weg te helpen – en dan moet je aan de kinderen denken, hè, en een scheiding is afschuwelijk en ze hebben geen opleiding gehad en zijn niet toegerust zoals ze hadden moeten zijn: hele levens worden er verspild. En ook pech voor de jongens, wat dat betreft.

Verwenst

Zoals we weten, verveelde Angie zich en was ze kwaad. Op een dag werd Angie bijzonder kwaad. Op Harry Blast, die haar in zijn programma 'Kunst vandaag' op BBC 2 gelokt had en haar toen had afgeschilderd als de rijke dilettante die wat liefhebberde in de kunst tot schade van de kunstenaars, en wat erger was, haar zo slecht had belicht dat alle gebreken van haar teint te zien waren geweest.

'Liefhebberen! Ik zal hem wat van mijn liefhebberij geven!' zei ze als iemand die dat nu precies graag deed met de zwarte kunst. Ze liet pastoor McCrombie, die nu voor haar werkte en toezicht hield op de Satanskapel, een of meer zwarte kaarsen branden en een vloek afroepen over het nu kalende mediahoofd van Harry Blast.

Angie stond aan het hoofd van Lolly Locations, een bedrijf dat rekwisieten en sets verhuurde aan mensen van de film en de tv. De Satanskapel was zeer in trek: prachtig en rustig gelegen in een bijzonder spookachtig bos, niet ver van de Elstree Studio's, en de bedrading was binnen en buiten permanent in orde zodat zich weinig van de gangbare belichtingsproblemen voordeden. Angie wist hoe ze de dingen moest aanpakken. Pastoor McCrombie hield vleermuizen die – achter een dun, bijna onzichtbaar net – losgelaten en naar believen weer gepakt konden worden. Hij hield een paar valken die voor adelaars konden doorgaan. Een begaafd man. Hij werd zelf veel gevraagd als figurant – hij had een breed, getekend, decadent gezicht, dat er onder de juiste belichting zonder meer duivels uitzag, en rode contactlenzen, die hij (tegen betaling) bereid was in te doen om het effect nog te versterken. Angie stond hem toe om in het kleine tolhuisje naast de kapel te wonen en betaalde hem genoeg om zich te kunnen voorzien van drank, jonge jongens en de lange priesterlijke gewaden waar hij van hield. Hij was dankbaar, maar raakte, net als zij, verveeld. Bovendien dronk hij en was hij misschien niet altijd zo duidelijk als ze graag wilde wanneer hij zijn kaarsen brandde en zijn krachten opriep.

Harry Blast kwam in ieder geval niet in moeilijkheden. Het Dilettante-programma was een overweldigend succes en 'Kunst vandaag' zou weer op een tijd met een hogere kijkdichtheid worden uitgezonden. Maar moeilijkheden schenen zich op de een of andere manier in andere richtingen te verspreiden – waar Angies werkelijke en diepere gevoelens van verdriet en haat lagen.

Maar hoe kan je daar zeker van zijn? Kwam het door één van pastoor McCrombies bezweringen dat Cliffords transacties van geslepen handigheidjes overgingen in pure oneerlijkheid en leugens? Of kwam het gewoon door de druk van de omstandigheden, door de onzekere reacties van een ongelukkig mens. Was het iets dat vroeger of later geheid moest gebeuren? Want als je ongelukkig bent, verlies je je onderscheidingsvermogen.

Toen Homer McLinsky, de jonge krantenmagnaat, vroeg naar een nogal onbeduidende Seurat die tijdelijk in handen van Leonardo's was, gebeurde het namelijk dat Clifford zei dat hij al een bod van 250.000 dollar had gehad, terwijl het in werkelijkheid een bod van 25.000 dollar was geweest. 'Wat is nu helemaal een nul?' dacht Clifford. Dat was in New York, waar je gemakkelijk denkt: 'Wat is nu helemaal een nul?' McLinsky keek Clifford een beetje vreemd aan en gaf Clifford de gelegenheid om het te herroepen, maar dat deed Clifford niet. De oude Clifford zou de blik hebben gezien en er iets aan hebben gedaan. De nieuwe Clifford, terwijl pastoor McCrombies zwarte brandende wraakzuchtige kaarsen maar doorschitterden in de kapel van Satan Enterprises, zag het domweg niet.

Nu had Angie pastoor McCrombie nooit verteld wat zich diep in haar ziel afspeelde, maar op de een of andere manier kwam hij daar binnen en wist hij er meer van af dan zijzelf. Arme Angie! Nooit had een aardig iemand tot in haar ziel proberen door te dringen en dus werd dat nu overgelaten aan die afschuwelijke slechte pastoor McCrombie met zijn rode gezicht, rode baard en zijn uitpuilende en van tijd tot tijd rode ogen, en ze wist niets beters te doen dan hem zijn gang te laten gaan. Zij was net zo teleurgesteld in de wereld, als de wereld in haar. Het ging van twee kanten.

Pastoor McCrombie brandde zwarte kaarsen voor Helen. Hij schreef haar naam op een stukje papier dat hij om de was heen wond en vastzette met wat McCrombie spuug. Hierdoor, of door iets anders, maakte Helen een akelige tijd door waarin ze slecht sliep en had te lijden van werkelijk afschuwelijke, moordzuchtige en obsederende gedachten. Ze maalden maar door haar hoofd. Er waren nogal ongeruste, zorgelijke, drukke gedachten – zoals: als ze Nell maar kon vinden, dan zou Clifford wel bij haar terugkomen. Er waren nogal zwaarmoedige, sombere, fatalistische gedachten – bijvoorbeeld dat ze Clifford was kwijtgeraakt als straf voor het kwijtraken van Nell. ('Clifford kwijtraken' leek weer een reëel begrip.) En dan waren er nog die afschuwelijke gedachten, die moordzuchtige razernij en haat die gericht waren tegen de kleine Barbara: alleen al bij de gedachte aan het kind van haar rivale (haar rivale?? Wat is dat voor een manier van denken?) kon ze wel gal en hatelijkheden spuwen. Ze werd 's morgens wakker met een zure smaak in haar mond. En de half slapende gedachten maalden maar door wanneer ze wakker was. Als Barbara maar zou sterven, dan zou Clifford naar haar terugkeren. Ja, dat was de manier! Dus beraamde ze in gedachten de dood van het kind, door brand, een verkeersongeluk, wilde honden – Afschuwelijk! Ze wist dat het weerzinwekkend was, maar ze kon niet ophouden. (Opmerkelijk, hè? Die neiging die in ons allemaal huist om onze haat en woede van de eigenlijke bron over te brengen naar iemand die onschuldig langs de kant staat. Alsof dat ons op de een of andere manier zal beschermen, zal voorkomen dat onze vervloekingen op onszelf zullen terugslaan, zoals vervloekingen zo vaak geneigd zijn te doen!)

Genezing

Helen ging een weekend met de kinderen naar Applecore Cottage. Het lag niet langer in haar vaders aard om haar de toegang om deze of gene reden te ontzeggen. En nu ze zijn genegenheid en goedkeuring bezat (nou ja, min of meer), kon ze niet begrijpen waarom de afwezigheid ervan haar vroeger niet meer had gedaan. Er was nu een gastenverblijf aangebouwd. De appelboom in de tuin was omgezaagd om er plaats voor te maken. De tak waarop het roodborstje eens zijn simpele troost had getjirpt was verdwenen. Had hij dat voorzien? Werelds comfort, werelds succes? (U ziet hoe treurig ze was!)

Maar het bijgebouw was gerieflijk en centraal verwarmd. De kinderen hadden hun eigen tv. (John Lally had de buis ooit eens helemaal uit huis verbannen.) Er waren nieuwe, zachte en toch stevige bedden en de kussens waren, dacht ze, terwijl ze ze bedreven opschudde, van ganzedons. Wat zou Evelyn, wier lichaam bij leven en slapen op een kapot matras had gelegen, haar hoofd op een bobbelig kussen, niet voor deze luxe gegeven hebben! Wat onttrok Marjorie gemakkelijk goede dingen aan haar man, wat had ze hem veranderd en gebonden! Helen verbaasde zich erover, en nu zonder rancune of jaloezie. De kleine Julian, Marjories zoontje en haar eigen halfbroertje, zag er onverstoorbaar en gewoontjes uit, wat passend was voor een kind van uiteindelijk niet zulke heel bijzondere ouders. Haar eigen jongens zagen er in vergelijking met hem levendig, kwetsbaar en waakzaam uit. Maar ze waren heel opgewekt met elkaar aan het cricketen op het gazon dat ooit Evelyns moestuin was geweest. Marjorie had er een grasveld van gemaakt.

'Vader ziet er goed uit,' zei Helen tegen Marjorie. Ze had hoofdpijn. Ze waren in de nieuwe speciaal gebouwde keuken. De muren tussen de aanbouw en de voorraadkamer, en de voorraadkamer en de keuken waren neergehaald. Er bewoog zich nu niets vreemds meer in het halfduister of stilletjes in de weerspiegelingen. Alles was helder, licht en praktisch.

'Ik heb gezorgd dat hij ophield met het drinken van zelfgemaakte wijn,' zei Marjorie. 'Daar wijt ik veel van zijn vroegere moeilijkheden aan.'

'Maar hoe heb je gezorgd dat hij daarmee ophield?'

'Ik heb alles weggegooid.'

Arme Evelyn! Jaar in jaar uit, in het belang van de spaarzaamheid en de ecologie, met brandnetels, rozebottels en pastinaken; trekken, plukken, graven, schillen, zeven, stampen, koken, brouwen, door een trechter laten lopen, filtreren, tillen, opbergen – alles weggegooid! Een gevoel van haat flitste door Helen heen. Het diende nergens toe, maar ze kon het niet bedwingen. Haar hoofdpijn werd er nog erger door. Ze legde haar hoofd in haar handen.

'Wat is er toch aan de hand? Er is iets mis, hè? Je ziet zo wit en bleek.' Haar stiefmoeder (ze had nooit eerder in zulke termen aan Marjorie gedacht) was aardig en bezorgd. Helen huilde.

'Gedachten in mijn hoofd,' zei ze al spoedig, 'die er niet zouden moeten zijn.'

Marjorie had een antwoord klaar. Dat had ze altijd. Ze ging ervan uit dat ieder probleem opgelost kon worden. Ze raadde een zekere dokter Myling aan, bij wie ze zelf onder behandeling was geweest. Hij was een psychiater, maar van de holistische school.

'Van de wat?' vroeg Helen.

'Het doet er niet toe hoe ze het noemen,' zei Marjorie. 'Als je het mij vraagt, zijn al die nieuwe genezers gewoon priesters, maar noemen ze zich anders.'

'Maar ik ben niet godsdienstig,' zei Helen. 'Tenminste niet erg.' Ze herinnerde zich dat er een tijd was geweest dat ze volkomen instinctief tot God had gebeden, hoewel ze als kind natuurlijk nooit naar de kerk was gegaan. Toen had ze gedacht dat het universum goedgunstig was en had ze gewacht en de behoefte gevoeld om eenvoudigweg te *aanbidden*. Maar er was iets gebeurd, lang geleden, wat er een eind aan had gemaakt. Wat was het geweest? Ach natuurlijk, de dood van Nell. Kijk, nu had ze het gezegd. Ze had het tenminste geaccepteerd. En in plaats dat de schaduw boven haar lichter werd, zoals iedereen voorspeld had, werd ze gewoon nog donkerder. De duisternis begon zwaar op haar te drukken, bijna lichamelijk, alsof ze de modder in gedrukt moest worden, zelf modder moest worden.

'Ik denk wel,' zei ze met moeite, 'dat als je geloofde, gebedsgenezing net zo goed voor de geest als voor het lichaam zou kunnen werken, maar ik geloof niet werkelijk. Ik wou dat het wel zo was.'

Door die wens werd alles al een klein beetje beter, genoeg om dokter Mylings adres op te schrijven en Marjorie een afspraak te laten maken. Hoewel het, zoals Marjorie zei, gewoonlijk beter is om zelf je afspraak te maken. Om uit eigen vrije wil te gaan en niet geduwd te worden, doordat je de drang tot genezing en geestelijke stabiliteit voelt en niet alleen omdat je iemand anders een plezier wil doen.

'Heel af en toe,' zei Marjorie, 'ligt de genezing niet in jezelf, maar heb je een ander mens nodig om je bij de hand te nemen.'

'Net zoals mensen die op LSD trippen een vriend met zich mee moeten nemen,' zei Marjorie.

Merkwaardig dat ze die vergelijking maakte. Het was een onderwerp waar ze (voor het geval u het zich afvroeg) weinig van af wist. Het was op zo'n trip, weet u nog wel, dat pastoor McCrombie lord Sebastian had begeleid en onderweg zijn vroegere ik was kwijtgeraakt, net zoals sommige mensen tussen Singapore en Parijs bagage kwijtraken.

Dokter Myling woonde in Wimpole Street en deelde een lelijke, rustige en deftige wachtkamer met een stel andere artsen, hoofdzakelijk orthopedisten, te oordelen naar de krakende ruggen en knarsende gewrichten van de wachtende patiënten. Rust, rust – kraak, kraak – Helen had de neiging om te lachen. Ze besefte dat ze al lang niet meer had gelachen, maar dit was toch zeker niet het juiste moment? Zelfs haar eigen vrolijkheid drukte zwaar op haar. Dokter Myling was een jonge man. Hij was nauwelijks dertig. Hij had de sterke kaak en het rustige knappe uiterlijk dat zo populair is bij hen die mensen toelaten op de medische faculteit. Toen ze haar verschijnselen had uitgelegd – nodeloze, akelige, moordzuchtige gedachten, lachen om dingen die niet leuk zijn – dacht ze dat hij naar haar jeugd zou vragen of haar pillen zou geven of zou suggereren dat ze last had van een vroege overgang en haar een hormoonbehandeling zou aanraden.

'Hebt u moordzuchtige gedachten?' is een van de vragen die gesteld wordt als het vermoeden bestaat dat het hormonale evenwicht bij een vrouw verstoord is door een tekort aan oestrogeen. In plaats daarvan vroeg hij of iemand haar kwaad toewenste.

'Ik zou niet weten wie,' zei ze vol verbazing, 'en als dat zo was, wat zou ik er dan aan kunnen doen?'

Hij dacht even na, stelde een paar vlotte vragen over vroeger en Applecore Cottage, en raadde haar toen aan om tot haar moeder te bidden. Helen lachte weer, doordat ze verrast was, en zei dat ze niet dacht dat haar moeder, dood of levend, iets kon tegenhouden. Dat lag niet in haar aard.

'U zult nog versteld staan,' zei hij. 'Mensen veranderen.' (Wat kon hij toch bedoelen?) 'Kom over twee weken terug en als het niet gewerkt heeft, proberen we het met pillen. Maar niet eerder.'

Dus probeerde Helen te bidden en, lezer, of Evelyns geest nu pastoor McCrombies kaarsen met hun goedkope en akelige opschriften uitblies of dat Helens van nature aardige en gezonde geest er weer bovenop kwam, maar de nachtelijke gruwelen verdwenen gewoon, Helen sliep weer vast, betaalde dokter Mylings een rekening van 45 pond en liet het daarbij.

Clifford had niemand tot wie hij kon bidden en niemand die voor hem kon bemiddelen en zou waarschijnlijk toch te trots en te rationeel zijn geweest om zo iemand, dood of levend, te benaderen en dus werden zijn problemen groter en niet kleiner.

Beroering

Onze Nell, in moeilijkheden! Niet te geloven. Maar zelfs zij die onkwetsbaar lijken, schijnen tijdens hun jeugd een moeilijke periode door te maken waarin ze chagrijnig, hatelijk, ongezond, vies en ondankbaar in het algemeen zijn en er plezier in schijnen te hebben om vervelend te zijn. Zij die ouder en wijzer zijn, kunnen dan alleen maar hun tanden op elkaar klemmen en wachten tot het voorbij is en er weer een welwillende en vriendelijke geest in hun kind huist. Nells moeilijke periode viel tussen haar zeventiende en negentiende jaar.

Misschien kon ze nu eindelijk het risico nemen om zich slecht te gedragen? Nu haar toekomst er rooskleurig uit scheen te zien? Toen ze klein was, was ze alle kanten op getrokken, alsof zowel boze als goede feeën aan haar wieg hadden gestaan en ieder Nell voor zich had opgeëist. Clifford had getierd en Helen gehuild, de lucht zelf had haar uitgespuwd, monsieur en madame hadden duivels opgeroepen. Er was het trauma van de vuurzee op de autosnelweg; het abrupte einde van de criminele idylle op Faraway Farm – en hoewel tegenover iedere ramp een goede gebeurtenis stond, waren deze trauma's en dat verdriet in haar geest aanwezig en moesten ze uiteindelijk hun tol eisen. Dit was het dan, de schadeloosstelling die het verleden aan het heden wist te ontfutselen.

Op haar zestiende verjaardag was alles nog in orde. Ze was een aardig, intelligent, levendig, liefhebbend meisje dat examens deed, de Kildares, haar surrogaatfamilie, hielp (in feite werkte ze als kennelmeisje, onbetaald, en zonder zich ooit te beklagen) en de aandacht van Dai Evans probeerde te trekken. Toen kwam

Polly langs. Toen ze zeventien was, had ze haar dikke krullende haar bijna tot op haar hoofdhuid afgeknipt en zwart geverfd; ze leed aan anorexia; ze was zo gepikeerd door de opvattingen van haar tekenleraar over wat goed en slecht was in de schilderkunst dat ze het hele vak tekenen opgaf. Ze betrapte haar geschiedenisleraar op een fout en weigerde verder nog lessen bij hem te volgen. Dus geen eindexamen geschiedenis. Zo bleef alleen Frans nog over en ze was aan het besluiten om in moreel opzicht aanstoot te nemen aan Racine, dus Frans zou het ook wel niet lang meer maken. En Dai Evans was in de marine gegaan, dus wat had het eigenlijk nog voor zin om naar school te gaan; dat schoot ook ineens door mevrouw Kildare heen toen Nell op een dag op school had moeten zitten en er domweg om de een of andere reden niet was.

'Joost mag weten wat voor zin het nog heeft dat jij naar school gaat,' zei mevrouw Kildare, terwijl ze luisterde naar Nells verslag over de algemene dwaasheid en dwalingen van haar docenten. Ze was overwerkt. De quarantaine-afdeling was uitgebreid en de zaken gingen goed, maar de lonen waren (zoals het gebruik en de gewoonte was) laag en de Kennels lagen overal mijlen vandaan, dus was het altijd moeilijk om personeel te vinden. Mevrouw Kildare was vlees voor de honden aan het koken in de keuken; de warme platen in de bijkeuken waren niet langer genoeg. Een afschuwelijke lucht, maar daar waren ze allemaal aan gewend.

'Ik weet het in ieder geval niet,' zei Nell, die er zomaar eens niet tegenin ging.

'In dat geval,' zei mevrouw Kildare, 'kun je maar beter aan het eind van het jaar van school af gaan om eindelijk eens fatsoenlijk je eigen kost te verdienen.' Mevrouw Kildare maakte, zoals we weten, een moeilijke tijd door, anders zou ze er niet 'eindelijk eens' aan hebben toegevoegd. Jammer dat ze het wel deed.

Nell ging nog diezelfde dag van school af, tot groot verdriet en onder protest van vrienden en docenten, om full-time in de Kennels te gaan werken.

Het volgende was namelijk gebeurd, lezer, zoals alleen u en ik en verder niemand hoeven te weten. Meneer Kildare, negenenveertig en vol zorgen dat hij vijftig werd, met een toekomst in het vooruitzicht waarin hooguit, in het beste geval, de quarantainewetgeving zou veranderen en hij in het slechtste geval alleen maar ouder zou worden, begeerde Nell niet langer slechts, maar was verliefd op haar geworden. Zulke dingen gebeuren. Arme mevrouw Kildare!

Begeerte kan je verbergen, liefde niet. Handen beven, gezichten verbleken, stemmen trillen. Mevrouw Kildare had zo haar vermoedens. Haar humeur werd er niet beter door en het maakte haar evenmin geduldiger tegenover Nell. En ook arme Nell! Er was niemand bij wie ze haar hart kon uitstorten. Hoe kon ze mevrouw Kildare zeggen wat er aan de hand was? Of Brenda of een van haar schoolvriendinnen, voor het geval Brenda het toch te horen zou krijgen? Ze knipte haar haar af om zichzelf onaantrekkelijk te maken. Het hielp niet. Ze ging niet meer naar school om zichzelf dom te maken. Dat hielp evenmin. Het enige resultaat was dat iedereen het afkeurde behalve meneer Kildare. Hij kwam naar haar toe tijdens het voederen – en haar handen stonken afschuwelijk naar het mengsel, maar zelfs dat stootte hem niet af – en staarde naar haar met zijn grote bruine ogen en smeekte haar om er met hem vandoor te gaan.

'Waarom doe je zo onaardig?' vroeg hij.

'Dat is niet mijn bedoeling, meneer Kildare.'

'Zeg toch Bob! Doe niet zo formeel. Ben je niet dankbaar voor alles wat ik voor je heb gedaan?'

'Ik ben mevrouw Kildare ook dankbaar.'

'Als we het goed uitleggen, zal ze het begrijpen.'

'Wat uitleggen, meneer Kildare?'

'Onze liefde, Nell, ik heb nooit van mijn vrouw gehouden. We hebben het gewoon met elkaar moeten doen. Zijn om Brenda bij elkaar gebleven. En nu ben jij gekomen. Ik geloof dat God je gezonden heeft.'

'Niet *onze* liefde, meneer Kildare. Die van u. En praat er alstublieft, alstublieft niet meer over, het is niet eerlijk.'

Maar dat zou hij wel doen, dat deed hij. Zijn handen kwamen dichterbij en waren niet meer zo gemakkelijk weg te duwen. En Brenda begon haar vreemd aan te kijken. O, het was onverdraaglijk! Op een nacht pakte Nell haar boeltje, hing haar gelukbrengende tinnen teddybeer om haar nek, nam haar spaargeld (63,70 pond) op bij het postkantoor en pakte de trein naar Londen. Het zou mevrouw Kildare verdriet doen, maar wat kon ze anders?

De rook van pastoor McCrombies zwarte kaarsen dreef rond boven de familie Kildare, kronkelde tussen de bomen door, blies door de Kennels en maakte de honden aan het janken en rusteloos. Of het was iets anders.

'Wat is er toch de laatste tijd met ze aan de hand?' vroeg mevrouw Kildare. 'Ze zullen Nell wel missen,' zei meneer Kildare. Nu Nell verdwenen was, trok de rook op en kreeg hij weer een helder hoofd. Hij kon zich nauwelijks zijn eigen gedrag herinneren, zijn eigen dwalende, knijpende hand. Natuurlijk hield hij van zijn vrouw. Dat had hij altijd gedaan.

'Het was al zo voor ze wegging,' zei mevrouw Kildare. 'Ze zijn er nu eerder beter aan toe. Ik alleen niet,' en ze moest een beetje huilen. Ze miste Nell, en niet alleen omdat ze nu twee keer zo hard moest werken – om vijf uur op en om twaalf uur naar bed, wanneer de laatste treurige van heimwee jankende hond gekalmeerd en tot bedaren gebracht was (en soms zelfs nog later, als er een volle heldere maan was) – maar ze had bijna net zoveel van haar gehouden als van Brenda, hoewel ze de laatste tijd zo'n probleem was geweest.

Alleen Brenda zei niets over Nell. Ze wist niet wat ze moest zeggen. Nell was haar beste vriendin en ze had gezien hoe haar vader naar Nell had gekeken en nu was Nell weg en ze wist niet of ze blij of verdrietig moest zijn. Ze werd nogal flegmatiek en kreeg pukkels en doffe ogen, zoals wel vaker aan het eind van de pubertijd schijnt voor te komen bij meisjes die voor dieren zorgen. Het kwaad verdwijnt nooit helemaal, er blijft altijd een restje achter, een soort vettige waas over hoop en opgewektheid. 'Ik houd het meeste van dieren,' zei ze, zoals ze haar ouders eerder had horen zeggen. 'Ze zijn veel aardiger dan mensen.' Maar ze stemde er wel in toe om zich met Ned te verloven. Ze was liever de vrouw van een boer dan de dochter van de Kennels, want nu Nell weg was, leek het alsof het zonlicht met haar was verdwenen; nu kon ze de Kennels zien zoals ze werkelijk waren – modderig, lawaaierig, troosteloos, treurig; en ze wilde er, net als Nell, vandaan.

Natuurlijk had Angie er geen idee van dat Nell nog leefde. Als ze het had geweten, had ze pastoor McCrombie ongetwijfeld opgedragen om ook voor haar een zwarte kaars te branden. Nu moest de duistere priester zijn verwensingen zo maar ergens heen sturen en daardoor troffen ze het hart van meneer Kildare, maar niet dat van Nell. In feite waren de gevolgen van dit alles voor Nell heel gunstig. Of kwam dat weer door Evelyn; Evelyn – die vanuit de hemel neerkeek en de kaarsen even snel uitblies als pastoor McCrombie ze aanstak?

Kijk, we zouden hier natuurlijk eeuwig over kunnen blijven speculeren. God weet dat mannen van middelbare leeftijd voor jonge vrouwen bezwijken zonder dat daar duistere machten aan te pas hoeven te komen. Laten we dus gewoon zeggen dat meneer Kildare een vieze oude man was. Maar ik weet het niet – om zoiets van Brenda's vader te zeggen? Het lijkt me niet aardig.

Een toevallige ontmoeting!

Hoe het ook zijn mag, ongeveer in de tijd dat Helen zich herstelde van haar nachtelijke gruwelen en de gevaarlijke Homer McLinsky Clifford (die geen beschermer had; waarom zou Evelyn zelfs maar *denken* aan de man die haar dochter zoveel ellende had aangedaan) vreemd aankeek, verscheen Nell bij het atelier van het Huis Lally, achter de BBC studio's in het Londense West End. Ze was een zwartharig, punkachtig, al te mager, schriel, uit Wales afkomstig meisje met ruwe handen en zonder een diploma van de middelbare school, laat staan van een kunstacademie.

'Ik zoek werk,' zei ze tegen Hector McLaren, Helens zakelijk directeur. Hij was een brede blonde man met de schouders van een boxer en dikke stompe vingers, die zeker en voorzichtig over stoffen gleden. Hij zag in iedere baan winst of verlies. Wat maar goed was, want Helen kon zich door schoonheid en de manier van vallen laten meeslepen en de praktische kant uit het oog verliezen.

'Je bent niet de enige,' zei hij. Hij had het druk. Iedere week verschenen er zo'n twaalf meisjes zomaar op de bonnefooi, op precies dezelfde manier. Ze hadden over het Huis Lally gelezen, of een jong lid van de koninklijke familie de kleding zien dragen bij een of andere spectaculaire gelegenheid en wilden erbij horen. Ze werden automatisch maar vriendelijk afgewezen. Het Huis Lally nam per jaar tien leerlingen aan en leidde hen goed op. Tweeduizend meldden zich aan, tien werden uitgekozen.

'Ik ben niet als de anderen,' zei ze, alsof dat voor zich sprak, en glimlachte en hij besefte dat ze zowel mooi als intelligent was en dat zij hem een dienst bewees en niet hij haar.

'Laat me je map dan maar eens zien,' zei hij, zonder precies te weten waarom, en iemand anders nam de telefoon op. Een gesprek uit Rio.

Voor hij de map opendeed, terwijl hij de keurige witte banden recht trok en losmaakte, wist hij dat het opwindend zou worden. Hij had er duizenden geopend. Je ging het weten; de vreugde van de ontdekking kon zich niet bedwingen en kwam net iets te vroeg tot je. Hij had gelijk. Wat een map was het! Stalen van natuurlijke weefsels, geverfd met korstmossen, maar prachtig afgewerkt. Hoe was ze daar nou weer op gekomen? Wild schitterend borduurwerk, heel gecompliceerd uitgevoerd. Ze hield van kleuren; het was hoogstens te scherp, te fel – maar wat hij gewoonlijk in zulke mappen zag was zo aarzelend, zo braaf. En vervolgens bladen vol ontwerpen voor jurken – onervaren en amateuristisch, maar met zulke zekere lijnen – bijna een soort blinde overtuiging. Een handjevol waren zelfs bruikbaar – een paar meer dan bruikbaar.

'Hm,' zei hij voorzichtig. 'Wanneer heb je dit allemaal gemaakt?'

'Ik zat gewoon onder de les te tekenen,' zei ze. 'School is zo saai, hè.' (Korte nachten en zware tijden in de Kennels, lezer. Meestal had ze gewoon slaap tekort.)

Ze was erg jong. Hij stelde haar een paar persoonlijke vragen. Hij had het idee dat hij leugens als antwoord kreeg, dus gooide hij het over een andere boeg.

'Waarom het Huis Lally?' vroeg hij. 'Niet Yves St Laurent? Niet Muir?'

'Ik houd van de kleding,' zei ze eenvoudig. 'Ik houd van de kleuren.' Ze had een spijkerbroek met een wit bloesje aan. Dat was verstandig. Als je je geen kleren kunt veroorloven, probeer het dan niet. Draag wat je goed staat. Hij nam haar aan.

'Je moet hard werken en verdient weinig,' waarschuwde hij haar. 'Je zult vloeren vegen.'

'Daar ben ik aan gewend,' zei ze en zei niet wat daarna in haar hoofd opkwam, dat dit werk tenminste niet zwaarder werd en langer duurde als het volle maan was. Het schoot ineens door haar heen dat ze voor haar leeftijd misschien al heel wat ervaring had opgedaan. De gedachte maakte haar zowel blij als bedroefd en ze verlangde naar iemand om mee te praten, maar er was natuurlijk niemand en toen kwam de golf van vreugde en triomf: 'Ik heb het uiteindelijk toch maar voor elkaar gekregen, ik heb een baan, ik heb zelfs de baan die ik wou, ik ben precies waar ik wilde zijn,' en er was ook niemand aan wie ze dat kon vertellen. Dus lachte ze alleen nog eens tegen Hector McLaren en hij dacht: waar heb ik die glimlach toch eerder gezien, half gelukkig, half droevig, maar kon het verband niet leggen. Later vroeg hij zich af: wat heb ik in vredesnaam gedaan? Waarom heb ik het gedaan? We hebben toch al te veel mensen. Helen had soms hetzelfde effect op hem: zijn betere inzicht werd op de meest bijzondere wijze terzijde geschoven. Hij kwam tot de conclusie dat hij wel gewoon gevoelig voor vrouwen zou zijn. (Wat hij natuurlijk niet was, lezer, of alleen voor vrouwen van het geslacht Lally.)

En zo kwam Nell voor haar moeder te werken. Ach, soort zoekt soort, het was niet verwonderlijk. Iets van John Lally's talent stroomde door de aderen van allebei, van moeder zowel als dochter.

Bemind!

Nell ging op woensdag van huis weg en werd op donderdag door Hector McLaren aangenomen en begon de volgende maandag. Ze woonde in een klein hotelletje in Maida Vale – een gratis kamer in ruil voor twee uur schoonmaken, 's morgens tussen 6 en 8, zes dagen per week. Ze liep naar haar werk. Daar veegde ze de vloer, mocht ze soms met de hand iets zomen en keek ze oplettend naar de coupeuses. 's Avonds ging ze naar disco's en kwam ze met slecht gezelschap in aanraking. Nou ja, niet erg slecht, gewoon wat al te fel haar en hier en daar een veiligheidsspeld door een oorlelletje of een neus; gemoedelijk, passief en, voor Nell, veilig. Haar nieuwe vrienden stelden geen eisen aan haar, intellectueel noch emotioneel. Ze hingen en sprongen wat in het rond en waren aan de drugs. Ook Nell, die opmerkte hoe Clive en Polly ervan gekalmeerd en opgevrolijkt waren en vergat hoe hun algemene luiheid tot hun ondergang had geleid. Ze kwam moe op haar werk, maar ze was gewend om moe te zijn.

Op een vrijdagmiddag kwam Helen Lally zelf in het atelier. Iedereen keek naar haar. Ze had een crèmekleurig pakje aan en droeg haar haar in een hoog kapsel bovenop haar hoofd. Ze ging het kantoortje binnen en sprak een tijdje met Hector McLaren achter het glas. Toen kwam ze naar buiten en liep recht op Nell af en pakte de jas op waar ze mee bezig was en inspecteerde die en scheen wat ze zag goed te keuren, hoewel Nell wist dat de zoom niet volkomen recht was. Ze was er op een bepaald punt boven in slaap gevallen en had niet de moeite genomen om het over te doen.

'Dus je heet Nell,' zei ze. 'Meneer McLaren spreekt heel

lovend over je. Nell is een erg mooie naam. Ik heb er altijd van gehouden.'

'Dank u,' zei Nell blij en blozend. Ze deed haar best om er hard en boos uit te zien, maar het lukte niet erg. Helen vond het meisje te jong en te mager en dacht dat ze waarschijnlijk niet thuis zou wonen en dat dat niet zo zou moeten zijn. Later sprak ze met Hector over haar, terwijl ze door het glas naar de plaats keek waar Nells gemillimeterde hoofdje over de stof was gebogen.

'Ze is te jong,' zei ze. 'Het is een verantwoording. Niets voor jou om haar aan te nemen, Hector, en haar zomen slingeren nogal. We hebben te veel personeel.'

'Niet als die Braziliaanse order doorgaat,' zei hij. 'Dan zullen we het nog heel druk krijgen.' Op dat moment ging de telefoon en werd bevestigd dat de order uit Rio doorging. Het was iets wat het Huis Lally zelden deed – een volledige garderobe voor een onmogelijk rijke, onberekenbare en pas getrouwde jonge vrouw die een voorliefde voor rode rozen had – of anders was het haar man – en zo'n bloem moest discreet of overdadig, dat mocht het Huis Lally beslissen, fijntjes geborduurd of kleurig geapplikeerd worden op ieder afzonderlijk kledingstuk, van een jarretel tot een overjas.

'Waarom hebben we in 's hemelsnaam toch gezegd dat we het zouden doen?' weeklaagde Helen. 'Het is zo *vulgair*.'

'We doen het om het geld,' zei Hector kordaat. 'En of het vulgair is of niet hangt ervan af hoe het gedaan wordt.'

'Maar ik zal *doorlopend* op iemand toezicht moeten houden,' en toen, opgewekter, 'Ach, een rode roos zal wel net zijn wat je ervan maakt.'

En dat is inderdaad zo! Hector dacht aan Nells map en Nell werd uit de gelederen te voorschijn geroepen en borduurde een stuk of wat proefroosjes, van scharlaken knopjes tot fantastische karmozijnen bloemen, waarvan ze helemaal opleefde, en binnen een week zat ze in het zolderatelier van Helens huis in St John's Wood met volle overgave rozen te naaien op stoffen waarvan de tint, het gewicht en de structuur zeer uiteenliepen, maar waar ze kleur en draad met een trefzeker instinct bij aanpaste.

'Alle mensen,' zei Helen, 'hoe heb ik het ooit zonder jou gered!' En tegen Hector zei ze: 'Ik hoef haar nauwelijks iets te zeggen; het lijkt wel of ze weet hoe ik denk. En het is echt leuk om een meisje in huis te hebben – ik ben zo gewend aan jongens.'

'Zolang je haar maar niet als een dochter gaat beschouwen!' zei Hector. 'Ze werkt voor je. Verwen haar niet.'

Hector vond dat Helen de jongens verwende; te veel toegaf, hen te veel hun eigen zin liet doordrijven, te veel geld aan hen besteedde. En misschien had hij gelijk – maar ze vormden een gelukkig gezin en het had geen enkele zin om 'te beginnen zoals je van plan bent verder te gaan'. Waarom? Waarom zou je geen plezier hebben zolang je kunt, denken heel wat moeders als de vader van hun kinderen weg is.

'Nell,' zei Helen op een dag, toen Nell een week in de spectaculaire rozenshow zat, 'waar woon je?'

'In een kraakpand,' zei Nell, en daarna, toen ze bezorgdheid bespeurde, stelde ze gerust zoals ze gewend was: 'Het is okee. We hebben water en de belangrijkste voorzieningen. Ik kon me bedruipen door als kamermeisje te werken, maar een gekraakte woning is goedkoper.'

En ze lachte en Helen dacht: waar heb ik die glimlach toch eerder gezien? (Bij Clifford, natuurlijk, maar ze probeerde niet aan Clifford te denken.) Als ik een dochter had, dacht Helen, zou ik graag willen dat ze net als zij was. Direct, aardig, open tegenover de wereld. Ik zou natuurlijk graag hebben dat ze ergens anders dan in een kraakpand woonde. Ik zou graag hebben dat ze minder verwaarloosd en niet zo mager was en dat er goed voor haar werd gezorgd. Hector kan barsten, dacht Helen, en vervolgde het gesprek.

'De meeste meisjes wonen thuis,' zei ze.

'Ze moeten wel,' merkte Nell op, 'omdat u hen zo weinig betaalt.' En toen lachte ze om haar woorden minder scherp te maken.

'Maar ik heb geen huis. Geen echt huis. Nooit gehad.'

Als Helen geluisterd had, zou ze misschien verder op Nells geschiedenis zijn ingegaan en zou ze de noodzakelijke verbanden hebben gelegd, maar ze piekerde nog steeds over wat haar een beschuldiging leek. Betaalde ze de ateliermeisjes echt te weinig? Ze betaalde het gangbare loon; was dat genoeg? Ze piekerde natuurlijk, omdat ze in haar hart wist dat het absoluut niet genoeg was. Het Huis Lally maakte ook in dit opzicht gebruik van zijn reputatie – als de mensen in de rij staan om voor jou te mogen werken, hoef je hen maar heel weinig te betalen. Ik beschouw dit als een soort natuurlijke rechtvaardigheid, lezer. Als Helen niet schuldig was geweest was ze niet geïrriteerd geraakt en had ze niet zitten piekeren en had ze haar dochter eerder teruggevonden. Nu moest ze wachten.

Ze zou het er met Hector over hebben.

'Heb je een vriend?' vroeg ze aan Nell en Nell bloosde.

'In zekere zin wel,' zei Nell, waarbij ze aan Dai dacht die haar één keertje had geschreven, 'en in zekere zin niet,' omdat ze, nu ze erover, of eigenlijk over hem, nadacht niet meer voelde wat ze toen had gevoeld. De afstand had de obsessie op de een of andere manier verdreven – wat ongetwijfeld de reden is waarom meisjes altijd door ouders meegenomen worden (of werden) op lange reizen naar het buitenland in de hoop dat ze hun ongeschikte geliefde zouden vergeten. Tegelijkertijd besefte Nell dat zolang ze, in theorie tenminste, van Dai hield, dit haar allerlei moeilijkheden zou besparen.

'Nee dank je,' kon ze tegen jongens zeggen die haar lastig vielen. 'Niets persoonlijks. Ik heb gewoon die ene grote liefde.' En ze zouden deze mysterieuze hartstocht spijtig respecteren en haar met rust laten, en als ze dat niet deden was het opmerkelijk wat een snelle upper- (en lower-) cut, niet noodzakelijkerwijs op de kaak, onze Nell op de middelbare school van Ruellyn had ontwikkeld. En ondertussen bleef ze haar stralende glimlach lachen. Wat een meid! Helen, die slechts een klein gedeelte van dit alles wist, keek haar dochter, die ze niet als dochter herkende, nadenkend en bewonderend aan.

'Nell,' zei ze, 'als ik goede woongelegenheid voor je vond, zou je er dan intrekken?'

'Hoe zou ik dat kunnen betalen?'

'Het Huis Lally zou het betalen. Daar zorg ik voor.'

'Dat zou ik niet kunnen doen,' zei Nell. 'Dat zouden de andere meisjes niet leuk vinden. Waarom zou ik iets hebben wat de anderen niet hebben?' Zo kwam het dat Helen, na veel heen en weer gepraat, Hector overhaalde om de lonen van de ateliermeisjes met een volle vijfentwintig procent te verhogen – wat inhield dat de prijs van de kleding met vijf procent moest stijgen. En de markt doorstond de verhoging kennelijk zonder het te merken. Dus schroefden ze de prijzen nog eens vijf procent omhoog. En

Nell stemde erin toe om haar kraakpand te verlaten – en zoals de zaken ervoor stonden ging ze maar wat graag. Haar vrienden begonnen op te raken – letterlijk, een stel waren nu aan de heroine. De ellende met drugs is, zoals Nell zich nu van de oude tijd op Faraway Farm herinnerde, dat ze aan alle gesprekken een eind maken. Als je wil praten, je levensverhaal aan je verslaafde vrienden wil vertellen – vergeet het maar! Nell zat op kamers bij Hector en zijn vrouw: goed eten, warm water in overvloed en een warme zolderkamer en ze spaarde en kocht een ezel en kreeg het zelfs voor elkaar om in de weekends wat te schilderen. Ze werd 's morgens wakker met het prettige gevoel, dat jonge mensen hebben als alles goed met hen gaat, als het leven voor hen ligt en ze de juiste keuzen hebben gemaakt, dat de wereld aan haar voeten lag.

'Zal ik je eens wat zeggen,' zei Helen op een gedenkwaardige dag toen Nell net aan de tachtigste roos begon, en er waren er nauwelijks twee hetzelfde – ze gebruikte nu wel twintig tinten rood voor een enkele roos en experimenteerde met een soort drie dimensionaal effect, zodat de talrijke kleine blaadjes uit het hart schenen te barsten, 'als je belooft dat je het niet naar je hoofd laat stijgen, we willen een proef met je nemen als mannequin.'

'Goed,' zei Nell, die probeerde om niet voldaan te kijken.

'Wanneer word je achttien?'

'In juni,' zei Nell.

'Ik heb een dochter gehad die Nell heette,' zei Helen.

'Dat wist ik niet,' zei Nell.

'Ze is in de loop der tijd min of meer zoek geraakt,' zei Helen.

'Dat spijt me,' zei Nell. Wat moet je anders zeggen? Helen ging niet in op de manier waarop ze zoek was geraakt en Nell vroeg er niet naar.

'Ze zou komende kerst achttien zijn geworden. Op eerste kerstdag.'

'Ik vind het altijd jammer voor mensen als ze op kerst zijn geboren,' zei Nell. 'Maar één grote hoop pakjes! Ik ben zelf in de zomer geboren. Wilt u echt dat ik mannequin word?'

'Je hebt er het gezicht en het figuur voor.'

'Het is alleen dat er dertien mannequins in een dozijn gaan,' zei Nell. 'Iedereen kan mooi zijn. Dat is absoluut geen verdienste.' En Helen vroeg zich af, wie ken ik toch die zulke dingen zegt? Haar vader natuurlijk, maar hoe had ze het verband kunnen leggen?

'Ik zou liever modeontwerpster zijn,' zei Nell, 'daar moet je echt talent voor hebben.'

'En tijd,' zei Helen, 'en ervaring en een opleiding.'

Nell scheen te begrijpen wat ze bedoelde. Ze lachte.

'Ik zal mannequin worden als mijn haar mag blijven zoals het is,' zei Nell. Het was kort, zwart, stekelig en recht omhoog geborsteld.

'Het komt niet erg overeen met het imago van het Huis Lally,' zei Helen. Maar ze begreep dat het misschien gemakkelijker was om het imago van het Huis Lally te veranderen dan Nells standpunt en Nell won. Toen kwamen de jongens binnen – Edward, Max en Marcus – en werden voorgesteld, maar Nell was alleen maar iemand van het personeel en dus schonken ze niet veel aandacht aan haar. Ze wilden dat hun moeder beneden naar de keuken zou komen om het eten klaar te maken en aangezien ze haar moeders dochter was, ging ze met hen mee om dat te doen. Nell voelde zich merkwaardig eenzaam toen ze allemaal weg waren, alsof er boven een licht was uitgedaan, waardoor ze in het donker achterbleef. Ze maakte de roos af en belde later die avond mevrouw Kildare op, alleen om te zeggen dat het goed met haar was en ze werk had en dat mevrouw Kildare zich geen zorgen moest maken en de hartelijke groeten aan Brenda en, o ja, ook de groeten aan meneer Kildare. Vervolgens schreef ze zich in bij een avondschool voor het eindexamen tekenen, geschiedenis en Frans. Ze was weer op de goede weg.

Onbemind!

Zullen we nu terugkeren naar Angies teint, lezer? Weet u nog van haar gezichtspeeling, zoals kosmetische chirurgen dat noemen, en dat er iets misging? Dat de bulten en kuilen nog erger waren dan vroeger? Het stond haar bepaald niet aan om de kliniek een proces aan te doen; de publiciteit zou een nachtmerrie zijn. Maar toen ze in de loop van hun briefwisseling met haar suggereerden dat het probleem niets met de peeling te maken had en oorspronkelijk van psychosomatische aard was, maar dat zij de kosten van een psychiater zouden betalen, accepteerde ze dat. Ze ging naar dokter Myling van de nieuwe holistische school. Ze had gehoord dat hij jong en knap van uiterlijk was. Dat klopte.

'Wat denkt *u* dat er aan de hand is?' vroeg hij.

'Ik ben ongelukkig,' hoorde ze zichzelf zeggen. Ze verbaasde zich over zichzelf.

'Waarom?' Hij had heldere blauwe ogen. Hij kon in haar ziel schouwen net als pastoor McCrombie, maar hij was aardig.

'Mijn man houdt niet van me.'

'Waarom niet?'

'Omdat ik onbeminnelijk ben.' De woorden waren een schok voor haar, maar het waren haar eigen woorden.

'Ga weg en probeer beminnelijk te zijn,' zei hij. 'Als u over twee weken nog steeds een slechte huid hebt, zullen we het met pillen proberen. Maar niet eerder.'

Angie ging weg en probeerde beminnelijk te zijn. Dat deed ze door pastoor McCrombie op te bellen en te zeggen dat ze de kapel ging verkopen en zijn diensten niet langer nodig had. Ze begon door het hele gedoe zelf spoken te zien. Soms, als Clifford weg was – meestal dus – hoorde ze 's nachts haar vader lachen.

'Het is misschien niet verstandig om de kapel te verkopen,' zei pastoor McCrombie, terwijl hij een nieuwe zwarte kaars aanstak. 'Begorah, misschien helemaal niet verstandig.' Pastoor McCrombie was, zoals we weten, in Edinburgh geboren, maar de mensen hielden van een zwaar Iers accent en hij had het gecultiveerd. Soms speelde hij niet de discipel van de duivel maar de beminnelijke schurk; soms dacht hij zelfs dat zijn betere ik was teruggekeerd en dat zijn ziel weer van hemzelf was.

'Mij kun je niet bang maken,' zei Angie, hoewel hij dat wel deed. Dus, in plaats dat ze gewoon haar sociaalvoelende secretaresse de makelaar liet opbellen om 'Verkopen!' te zeggen, ging Angie in eigen persoon bij hem langs. Ze wilde het zelf doen; ze wilde moedig zijn; ze was er niet aan gewend om bang te zijn. Ze wilde haar angst te boven komen, eerst goed proeven en vervolgens uitspuwen. Ik geloof dat ze erg dapper was. (U kent mijn principe ten aanzien van het positief spreken over de levenden, vergeet de doden maar.)

Het was een natte dag. Door de regen kon je nauwelijks iets zien. Angie stond op het punt waar de Primrose Hill Road en de Regents Park Road samenkomen, ongeveer waar Aleister Crowley, het beest met de reputatie 666, heeft gewoond, en vroeg zich af welke kant ze uit zou gaan. Claxons loeiden en felle lichten schenen in haar richting. Ze kon er niets van maken; geluid en licht schenen samen omhoog te springen – er was een seconde van oprijzende stilte en toen een klap van boven die het licht, het leven en haar ziel met donderend geraas uit haar dreef. De les is misschien dat de slechten niet moeten proberen om goed te zijn. De inspanning zal hun dood tot gevolg hebben.

'Zonderling ongeluk doodt junkie miljonaire' meldde één krant die zijn vreugde probeerde te verbergen. Een tankwagen, die stuurloos Primrose Hill af was komen razen, had de stoep geraakt, was over de kop geslagen, door de lucht gevlogen en bovenop Angie geland. 'Arm rijk meisje verpletterd terwijl de echtgenoot-kunsthandelaar terechtstaat in New York' meldde een ander.

'Daar is de wereld mooi van af,' zei John Lally, ondanks het feit dat Ottoline hem van nut was geweest, en helaas moet ik zeggen dat vrijwel niemand het er niet mee eens was. Alleen de kleine Barbara huilde.

Angie, lieve Angie, ik weet niet wat er mis is gegaan, wat je zo boos en droevig heeft gemaakt, in staat om vrijwel niemand vreugde te bezorgen. Moeten we je moeder de schuld geven, aangezien ze nooit van je heeft gehouden? Maar Cliffords moeder, Cynthia, hield ook niet van hem en, toegegeven, dat heeft hem weinig goed gedaan, maar het heeft hem niet onbeminnelijk gemaakt. (Kijk maar naar Helen, kijk maar naar uw schrijfster, die hem maar blijft verontschuldigen. Hij bezat tenminste enige zelfkennis en zijn egoïsme bevatte een zekere eerlijkheid, om nog maar te zwijgen van zijn vermogen om te veranderen, misschien wel de allerbelangrijkste eigenschap.) Het is te gemakkelijk om de moeders de schuld te geven van alle ellende in de wereld. Alles zou in orde zijn, houden we onszelf voor, als *moeders* maar deden wat ze moesten doen – liefhebben met heel hun hart en ziel, volkomen, met uitsluiting van alle anderen. Maar moeders zijn ook mensen. Wat liefhebben betreft, kunnen ze slechts hun uiterste best doen en hun kinderen zetten altijd op hun rapport: 'kon beter als ze haar best deed'. Zou je de vaders de schuld moeten geven? Angies vader vond haar, zoals we weten, onbeminnelijk. *Maakte* dat haar onbeminnelijk? Ik geloof van niet. Helens vader, John Lally, was tamelijk onmogelijk, maar Helen was nooit *onbeschoft*. Zonder enige twijfel inefficiënt en onverantwoordelijk toen ze jong was, maar het tegenovergestelde toen ze volwassen was. Zou Angie aardiger zijn geweest als ze arm was geboren? Ik geloof van niet. Over het algemeen worden mensen door armoede zelfzuchtiger, niet aardiger. (Toegegeven, de rijken zijn vaak onuitstaanbaar *gierig* – hoe vaak hebben we niet verzucht wanneer ze zich druk maken om een kwartje: 'Nou ja, *daardoor* zijn ze zo rijk, omdat ze zo gierig zijn'.)

Angie, ik speur naar goede dingen die ik over je kan zeggen en vind maar heel weinig. Jij bent de vrouw die het huwelijk van Clifford en Helen kapot heeft gemaakt, die zich niets aantrok van Nells welzijn, die manicuren aan het huilen maakte, die personeel in een opwelling ontsloeg, die je geld en je macht gebruikte om te bedriegen en te intrigeren en niet om de wereld te verbeteren.

Maar, wacht eens. Zonder Angie zou Nell niet leven. Ze zou verloren zijn gegaan door het afgrijselijke knip, knip van dokter Runcorns metalen instrumenten. Angies motieven deugden niet – maar het is beter om iets goeds te doen op verkeerde gronden dan om helemaal niets goeds te doen. En nu we haar verleden zijn nagegaan en tenminste dit ene goede ding hebben gevonden, laten we nu RIP, rust in vrede, bij onze herinnering aan haar zetten en een begin maken met het opruimen van de ravage die Angie tijdens haar leven om zich heen heeft veroorzaakt, en er weer zo goed mogelijk een geheel van maken.

We leven allemaal met mythen, lezer, al is het maar de mythe dat het geluk om de hoek ligt. Ach, waarom ook niet? Maar wat zijn we er bedreven in om de mythen over onze samenleving in gedachten vast te houden – bijvoorbeeld dat de meeste mensen in een echt gezinsverband leven: de vader op zijn werk, de moeder thuis om op de kinderen te letten – terwijl we met onze eigen ogen in ons eigen leven zien hoe ver dit bezijden de waarheid is. En wat zijn we slecht in het onder ogen zien van de waarheid. Maar we zijn sterker dan we denken. Als de mythe pijn doet, vergeet haar dan. Het zal niet het einde van de wereld betekenen, de zon zal niet doven. We zijn allemaal één vlees, één familie. We zijn dezelfde persoon met een miljoen gezichten. Binnenin ons zitten ook Angie en meneer Blotton en zelfs pastoor McCrombie. We moeten leren om hen in te lijven, om hen op te nemen in het beeld dat we van onszelf hebben. We moeten de schurk niet uitfluiten, maar welkom heten. Daardoor kunnen we onszelf heel maken. Angie, vriendin, rust in vrede.

Een wending van het lot

Kent u dat? Er schijnt tijden niets te gebeuren en dan komt alles ineens tegelijk? Het was alsof met Angies dood een hele warboel van draden plotseling strak werd getrokken: alles verschoof, veranderde, greep in elkaar; het proces was absoluut niet te stoppen, hoewel de afloop natuurlijk afhing van de manier waarop de draden de afgelopen tien jaar waren geplaatst, met goede of slechte bedoelingen.

Zo had pastoor McCrombie, de ex-priester, niet alleen de gewoonte gehad om zwarte kaarsen te branden wanneer hij er maar aan dacht in ruil voor een bed om op te slapen (een schuimrubber matras in het tolhuis), een fles brandy (of twee) per nacht en een zeer kleine vergoeding (Angie was zo gierig als alleen de rijkgeborenen kunnen zijn – u kent mijn mening hierover), maar leidde hij ook wekelijks een nogal formele satansdienst in de kapel van Satan Enterprises (waar Angie niets van af wist. Ze zou er toch alleen om gelachen hebben, half en half in al die onzin gelovend.) Pastoor McCrombie geloofde zelf, als de waarheid aan het licht moet komen, tegenwoordig ook nog maar half; maar pakte goed geld aan van hen die verschenen en het wel serieus namen. Desalniettemin doen verwensingen niemand enig goed, want toen Angie zomaar ineens opbelde om te zeggen dat ze de kapel ging verkopen en hem zo dus van zijn inkomsten beroofde en pastoor McCrombie zijn eigen grote zwarte kaars had aangestoken en de toorn van de duivel had afgeroepen, was Angie toen niet op datzelfde ogenblik verpletterd, als een plat geslagen mug? Dat was genoeg om een heilige de stuipen op het lijf te jagen, laat staan een schurkachtige priester, die uit het ambt gezet en geëxcommuniceerd was, en wiens verstand naar de knoppen was door psychedelische drugs.

Pastoor McCrombie vond dat het welletjes was geweest, blies zijn kaarsen uit, bad een vlug en gedeeltelijk oprecht weesgegroetje, zei de geest van Christabel voorgoed vaarwel, sloot de kapel en sjokte de wereld in om op een andere manier zijn fortuin te maken.

Gezien pastoor McCrombies vrienden en zijn banden met Angie, was het niet verwonderlijk dat hij tijdens zijn speurtocht naar semi-eerlijk werk al snel Erich Blotton tegen het lijf liep, die nu bekend stond onder de onschuldige naam Peter Piper van Piper Art Security Limited, een bedrijf dat toezicht hield op het vervoer van nationale kunstschatten van de ene plaats naar de andere, waarbij zij ze beveiligden en verzekerden tegen diefstal, overstroming, brand, chantage, verwisseling en bedrog in het algemeen.

Kent u Erich Blotton nog? De kettingrokende, kinderrovende advocaat die met Nell ontkomen was toen ZOE 05 was verongelukt? Erich Blotton had, naar aanleiding van één kort gesprek met Clifford, jaren geleden, toen hij nog kinderen roofde, besloten in de kunst te gaan. Daar lag overduidelijk geld, macht en aanzien – om nog maar te zwijgen van lucratieve snaaimogelijkheden.

Piper Art Security opereerde vanuit een nogal klein, benauwd en rokerig kantoortje in de Burlington Arcade, boven een boetiek met gebreide kleding. De eigenaresse van de boetiek klaagde dat haar voorraad naar sigaretterook ging stinken, maar wat kon ze doen? Peter Piper zou beslist niet stoppen met roken. Dat was, zei hij min of meer naar waarheid, de enige vreugde in zijn leven.

Erich Blotton was niet gelukkig. Hij miste zijn vrouw, die twee miljoen pond had weggegeven aan goede doelen ten bate van kinderen en was gestorven in de week voor hij het veilig geacht had om het land weer binnen te glippen en haar met zich mee te nemen.

'Je kunt maar het beste vlug terugkomen, Erich,' had ze eens gezegd toen ze hem aan de lijn had. 'Want tot dat moment zal ik blijven uitgeven en nog eens uitgeven!' Er waren mannen langs geweest die hem zochten, zei ze. Grote, gevaarlijke, zwarte mannen. Dat konden, naar hij aannam, alleen maar huurmoordenaars zijn die hem te pakken wilden nemen. Er waren alles bij elkaar veel te veel mensen naar hem op zoek geweest. Hij was gaan beseffen dat diepbedroefde en boze ouders geduchte vijanden zijn – gevaarlijker dan de politie of criminele makkers. Dus had hij de begrafenis van zijn vrouw gemist en zijn naam, zijn beroep en zijn manier van leven veranderd. Hij dacht dat hij veilig was. Maar het was allemaal zo'n vreselijk gedoe; hij beweende het verleden.

Pastoor McCrombie ging bij Peter Piper langs en zei: 'Verdorie, hoe zou het zijn als een man als ik ging samenwerken met een man als jij? Ik heb mijn talenten, jij de jouwe.'

Peter Piper was nooit groot geweest. Hij rookte 100 sigaretten per dag, met als gevolg dat hij hoestte, hijgde en beefde. De bloedsomloop in zijn rechterbeen was slecht. Doeken zijn groot en zwaar. Dat was pastoor McCrombie ook, en angstaanjagend op de koop toe, met zijn rode haar, rode baard en vreemde rollende rode ogen. Een goede man om in de buurt te hebben. Dat dacht Peter Piper tenminste. Of had pastoor McCrombie soms hypnotiserende ogen?

'Waarom niet?' zei Peter Piper.

Ze hadden het even over de dood van Angie Wellbrook. Piper Art Security deed veel zaken met Ottoline.

'Tragisch!' zei Peter Piper. 'De arme vrouw!'

'De arme vrouw,' zei pastoor McCrombie en sloeg een kruis.

Moge God haar ziel genadig zijn.

De bliksem sloeg niet in, dat had wel moeten gebeuren.

'Haar dood,' zei Peter Piper, 'is natuurlijk een grote tegenslag voor Piper Art Security,' en pastoor McCrombie vond dat het zijn heilige plicht was om de nieuwe firma te helpen hoe hij maar kon. En daar zullen we die twee voorlopig achterlaten, terwijl ze hun plannen smeden, maar tenminste eindelijk eens zonder de hulp van onaangename kosmische krachten. Hoewel pastoor McCrombie de lucht opsnoof en voelde dat er iets ging gebeuren – iets opwindends en boos. Iets van de sfeer van de Satanskapel scheen met hem mee te reizen; daar kon hij niet veel aan doen.

Peter Piper zei: 'Ruik je iets?' en snoof ook, maar hij rookte zo veel dat het moeilijk voor hem was om het ene luchtje van het andere te onderscheiden, hamburger met uien van het reukspoor van de duivel, dus stak hij een volgende sigaret aan en gaf het op en beneden nam Pat Christie van de boetiek met gebreide kleding de telefoon en ondernam stappen om het huurcontract op te zeggen. Op de een of andere manier vond het meisje het er niet langer fijn.

Uit de school klappen

Clifford zat in de beklaagdenbank van een rechtbank voor strafzaken in New York op het moment dat pastoor McCrombie zijn laatste kaars uitblies. McLinsky had de ongewone stap ondernomen om naar de politie te gaan met een verslag van zijn transacties met Leonardo's (New York). Misschien probeerden de Engelsen in de ogen van de publieke opinie te hard en te snel binnen te dringen in de Newyorkse kunstwereld en moesten ze eens een lesje krijgen – misschien was McLinsky's verontwaardiging oprecht en stak zijn puriteinse afkomst gewoon de kop op – maar daar was Clifford dan, werkelijk aangewezen, en aangeklaagd wegens misleiding en oplichterij.

Er waren natuurlijk ook een honderdtal verslaggevers en camera's. Dit was wereldnieuws. Leonardo's, die verheven instelling, die zo werd beledigd en bestreden – en Clifford, tv-kijkers over de hele wereld kenden zijn gezicht. En het ging niet goed. Het legertje advocaten van Leonardo's zag lijkbleek. De rechtbank fronste het voorhoofd. Je kan niet ongestraft nullen in het rond strooien, zelfs niet in een gesprek, in kringen waar gesprekken gelijk staan met overeenkomsten en die gesprekken waren *opgenomen*. Opgenomen? – de gezichten van de advocaten van Leonardo's werden van lijkbleek spierwit.

Pff! Pff! Pff! Uit gingen de kaarsen in de Satanskapel. Clifford kon weer denken – of was dat gewoon toeval? Het was welletjes. Hij was geen misdadiger. Hij ging staan.

'Kijk eens hier,' zei hij. 'Als ik gewoon de rechtbank zou kunnen toespreken.' Wat sprak hij beschaafd en keurig Engels. De rechtbank besloot erop in te gaan, het hem niet te beletten.

'Als u dat wilt,' zei rechter Tooley. En Clifford sprak. Hij sprak een uur lang en niemands aandacht werd afgeleid. Hij maakte gebruik van John Lally's verbolgenheid, die nu voorbij was, maar die Clifford zich nog zeer goed kon herinneren. Hij liet de paranoia weg, en wat was het overtuigend. De waarheid is overtuigend.

Hij vertelde de serieuze mensen die daar bijeen waren over de schandalige situatie in de wereld van de Kunst. Over de belangen van groot, niet bepaald eerlijk, geld; over de enorme fortuinen die gemaakt en verloren werden over de ruggen van een paar verkommerde schilders. Maar zo was het altijd geweest. Was Van Gogh niet eenzaam in armoede gestorven, en Rembrandt ook? Maar er was iets nieuws bij gekomen – megageld, en alles wat daarmee samenhing. Hij sprak over de vreemde sociale hiërarchieën van de kunstwereld, de dubieuze structuren van de veilinghuizen, de telefoontjes die de prijzen beheersten, de buitensporige commissies die gerekend werden, de contractbreuken, de onkundigheid van experts, het leger personen zonder enige scrupules die tussen de kunstenaar en hen die eenvoudigweg van zijn werk wilden genieten in stonden, over het kopen en verkopen van critici, over reputaties die op valse gronden tot stand kwamen en anderen die wreed kapot gemaakt werden, alles in naam van de winst.

'Een extra nul?' vroeg hij. 'Hebt u er een *bandje* voor nodig om u te zeggen of ik er een extra nul aan toegevoegd heb? Natuurlijk heb ik dat gedaan. Dat is de sfeer waarin ik werk en dat weet de edele McLinsky maar al te goed, anders is hij een dwaas. En ik ben ervan overtuigd dat hij die indruk niet graag wil wekken.' Uit gingen de kaarsen en Clifford was weer helemaal in vorm, hij kroop niet langer in het stof, maar was verontwaardigd, hartstochtelijk en, op zijn manier, oprecht.

De rechtbank en de jury juichten en klapten, camera's flitsten en Clifford vertrok als een vrij man en een held en ging die avond naar bed met een geharde, intelligente, jonge vrouw met kroeshaar die Honesty heette, en verlangde, als gewoonlijk, naar Helens zachtheid. Of was ze tegenwoordig eigenlijk nog wel zacht? Was ze misschien door het succes hard geworden? Hoe kon hij dat weten?

De telefoon ging. Angie? Ze had de hebbelijkheid om hem op

zulke momenten te storen. 'Neem niet op,' zei Honesty, maar dat deed Clifford wel. Hij strekte zijn blonde harige arm uit en hoorde het nieuws van Angies dood. Hij nam de eerste vlucht terug naar Engeland en Barbara en, helaas – als we ook maar een sikkepitje medelijden hebben met Angie en dat heb ik, een heel klein beetje – naar Helen. Hij wachtte zelfs niet tot na de begrafenis.

Helen en Clifford

'Dat is idioot, Clifford!' zei Helen. Ze zat in haar gezellige voorkamer, een en al zachtgroene gevlamde zijde en lichte meubelen, met de witte telefoon in haar hand. Ze droeg een zachte crèmekleurige jurk met kleine gele geborduurde bloemetjes op haar boezem en haar bruine krullende haar viel langs haar gezicht. Bij het horen van Cliffords stem was ze bleek geworden, maar ze zorgde dat haar eigen stem niet beefde. Nell keek vanuit een hoek van de kamer toe; ze naaide niet langer rozen – die opdracht was al lang geleden gereedgekomen – maar op de een of andere manier maakte ze nog steeds deel uit van het gezin – hoe had het ook anders gekund? Ze riep tegen de jongens dat ze moesten afwassen, hun kamers moesten opruimen, de telefoon voor hun moeder moesten aannemen en zij lachten en kreunden alleen maar en deden wat ze zei; ze accepteerden haar. Helen moest lachen als ze haar bezig zag. Ze is mijn dochter, dacht ze: de dochter die ik nooit gehad heb. Wat Nell betreft, toen ze Helen die avond met Clifford zag bellen, dacht ze dat ze nog nooit een vrouw had gezien die zo mooi was, zo duidelijk voorbestemd om de levens en harten van mannen te beïnvloeden. 'Was ik maar als zij,' dacht Nell. 'Was ze maar mijn moeder.' En toen dacht ze: 'Nee, zo kan ik nooit zijn, ik ben te scherp en te onbehouwen en daar ben ik blij om. Ik wil mijn leven niet door mannen leven. Naast hen, natuurlijk, maar niet via hen.'

Nell was zelf, nu ze Helen had om voor haar te zorgen, om erop aan te dringen dat ze at en sliep, om weer doel en zin aan haar leven te geven, knap genoeg, maar wist dat nauwelijks, zoals vaker het geval is bij meisjes zonder vaders. Haar haar, nog steeds kort, zwart en stekelig, en absurd nu ze de belangrijkste mannequin was van het Huis Lally, was haar handelsmerk geworden; het verleende het dure maar enigszins serieuze merk Lally een soort toegestane lichtzinnigheid. Zoals Helen wist, had altijd het gevaar bestaan dat de kleding, door zich eerder door geld dan smaak te laten leiden, in populariteit zou toenemen bij steeds oudere leeftijdsgroepen en gewoon een beetje saai zou worden. Nell hield het imago van Lally jong. Ze dacht dat haar succes stom toeval was. Ze kon zichzelf niet echt serieus nemen. Dat is eveneens het lot van meisjes zonder vaders.

'We zijn al twee keer getrouwd geweest, Clifford' zei Helen luchtigjes. 'Drie keer zou twee keer te veel zijn . En de tweeling zou het niet leuk vinden.'

'Als je zegt dat de tweeling van mij is, aanvaard ik dat,' zei Clifford, hij kon zich er niet toe brengen een beter excuus te maken en dit was voor Helen niet genoeg. 'Wie maakt zich daar trouwens druk om?'

'De tweeling,' zei ze.

'Daar zullen we het later wel over hebben,' zei hij. 'Je bent toch vrij om te trouwen?'

Hij sprak hard en vastberaden. Nell kon alles zonder moeite verstaan.

'Ja,' zei Helen, 'en dat bevalt me. Ik wil dat het zo blijft.'

'Ik moet serieus met je praten,' zei Clifford. 'Ik kom langs.'

'Dat doe je niet,' zei Helen. 'Clifford, ik heb jarenlang op dit telefoontje gewacht, maar nu is het te laat. Ik heb net iemand anders ontmoet.'

En ze legde de hoorn op de haak.

'Dat is toch niet waar?' vroeg Nell verschrikt. En toen: 'Het spijt me, dat was persoonlijk. Ik had niet moeten luisteren.'

'Daar kon je toch niets aan doen?' zei Helen. 'Bovendien hoor je bij de familie.' (Nells hart sprong op van vreugde.) 'Natuurlijk is er niemand anders. Ik wil alleen niet dat hij me weer pijn doet,' zei ze en barstte in tranen uit. Dat stond Nell absoluut niet aan. Ze was eraan gewend dat Helen kalm en opgewekt was en de leiding had, want zo probeerde ze zich heel keurig tegenover de kinderen te gedragen.

'Als je pijn hebt, weet je tenminste dat je leeft,' zei Nell en voelde zich onnozel, maar ze kon niets anders bedenken om te zeggen.

'Dan leef ik,' zei Helen. 'En of ik leef.'

'Bel hem terug,' zei Nell. 'Dat zou ik doen.'

Maar Helen deed het niet.

De volgende paar jurken die Helen ontwierp, deugden op de een of andere manier niet (helaas heeft de liefde op sommige vrouwen deze uitwerking. Hun creativiteit wordt ondermijnd. Bij andere vrouwen is het natuurlijk precies andersom. Die bloeien op en floreren, voor wat hun werk aangaat) en Nell, die de schetsen moest afmaken, moest ze bijna helemaal overdoen. Helen merkte het nauwelijks. Die ontwerpen vormden het echte werk. Nells ogen glommen. Dit was wat ze eigenlijk wilde. Iedereen kon mannequin zijn – kleren aantrekken, voor camera's staan, nu eens zus, dan weer zo, maar dit! Ah, dit was een echte prestatie.

Clifford belde Helen iedere dag en ze weigerde iedere dag aan de telefoon te komen.

'Wat moet ik toch doen?' vroeg Helen helemaal bevend aan Nell.

'Hij schijnt wel van je te houden,' zei Nell voorzichtig.

'Tot de volgende langskomt,' zei Helen met haar hoofd omhoog.

'Hij is verschrikkelijk rijk,' zei Nell, praktisch als altijd.

'Háár miljoenen,' zei Helen. (Arme dode Angie, om wie niemand treurde!) 'Echt, hij is gemeen. En ik zou nooit voor dat kind zorgen. Ik weet dat hij dat van me zou verwachten. Hij wil me waarschijnlijk alleen maar hebben omdat zij een moeder nodig heeft en hij mij geschikt vindt. Ik weet zelfs niet eens meer hoe ze heet.'

'Ze heet Barbara,' zei Nell ferm. Helen moest het ongetwijfeld weten. De rest van de wereld wist het. Ze was doorlopend in het nieuws geweest sinds ze uit de koninklijke kinderkamer was verbannen. Het verbod was nu ingetrokken. Barbara ging op bezoek in het paleis. 'Paleis heeft medelijden met moederloze dreumes' merkten de kranten op. 'Paleis vindt weekeinden okee.' (Dat moest wel inclusief Clifford zijn, die nu weer gerehabiliteerd was in de elegante kringen. Enorme veranderingen, deze tijd, nu het niets bijzonders is wanneer mensen op hoge posten zichzelf voor de rechtbank brengen wegens moord of ergere dingen. Bovendien was het in een ander land.)

'Ik zou het gewoon niet kúnnen' zei Helen. 'Ik zou het kind iets vreselijks aandoen, daar ben ik van overtuigd.'

'Maar waarom?'

'Ik weet het niet.' Helen voelde zich hopeloos en hulpeloos en dacht dat het veel te laat was. Er hing nog steeds een muurtje van rook van pastoor McCrombies zwarte kaars in de lucht. Zoiets raak je moeilijk kwijt.

'Maar je houdt van hem?' wilde Nell weten.

'O, je bent zo ongecompliceerd,' klaagde Helen. 'Natuurlijk hóúd ik van hem.'

'Trouw dan met hem,' zei Nell. Ze wilde dat dit zou gebeuren, hoewel ze niet precies wist waarom. Oppervlakkig gezien was hertrouwen met Clifford, die Nell alleen maar kende als een gezicht in de krant en een sterke vasthoudende stem aan de telefoon, het laatste wat Helen moest doen. Maar Nell zei het en pff, daar verdween door het raam wel niet helemaal het laatste restje rook, maar toch het grootste gedeelte.

'Ik zal erover nadenken,' zei Helen.

Clifford was natuurlijk niet van plan om zich te laten afschepen. Helen weigerde nog steeds hem te ontmoeten, ondanks wat ze tegen Nell had gezegd, en dus vond hij manieren om Helen te ontmoeten.

Verandering

En zo kwam het, lezer, dat Leonardo's (New York) een tentoonstelling organiseerde over 'De designer als kunstenaar' en dat het Engelse Huis Lally daarbij een belangrijke plaats zou innemen. Zo kwam het dat Clifford vrede sloot met John Lally en zelfs zo ver ging dat hij eindelijk de doeken teruggaf die zo lang in de kluizen van Leonardo's waren blijven liggen. Hij verraste John Lally en Marjorie in hun keurige tuin – of wat daarvan over was – met de opmerking: 'Ik heb vijf van je doeken achter in mijn auto. Neem ze maar. Ze zijn van jou.' En zo maakte hij van John Lally een miljonair en niet slechts iemand met enkele honderdduizenden, want zijn vroege schilderijen stegen enorm in populariteit – dat wil zeggen, in prijs. (Het waren nog steeds niet de gemakkelijkste schilderijen om aan de muur te hangen en van te genieten.) Het doet er niet toe dat Clifford zich zo'n gebaar gemakkelijk kon veroorloven – hij bezat nu al Angies rijkdom – laat maar: het doet er niet toe dat hij het gedeeltelijk deed om genade te vinden in Helens ogen; ik geloof dat hij het ook deed omdat hij vond dat hij het moest doen. Clifford zag in dat in naam der natuurlijke rechtvaardigheid precies zo'n daad nodig was. Misschien had hij ook zichzelf bekeerd met zijn toespraak tot de Newyorkse rechtbank? Ik hoop het.

John en Marjorie haalden de doeken uit de auto en droegen ze naar het atelier. Clifford hielp.

'Wat een sombere oude schilderijen,' zei Marjorie. 'In wat voor stemming moet je wel niet zijn geweest toen je ze schilderde, John. Evelyn is vast en zeker blij geweest toen ze ervan afkwam!' (Zij die een gelukkig leven leiden, kunnen zich eenvoudig niet voorstellen wat het is om ongelukkig te zijn.)

Noch John noch Clifford antwoordde.

'Jammer dat Helen en jij niet weer bij elkaar kunnen komen,' zei John Lally tegen Clifford. Dat was zijn manier om zijn excuses aan te bieden. 'Aan die jongens van jou heb je je handen vol.'

'Als vader stel ik niet veel voor,' zei Clifford. Hoewel hij zijn best deed, en hard zijn best deed met Barbara, die het nieuws van haar moeders dood opvallend kalm opnam. Ze klampte zich slechts wat steviger.aan haar kinderjuffrouw vast en zei dat de juf nu misschien kon blijven en dat ze geen nieuwe hoefde te hebben voor kerstmis.

'We kunnen allemaal veranderen,' zei John Lally en pakte een cricketbal op en gooide die voor de jonge Julian, die een beetje verlaten aan het spelen was met wicketpaaltjes en een bat. Julian keek zowel verbaasd als blij.

'Daar ziet het wel naar uit,' zei Clifford.

Vergeving

Toen Helen het verbazingwekkende nieuws van haar vader had gehoord, belde ze Clifford. Hij had geweten dat ze dat zou doen.

'Dank je wel, Clifford,' zei ze. 'Maar wat moeten we nou met mij beginnen? Ik kan niet slapen en ik kan geen rust vinden en ik kan niet werken. Ik wil bij jou zijn, maar dat kan ik ook niet.'

'Barbara houdt je tegen, hè?' zei hij met de verrassende fijngevoeligheid die kenmerkend was voor de nieuwe Clifford. 'En dat is volkomen waar, als je mij neemt, moet je haar erbij nemen. Ik ben alles wat ze heeft. Maar kom tenminste een keer langs om haar te zien.'

Dat deed Helen en toen ze Barbara voor het eerst in levenden lijve zag, bleek en verdrietig, gekleed op de stijve, ouderwetse, weinig charmante manier waaraan oudere hoog opgeleide kinderjuffrouwen, hoe aardig ze ook mogen zijn, zelfs vandaag de dag nog schijnen vast te houden, voelde ze zo'n golf van medelijden voor het kind, dat de woede en de haat er voor eens en voor altijd door werden verdreven. Ze zag in dat Barbara zichzelf was, hoofdpersoon in haar eigen drama, en absoluut geen souvenir van Angie, en ze was evenmin Cliffords plaatsvervangster voor de dochter die zo lang geleden was verloren. Dat was natuurlijk haar angst geweest: dat ze door Barbara te accepteren Nell definitief zou verloochenen.

Lezer, zij die gelukkig zijn, krijgen alles; geluk kan zelfs de doden weer tot leven wekken. Door onze wrok, onze treurigheid, onze haat en jaloezie, die we niet herkennen, blijven we ongelukkig. Toch bevinden deze dingen zich in ons hoofd; we hebben het in eigen hand; ze zijn van ons en we kunnen ze eruit gooien als we dat willen. Helen vergaf Barbara en hierdoor vergaf ze zichzelf.

'Ja, Clifford,' zei Helen, 'ten goede of ten kwade, natuurlijk trouw ik met je.'

'Arme Angie,' zou Clifford weldra zeggen. 'Heel veel is mijn schuld geweest. Alles bij elkaar genomen heb ik heel wat gedaan waar ik me voor moet schamen.' Hij kon het zeggen omdat hij gelukkig was en was gelukkig omdat hij het kon zeggen en het meende. Dat ging samen.

Drama

En dus stond kort daarna, op kerstavond, een privé-vliegtuig op het asfalt van Heathrow terwijl de piloot wachtte op toestemming om te vertrekken en een startbaan die vrij was van stuifsneeuw. Clifford en Helen zaten naast elkaar en hielden elkaars hand vast. Barbara zat aan de andere kant van het pad en rekte zich om Helens andere hand vast te houden. Ze had een moeder gevonden; ze mocht haar kinderjuffrouw houden. Haar ernstige gezichtje was al vrolijker en stralender. Daarachter zat de jonge Nell Kildare, het belangrijkste model van het Huis Lally, haar korte zwarte haar stond uitdagend recht overeind. Ze waren op weg naar kerst in Manhattan en de opening van 'Mode als kunst' in de grote nieuwe moderne galerie met uitzicht op Central Park. Nell had een vreselijke hekel aan vliegen. Ze had haar teddybeer om, die moest geluk brengen.

Edward, Marcus en Max waren onder de hoede van een stel onverstoorbare kinderjuffrouwen vooruit gestuurd om een hele week in Disneyland door te brengen voor ze zich in New York bij Helen en Clifford zouden voegen. Dat was een idee van Nell geweest. Helen was hun lawaai en energie maar al te zeer gewend en had wat rust verdiend. Nell zag dat Clifford er niet zo aan gewend was. Hij moest geleidelijk aan met de jongens in contact worden gebracht. Hij deed haar aan iemand denken, maar ze wist niet wie. Ze was verlegen voor hem; dat was een gevoel waaraan ze niet gewend was. Het verbaasde haar. Ze bleef uit zijn buurt. Ze bleef zichzelf eraan herinneren dat ze gewoon een werkneemster was en niet bij de familie hoorde. Ze moest ervoor zorgen dat ze niet te veel op hen gesteld raakte. U moet niet vergeten, lezer, dat ze de ervaring had dat de mensen van wie je hield plotseling verdwenen, dat er een onverwacht einde komt aan goede tijden. Ja, zelfs dat het haar schuld was. Dat je vernietigde wanneer je beminde, door vuur of trammelant. O, ze was voorzichtig!

Ze hadden Barbara gevraagd of ze vooruit wilde gaan met de jongens.

'Nee, nee,' had ze geroepen, terwijl ze haar hoofdje in Nells maag duwde. 'Ze zijn zo wild! Dat wil ik niet!' Ze begon voor zichzelf op te komen en deed het heel goed.

John Lally was er ook, met zijn vrouw Marjorie. Hij was tenslotte Leonardo's belangrijkste schilder en kunstenaars moeten zich tegenwoordig op de voorgrond dringen. (Je verstoppen in de velden en zonnebloemen schilderen zonder dat je bekend bent, is er niet meer bij.) Marjorie droeg over haar jurk een omslagdoek van patchwork die ze zelf had gemaakt. Een paar stukjes waren gemaakt van de resten van de oude blauwe rib jurk die Evelyn, Helens moeder, zo heel vaak had gedragen – wie wat bewaart, heeft wat! U en ik weten dit, lezer. Verder viel het niemand op, zelfs Helen niet. Cynthia paste op de kleine Julian. Ze hadden de deftige flat verlaten en woonden nu in een klein huis met een tuin in Hampstead waar een klein kind altijd welkom was. O, Cynthia was ook veranderd! Ze was zo trots geweest op Clifford, ondanks de jetlag, op die dag in New York. Haar familie was in groten getale op komen dagen; ze had niet kunnen doorgaan met die houding van vroeger. De tijd had hen zo volkomen in het ongelijk gesteld – Otto, eens de bescheiden aannemer uit het verkeerde deel van Kopenhagen, met nog steeds die mysterieuze waardigheid, en nu rijk en gerespecteerd en geëerd door de maatschappij, meer dan hun gelijke. Het is fijn om op je leven terug te kijken en te weten dat jij het bij het rechte eind hebt gehad.

Helen droeg trouwens een jurk van een nieuwe zware zijden stof die John Lally had willen ontwerpen. Er stonden heel kleine gouden leeuwtjes op en nog kleinere witte lammetjes en de lammetjes werden niet door de leeuwtjes opgegeten, maar lagen gewoon naast hen. De jurk zelf was van een patroon dat sterk door Nell was beïnvloed – uit de tijd dat Helen door Clifford in alle staten was. In het ruim van het vliegtuig bevonden zich acht Lally's die bestemd waren voor de tentoonstelling van Leonardo's (New York): vier oude, woeste en wanhopige schilderijen en vier nieuwere, meer vriendelijke werken. Over het algemeen kwam het vroege werk in musea terecht en het latere bij particulieren aan de muur.

Clifford had op een gewone, vriendschappelijke en helemaal niet versierende manier, naar Nell gelachen toen ze het vliegtuig in was gestapt. Hij wist hoe Helen op haar gesteld was. Ze vormde voor hem geen enkel probleem. Ze was een knap, intelligent, opgewekt meisje dat er goed bij paste. Hoewel hij zo zijn twijfels had over haar haar. Weet u, soms vraag ik me af of het wel goed is dat ik me zo vergevensgezind opstel tegenover Angie. Misschien was ze nog slechter dan ik dacht; misschien is Clifford doordat hij voor Angie op de vlucht was in zoveel armen gevallen, waarbij hij overal waar hij terechtkwam pijn en verdriet veroorzaakte. En toch betekent dat alleen maar dat Angie een bepaald aspect van Clifford vertegenwoordigde, want voor wie vluchten we anders dan voor onszelf? Toch ziet het ernaar uit dat Clifford pas na haar dood vrij was om zichzelf te zijn en dat dat een veel en veel aardiger iemand was dan je je had kunnen indenken. Een vloek was verbroken.

En wie zouden er anders verder naar achter in het toestel zitten dan Arthur Hockney en Sarah en Angela, hun baby – een schatje met een olijfkleurige huid en schuinstaande ogen. Ze liften gratis mee naar de VS om de kerst bij Arthurs familie door te brengen en de nieuwe baby te laten zien. Er was nog ruimte in het toestel geweest en die had Clifford hun op Helens verzoek graag aangeboden. Als deze mensen vrienden van Helen waren, waren ze ook vrienden van hem. Er was een vage, onaangename herinnering aan een ontmoeting met Arthur ergens in het verleden, dacht Clifford, maar hij deed geen moeite om die weer boven te halen. Kim werd verzorgd in de Border Kennels die nu helaas in andere handen waren overgegaan. Brenda was met haar Ned getrouwd en haar puistjes waren trouwens helemaal verdwenen. Maar het zag ernaar uit dat haar moeder bij hen zou komen wonen tot ze er weer bovenop was.

En nog verder naar achter in het vliegtuig – ja, op de laatste rij, waar Peter Pipers voorkeur altijd naar uitging – zaten twee vertegenwoordigers van Piper Art Security Limited: Peter Piper zelf en pastoor McCrombie. Ze voelden zich allebei slecht op hun gemak door Arthur Hockney's aanwezigheid in het toestel.

'Op hem had ik niet gerekend,' zei Peter Piper. 'Zo'n 1.93 meter.' Hij stak een volgende sigaret aan met vingers die meer beefden dan ooit. Het zal u niet verbazen dat er van de gebeurtenissen van die dag veel afhing.

En toen, lezer, gebeurde er het volgende. Na het passeren van het punt waarna geen terugkeer meer mogelijk was, liep pastoor McCrombie achteloos door naar de cockpit en het kwam in niemands hoofd op om hem tegen te houden of om zich af te vragen waarom en toen hij er weer uit kwam, dreef hij de piloot, die hij onder schot hield, voor zich uit. De passagiers hadden enige tijd nodig om te beseffen wat er gebeurde; het scheen allemaal zo onwerkelijk. Alleen Barbara kwam snel in beweging: ze dook naar Helens schoot en verborg haar hoofdje daarin. En daar stond Peter Piper achter in het toestel, eveneens met een geweer in zijn hand; het was een akelige, zwarte, dodelijk uitziende Luger.

'Ga zitten,' zei hij tegen Arthur die stond. Arthur ging zitten.

'Niemand bestuurt het vliegtuig,' klaagde Marjorie.

'Het staat op de automatische piloot,' zei Arthur. 'Dat kan voor een tijdje geen kwaad. Blijf vooral rustig.'

'Houd jij je mond,' zei Peter Piper en Arthur haalde zijn schouders op en deed het. Je moet schurken nooit te serieus nemen. Aan de andere kant kan je ze maar beter niet irriteren, want ze zijn zenuwachtig en er gebeuren akelige dingen. Ze zijn over het algemeen ook dom; daarom is het moeilijk om te voorspellen wat ze gaan doen. Je moet erover nadenken, het niet alleen maar veronderstellen.

Nu werd de piloot gedwongen om op de plaats te gaan zitten die Barbara verlaten had. Hij werd niet gewoon neergeschoten, dus waren het kennelijk geen schurken van het laagste allooi. Er kon met hen onderhandeld worden. Arthur klopte Sarah op haar knie. 'Wees maar niet bang,' zei hij, maar dat was ze natuurlijk wel. Peter Piper zou de passagiers onder controle houden en pastoor McCrombie keerde terug naar de cockpit en zette koers naar een klein kustplaatsje net even ten noorden van New York, waar hij vrienden en behulpzame kennissen had. Het had allemaal iets van een droom. Niemand gilde (zelfs Marjorie niet), niemand schreeuwde (zelfs John Lally niet). Het was net alsof ze ongemerkt vanuit het echte leven in een film terecht waren gekomen. Arthur hield zich rustig en wachtte af. Peter Piper sprak.

Het was geen ontvoering, zei hij, het ging zelfs niet om losgeld. Het was alleen maar een gewapende overval; hij wilde de schilderijen van Lally hebben en zou ze krijgen ook.

Clifford lachte. 'Ik kan alleen maar zeggen,' zei hij, 'dat ik hoop dat je een of andere nieuwe markt op het oog hebt en niet vertrouwt op het bestaande netwerk. Kopers van gestolen schilderijen willen alleen maar oude meesters, de Franse school en een enkele prerafaëliet. Alles wat na het surrealisme komt, kun je wel vergeten. Hedendaags Engels? Je meent het! Zelfs als je kunst steelt, moet je iets van kunst afweten! Hoe zei je dat je heette?'

Arthur hoopte dat Clifford niet te ver was gegaan. Peter Piper werd nog bleker. Het is nooit leuk als je ondeskundigheid in het openbaar aan de kaak wordt gesteld en het is extra vernederend als de persoon die het doet geacht wordt je doodsbange slachtoffer te zijn.

Hij sloeg vreselijke taal uit. Ik zal het niet herhalen, lezer. Hij schold Clifford uit voor alles wat er onder de helse maan rondloopt en het vliegtuig slingerde en danste terwijl het door een turbulentie heenvloog en ook toen dat niet zo was. Om Pipers geweer maakte iedereen zich ineens het minste druk van alles. Het was alweer enige tijd geleden dat pastoor McCrombie had gevlogen en hij had heel wat brandy moeten drinken om zijn zenuwen tot bedaren te brengen. Hij herinnerde zich hoe hij in zijn jeugd, toen hij vloog tijdens de slag om Engeland, tegen God had gesproken en hoe God hem had geantwoord. Nu richtte hij, dronken en wel, nog eens het woord tot zijn Maker en vocht hij met het toestel dat zwaaide en slingerde alsof de duivel in de luchtstromingen zat waar het doorheen vloog. Peter Piper schonk er geen aandacht aan; hij bleef Clifford beschuldigen van samenzwering, diefstal, verleiding, bastaardij en kidnapping, waarbij hij de stuitendste krachttermen gebruikte.

'Erich Blotton!' viel Clifford hem in de rede. 'Je bent Erich Blotton!' Hij staarde nu naar Pipers bevende vingers vol nicotinevlekken. Hoe zou hij die ooit kunnen vergeten?

Daarop wilden Helen en Arthur allebei uitroepen, maar als jij Erich Blotton bent en je leeft, waar is onze Nell dan? Maar dat konden ze niet, omdat Erich ziedend van woede heen en weer liep en zijn vinger weer op de trekker hield, en John Lally was tot een vroegere ik vervallen en begon te schreeuwen en te tieren dat zijn schilderijen het zelfs niet waard waren om gestolen te worden, en Marjorie probeerde hem te sussen alsof ze Evelyn was, en Erich trok Helens ketting van haar hals en gooide hem toen hevig verontwaardigd weg, omdat het maar plastic was (Een *fantasie*-ketting? Leidt fantasie tot *zoiets*?) en eiste dat iedereen hem zijn portefeuille zou geven (hij moest toch zeker *iets* krijgen, anders stond hij wel heel erg voor gek) en kwam erachter dat daar ook niet veel inzat, alleen maar credit cards, en het vliegtuig slingerde, en Blotton sloeg de piloot met de kolf van de revolver op zijn hoofd, waardoor hij bewusteloos terugviel – of deed hij maar alsof? – omdat hij een ramp had voorspeld als hij niet ogenblikkelijk terug mocht naar het controlepaneel; en Angela, de baby, huilde en Barbara en Clifford probeerden Helen te troosten en Arthur Hockney wachtte nog steeds zijn tijd af (of was hij verlamd – had hij alles vergeten wat hij ooit had geweten en samen met zijn schuldgevoel zijn moed verloren?) en Sarah was luchtziek en gaf over op de schoenen van Erich Blotton – het zou allemaal heel grappig zijn geweest als het niet zo eng was geweest. En Nell? Nell had in haar tijd op Faraway Farm heel wat misdadigers gezien. Gebral herkende ze dadelijk en ze wist dat de piloot simuleerde en dat een ongeluk en niet kwaadaardigheid het grootste gevaar was.

'Kijk eens hier,' zei ze kalmpjes tegen Erich Blotton. 'Bedaar wat. Ik heb tenminste iets waardevols dat je kan krijgen.' Ze trok haar teddybeer van onder haar trui vandaan en nam de tijd om de kop eraf te schroeven met precieze en zelfverzekerde bewegingen. Iedereen werd stil en keek toe. Nell nam er het kleine sieraadje uit en gaf het aan Erich. Het deed haar verdriet, maar ze wist wanneer iets echt nodig was.

'Het is een echte smaragd,' zei ze, 'en hij brengt nog geluk ook, maar je kunt hem krijgen. Je schijnt hem wel te kunnen gebruiken.' Helen keek naar het sieraadje in Nells hand en toen naar Nell en Clifford deed hetzelfde, en Arthur Hockney ook, en de betekenis drong tot alle drie tegelijkertijd door.

'Het is van mij,' zei Helen. 'Ik kan het me zo goed herinneren. Clifford heeft het me gegeven. Jij bent Nell. Onze Nell. De Nell van Clifford en mij! Natuurlijk! Dat kon toch ook niet anders?' Op dat moment, toen de piloot zijn blik opving en knikte, deed Arthur een uitval naar Erich Blotton, die toch een hopeloos soort misdadiger was, net als de meesten, en hij had er geen enkele moeite mee om hem te ontwapenen en in een stoel te duwen. Toen ging Arthur met de piloot naar de cockpit en smeet de miserabele McCrombie eruit. Het speet McCrombie niet dat hij achter het controlepaneel werd vervangen; hoe meer hij tegen God had gesproken, hoe stiller God zich had gehouden en hoe slechter het toestel zich had gedragen, wat u en mij, lezer, niet zal verbazen.

'O jandorie,' zei hij eensklaps, 'het zou beter voor me zijn als ik dood was,' waarvan ik persoonlijk geloof dat het, alles in aanmerking genomen, niet waar was. En zo gebeurde het dat tegen de tijd dat het vliegtuig veilig en slechts een paar minuten te laat op Kennedy Airport landde om Blotton en McCrombie uit te leveren aan de wachtende politie, Clifford en Helen hun kleine Nell hadden gevonden en zij haar ouders had gevonden en geen van hen was in de ander teleurgesteld.

'Dus ze is onze zus?' zeiden Edward, Max en Marcus, vol verhalen over Disneyland, maar het scheen hen absoluut niet te verbazen. 'En wat eten we?'

'Onze kleindochter,' riep Otto uit. 'Ze zal iets aan haar haar moeten doen!' Maar je kon merken dat hij het leuk vond. En Cynthia sprong rond en scheen twintig jaar jonger te zijn geworden. Ze maakte bijna een afspraakje met de man van een vriendin, maar kon zich nog net op tijd bedwingen.

'Waarom houdt ze niet op met dat gerommel met kleren,' zei John Lally luidruchtig, 'en gaat ze eens fatsoenlijk schilderen,' wat zijn manier was om haar te accepteren.

En Nell zag dat het misschien toch niet zo gevaarlijk voor mensen was als je van ze hield. Ze stond zichzelf toe om verliefd te worden op een onmogelijke jonge student in de kunstgeschiedenis die rondreed op een motorfiets en geloofde dat iedereen uniforme kleding van blauwe Chinese katoen moest dragen. Het zou geen stand houden en dat hoefde ook niet, maar het was een begin. Door gewoon hand in hand te zitten, voelde ze zich al minder hard en bruusk, maar zachter en kwetsbaarder, net als haar moeder.

En wat had Nell haar ouders een verhalen te vertellen – over het kasteel en de De Troites en Eastlake (en de vreselijke Annabel) en het benevelde paradijs van Faraway Farm en de raadselachtige gebeurtenissen in de Border Kennels. Zoals u wel zult begrijpen, lezer, waren Clifford en Helen meer op hun hoede met wat ze vertelden. Ze wilden elkaar, en Nell, geen pijn doen. Bovendien moet ons leven er, naarmate we ouder worden, minder bewonderenswaardig uitzien.

Maar wat boften ze dat ze deze tweede kans kregen en, denkt u misschien, die verdienden ze toch nauwelijks. Onze kinderen moeten bemind en beschermd worden en mogen niet dienen als pionnen in een of andere treurige koppelwedstrijd. En of Helen Clifford ook terug had moeten nemen, ach, daar zult u wel uw eigen mening over hebben. Zelf weet ik het niet. Niet dat Helen naar adviezen zou luisteren natuurlijk. Ze hield van hem, net als altijd, en daar hield het mee op. We kunnen maar het beste hopen dat ze nog lang en gelukkig zullen leven en ik geloof dat ze net zo'n grote kans van slagen hebben als iedereen.

'Haar scherpe toon, humor en rappe zinnen grijpen de lezer ook in dit boek meteen in de nek. De schrijfster leent ditmaal enkele trekjes van de detectiveroman en de strijd tussen de seksen wordt op James Bond-achtige wijze uitgevochten.' *NRC Handelsblad*